Charlotte Leonard
Gone with the Wind – Eine Liebe in Hollywood
und der größte Film aller Zeiten

aufbau taschenbuch

Hinter CHARLOTTE LEONARD verbirgt sich die Autorin Christiane Lind, die mit den Filmen der Goldenen Ära Hollywoods aufgewachsen ist. Sie interessiert sich für die ungewöhnlichen Lebenswege mutiger, von ihrem Umfeld oft verkannter Frauen, die Pionierinnen der Traumfabrik waren.

Im Aufbau Taschenbuch ist bereits ihr Roman »Die Verwegene« über die Hollywood-Schauspielerin und geniale Erfinderin Hedy Lamarr erschienen.

Als Vivien Leigh das erste Mal den brillanten Laurence Olivier auf einer Londoner Bühne erlebt, ist es um sie geschehen. Ihr Traum von einer eigenen Schauspielkarriere erwacht zu neuem Leben, doch ihre verbotene Liebe steht ihrem Erfolg im Weg. Nach der Lektüre des vielseits geliebten Südstaatenromans »Vom Winde verweht« entflammt Vivien für die Rolle der Scarlett O'Hara, aber wird der Hollywood-Produzent David O. Selznick eine Britin für diesen Part überhaupt in Erwägung ziehen? Als ihr Geliebter für die Dreharbeiten zu »Sturmhöhe« in die Staaten reist, packt auch Vivien kurzerhand ihren Koffer, um ihr Glück in Hollywood zu versuchen. Ihr Traum scheint in Erfüllung zu gehen, als sie tatsächlich als Scarlett vor der Kamera stehen darf. Noch ahnt sie jedoch nicht, vor welche Probleme der Dreh sie und ihre Liebe zu Laurence stellen wird ...

CHARLOTTE LEONARD

GONE WITH THE WIND

Eine Liebe in Hollywood
und der größte Film
aller Zeiten

ROMAN

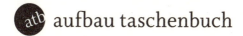

ISBN 978-3-7466-3892-8

Aufbau Taschenbuch ist eine Marke der Aufbau Verlage GmbH & Co. KG

1. Auflage 2023
© Aufbau Verlage GmbH & Co. KG, Berlin 2023
Umschlaggestaltung www.buerosued.de, München
unter Verwendung eines Motivs von © mauritius images / Cyrille Gibot /
Alamy / Alamy Stock Photos
Satz LVD GmbH, Berlin
Druck und Binden CPI books GmbH, Leck, Germany
Printed in Germany

www.aufbau-verlage.de

Prolog

Los Angeles, Februar 1940

Vivien Leigh blickte aus dem Fenster der Limousine, die sie zum Ambassador Hotel fuhr. Langsam legte sich die Dämmerung über Los Angeles und färbte den Himmel in diesem unglaublichen Orangeton, den sie bisher so nur in Kalifornien erlebt hatte. Hier wirkten selbst die Farben greller und intensiver als zu Hause in England.

»Irene wird furchtbar enttäuscht sein«, flüsterte Olivia de Havilland ihr ins Ohr. Ihre Kollegin saß links neben ihr, Larry zu ihrer Rechten. »Wie konnte David sie nur einfach stehenlassen?«

»Er konnte an nichts anderes mehr denken als an den Film«, antwortete Vivien mit einem Schulterzucken. »Du kennst ihn doch.«

Seit den dreizehn Oscar-Nominierungen für *Vom Winde verweht* war der Produzent vollkommen aus dem Häuschen. Die Konkurrenz war groß, 1939 war ein Jahr starker Filme und großartiger Darsteller gewesen, und dennoch ... auch Vivien, Olivia und Larry gehörten zu den Auserwählten, die am heutigen Abend in das Rennen um den begehrten Filmpreis gingen.

»Seid ihr nicht nervös?« Olivia musterte Larry und Vivien.

»Wir können nichts mehr tun. Die Entscheidung ist gefallen.« Vivien seufzte ein wenig und ließ das vergangene Jahr vor ihrem inneren Auge Revue passieren. Die Dreharbeiten hatten sie an den Rand der Erschöpfung getrieben. Nicht nur sie, alle, die an dem Film beteiligt gewesen waren. Und dennoch war sie nun wacher denn je. Ihre Handflächen fühlten sich feucht an und sie strich sie an ihrem eleganten Kleid ab. Wie immer spürte Larry ihre Anspannung und legte seine warme Hand auf ihre. Sie sandte ihm einen Blick zu, den er erwiderte.

»Alles wird gut, Vivling«, flüsterte Larry ihr zu. Der Klang seiner dunklen, angenehmen Stimme ließ ein warmes Gefühl in ihrem Bauch erblühen. Noch immer liebte sie ihn mehr, als sie je einen Menschen zu lieben gedacht hat.

Endlich erreichten sie das Ambassador Hotel. Vielleicht hätte sie ihrem Impuls nachgeben und gemeinsam mit Larry ans Meer fahren sollen, anstatt sich mit Hunderten von Menschen in einen Saal zu drängen. Einen Moment lang schloss sie die Augen, genoss die Ruhe, weil sie wusste, wie schnell es damit vorbei wäre.

»Wir sind da.« Resolut öffnete Larry die Tür und bildete einen Schutzwall gegen die Menschmenge, die sich sogleich um ihren Wagen drängte. Zuvorkommend hielt er Vivien die Tür auf und reichte ihr seine Hand, damit sie in ihrem Abendkleid elegant aus dem Wagen klettern konnte.

Sofort begannen die Rufe, sofort begann das Blitzlichtgewitter.

»Schauen Sie hierher, Miss Leigh!«

»Wird es eine Fortsetzung geben?«

»In welcher Rolle sehen wir Sie demnächst, Miss Leigh?«

»Ist das Laurence Olivier an Ihrer Seite?«

Vivien aber lächelte nur, verteilte Luftküsse und winkte ihren Fans zu. Vor ihr erstreckte sich der rote Teppich unter dem gewaltigen runden Baldachin, der den Namenszug »The Ambassador« trug. Vor der Tür wartete David O. Selznick bereits auf sie. Vivien blickte sich um, aber Clark Gable konnte sie nirgends entdecken. Die Fehde zwischen dem Schauspieler und dem Produzenten schien also anzudauern. Mit ausgestreckten Händen kam David auf sie zu, als wollte er sich und der Welt beweisen, dass alles bester Dinge war. Sie nahm seine Hände und stellte sich auf ihre Zehenspitzen. Selbst in den hochhackigen Schuhen gelang es ihr nicht, auf die Höhe seiner Wange zu kommen. Er beugte sich zu ihr herunter und hauchte zwei Küsse rechts und links neben ihre Wangen.

»Larry, wie schön, dass du auch gekommen bist.« Selznick schüttelte ihm die Hand. Noch immer tat der Produzent so, als wären Vivien und Larry nur gute Freunde, Engländer, die sich in Hollywood getroffen hatten. Dabei hatte *Photoplay* bereits eine Geschichte über ihre Liebe gebracht. So war eben Hollywood: Es zählte der Schein, es zählte das, was die Menschen glauben sollten, nicht das, was wirklich war.

»Lasst uns unsere Plätze suchen.« David zog den Kopf erneut zwischen die Schultern, was Vivien immer an eine Schildkröte erinnerte.

Hinweisschilder im Foyer führten zur Cocoanut Grove, aber sie wären nicht nötig gewesen, man musste sich nur mit dem Strom der elegant gekleideten Menschen treiben lassen. Larry nahm ihre Hand und gemeinsam tauchten sie in das Meer der in Smoking und Pelzen Gekleideten ein.

»Was für eine wilde Mischung.« Vivien staunte mit großen Augen, während David sie zu ihren Tischen dirigierte. »Ist das italienischer Stil oder maurischer?«

»Beides.« Larry schüttelte den Kopf. »Für die Amerikaner liegen die Länder wohl nebeneinander.«

Über die künstlichen Palmen, die den gewaltigen Saal säumten, hieß es, sie wären Überbleibsel aus dem Rudolph Valentino-Film *Der Scheich*.

David zwängte sich neben sie durch die schmale Tür, damit sie gemeinsam vor die Kameras traten.

»Bitte weitergehen, bitte gehen Sie weiter«, drängte sie ein Kellner, ganz in Weiß gekleidet. Hedy Lamarr in einem auffallenden schwarz-weißen Kleid winkte Vivien zu. Ihre schönen Lippen formulierten ein Wort, das wohl »Glückwunsch« hieß. Vivien winkte zurück. War ihr fliederfarbenes Kleid mit den Mohnblumen zu bunt für eine Oscar-Verleihung?

»Champagner, die Damen?« David lächelte Vivien und Olivia an. Heute war sie sein Star. Sie nickte und trank durstig das Glas leer. Langsam versiegte der Strom der Gäste und erwartungsvolle Stille senkte sich über den Raum.

»Herzlich willkommen«, begrüßte sie Walter Wanger und übergab an Daryl Zanuck, der die technischen Oscars überreichte. David rauchte eine Zigarette nach der anderen, als sein Film gewann.

Auch Vivien steckte sich eine an, als Walter Wanger die Moderation an Bob Hope übergab. Obwohl Bob wirklich witzig war, bekam sie seine Anmoderationen wie durch Watte mit.

Saß sie wirklich hier, unter all den Stars und Sternchen? Und nicht nur das, würden sie und Larry heute die größte Ehre erhalten, die Hollywood zu vergeben hatte? Aber was wäre – und dieser Gedanke erschien ihr unerträglich –, wenn nur einer von ihnen gewänne?

Nur einmal horchte Vivien auf, als Sidney Howard posthum den Oscar für das beste Drehbuch bekam – für ihren Film.

Victor Fleming, der den Preis für die beste Regie für *Vom Winde verweht* erhielt, dankte er keinem von ihnen – das hatte Vivien auch nicht erwartet. Und David wirkte wie ein kleiner Junge, der ein Autogramm seines Lieblingsfilmstars erhalten hatte, als er aufsprang, um den Irving-Thalberg-Ehrenoscar entgegenzunehmen.

Als sich die Reihe der goldenen Statuen bereits lichtete, übernahm Fay Bainter die Moderation. Neben Vivien rutschte Olivia de Havilland auf ihrem Stuhl hin und her, als ihr Name als eine der besten Nebendarstellerinnen genannt wurde. Doch es war Hattie McDaniel, die für ihre Darbietung der Mammy den Preis erhielt.

Vivien sah sich um, wollte der Kollegin gratulieren, doch Hattie saß an keinem der Tische. Man hatte sie in den Hintergrund verbannt. Umso mehr empfand Vivien Genugtuung, dass die farbige Schauspielerin den Preis gewonnen hatte. Hattie sprach nur wenige Worte, bevor sie ein Taschentuch an ihre Augen führte und die Bühne verließ.

Schließlich betrat Spencer Tracy die Bühne, um den Gewinner des Preises für den besten männlichen Hauptdarsteller zu präsentieren. Vivien suchte unter dem Tisch nach Larrys Hand und drückte sie. Ihr Liebster nickte ihr zu, sichtlich angespannt. Doch es war nicht sein Name, der letztlich verkündet wurde. Larry sah gleichzeitig glücklich und enttäuscht aus.

»Es ist nur Hollywood«, flüsterte Vivien ihm zu. »Wir leben für die Bühne.«

Obwohl er nickte, sah sie ihm an, dass dies nur ein kleiner Trost war. Dennoch lächelte er tapfer: »Umso mehr werden wir deinen Erfolg feiern.«

Denn inzwischen wusste er genauso gut wie Vivien, dass

sie heute nicht mit leeren Händen nach Hause gehen würde – die Blicke ihrer Kollegen hatten es verraten. Dennoch gab Vivien vor, gespannt auf Tracys nächste Worte zu warten. Am liebsten wäre sie aufgesprungen, um schnell ihren Lippenstift nachzuziehen, um zu prüfen, ob sie auch kein Rot auf den Zähnen hatte, ob ihre Frisur saß, ob das Kleid nicht einen zu tiefen Ausschnitt hatte. Stattdessen tastete sie unter dem Tisch erneut nach Larrys Hand. Liebevoll streichelte sein Daumen über die zarte Haut zwischen ihrem Daumen und Zeigefinger.

Gemeinsam warteten sie darauf, dass Spencer Tracy die Worte verkündete, auf die sie den ganzen Abend gewartet hatte: »Nominiert für die beste Hauptdarstellerin sind: Bette Davis für *Opfer einer großen Liebe*, Irene Dunne in *Ruhelose Liebe*, Greta Garbo für *Ninotschka*, Greer Garson in *Auf Wiedersehen, Mr. Chips* und schließlich Vivien Leigh in *Vom Winde verweht*.«

Applaus rauschte auf, als Tracy eine kunstvolle Pause einlegte.

»Und die Gewinnerin ist ...« Erneut senkte Tracy den Blick auf die Moderationskarte. Die Sekunden dehnten sich ins Endlose, bis endlich ihr Name fiel: »Miss Vivien Leigh für ihre Rolle der Scarlett O'Hara in *Vom Winde verweht*.«

»Gratuliere, Vivling, du hast es verdient«, flüsterte Larry ihr zu, noch ehe seine Worte vom schallenden Applaus überstimmt werden konnten.

Vivien erhob sich, ein Strahlen auf ihrem Gesicht. Wie im Rausch begab sie sich auf den kurzen Weg zur Bühne, während ihre Kolleginnen und Kollegen sie zu ihrem Erfolg beglückwünschten. Sicher hatten einige von ihnen von den anstrengenden Dreharbeiten gehört. Jedenfalls meinte Vivien das aus den Blicken zu lesen, die ihr folgten. Die Treppe kam ihr steil vor, und sie hoffte, dass sie weder stolperte noch auf ihre Schleppe trat. Zum Glück hatte sie nur das eine Glas Champagner getrunken, das sie dennoch stark spürte. Oder es war das Glücksgefühl, das ihre Beine schwach werden ließ? Endlich war sie oben angekommen und bekam von Spencer Tracy die goldene Statue überreicht.

»Herzlichen Glückwunsch.«

»Danke«, flüsterte sie. »Danke.«

Sie hielt den Oscar triumphierend in der Hand und musste das Mikrophon ein wenig zu sich nach unten biegen. Nachdem sie tief Luft geholt hatte, bedankte sie sich, beim Publikum und bei ihren Kolleginnen und Kollegen und schließlich bei dem Mann, der das alles ermöglicht hat: dem Produzenten David O. Selznick. Auch wenn die Reise hierhin keine einfache gewesen war, so wusste sie, was sie ihm verdankte.

Für einen Augenblick hielt sie inne und hoffte, ihr Lächeln sagte mehr als tausend Worte. Denn einem konnte sie nicht in aller Öffentlichkeit danken. Dem Menschen, ohne den sie es nie geschafft hätte, den Zenit Hollywoods zu erklimmen. Dem Menschen, dem ihr Herz gehörte und mit dem sie ihr Leben verbringen wollte: ihrem Larry.

Kapitel 1

London 1934

Vivian Holman kämmte routiniert ihre langen dunkelbraunen Haare und beobachtete ihren Ehemann durch den Spiegel. Wie jeden Abend lag Leigh bereits vor ihr im Bett und hatte sich in eines seiner Fachbücher vertieft. Auf ihrer Seite des Bettes stapelte sich auf dem Nachttisch eine Auswahl aktueller Romane und klassischer Theaterstücke.

Ihre Ehe war nie so leidenschaftlich gewesen, wie Vivian es sich gewünscht hatte, aber seit der Geburt von Suzanne im vergangenen Oktober schien Leigh der Auffassung zu sein, er habe seine Pflicht erfüllt. Sicher, er war ein guter Zuhörer, besaß einen ausnehmend erlesenen Geschmack und verdiente so viel, dass sie sich das Häuschen in der Little Stanhope Street leisten konnten. Und dennoch – immer öfter nagte an Vivian die Frage, ob das alles gewesen sein sollte. Was hatte sie sich als Kind für ein wunderbares Leben ausgemalt!

Sie schloss für einen Moment die Augen und erinnerte sich an die Düfte ihrer Kindheit in Indien, konnte die exotischen Gewürze förmlich riechen, die Schärfe der Currys auf ihrer Zunge schmecken, die Geräusche der Tiere des Dschungels wieder hören. Wie sehr liebte sie das ferne Land ihrer Geburt, wie sehr vermisste sie auch nach all den Jahren immer noch die Wärme und Sonne. Indien war für sie ein Land gewesen, das die Phantasie anregte, in dem ihre Träume wuchsen und in dem die Zukunft nur golden hatte sein können. Ihre Mutter hatte Vivian Geschichten vorgelesen und ihr Märchen erzählt, die das Mädchen vor dem Einschlafen weitergesponnen hatte. Eine Prinzessin hatte sie werden wollen, aber dann wurde sie in das kalte England geschickt.

Im Konvent suchte sie einen neuen Traum, weniger exotisch als ihre indischen Phantasien. Schauspielerin wollte sie werden, das stand für sie fest, nachdem sie das erste Mal eine winzige Rolle in einem Schultheaterstück bekommen hatte. Überwältigt vom Applaus hatte sie sich geschworen: Eines Tages würde sie jeden Abend bei einem großen Theater auf der Bühne stehen.

Sie hatte bereits die ersten Stunden Schauspielunterricht genommen, als sie Herbert Leigh Holman begegnete. Leigh, wie ihn seine Freunde nannten, wirkte damals düster und traurig. Dass er seiner ersten Liebe nachhing, hatte ihn für Vivian nur interessanter gemacht und sie hatte ihren gesamten Charme eingesetzt, ihn für sich zu gewinnen. Schnell hatten sie geheiratet, ebenso schnell war sie Mutter geworden – und kämpfte nun mit allen Mitteln darum, ihren großen Traum vom Schauspielern nicht opfern zu müssen. Himmel! Sie war Leigh eine gute Gefährtin, sie war eine großartige Gastgeberin, interessiert und belesen. Warum konnte er damit nicht zufrieden sein und ihr die Freiheit lassen, Unterricht zu nehmen und ihr Glück auf der Bühne zu versuchen?

Wie sehr hatte sie sich bemüht, so zu werden, wie ihr Ehemann sie sich wünschte: eine Ehefrau und Mutter, die sich um den kleinen Haushalt in der Little Stanhope Street kümmerte und das Personal – eine Köchin, ein Zimmermädchen und Suzannes Kindermädchen – anleitete. Weil sie ihn liebte und weil sie die Sicherheit schätzte, die er ihr und Suzanne versprach. Aber sie musste es einsehen: Dieses Leben war ihr zu klein.

Dass Vivian als Schauspielerin auftreten wollte, sah Leigh nicht gern. Wie die meisten Männer sprach er sich die Aufgabe zu, für den Lebensunterhalt seiner Familie zu sorgen. Eine arbeitende Frau wäre in seinen Augen der lebende Beweis, versagt zu haben. Sosehr Vivian sich auch bemühte, sie konnte ihm diesen Gedanken nicht ausreden. Noch nicht, denn sie war sicher, sie benötigte lediglich noch ein wenig mehr Zeit, ehe sie ihrem Traum endlich näher rücken konnte.

Außerdem, auch wenn Leigh das nicht offen aussprach, stand er dem Theater skeptisch gegenüber. Manchmal dachte Vivian, er lebte noch zu Zeiten von Elizabeth I., als das fahrende Volk vogelfrei gewesen war. Auch vom Film hielt er wenig. Seine freie Zeit verbrachte Leigh lieber mit einem Buch oder in einem Gentlemen's Club.

Was für eine Ironie, hatte Vivian schon oft gedacht, erinnerte sie ihr Ehemann vom Äußeren her doch an ihren Lieblingsschauspieler Leslie Howard: einen hochgewachsenen, schlanken und eleganten Gentleman mit Geheimratsecken.

Das war gewiss einer der Gründe, warum sie sich in ihn verliebt und ihn schnell geheiratet hatte. Vielleicht übereilt, wie sie manchmal dachte. Sicher, Leigh war ein rücksichtsvoller Mann mit überaus guten Manieren. Schließlich liebte er sie und versuchte auch sonst, ihre Wünsche zu erfüllen. Er verstand nur ihre wilde Seite nicht, die Seite, die es danach drängte, auf der Bühne zu stehen und Menschen zu unterhalten.

Bis sie ihren Mann davon überzeugt haben würde, erneut Schauspielunterricht zu nehmen, blieb ihr vorerst jedoch nur eines: das Theater als Zuschauerin zu besuchen, die Schauspieler zu bewundern und ein Stück weit auch zu beneiden und von ihnen zu lernen.

»Im Lyric Theatre läuft *Die königliche Familie*.« Vivian blickte in den Spiegel, um Leighs Reaktion beobachten zu können. »Wollen wir es uns gemeinsam ansehen?«

Sie hatte eine Kritik gelesen, die den ihr bisher unbekannten Schauspieler Laurence Olivier in der Rolle des Tony Cavendishs in den höchsten Tönen gelobt hatte.

»Darling.« Sie konnte sehen, wie Leigh das Gesicht verzog. »Du weißt, ich bin kein Mensch für die leichte Muse. Geh du mit einer deiner Freundinnen oder mit Oswald hin, und amüsiere dich.«

Oswald Frewen – das war oft Leighs Antwort, wenn sie ins Theater gehen wollte. Oswald war ein Freund der Familie, und Vivian war sich sicher, dass er ein wenig in sie verliebt war. Allerdings war Frewen viel zu sehr Gentleman, um auch nur eine Andeutung zu machen. Stattdessen stand er immer zur Verfügung, wenn Vivian einen Begleiter benötigte.

»Aber ich möchte etwas mit dir gemeinsam machen.« Vivian strich mit der weichen Bürste über das Haar und wandte sich zu ihrem Ehemann um. »Leigh, ich liebe dich, aber ich liebe auch das Theater. Bitte unterschätze meine Leidenschaft dafür nicht.«

Leigh setzte sich auf, legte das Buch zur Seite und lächelte sie an. »Wenn es dir so wichtig ist, Darling, dann komme ich selbstverständlich mit.«

Manchmal konnte er wirklich herablassend sein. Am liebsten hätte sie mit dem Fuß aufgestampft, um ihm klarzumachen, wie viel ihr die Bühne bedeutete, aber dann hätte sie nur ausgesehen wie ein trotziges Kind, das seinen Willen unbedingt durchsetzen wollte. So wandte Vivian sich wieder dem Spiegel zu, zählte die hundert Bürstenstriche und cremte ihr Gesicht und ihre Hände ein. Traurig blickte sie auf diese monströs-großen Gliedmaßen, die so gar nicht zu ihrem sonst so zarten Äußeren passten. Ihre Hände waren das Einzige, was Vivian nicht an sich mochte und sie bedauerte sehr, dass es keine Möglichkeit gab, sie schrumpfen zu lassen.

Als sie sich neben Leigh ins Bett legte, griff sie mit einem leisen Seufzen zur *Times*. Doch ihre Gedanken waren zu sehr in Aufruhr, als dass sie sich auf die Lösung des kniffligen Kreuzworträtsels konzentrieren konnte. Stattdessen nahm Vivian als Nächstes ein Buch von ihrem Nachttisch – *Sturmhöhe*, einer ihrer Lieblingsromane. Sie identifizierte sich mit Catherine, der unzähmbaren Heldin. Sollte es je eine Verfilmung des Romans geben, hoffte Vivian auf diese Rolle. Was allerdings voraussetzte, dass sie ihre Ausbildung wieder aufnahm.

Fieberhaft überlegte Vivian, welche Schritte sie ihrem Ziel näher bringen könnten. Ja, sie würde sich *Die königliche Familie* anschauen, aber nicht mit dem guten, alten Oswald, sondern mit Beryl Samson, einer Freundin aus der Schauspielschule. Es war klug, die alten Kontakte aufrechtzuerhalten – und Beryl war eine angenehme Gesellschaft. Der Gedanke hob Vivians Stimmung. Sie küsste Leigh und löschte dann das Licht auf ihrer Seite. Hoffentlich würde Beryl Zeit für sie haben.

»Danke dir, Darling.« Vivian hakte sich bei Oswald Frewen ein. »Ohne dich wäre ich verloren.«

Das stimmte, denn Beryl hatte leider keine Zeit gehabt, und allein wagte Vivian sich nicht ins Theater. So tolerant Leigh ihren Launen gegenüber war, es gab klare Grenzen dessen, was sie sich erlauben konnte.

»Was spielen sie denn?« Oswald interessierte sich mehr für Politik und die Navy, aber dennoch stand er stets parat, Vivian in ein Theaterstück oder eine Ausstellung zu begleiten. »Hoffentlich nicht Shakespeare. Der ist mir zu schwer.«

»Es wird dir bestimmt gefallen.« Vivian lehnte ihren Kopf an seinen Arm. »Noël Coward hat es inszeniert, George S. Kaufman und Edna Ferber haben es geschrieben.«

»Ja, aber worum geht es?«

»Um eine Familie von Schauspielern und deren Dramen, auf und neben der Bühne.«

Oswald geleitete Vivian zu ihren Plätzen. Er hätte eine Loge bevorzugt, aber Vivian wollte so nah an die Bühne wie möglich. Sie wollte den Kreidestaub riechen, das Rascheln der Kostüme hören, die Feinheiten des Make-ups bewundern.

Ihr Herz ging auf, als sich der rote Samtvorhang hob. Ganz gleich, was Leigh denken mochte, das war ihre Welt, das war ihr Zuhause.

Das Stück gefiel ihr, es war nicht herausragend, aber unterhaltsam – jedenfalls bis zu dem Moment, in dem Tony Cavendish, verkörpert von Laurence Olivier, die Bühne betrat. Er sprang auf die Bühne, bebend vor Vitalität, rollte mit den Augen, tigerte hin und her und zog alle Blicke auf sich. Auch Vivians. Sie vergaß alles um sich herum, hörte nicht mehr, was die anderen Schauspieler sagten, ihre Blicke ruhten allein auf ihm – Laurence Olivier.

Er war nicht groß, eher hager und trug einen buschigen Schnurrbart, was Vivian eigentlich nicht mochte, aber an ihm sah er einfach nur göttlich aus. Vivian verschränkte die Hände und hob sie vor den Mund, um zu verhindern, dass ihr ein Begeisterungsruf entwich.

Als der Schauspieler sich dem Publikum zuwandte und seinen Blick über sie wandern ließ, hätte Vivian schwören können, er verweilte bei ihr länger als bei allen anderen. Ihr Herz schlug schnell, als wäre sie gerannt, als wollte es aus ihrer Brust springen und sich Laurence Olivier zu Füßen werfen. Dabei kannte sie die unsichtbare Wand nur zu gut, die durch das Licht die Schauspieler vom Publikum trennte. Und dennoch, sie hatte seinen Blick gespürt wie ein Streicheln auf der Haut.

»Das hat mir gut gefallen.« Oswalds Stimme nah an ihrem Ohr zog Vivien aus ihrer Trance. Sie hatte nicht einmal bemerkt, dass das Stück vorbei war, dass Oswald ihre Mäntel von der Garderobe geholt hatte und dass sie bereits vor die Tür getreten waren, um nach Hause zu fahren. Das durfte nicht sein! Sie wollte nicht zu Leigh, sie wollte zu Laurence Olivier in die Garderobe, wollte ihm zu seiner blendenden Darstellung gratulieren.

Nur mit Mühe gelang es ihrem Verstand, sie davon zu überzeugen, gemeinsam mit Oswald in das Taxi zu steigen und Olivier an einem anderen Tag die Hand zu schütteln, ihn kennenzulernen. Ja, sie musste ihn unbedingt wiedersehen!

———◇———

»Du hast mir nicht zu viel versprochen«, sagte Beryl in der Pause zu Vivian. Ihre Freundin trank einen Schluck Champagner und sah sich um, ob sie jemanden aus dem Publikum kannte. Das Londoner Theatervolk traf sich bei Premieren, Jubiläen, aber auch zu einfachen Aufführungen so wie heute.

»Es ist wirklich das dritte Mal, dass du dir das Stück ansiehst?«

Vivian konnte nur nicken. Sie fühlte sich immer noch gefangen vom Zauber Laurence Oliviers. Der Schauspieler besaß eine Lebendigkeit und Ausstrahlung, die sie sofort in seinen Bann gezogen hatte und auch bei der zweiten Vorstellung hatte sie mit angehaltenem Atem dagesessen und nicht einmal geblinzelt, um ja nichts von Laurences Kunst zu verpassen. Unsicher, ob ihre Bewunderung nicht übertrieben war, hatte sie Beryl eingeladen und konnte es nun kaum erwarten, welches Urteil ihre Freundin fällen würde. Gleichzeitig fürchtete Vivian Kritik an dem von ihr bewunderten Schauspieler. Ihre Gefühle waren ein einziges Durcheinander. Was hatte dieser Laurence Olivier nur an sich, dass sie ihm auf den ersten Blick verfallen war?

»Findest du nicht, Olivier überzieht die Komik?«, fragte Vivian, obwohl sie selbst keineswegs so dachte. Aber vielleicht half es ihr, die rosarote Brille abzulegen, sollte Beryl kritische Worte finden. »An manchen Stellen wirkt er übertrieben.«

»Keinesfalls«, widersprach ihre Freundin heftig. »Ich bin mir sicher, er wird einer der Großen.«

»Und gut sieht er aus, nicht wahr?« Ein bisschen mager vielleicht, aber diese dunklen Augen, die markanten Gesichtszüge … Ach, es nutzte nichts, sie musste es sich eingestehen.

»Beryl, ich werde Laurence Olivier heiraten. Und ich werde auf der Bühne stehen, mit ihm gemeinsam.«

Ihre Freundin sah sie nur an, lange und intensiv, bis sie schließlich flüsterte: »Aber, Vivian, du bist bereits verheiratet.«

Kapitel 2

London, 1935

Erneut kämmte sich Vivien die Haare und erneut blickte sie in einen Spiegel, dieses Mal allerdings stand er nicht im Schlafzimmer in der Little Stanhope Street, sondern in ihrer Garderobe im *The Ambassadors Theatre*.

Noch immer erschien es ihr wie ein Traum, wie sehr ihr Leben sich in kurzer Zeit verändert hatte. Weil sie das Schauspielern nicht aufgegeben hatte, sondern es – auch gegen Leighs Willen – weiterverfolgt hatte. Sie hatte Unterricht genommen, den wunderbaren John Gliddon als Agenten gewonnen, einen neuen Namen bekommen und ihren Über-Nacht-Durchbruch erzielt. Aus Vivian Holman war Vivien Leigh geworden – ein aufsteigender Stern am Theaterhimmel.

Nervös suchte sie nach der Zigarettenschachtel. Ja, sie rauchte zu viel und aß zu wenig, aber all die Ereignisse, all die Veränderungen waren so schnell und überraschend gekommen, dass es ihr den Appetit verschlug. Vielleicht würde sich das ändern, wenn sie sich daran gewöhnt hatte, auf der Bühne zu stehen. Konnte man sich überhaupt daran gewöhnen? Verglichen damit, was sie heute noch erwartete, schien all dies jedoch unbedeutend. Sie stieß den Rauch aus und schloss die Augen. Wie nah sie ihrem Glück gekommen war!

Alles hatte damit begonnen, dass sie den Mut gefunden hatte, ihre Schauspielstunden wiederaufzunehmen. Der Unterricht hatte Vivien immens geholfen, ihre Fertigkeiten zu bessern, vor allem jedoch hatte er ihr geholfen, sich mit ihrem Makel zu arrangieren. Sie schämte sich nicht mehr für ihre übergroßen Hände, nachdem ihr Schauspiellehrer ihr die Memoiren von Ellen Terry, der großen Dame des englischen Theaters, zu lesen gab. Auch Ellen Terry hatte ihre Hände als riesig empfunden und diesen Nachteil zu ihrem Vorteil umgemünzt, indem sie ihre Gesten sehr bewusst einsetzte. Etwas, das Vivien sich zu eigen machte und ebenfalls übte.

Voller Dankbarkeit und Liebe dachte Vivien an Beryl, ohne die sie niemals John Gliddon kennengelernt hätte. Beryl hatte Viviens Namen ins Spiel gebracht, als John nach einer aufstrebenden Schauspielerin suchte, die Alexander Korda – ja, *der* Alexander Korda, einer der größten Produzenten Englands – zu einem internationalen Star aufbauen könnte. Beryl selbst interessierte sich nicht für das Filmgeschäft. Sie kam aus einer vermögenden Familie und musste sich keine Gedanken darüber machen, wie gering die Gagen am Theater waren.

»Darling, ich habe für dich einen Termin bei Gliddon gemacht.« Beryl hatte sehr zufrieden mit sich gewirkt, während Vivien panisch nach ihren Zigaretten und ihrer Spitze aus Ebenholz gesucht hatte. Ein Agent! Für sie! So weit war sie noch nicht mit ihrem schauspielerischen Können. Andererseits – konnte sie es sich wirklich leisten, sich solch eine Chance entgehen zu lassen?

»Wann soll ich ihn treffen?« Ihre Stimme zitterte kaum. »Hilfst du mir, das Vorsprechen vorzubereiten?«

Beryls Lächeln wurde breiter. »Ich fürchte, dafür haben wir keine Zeit. Er möchte dich morgen sehen.«

»Morgen?« Vor Schreck fiel ihr die Zigarettenspitze aus der Hand. »Das geht nicht. Ich muss zum Friseur, muss mir eine Rolle suchen ...«

»Vivling. John hat seine Agentur gerade erst eröffnet. Er kann dankbar sein, eine großartige Schauspielerin wie dich zu bekommen.«

»Meinst du wirklich?«

»Stell dein Licht nicht unter den Scheffel.« Beryl reichte ihr die Hand und zog sie in eine freundschaftliche Umarmung. »Ich begleite dich.«

»Danke. Du bist die Beste.«

Aber als Vivien voller Vorfreude und Begeisterung Leigh von dem Treffen mit John Gliddon erzählte, teilte ihr Ehemann ihr Glück nicht.

»Wirst du dann noch weniger zu Hause sein?« Sein Tonfall klang so vorwurfsvoll, dass sie es bereute, das Thema überhaupt zur Sprache gebracht zu haben. »Du bist jetzt Mutter. Deine Tochter braucht dich.«

»Suzanne hat eine Nanny, die sie bestens versorgt«, antwortete Vivien verärgert. »Habe ich nicht auch das Recht auf ein wenig Glück?«

»Bitte denke daran, dass ich eine Reputation besitze«, waren Leighs abschließende Worte, bevor er sich wieder seinem Buch widmete. »Ich bin Anwalt und eine Frau zu haben, die auf der Bühne steht ...«

Wir leben nicht mehr im 19. Jahrhundert, hätte sie ihm gern entgegengeschleudert, aber sie wollte sich nicht streiten. Nicht, bevor sie wusste, ob John Gliddon sie überhaupt vertreten wollte.

Leigh war ein aufmerksamer, freundlicher und wunderbarer Mann, mit dem sie hätte glücklich werden können, hätte er sich nur ein wenig für das Theater und die Schauspielerei begeistern können. So jedoch fühlte Vivien sich immer hin- und hergerissen und fürchtete, sich eines Tages zwischen ihm und ihrer Liebe zur Kunst entscheiden zu müssen. Bereits jetzt forderte dieses Doppelleben seinen Tribut. Während sie ihren Ehemann zu allen Veranstaltungen begleitete, die er wahrnehmen wollte, blieb ihr nur nachts Zeit, für ihre Rollen für die Schauspielschule an der Gower Street zu lernen. Oft dauerte das bis in die frühen Morgenstunden, so dass sie sich selbst nur ein, zwei Stunden Ruhe gönnte. Auch heute konnte sie nicht in den Schlaf finden, sondern drehte sich von einer Seite zur anderen. Ab und zu rüttelte sie an Leighs Schulter, wenn dessen Schnarchen zu laut wurde.

Ohne Erfolg. Schließlich stand sie auf und schlich auf leisen Sohlen in die Bibliothek. Der Band mit Shakespeares Stücken lag noch auf dem Tischchen neben dem bequemen Lesesessel, sie schlug ihn auf und nahm Platz auf dem weichen Polster. War es vermessen, die Ophelia in ihrem ersten Vorsprechen mit John Gliddon geben zu wollen? Sollte sie lieber etwas Leichteres wählen, eine Komödie? Vielleicht eine Szene aus *Die königliche Familie*?

Wieder einmal glitten ihre Gedanken zu Larry Olivier. Obwohl sich Vivien nun in Londons Theaterkreisen bewegte, war es ihr nicht gelungen, dem Schauspieler zu begegnen. Nicht etwa, weil sie sich nicht bemüht hätte. Nein, sie hatte jede Gelegenheit gesucht, dem faszinierenden Mann gegenüberzutreten, aber das Schicksal ließ es einfach nicht zu. Wieder sah sie ihn vor sich, mit dem schicken Schnurrbart, der den Schwung seiner Lippen betonte, mit der Fülle des dunklen Haars, und sie vermeinte, seine dunkle, tragende Stimme zu hören. Egal, wie das Vorsprechen ausging, sie würde versuchen, Larry endlich kennenzulernen.

»Passen Sie gut auf meinen Liebling auf«, hatte Vivien am nächsten Morgen der Nanny aufgetragen, und dann küsste sie Suzanne zum Abschied auf die weiche Wange. Die Kleine gluckste zufrieden und Vivien eilte zu ihrem Treffpunkt mit Beryl.

Zum Glück hatte sie ihren Schirm dabei, denn sie war keine zweihundert Schritte gegangen, als der graue Londoner Himmel über ihr aufbrach und der Regen so heftig auf das Pflaster pladderte, dass er von den Steinen aufspritzte und ihre Seidenstrümpfe durchnässte.

»Sehe ich gut aus oder habe ich übertrieben?«, lautete Viviens erste Frage an ihre Freundin. Sie hätte nicht den breitkrempigen Hut aufsetzen sollen, durchfuhr es sie. Plötzlich kam er ihr scheußlich überzogen vor für einen schlichten Nachmittag.

Beryl musterte sie von oben bis unten. »Perfekt, wie immer.«

»Danke, Darling.« Vivian wünschte sich, das Vorsprechen endlich hinter sich zu bringen, dann wiederum wünschte sie, sie hätte mehr Zeit, um sich vorzubereiten. John Gliddon jedoch gelang es sofort, ihr alle Ängste zu nehmen.

»Beryl behauptet, Sie können aus einer Unbekannten einen Star machen.«

»Nun, für Wunder kann ich nicht garantieren.« Gliddon nickte Beryl zu. »Aber ich kann einiges erreichen.«

»Auch für mich?« Anstatt ihm die Ophelia zu zitieren, drehte Vivien sich vor ihm im Kreis. »Auch für Vivian Holman?«

»Sie gefallen mir.« Der Agent musterte sie von oben bis unten. »Sie sind beinahe perfekt, nur …«

Er legte eine kunstvolle Pause ein.

Meine Hände, es sind meine Hände. Unter Aufbietung aller Kraft gelang es Vivien, ihre Hände ruhig zu halten und nicht hinter ihrem Rücken zu verstecken.

»An Ihrem Namen müssen wir arbeiten.« Der Agent strich sich mit der Hand übers Kinn. »Wie wäre es mit April Morn?«

»Nicht Ihr Ernst!« Das klang eher nach einer Revue-Tänzerin als nach einer ernsthaften Schauspielerin. »Ich hänge an Vivian. Wie wäre es mit meinem Geburtsnamen? Vivian Hartley?«

»Nein, damit verkauft man Handschuhe und steht nicht auf der Bühne.«

»Wie wäre es mit Vivian Leigh?«, schlug Beryl vor. »So kannst du deinem Mann schmeicheln und ihn vielleicht endlich fürs Theater begeistern.«

»Das könnte klappen.« John nickte bedächtig.

»Du bist großartig!« Erneut umarmte Vivian ihre Freundin. »Ab heute heiße ich Vivian Leigh.«

Allerdings war das nicht das letzte Wort zu ihrem Namen gewesen. Das hatte ein paar Wochen später Sidney Carroll, Londons gefürchtetster Theaterkritiker, gesprochen. Er überzeugte sie davon, ihren Vornamen in Vivien zu ändern, weil dies weiblicher klänge. So wurde aus Vivian Holman, Ehefrau und Mutter, Vivien Leigh, Schauspielerin, vertreten durch John Gliddon.

Vivien schwirrte der Kopf, als sie daran dachte, wie sehr John sich für sie eingesetzt hatte, obwohl sie das zu Beginn nicht verstanden hatte. Anstatt ihr Vorsprechen zu organisieren, führte ihr Agent sie aus. Zum Tee, zum Essen, zu Cocktails – dorthin, wo sich die Großen der britischen Filmbranche trafen: im Ritz, im Ivy und im Savoy Grill. Sehen und gesehen werden; das war Johns Strategie, die sich bald auszahlte. Alexander Korda wollte sie kennenlernen. Aber obwohl sie freundlich miteinander geplaudert hatten, hatte Korda Vivien nicht unter Vertrag genommen. Er fand sie nicht individuell genug. Das hatte sie getroffen, aber sie sah es nur als ein Hindernis auf dem Weg zum Erfolg.

Viel bedeutsamer für Vivien war der Tag, an dem sie endlich Larry persönlich traf. Im Savoy, allerdings in Begleitung seiner schönen, geheimnisvollen Ehefrau Jill Esmond. Vivien hatte sich heftig auf die Zunge gebissen, als sie die Frau an Larrys Seite entdeckte. Und doch pochte ihr Herz schneller denn je und sie vergaß ganz, dass auch Jills Blick auf ihr ruhte, als sie endlich Larrys Hand in ihre nahm, um sich ihm vorzustellen. Sie wechselten nur wenige Worte, aber wieder verspürte Vivien diesen Zauber – und wenn sie sich nicht getäuscht hatte, dann ließ ein Funkeln in Larrys Augen darauf schließen, dass auch er von ihr angetan war.

Möglicherweise war sie nur abergläubisch, aber Vivien kam es vor, als hätte ihre Karriere nach dem Zusammentreffen mit dem Schauspieler an Fahrt aufgenommen. Sicher, es waren nur winzige Filmrollen und zwei kurzlebige Theaterstücke, aber all das hatte sie letztendlich hierhergeführt: zu Henriette

Duquesnoy in *Die Marquise von Arcis*. Ihr Herz füllte sich mit Dankbarkeit für diese Rolle, die ihr den ersehnten Durchbruch beschert und ihren Namen in die Theaterzeitungen gebracht hatte. Mehr noch, die dazu geführt hatte, dass Vivien *seine* Aufmerksamkeit erhalten hatte. Die Blumen, die er ihr gesandt hatte, standen immer noch in ihrer Garderobe, obwohl sie längst verblüht waren. Die Karte mit den wenigen Worten trug sie immer bei sich.

Im Nachhinein betrachtet, erschienen Vivien alle diese Ereignisse wie Dominosteine, die nacheinander fielen und ein wunderbares Muster ergaben, das ihren Lebensweg bildete. Heute nun würde sie den wichtigsten Stein umstoßen. Heute würde sie mit Laurence Olivier zu Abend essen. Nur sie beide – keine störenden Begleiter, die es ihnen erschwerten, über das miteinander zu reden, was ihnen wichtig war: das Theater und die Rollen, die sie spielten.

Vivien lächelte ihrem Spiegelbild zu, während sie ihre Haare hochsteckte. Ganz gewiss wollte sie mit Larry darüber sprechen, wie sie ihre Schauspielfähigkeiten verfeinern konnte, und doch drehten sich ihre Gedanken hauptsächlich darum, endlich wieder in seiner Gegenwart zu sein und ihn sanft berühren zu können. Auf freundschaftliche Art natürlich, schließlich waren sie beide gebunden. Aber würde ihr Herz sich damit abfinden?

Kapitel 3

London und Capri 1936

Wie sehr sie ihn liebte! Aber ihre Liebe durfte nicht sein, dachte Vivien mit einem Seufzer, als sie die Haustür vorsichtig hinter sich schloss. Sie zog die Schuhe aus und schlich auf Zehenspitzen ins Schlafzimmer, um Leigh nicht zu wecken. Was für ein Glück, dass ihr Ehemann mit einem so guten Schlaf gesegnet war. Ihn würden weder Kanonendonner noch eine verspätete Ehefrau aus dem Schlummer reißen. Wie sie es erwartet hatte, lag er bereits leise schnarchend auf dem Rücken, das Gesicht entspannt.

Leigh ist ein guter Mann. Aber er ist einfach nicht Larry. Kein Mann ist wie er.

Während sie sich leise entkleidete, durchlebte sie in Gedanken jeden Augenblick des wunderbaren Abends, versuchte, sich an jedes seiner Worte zu erinnern. Larry wirkte meist ernsthaft und düster, so dass Vivien jedes Mal vor Glück zu zerfließen drohte, wenn er ihr ein seltenes Lächeln schenkte. Aber das war es nicht allein. Sie hatte das Gefühl, alles mit Larry teilen zu können, sie liebten beide das Theater und wünschten sich nichts mehr, als sich dort einen Namen zu machen. Mit Larry konnte sie über ihre Zukunftswünsche reden, konnte ihre Phantasie spielen lassen, ohne Sorge, von ihm verurteilt oder belächelt zu werden. Vor allem jetzt, da Viviens Karriere stagnierte.

Nach dem grandiosen Erfolg der *Marquise* hatte sie gehofft, weitere Rollen wie diese zu erhalten, aber kein Angebot bekommen. Auch Alexander Korda, der sie mit fliegenden Fahnen und voller Begeisterung unter Vertrag genommen hatte, schien sie vergessen zu haben. Vivien war mehrfach bei dem Produzenten vorstellig geworden und hatte ihn um eine Rolle gebeten, am liebsten in einem Film mit Larry, der auch bei Korda unter Vertrag stand. Doch nichts! Fünf Filme hatte Korda gedreht, ohne sie auch nur für einen davon in Betracht zu ziehen.

Sollte Leigh am Ende recht behalten und sie sich besser auf das Leben als Ehefrau und Mutter konzentrieren? Vivien schlüpfte unter die Decke. Vorsichtig, um Leigh nicht zu wecken, wärmte sie ihre kalten Füße an seinen warmen Beinen. Als er ein Grunzen von sich gab, zog sie die Füße heran und wandte ihrem Ehemann den Rücken zu. Sein Schnarchen erschwerte es ihr, ihre Gedanken zu sortieren.

Es hieß, Jill Esmond wäre schwanger, wenngleich Larry selbst kein Wort darüber verloren hatte. Er war ein verheirateter Mann und dem Anschein nach bald Vater – ebenso wie sie Ehefrau und Mutter war. Auch wenn das, was sie für Larry empfand, mehr als Begehren war, durfte ihre Liebe zu ihm nicht sein, sie war schier unmöglich. Und doch hatte sie in ihm ihren Seelenverwandten gefunden, da war sich Vivien sicher, den einen Menschen, mit dem sie sich vollständig fühlte. Das, was sie beide verband, war für die Ewigkeit gedacht.

Wie grausam das Schicksal doch war, dass sie einander erst begegnet waren, nachdem sie sich bereits anderen Menschen versprochen hatten! Hatte Vivien das Recht, für ihre Liebe alles andere aufzugeben? Hatte sie das Recht, Leigh und Suzanne zu verlassen, um ihr Glück zu finden? Zum Glück musste sie sich dieser Frage nicht heute stellen, denn bisher waren Larry und sie nur Freunde. Gute Freunde, die einander unterstützten und gerne Zeit miteinander verbrachten, aber sosehr Vivien es sich auch manchmal wünschte, keiner von ihnen war einen Schritt weitergegangen.

»Hast du etwas für mich, John?« Wie jeden Morgen rief sie ihren Agenten an, schwankend zwischen Hoffnung und Resignation. »Es heißt, dass Sidney Carroll mir eine Rolle anbieten will.«

»Vielleicht ist Kordas neuer Film etwas für dich.«

»Erzähl mir mehr.«

»Heute Mittag im Savoy. Ich lade dich ein.«

»Bitte lass mich nicht warten. Gib mir wenigstens einen Hinweis.«

»Bis später, Darling.« John wusste genau, wie neugierig sie war, und es bereitete ihm wohl einen gehörigen Spaß, sie auf die Folter zu spannen.

Während sich der Uhrzeiger allzu langsam ihrem Treffen entgegenbewegte, suchte Vivien Ablenkung. Sie spielte mit Suzanne, die heute Morgen ungnädiger Laune war und mit einem Spielzeug nach ihr warf. Anschließend dekorierte sie das Wohnzimmer um, nur um es sofort wieder in den alten Zustand zu bringen. Gerade als sie überlegte, einen langen Spaziergang zu machen, schlug die Kirchturmuhr zwölf.

Endlich!

Vivien rief sich ein Taxi, denn die mehr als drei Meilen zu *The Strand* wollte sie heute nicht marschieren. Seit Tagen fühlte sie sich erschöpft; sie musste dringend Zeit finden, sich auszuruhen. Nur wann? Ihre Tage teilte sie zwischen der Schauspielschule, Suzanne und Besuchen bei Freunden auf, die Abende gehörten oft Leigh und die späten Abende verbrachte sie in Gesprächen mit Larry. Niemals wäre sie bereit, etwas der kostbaren Zeit mit ihm für so etwas Langweiliges wie Schlaf zu opfern. Wenn er doch nur den Mut fände, sich ihr zu offenbaren, wenn sie doch nur den Mut fände …

Ihre Finger trommelten auf den Sitz, während sich das Taxi dem eleganten Hotel näherte. Vor der Tür stand ein Portier mit Mütze und langem Mantel. Eilfertig hielt er ihr die Tür auf, nachdem der Wagen zum Stehen gekommen war.

Trotz ihrer Neugier auf das, was John ihr mitteilen wollte, hielt Vivien kurz inne, um die Art-déco-Pracht des Hotels zu bewundern. Was für ein wunderschöner Ort, wie geschaffen für das erste Zusammentreffen zwischen Liebenden. Obwohl mehr als ein Jahr vergangen war, seitdem sie sich mit Larry hier zum ersten Mal unterhalten hatte, pochte Viviens Herz immer ein wenig schneller, wenn sie durch die Tür des Savoy trat.

In ihrem Kopf sammelte sie die Erinnerungen an ihre gemeinsamen ersten Male. Das erste Mal, dass sie ihn auf der Bühne gesehen, und das erste Mal, als sie ihm die Hand gegeben hatte, der erste freundschaftliche Kuss … Hoffentlich würde sie noch viele erste Male, unvergessliche Momente mit ihm teilen.

Überpünktlich wartete ihr Agent bereits an einem der runden Tische, ein Glas Wasser vor sich. Als sie den Raum betrat, erhob er sich und kam ihr ein paar Schritte entgegen.

»Gut siehst du aus, Darling. Ein bisschen müde.« John musterte sie. »Du solltest auf dich aufpassen. Schließlich bist du eine meiner wichtigsten Investitionen.«

»Wir beide haben ein Interesse daran, dass ich mich auszahle«, ging sie auf seinen scherzhaften Ton ein. »Also sage mir, was du für mich hast.«

»Wollen wir nicht erst ein wenig gepflegten Small Talk betreiben?«

»John!«

»Gib mir wenigstens Zeit, etwas zu essen zu bestellen.« Er winkte einen Kellner heran und gab seine Bestellung auf. Auffordernd blickte er Vivien an.

»Ich nehme das Gleiche.« Essen interessierte sie nun überhaupt nicht. Sie konnte es kaum erwarten, dass er das Geheimnis lüftete. John ließ sie zappeln und wartete, bis der Kellner ihre Getränke gebracht hatte.

»Auf dich.«

»John«, bat sie in flehendem Tonfall, aber stieß mit ihm an. »Nein, auf dich.«

»Korda hat einen Film für dich.«

Endlich dachte der Produzent an sie, aber nach Wochen ohne Auftrag boten sich ihr nun gleich zwei Chancen. Warum konnte das Schicksal es nicht besser verteilen?

»Und Sidney Carroll bietet mir eine Rolle in einem Theaterstück an. Du weißt, das Theater kommt an erster Stelle.«

»Hör dir erst einmal an, was Korda dir zu bieten hat.« Irgendetwas in Johns Tonfall sagte ihr, es wartete eine Überraschung auf sie. »Es wird ein historischer Film. *Feuer über England*. Er spielt zur Regierungszeit von Elizabeth I.«

»Immerhin schöne Kostüme.« Vivien war keinesfalls überzeugt. »Wen soll ich spielen? Die Königin?«

»Flora Robson ist die Queen, du wärst eine ihrer Hofdamen. Cynthia, die Tochter des Schatzmeisters.«

Also nur eine Nebenrolle. Enttäuscht ließ Vivien die Schultern sinken, während John weiterredete.

»Cynthia liebt den Abenteurer Michael Ingolby, der in spanische Gefangenschaft gerät. Dort hilft ihm die schöne Elena zu entkommen.«

»Also sitzt Cynthia am Hof und wartet.« Vivien zog die Nase kraus. »Keine sehr herausfordernde Rolle.«

»Michael muss zurück an den spanischen Hof, um der Queen seine Loyalität zu beweisen.« John legte eine kunstvolle Pause ein. »Er wird erneut gefangen genommen, kann fliehen und versenkt die spanische Armada.«

»Ich wiederhole mich. Cynthia sitzt irgendwo und wartet auf ihn. Und am Schluss heiraten sie.«

»Wie hast du das nur erraten?« Johns Grinsen wurde breit wie das der Cheshire Cat. »William K. Howard wird Regie führen.«

»Er hat *Spione küsst man nicht* gedreht.« Vivien mochte den Film mit William Powell und Rosalind Russell. »Hat er überhaupt schon einmal einen Kostümfilm gedreht?«

»Der Kameramann ist James Wong Howe. Er ist sehr gut darin, schöne Frauen noch schöner aussehen zu lassen.« John schien noch ein Ass im Ärmel zu haben. Vivien kannte diesen Blick. »Cynthia hat ein paar sehr starke Liebesszenen.«

»Aber nicht sehr viel Zeit auf der Leinwand, oder?« Wartende Ladys machten schlechte Heldinnen. Aber ein wenig neugierig war Vivien dennoch. »Und wer spielt den schneidigen Helden?«

»Du kennst ihn.« Ihr Agent ließ erneut Zeit verstreichen. »Es ist Larry Olivier.«

Ihr Larry! Sie würde Liebesszenen mit ihrem Larry spielen. Viviens Herz fühlte sich an, als wollte es aus ihrer Brust springen, als wären ihre Gefühle so groß, dass ihre schmale Brust sie nicht mehr halten konnte. Vorsicht! Sie durfte sich nicht anmerken lassen, wie sehr sie diese Rolle wollte. Das würde John nur misstrauisch stimmen.

»Du kannst Korda mitteilen«, sagte sie gelassen, »ich bin dabei.«

Sie bekam nur am Rande den Klatsch mit, den John ihr daraufhin erzählte. Viviens Gedanken kreisten nur um eines: Sie würde mit Larry vor die Kamera treten.

»Wann soll es losgehen?« Nun konnte sie den Drehbeginn kaum noch erwarten.

»Im August.«

So lange noch. Wie sollte sie die Zeit bis dahin nur überstehen? Da kam ihr eine Idee: Sie würde Larry anrufen und ihm anbieten, dass sie sich gemeinsam auf ihre Rollen vorbereiteten. Daran würde sich niemand stören können, oder doch?

All ihre guten Vorsätze halfen Vivien nicht, das Schicksal sandte sie auf einen anderen Pfad. Während Larry und sie sich gemeinsam auf *Feuer über England* vorbereiteten, verließ seine schwangere Frau London, um im Landhaus ihrer Mutter den Sommer zu verbringen. Als wollte auch er das Feld räumen, entschloss Leigh, mit Freunden in Schweden segeln zu gehen. Mit ihren jeweiligen Ehepartnern nun nicht mehr vor Ort, fiel es Vivien zunehmend schwerer, sich von Larry fernzuhalten. Ihre Gedanken kreisten stets um ihn, und jede Berührung – das bloße Streifen seiner Hand, wenn sie ihm seine Teetasse reichte – verursachte in ihr ein Chaos der Gefühle, dessen Bann im Juli schließlich brach.

Sie wusste letztlich nicht, wer den ersten Schritt gewagt hatte, doch es war, als ob ihre Körper füreinander geschaffen waren. Wenn sie sich ineinander verloren, zählte nur dieser Augenblick, diese Momente des Glücks. Erst am nächsten Morgen überkam Vivien stets eine Welle des schlechten Gewissens, wenn sie an Leigh denken musste. Und auch in Larrys Blick entdeckte sie Reue – bis seine Miene erweichte, wenn seine Augen die ihren erfassten. Sie wussten beide: Ihre Liebe war einzigartig, und doch durfte sie nicht sein.

Nach Jills und Leighs Rückkehr trafen sie sich seltener, aber sobald sie am Set von *Feuer über England* waren, konnten sie erneut nicht voneinander lassen.

»Lass uns die Pause nutzen«, flüsterte Larry ihr zu, während seine Finger über ihren Nacken strichen. »Essen können wir später noch.«

Vivien konnte nur nicken. Ihre Gefühle für ihn waren so stark, dass sie sie zu überwältigen drohten. Bei dem Gedanken daran, dass die Dreharbeiten heute endeten, fühlte sie sich elend und wünschte sich, die Zeit anhalten zu können.

»Vivling, es ist das Vernünftigste, wenn wir uns trennen.« Larry hielt sie auf Abstand, als sie sich in seine Arme stürzen wollte. Traurigkeit spiegelte sich in seinen wunderschönen Augen, in denen sie ertrinken wollte. »Lass uns nach dem Ende der Dreharbeiten in den Urlaub fahren, möglichst weit weg voneinander.«

Seine Stimme brach, während Vivien gegen die Tränen ankämpfte. Auch wenn es sich anfühlte, als risse man ihr das Herz aus der Brust, musste sie zugeben, dass Larry recht hatte.

»Es ist das Beste«, brachte sie schließlich hervor. »Das Klügste.«

Aber musste Liebe vernünftig sein? War Leidenschaft nicht gerade das Gegenteil von Vernunft? Wie sollte Vivien ihre überbordenden Gefühle für Larry zähmen und sich mit einem Leben an der Seite von Leigh bescheiden? Ihre Knie sackten unter ihr weg. Hätte Larry sie nicht gehalten, wäre sie sicher zu Boden gestürzt. Sie klammerte sich an ihm fest, obwohl sie wusste, dass jede Berührung den Abschied nur schwerer machte.

»Es tut mir so leid«, murmelte Larry und küsste ihr Haar.

»Mir nicht«, antwortete sie voller Heftigkeit. »Ich bereue es nicht, dich zu lieben.«

»Das bereue ich auch nicht.« Sein leises, trauriges Lachen – wie würde sie es vermissen! »Es tut mir leid, dass ich dich nicht viel früher kennengelernt habe.«

Sie konnte nicht antworten, sonst hätten die Tränen sich Bahn gebrochen. Auch Larry schwieg, er hielt sie fest in seinen Armen.

»Jill will mit mir nach Italien reisen, in die Sonne«, sagte er schließlich. »Nach Capri.«

»Dort muss es schön sein.«

»Nicht so schön wie bei dir.« Er schob sie ein wenig von sich fort, damit sie einander in die Augen blicken konnten.

»Ich hoffe, wir sehen uns wieder«, flüsterte sie mit weicher Stimme. »Dann werden wir wissen, wie stark unsere Liebe ist.«

Larry nickte nur und presste ihre Hände, so dass es schmerzte, aber bei Weitem nicht so sehr wie der Schmerz in ihrem Herzen. Lange standen sie dort schweigend, die Hände ineinander verschlungen, die Blicke tief ineinander versunken, bis sie sich losriss. »Ich brauche etwas Zeit allein. Wir sehen uns gleich bei den Dreharbeiten.«

Wenn sie nur noch einen Moment bei ihm stehen bliebe, könnte sie nicht gehen. Also wandte Vivien sich abrupt ab und eilte mit großen Schritten davon. Immer wieder fühlte sie sich versucht, sich umzudrehen, um zu prüfen, ob er ihr nachsah. Aber sie kannte ihren Ovid und wusste, was mit Orpheus geschehen war, als er sich nach Eurydike umgeschaut hatte. Wenn sie sich jetzt nach Larry umsah, wäre er für sie auf immer verloren.

Obwohl es sich anfühlte, als ließe sie mit jedem Schritt ein Stück ihres Herzens hinter sich, war es die richtige Entscheidung. Sie waren gebunden, sie waren Eltern. Auch wenn sie Leigh nicht mehr liebte wie früher, wenn sie ihn nie geliebt hatte wie Larry, so hatte sie ihm versprochen, bei ihm zu bleiben. Bei ihm und Suzanne. Sie konnte ihre Familie nicht zurücklassen und aufgeben für eine Liebe, die vielleicht nur ein Strohfeuer war und bald verlöschen würde. Nein, Vivien schüttelte den Kopf. Das, was Larry und sie verband, war einzigartig, war die eine, die große Liebe. Sie waren Seelenverwandte, denen man nur einmal im Leben begegnete. Wie bösartig vom Schicksal, dass sie einander zu spät begegnet waren! Sie konnte nur auf das nächste Leben hoffen. Blind vor Tränen flüchtete sie in ihre Garderobe.

»Es tut mir leid, Darling.« Leigh Holman zuckte mit den Schultern. »Ich kann nicht einfach mit dir in den Urlaub fahren. Ich habe Termine, verstehst du?«

Vivien konnte ihren Ehemann nur ungläubig anschauen.

Das durfte nicht wahr sein! Sie hatte ihr Glück, ihre Liebe, ihre Zukunft für Leigh aufgegeben – und das war der Dank? Sie hatte die Liebe ihres Lebens davonziehen lassen, um Leigh eine gute Frau zu sein, und ihr Ehemann warf ihr Geschenk beiseite, als hätte sie ihm Tand überreicht?

»Ich habe mich so auf unsere gemeinsame Zeit gefreut. Ich brauche die Erholung, es waren anstrengende Dreharbeiten.« Während sie die Worte aussprach, rotierten ihre Gedanken, drehten sich immer nur um eins: Larry! Er war mit seiner Frau nach Italien gefahren, während sie hier in London bleiben musste, allein mit ihren Gedanken und ihrer unerfüllten Liebe.

»Ich weiß, ich weiß.« Leigh lächelte sie an. »Verreise doch mit Oswald. Er wird sich bestimmt freuen.«

Ich kann nun hinfahren, wohin ich will! Ihr Herz schlug schneller. Sie musste ihre ganze Schauspielfähigkeit aufbringen, um sich nicht zu verraten.

»Das ist eine schöne Idee, Leigh. Du bist ein wunderbarer Mann.« Sie küsste ihn flüchtig auf die Wange. »Ich rufe Oswald gleich an.«

»Mach das, mach das.« Leigh widmete sich wieder seiner Zeitung.

Vivien eilte zum Telefon.

»Oswald, hast du Zeit, mit mir nach Capri in die Ferien zu reisen?«

Kapitel 4

Los Angeles, 1936

David O. Selznick war ein hässlicher Mann in einer Welt, die aus Glamour und Schönheit bestand. Und er wusste es. Schlimmer noch, er konnte sich dieser Schönheit nicht entziehen, fühlte sich angezogen von den hübschen Gesichtern, den langen Haaren – blond, brünett oder schwarz – und den großen Augen – blau, grün, braun, selten einmal grau wie das Meer an einem Regentag. Immer wieder sprach er sich ins Gewissen, dass er glücklich damit sein sollte, eine wunderbare Frau wie Irene geheiratet zu haben. Aber das half nichts, denn jeden Tag sah er der Verführung der Schönheit ins Gesicht, und jeden Tag fühlte er sich versucht, ihr nachzugeben.

Schönheiten wie Marlene Dietrich, deren Antlitz in Großaufnahme über die Leinwand flimmerte. Ein Stein fiel David vom Herzen, dass die kühle Deutsche auch in Technicolor atemberaubend aussah. Ja, der furchtbare Aufwand und all der Ärger bei den Dreharbeiten hatte sich gelohnt: *Der Garten Allahs* war ein opulentes Meisterwerk, das ihm hoffentlich endlich den begehrten Academy Award einbringen würde.

Aufmerksam studierte David jede Szene. Nun setzten sie wieder ein, die altbekannten und gefürchteten Zweifel: Hatte er wirklich die richtigen Entscheidungen getroffen? War

Charles Boyer nicht zu schwach neben der Dietrich? Hätte er nicht besser die Rolle der Domini einer exotischeren Schönheit als der kühlen Blondine geben sollen? Merkte man dem Film an, in welcher Eile das Drehbuch entstanden war? Er konnte es nicht sagen, zu sehr war er in die Produktion involviert. Heute Abend würde er Irene den Film zeigen; sie war seine beste Kritikerin und nahm kein Blatt vor den Mund.

Erschöpft zündete er sich eine Zigarette an, während die Schlussszene lief. War sie zu melodramatisch oder verlangte sie gar nach noch mehr Drama? David fürchtete, dass die Schauspieler nur ungern an den Set zurückkehren würden, denn Charles und Marlene hatten einander verabscheut.

Beim nächsten Film, das schwor er sich und drückte die Zigarette im Aschenbecher aus, beim nächsten Film würde er dafür sorgen, dass alles perfekt passte: Drehbuch, Regisseur und die Hauptdarsteller.

Hal, bitte bei der Wüstenszene die Farben hochdrehen, schrieb David auf sein gelbes Memopapier. Sein Schnittmeister würde schon wissen, was David damit meinte. Hal Kern war einer der Besten der Branche, so wie alle, die bei Selznick International Pictures arbeiteten. Denn David legte Wert darauf, mit seinem kleinen Studio große Filme zu drehen, um es den *Big Five* der Branche zu zeigen. Eines Tages, das hatte David seinem Vater an dessen Sterbebett versprochen, würde Selznick International Pictures bedeutender sein als Paramount, Warner Brothers, 20th Century Fox, RKO und natürlich Metro-Goldwyn-Mayer.

Vor seinem inneren Auge sah sich David triumphieren. Er würde den größten Film aller Zeiten produzieren, einen Film, wie ihn andere niemals auf den Markt bringen würden. Und dann wäre die Schmach getilgt, die immer noch mit dem Namen Selznick verbunden war. Die Pleite seines Vaters, eine

Intrige seiner Konkurrenten, die es Lewis J. Selznick nicht gegönnt hatten, dass ein Juwelenhändler aus Russland so große Erfolge erzielt hatte. Noch immer spürte David bitteren Zorn auf die Männer, die seinen Vater aus dem Geschäft gedrängt und ihm das Herz gebrochen hatten.

»Mr. Selznick, entschuldigen Sie.« Auf leisen Sohlen war Silvia Schulman in den Vorführraum gekommen und hielt ihm nun ein Stück Papier entgegen, das sie wohl frisch aus dem Fernschreiber geholt hatte. »Das sollten Sie lesen.«

»Ist es wirklich so wichtig?« David konnte keine Ablenkung gebrauchen.

»Es ist von Kay Brown«, sagte seine Assistentin. »Die Sache scheint dringlich zu sein.«

»Also gut.« Er nickte zum Dank, bevor er ihr das Schreiben aus der Hand nahm. Nicht ohne vorher seinen Blick von Kopf bis Fuß über sie wandern zu lassen. Silvia war eine ausnehmend hübsche Frau, aber leider auch ausnehmend verliebt in einen Jungen namens Ring Lardner junior und daher Davids Annäherungsversuchen gegenüber immun. Schnell überflog er den Text. Kay, die er als kühle und kluge Geschäftsfrau kannte, schwärmte in den höchsten Tönen von einem Bürgerkriegsroman mit dem vielsagenden Titel *Vom Winde verweht*. Mehr als tausend Seiten hatte die Geschichte, die Kay so in Ekstase versetzte. David lachte leise. Tausend Seiten, Himmel, wie viele Stunden Film würden das ergeben? Na ja, er konnte ja einen Blick riskieren, wenn Kays Päckchen angekommen war.

»Werden Sie *Vom Winde verweht* kaufen, Mr. Selznick?«, fragte ihn Silvia ein paar Tage später. »Ich habe den Roman in einer

Nacht verschlungen.« Ihre Augen leuchteten, während sie ihm von dem Buch vorschwärmte. »Es ist eine großartige Liebesgeschichte. Und eine unglaubliche Heldin.«

Das hatte Kay ihm auch geschrieben, inzwischen bombardierte sie ihn mit Telegrammen und Fernschreiben, damit er die Filmrechte kaufte. Aber David zweifelte daran, dass *Vom Winde verweht* in einen Film umzusetzen war. Zwar hatte er nur einen flüchtigen Blick auf Kays Synopse geworfen, aber der Plot erschien ihm unglaublich verwickelt.

»*Die Farm am Mississippi* im vergangenen Jahr ist furchtbar gefloppt. Bürgerkriegsfilme verkaufen sich einfach nicht.« Er zuckte die Schultern. Dabei war das Buch ein Bestseller gewesen und alle hatten gewettet, der Film würde nachziehen. Bis auf das unselige *Birth of a Nation* waren Bürgerkriegsfilme mit Pauken und Trompeten untergegangen.

Normalerweise hätte Silvia es damit gut sein lassen, doch sie blieb in der Tür stehen. »Bette Davis wäre eine großartige Scarlett oder Joan Crawford.«

»Und Gary Cooper wäre ein perfekter Rhett Butler.« Das hatte David sich bereits überlegt. »Wenn ich noch bei MGM wäre, würde ich nicht zögern.«

»Danke.« Silvia sah ihn aus ihren großen Augen an und David fühlte sich versucht, ihren Wunsch zu erfüllen und den Film zu kaufen.

»Ich denke darüber nach.« Verflucht! Frauen waren wirklich seine Schwachstelle. In dem Papierchaos auf seinem Schreibtisch suchte er nach Kays Schreiben.

Wie viel wollte Annie Laurie Williams für den Roman haben? 100.000 US-Dollar für das erste Werk einer vollkommen unbekannten Autorin?

Erneut holte er die Synopse hervor, die er in das linke obere

Fach seines Schreibtisches gelegt hatte, das Fach, in dem er die Projekte ablegte, die ihm vielversprechend, aber nicht hundertprozentig überzeugend erschienen.

»Ein Anruf von Mr. Whitney«, sagte seine Sekretärin und lächelte ihm zu. »Ich lege Ihnen das Buch ans Herz, es ist wirklich großartig.«

»Danke.« Das war eine weitere Frau, deren Meinung er schätzte, die sich für den Roman aussprach. Aber dennoch: 100.000 Dollar und er hatte weder ein Drehbuch noch die Stars, um die Geschichte zu verfilmen. Auch wenn es ihm schwerfiel, er würde diese Chance einem anderen Studio überlassen müssen. Als sein Telefon klingelte, nahm er den Hörer ab.

»David! Was hat Kay mir erzählt?« Davids Geldgeber klang wie immer gut gelaunt und voller Tatendrang. »Es gibt diesen unglaublichen Südstaatenroman, und du willst ihn nicht? Wenn du ihn nicht nimmst, kaufe ich die Rechte.«

Kay, dieses Biest! Wie konnte sie nur an ihm vorbei mit seinem Finanzier verhandeln? Sie wusste doch, dass Whitney nicht in der Lage war, künstlerische Entscheidungen zu treffen. Nachdem er seinen Ärger überwunden hatte, kam David jedoch wieder ins Grübeln. Wenn seine New Yorker Story Editorin bereit war, zu derartig verzweifelten Maßnahmen zu greifen, dann musste ihr wirklich viel an der Geschichte liegen.

»David«, erklang Jocks Stimme. »Hast du mich nicht gehört?«

»Doch, doch«, entschuldigte sich David. »Ich habe gerade nachgedacht. Ja, der Roman liegt noch bei mir.«

»Meine Frau hat die Schwarte auch gelesen. Was glaubst du, was ich mir anhören musste! Scarlett hier, Scarlett da.« Jock lachte leise. »Als gäbe es nichts Wichtigeres.«

»Und, hast du es auch gelesen?«

»Ich bin über die ersten zwanzig Seiten nicht hinausgekommen. Die Geschichte ist was für Frauen.«

»Und warum willst du *Vom Winde verweht* dann kaufen?« Jock war viel zu sehr Geschäftsmann, um in einen Roman zu investieren, der ihm nicht aussichtsreich erschien.

»Frauen gehen gerne und oft ins Kino«, antwortete Jock, als hätte er länger darüber nachgedacht. »Wenn ihnen das wirklich so gut gefällt, dann überreden sie bestimmt auch ihre Männer, sie zu begleiten – und dann haben wir gleich wieder alle erwischt.«

»Das ist eine Überlegung wert.« Langsam schien es David, als wolle das Schicksal unbedingt, dass er diese Geschichte verfilmte.

»Also lass mich das Buch kaufen«, drängte Jock.

»Noch habe ich mich nicht entschieden. Ich gebe dir Bescheid, wenn es so weit ist.«

»Verbinden Sie mich mit Kay Brown«, bat David Silvia, nachdem Jock aufgelegt hatte. Als er seine New Yorker Mitarbeiterin am Apparat hatte, sagte David: »Jock Whitney hat mich eben angerufen. Du weißt, warum?«

Kay schwieg einen Moment, dann überschlugen sich ihre Worte: »David, das Buch ist einfach wundervoll. Wenn du es nicht willst, dann gib es Jock, aber überlass es bitte nicht den großen Studios. MGM oder Warner Brothers würden es bestimmt zerstören.«

»Was ist denn so großartig an der Geschichte?« David runzelte die Stirn. »Wer will schon einen Film über Sklaverei, Baumwolle und einen verlorenen Krieg sehen?«

»Darum geht es nur vordergründig. In Wahrheit dreht sich alles um Scarlett O'Hara. Eine Frau, die um ihr Glück kämpft, die ums Überleben kämpft.« Kays Stimme überschlug sich geradezu vor Begeisterung. Sie war eine wirklich gute Verkäuferin, das musste er eingestehen. »Alle Frauen, die ich kenne, haben den Roman gelesen und alle lieben ihn!«

»Du weißt, dass ich weder einen weiblichen noch einen männlichen Star habe, die die Rollen spielen können.«

»Ja«, antwortete Kay und David konnte den Triumph in ihrer Stimme hören, »aber du kannst Louis B. Mayer fragen, oder jemand anderes. Sie werden dir schon ihre Stars für diesen Film leihen.« Sie holte tief Luft. »David, bitte, bitte, schlag zu, lass uns diese Chance nicht entgehen.«

»100.000 Dollar ist eine Stange Geld. Du weißt so gut wie ich, dass *Der kleine Lord* sein Geld einspielt, aber nicht viel Gewinn bringt. Und *Der Garten Allahs* kostet viel mehr, als veranschlagt.«

Ihr leises Lachen ertönte. »Das könnte daran liegen, dass du jede Szene zwanzigmal drehen lässt, bis sie deinen Perfektionsansprüchen genügt.«

Sie kannte ihn einfach zu gut. David musste in ihr Lachen einstimmen.

»Und wer soll das Drehbuch schreiben?« Verflucht, jetzt begann er schon ernsthaft darüber nachzudenken, wie er den Roman in einen Film verwandeln konnte.

»Wie wäre es mit Sidney Howard? Er arbeitet schnell und kennt sich mit historischen Stoffen aus.«

David wusste, wenn er verloren hatte.

»Also gut. Aber versuch noch, den Preis runterzuhandeln. Bisher hat kein Studio Interesse gezeigt. Alle haben Angst vor den vielen Seiten.«

»Ich gebe mein Bestes, das weißt du.« Er konnte förmlich

vor sich sehen, wie Kay triumphierend die Faust in die Luft reckte. »Wo liegt deine Schmerzgrenze?«

»Wenn du sie auf 50.000 gedrückt kriegst, nehmen wir das Buch.«

»Das schaffe ich.« Kay wusste, wie gut sie war. »David, dafür liebe ich dich.«

»Irene!« David trat ins Haus und rief laut nach seiner Frau. Wo war sie nur? Hoffentlich war sie nicht ausgegangen und er würde ohne ihre klugen Ratschläge eine derart große Entscheidung treffen müssen.

Zu seiner Beruhigung vernahm er ihre Stimme: »David? Du bist früh dran.« Sie kam aus dem Wohnzimmer, ein Lächeln auf den Lippen.

»Ich musste dich einfach sehen.« David gab ihr einen schnellen Kuss. »Ich habe heute entweder das Verrückteste meines Lebens getan oder das Klügste.«

»Nun, was war es?«, fragte sie. In ihren Augen meinte er zu lesen, dass sie an seiner Seite stünde, ganz gleich, ob es nun das Dümmste oder das Größte seiner Karriere war. Wie hatte er nur diese wunderbare Frau verdient?

»Du erinnerst dich, wir haben über den Bürgerkriegsroman gesprochen?«

»Den Tausend-Seiten-Schmöker, den du mir auf den Nachttisch gelegt hast?«

»Hast du ihn schon gelesen?«

»Für so eine gewaltige Geschichte brauche ich Ruhe. Ich wollte mich ihr in unserem Urlaub widmen.«

»Kannst du ihn bitte vorher lesen?«

Ihr Blick sagte mehr als jedes Wort. Irene ahnte sicher bereits, was er ihr sagen wollte. Sie kannte sich im Filmgeschäft beinahe so gut aus wie er, möglicherweise sogar besser. Dank ihres Vaters konnte sie gewiss einschätzen, dass *Vom Winde verweht* ein gewaltiger Film werden würde. »Du überlegst nun doch, es zu kaufen?«

David hob die Hände. »Ja, ich weiß. Mein Studio hat weder die Stars noch den Regisseur, und auch sonst müssen wir alles kaufen. Wir haben außerdem eigentlich nicht viel Geld, aber ...« Erneut spürte er die Begeisterung in sich aufsteigen. Kay Brown hatte es geschafft, ihn damit anzustecken. »Irene, bitte lies es. Ich muss wissen, was du davon hältst.«

Nervös zog er die Unterlippe zwischen die Zähne. Irene legte den Kopf ein wenig schräg, ihr Lächeln wurde breiter.

»Ist es dafür nicht ein bisschen zu spät?« Erneut hatte er ihre Klugheit unterschätzt. »Du hast es doch schon gekauft, nicht wahr?«

Er nickte und gab sich Mühe, zerknirscht zu wirken. »Ja«, gestand er ein. »Ich musste schnell entscheiden. Aber du hast das letzte Wort. Wenn es dir überhaupt nicht gefällt, verkaufe ich es an Jock Whitney.«

Obwohl er bereits Louella Parsons angerufen und von seinem großen Coup erzählt hatte. Zugegeben, er hatte etwas übertrieben und behauptet, Selznick International Pictures hätte sich gegen die großen Studios durchgesetzt, aber Klappern gehörte zum Handwerk und die Kolumnistin brauchte eine gute Story.

»Ich wusste, dass du die Geschichte kaufen wirst.« Manchmal konnte David nicht sagen, was sich hinter dem Lächeln seiner Ehefrau verbarg. »Denn du bist ein Spieler, Darling.«

Ja, das stimmte. Er setzte zu oft viel zu große Summen am Roulettetisch oder beim Pferderennen, aber was hatte das mit den Filmrechten zu tun?

Irene musste ihm sein Erstaunen angesehen haben, denn sie erklärte: »Jeder Spieler sorgt sich, dass jemand anders schneller ist und seinen Gewinn erhält. Daher hast du den Roman gekauft. Nicht, weil du ihn willst, sondern weil ihn niemand anderes bekommen soll.«

Kapitel 5

Los Angeles, 1936

Obwohl er den gemeinsamen Urlaub auf Hawaii genossen hatte, war David froh, zurück in Los Angeles zu sein. Zu viele Aufgaben warteten auf ihn und er fürchtete, dass die Arbeit während seiner Abwesenheit nur schleppend vorangegangen war. Doch bevor er zum Studio fahren würde, frühstückte er mit Irene. Das hatte er ihr versprochen: Egal, wie dringend die Aufgaben am Set waren, egal, wie viel er zu tun hatte, er würde an der Tradition ihres gemeinsamen Frühstücks festhalten.

»Darling, schau nur.« Irene reichte ihm die Zeitung. Etwas Verschmitztes lag in ihrem Lächeln, während ihr Zeigefinger auf eine große Schlagzeile tippte. »Dein Buch bricht alle Rekorde.«

»Zeig her.« David grabschte nach dem Papier. Hoffentlich waren es gute Nachrichten, denn die hatte er dringend nötig. *Vom Winde verweht* hatte es beinahe geschafft, ihm den Urlaub und das wunderschöne Hawaii zu verderben. Während Irene von dem Roman begeistert gewesen war, hatte David sich beim Lesen ständig gefragt, wie man diese verwickelte Handlung und diese unzählbaren Figuren auf die Leinwand bringen sollte. Ob er die Autorin wohl dafür gewinnen konnte, das Drehbuch zu schreiben? *Margaret Mitchell anfragen*, machte er sich eine geistige Notiz.

Gespannt überflog er den Artikel. *Vom Winde verweht* hatte bereits mehr als 300.000 Exemplare verkauft und die Frage, wer Scarlett O'Hara und Rhett Butler spielen sollte, spaltete die Nation. Was für ein Publicity-Erfolg! Und noch dazu einer, der ihn keinen einzigen Cent gekostet hatte. Wenn es so blieb, würde sich der Film auszahlen. Aber nein, halt!

»Verflucht!«, presste er zwischen den Zähnen hervor. Mürrisch warf er die Zeitung zur Seite.

»Das ist doch toll. Warum freust du dich nicht?« Irene musterte ihn fragend. »Besseres kannst du dir doch nicht wünschen.«

»Ich kann den Film jetzt nicht drehen«, antwortete er und seufzte. »United Artists sind zu klein und ich bin noch zwei Jahre an sie als Verleih gebunden.«

Vor einem Jahr, als er sich mit Selznick International Pictures unabhängig gemacht hatte, war es ihm als gute Idee erschienen, einen Vertrag mit United Artists zu unterschreiben, einem Vertrieb, den Schauspieler gegründet hatten. David hatte erwartet, dass sie seiner kleinen Firma gegenüber fairer wären als einem der großen Verleihe. Fair waren sie auch, aber leider nicht stark genug für seine großen Ambitionen. Und jetzt verhinderten sie, dass David sich nach einem anderen Partner umsah.

»Vielleicht kannst du dich aus dem Vertrag kaufen?« So war sie, seine Irene: schnell denkend, zupackend und praktisch. Wäre sie ein Mann, hätte Louis B. Mayer, ihr Vater, ihr garantiert MGM überlassen.

»Das ist es nicht allein.« David angelte nach der Zigarettenschachtel, was ihm einen kritischen Blick seiner Frau einbrachte. Irene mochte es nicht, wenn er am Frühstückstisch rauchte. »Mir fehlen die Stars, die diesen Film tragen können, und …«

Trotz ihres Kopfschüttelns steckte er sich eine Zigarette an und atmete den Rauch ein. Die beruhigende Wirkung blieb heute aus, alles nur, weil er dieses verdammte Buch gekauft hatte. Wie hatte Merian Cooper, der Produzent *von King Kong*, in einem seiner Bonmots gesagt: *Vom Winde verweht* sei die Geschichte einer Bitch und eines Bastards, also eines Luders und eines Gauners. Gleichzeitig sei es der grandioseste Roman über Zivilcourage, der je auf Englisch geschrieben wurde. Ob das Kinopublikum bereit wäre, Coopers Einschätzung zu folgen? David war sich nicht mehr sicher.

»David, ich habe den Roman verschlungen, Silvia hat ihn dreimal gelesen und Kay hat dir keine Ruhe gelassen. *Vom Winde verweht* ist ein Gewinner.«

»Aber wird er das in einem Jahr noch sein?«, sprach er seine Zweifel laut aus. »Außerdem habe ich weder Drehbuch noch Regisseur, von Scarlett und Rhett gar nicht zu reden.«

»Dann nimm dir die Zeit und such die besten Leute, so wie immer.«

»Aber 1937 oder 1938 wird sich niemand mehr an den Roman erinnern.«

»Oh doch. Das Buch ist zeitlos.« Irene nickte bestätigend. »Außerdem hast du Bird, dem wird bestimmt etwas einfallen, wie er die Dreharbeiten in die Zeitungen bekommt.«

Das stimmte. Russell Birdwell hatte grandiose Ideen, wie er Selznick International Pictures und deren Filme in die Presse brachte. David fühlte sich gleich etwas gelassener, denn mit seinem PR-Mann hatte er einen wichtigen Eckpfeiler seines Teams für die Dreharbeiten. Nun musste er noch jemanden fürs Drehbuch finden und jemanden, mit dem er all seine Ideen und Vorstellungen diskutieren konnte. David ging sie alle im Kopf durch – und nur einer blieb übrig, dem er diesen Film zutraute.

Anstatt direkt ins Büro zu fahren, hatte David einen Umweg gemacht und stand nun vor dem eleganten weißen Haus am 9166 Cordell Drive. Im Kopf legte er sich schnell die Argumente zurecht, ehe er an der Tür läutete. Sogleich überfiel ihn die Sorge, sein Freund könnte gar nicht zu Hause sein. Warum hatte er nicht vorher angerufen? Doch da öffnete sich die Tür. George Cukor wirkte überrascht, aber lächelte, als er David erkannte.

»Ich dachte, du wärst noch auf Hawaii? Komm rein, aber ich muss in einer halben Stunde ins Studio.«

»Mehr Zeit brauche ich nicht.« David folgte George in das Haus, in dem es angenehm kühl war. Wie jedes Mal beeindruckte ihn die Eingangshalle mit dem gemusterten Fußboden, den goldfarbenen Stühlen und den eleganten Leuchtern.

»Möchtest du einen Kaffee? Setz dich.« George deutete auf den Sessel neben dem Kamin. »Was führt dich zu mir?«

»Danke, keinen Kaffee. George.« David konnte seine Aufregung kaum zurückhalten. »Du hast es bestimmt schon gehört, oder?«

»Von deinem Coup, *den* Bürgerkriegsroman schlechthin gekauft zu haben?« Der Regisseur nickte. »Ganz Hollywood spricht davon.«

»Und, was sagen sie?« Obwohl David eigentlich etwas ganz anderes von seinem Freund wollte, musste er es erfahren.

»Das kannst du dir doch denken, oder?« George hob die

Hände. »Die meisten von ihnen halten dich für verrückt. Bürgerkriegsfilme laufen einfach nicht.«

»Niemand beneidet mich?«

»Falls ja, hat es bisher keiner öffentlich gesagt.« Der Regisseur zuckte mit den Schultern. »Jedenfalls nirgends, wo es in der Film-Community weitergetratscht werden könnte.«

David zuckte zusammen. Sicher, er hatte damit gerechnet, dass die Hollywood-Meute sich über *Vom Winde verweht* das Maul zerreißen würde, aber sie mussten doch eingestehen, was für einen großartigen Erfolg er gelandet hatte. Doch natürlich mussten sich die Studio-Bosse über ihn lustig machen, dachte er dann. Schließlich konnte man in Hollywood nicht zugeben, einen Fehler gemacht und ein Rennen verloren zu haben. Besonders nicht, wenn man Chef eines der großen Studios war und von einem winzigen wie Selznick International Pictures abgehängt worden war.

»Was hältst du davon?« David musterte George, suchte nach verräterischen Anzeichen, dass dieser sich auf die Seiten der großen Studios geschlagen hatte. »Meinst du auch, ich habe mich verhoben?«

Der Regisseur überlegte. Das schätzte David sehr an ihm. George würde niemals schnell drauflosplappern, nur um eine Antwort zu geben. Er durchdachte alles genau, auch bei seinen Filmen. George war einer der Regisseure Hollywoods, die eine sehr eigene Handschrift entwickelt hatten. Und damit war er genau der Richtige für Davids großartiges Vorhaben.

»Das Buch ist zu lang und zu komplex«, antwortete sein Freund schließlich. Er rieb sich mit Zeige- und Mittelfinger die Stirn. »Bürgerkriegsfilme laufen grundsätzlich schlecht, aber du hast dir eine wahnsinnige Geschichte gekauft.«

»Genau das denke ich auch.« David war zappelig vor Freude

und Aufregung. »Für den Film müssen wir den Plot mehr fokussieren. Wir müssen Scarlett O'Hara in den Mittelpunkt stellen und vieles von dem drum herum streichen, vor allem den Ku-Klux-Klan.«

»Wir?« George zog eine Augenbraue hoch. »Du und wer noch?«

»Verdammt!« David hatte sich in seinem Übereifer verraten. Andererseits, George hatte sich bestimmt denken können, weshalb David mit ihm reden wollte. »Für *Vom Winde verweht* brauche ich den besten Regisseur, den Hollywood zu bieten hat. Ich brauche jemanden, der eine ambivalente Frauenfigur führen und sie gleichzeitig willensstark und sympathisch wirken lassen kann.«

»Und da hast du an mich gedacht.«

»Du weißt, ich halte dich für einen der Besten, nein, für *den* Besten. Und für einen guten Freund.«

Das war nicht geschmeichelt. Obwohl sie sich vom Charakter extrem unterschieden, hatte David den Regisseur schätzen gelernt und vertraute ihm. Etwas, was im Haifischbecken Hollywood mehr wert war als Gold. Sie kannten einander seit gemeinsamen Filmen bei RKO. *What Price Hollywood* und *Vier Schwestern* zählte David zu den besten, für die er damals verantwortlich gewesen war. Auch bei MGM hatten sie zusammengearbeitet. *David Copperfield* war unumstritten ein Meisterwerk, das sicher auch Lewis J. Selznick gefallen hätte. Von seinem Vater hatte David die Liebe zu Klassikern geerbt und ihm zu Ehren drehte er Literaturverfilmungen so werkgetreu wie möglich.

»Wann soll der Drehbeginn sein?« Diese Frage hatte David gefürchtet, aber George wäre ein schlechter Regisseur, hätte er sie nicht gestellt.

»1938 oder 1939.«

»Wie bitte?« George lachte. Ein tiefes warmes Lachen voller Unglauben. »Was willst du dann heute von mir?«

»George.« David beugte sich vor, seine Stimme gewann an Intensität. »Das wird der größte Film aller Zeiten. Da bin ich mir sicher. Und ein großer Film braucht eine gute Vorbereitung.«

Leider reagierte George nicht so euphorisch, wie David es sich erhofft hatte. Stattdessen blickte der Regisseur ihn skeptisch an.

»Hast du schon ein Drehbuch?«, stellte er zielsicher eine weitere Frage, die David Kummer bereitete.

»Das kommt noch«, ging David darüber hinweg und hoffte, dass George sich damit zufriedengeben würde. »Erst einmal suche ich den Regisseur, dann besetze ich die Rollen, hole mir die besten Kameraleute und Ausstatter. Das Drehbuch ist das kleinste Problem.«

Er konnte Georges Miene ablesen, dass sein Freund diese Ansicht nicht teilte, aber, da musste David Scarlett O'Hara zustimmen, das war ein Problem für einen anderen Tag.

George stand auf und ging vor David auf und ab, die Hände hinter dem Rücken verschränkt: »Ich habe das Buch gelesen. Sogar zweimal. Es ist großartig und kann wirklich der größte Film aller Zeiten werden. Aber ...«

David ahnte bereits, was der Regisseur ihm sagen würde, dennoch ließ er ihn ausreden.

»Aber«, fuhr George fort, »ich habe nicht genug gespart, um es mir leisten zu können, ein oder zwei Jahre ohne Bezahlung an einem Film zu arbeiten.«

»Das musst du auch nicht.« David schmunzelte, weil er mit seiner Einschätzung richtiggelegen hatte. »Ich kann dir am

Anfang nicht so viel zahlen wie bei einer echten Regie, aber ich werde von Beginn an Geld für dich haben.«

»Gut, dann hast du deinen Regisseur gefunden.«

Davids Herz schlug vor Erleichterung schneller, er hatte nicht erwartet, dass es so einfach würde. Schließlich konnte er wirklich nicht viel vorweisen: die Filmrechte, sein kleines Studio und seinen Enthusiasmus. Alles andere würde später kommen – hoffentlich.

»Wen würdest du für das Drehbuch nehmen?« Geteilte Verantwortung würde ihn entlasten – solange ihm die letzte Entscheidungsgewalt oblag. »Ich dachte an Ben Hecht oder Sidney Howard.«

Ben war ein Freund und galt in Hollywood als begnadeter und schneller Autor – allerdings eher als einer für Überarbeitungen. Ihn rief man an, wenn man nicht weiterwusste und ein Drehbuch unterzugehen drohte. David fürchtete, dass sein Freund für *Vom Winde verweht* zu grobschlächtig dachte und die Feinheiten der Figurenzeichnung nicht nachvollziehen konnte.

Sidney Howard hingegen hatte einen Pulitzerpreis gewonnen und war ein bekannter Theaterautor. Er erschien David die passendere Wahl für seinen großen Film.

Ich hätte Ben nehmen sollen, dachte David, nachdem er Howards Treatment gelesen hatte. Gestern war das dicke Paket bei David eingetroffen, als ein Weihnachtsgeschenk, obwohl David das christliche Fest nicht feierte. Die Zusammenarbeit war schwierig, denn der Autor weigerte sich, nach Hollywood zu kommen. Dabei hielt David es für essenziell, direkten Zugriff auf seine Leute zu haben, um mit ihnen zu jeder Tages- und auch Nachtzeit seine Ideen zu diskutieren.

Es tut mir leid, schrieb Howard, *dass das Drehbuch zehn Tage überfällig ist. Ich hatte eine schlechte Zeit: Erst die Grippe, dann hat man meinen Hund vergiftet und ich musste ein Stück um 40 Seiten kürzen. Es ist auch kein Drehbuch und nicht so perfekt, wie ich es wollte, aber es gibt eine Idee, wie der Film werden könnte.*

»Eine Idee? Ideen habe ich selbst genug«, brummelte David. Drei Monate Arbeit für eine Idee?

»Was hast du, Darling?« Irene stand im Türrahmen seines Arbeitszimmers, ihre schlanke Silhouette unverkennbar. »Wir warten mit dem Abendessen auf dich.«

»Ist es schon so spät?« David blickte auf seine Uhr. Wieder einmal hatte er die Zeit vergessen. »Howards Drehbuch ist eine Pleite.«

»So schlimm wird es schon nicht sein.« Sie lächelte ihm ermutigend zu. »Du hast noch genügend Zeit, etwas daraus zu machen.«

Wenn sie sich nur nicht irrte. Immer mehr beschlich David das Gefühl, dass er sich an diesem Brocken verheben würde.

»Ich rufe nur schnell George an. Dann komme ich zum Essen.«

»Wir fangen schon einmal an.« Es war Irene deutlich anzuhören, wie wenig ihr das gefiel, aber darauf konnte David keine Rücksicht nehmen. Er wartete, bis seine Frau das Zimmer verlassen hatte, bevor er zum Telefonhörer griff.

»George. Howard hat mir eine erste *Idee* geschickt. Ich sende dir eine Kopie.«

»Dir auch frohe Weihnachten, David.« Im Hintergrund waren Geräusche einer Party zu hören. Für einen Moment hatte David ein schlechtes Gewissen, aber George hätte ja nicht ans Telefon gehen müssen. »Bist du zufrieden?«

»Für einen Entwurf ist es okay.« Warum hatte George ihn nicht eingeladen, überlegte David, als lautes Lachen erklang. »Aber wer soll die Scarlett spielen?«

»Glaub mir, Kate ist die Idealbesetzung.«

Seit dem Dreh von *Vier Schwestern* war der Regisseur mit Katherine Hepburn befreundet und hatte sie David schon mehrfach empfohlen.

»Möglicherweise, aber sie ist zu bekannt.«

»Eine Anfängerin kann die Rolle niemals stemmen.«

»Aber ist Kate sexy genug?«

»George, wo bleibst du?«, erklangen Stimmen aus dem Hintergrund.

»David, ich muss zu meinen Gästen. Schick mir den Entwurf und ich melde mich.«

Er legte auf, bevor David sich verabschieden konnte. Katharine Hepburn als Scarlett O'Hara? Nein, auf keinen Fall. Aber wer wäre geeignet, Scarlett O'Hara zu spielen?

Kapitel 6

London und Dänemark 1937

Wann würde sie sich nicht mehr schlecht fühlen, weil sie Leigh für Larry verlassen wollte? Immer wieder stellte Vivien sich diese Frage, ohne auf eine Antwort zu stoßen. Ihre Mutter war ihr beileibe keine Hilfe, denn Gertrude bläute ihr nahezu täglich ein, dass Vivien bei ihrem Ehemann bleiben müsse. Denn schließlich hatte sie ihm und nicht Larry vor Gott und dem Priester versprochen, sich zu lieben und zu ehren und sich treu zu sein, bis dass der Tod sie scheide. Eigentlich hatte Vivien von Gertrude mehr Verständnis erhofft, denn schließlich war ihre Mutter ihrer großen Liebe aus dem kleinen Bridlington ins exotische Indien gefolgt.

Oh nein, dachte sie, die Ehe ihrer Eltern sollte kein Vorbild für Larrys und ihre Liebe werden. Denn glücklich waren Gertrude Robinson Yackje und Ernest Richard Hartley leider nicht geworden. Schon oft hatte Vivien überlegt, wie viel besser es für ihre Eltern gewesen wäre, hätten sie sich getrennt und nicht an der Ehe festgehalten.

Aber genug davon. Wenn sie sich den ganzen Tag mit düsteren Gedanken plagte, wäre ihr auch nicht geholfen. Zur Ablenkung griff Vivien nach der *Times*, um das Kreuzworträtsel zu lösen. Sonst fiel es ihr immer leicht, doch heute konnte sie sich nicht konzentrieren. Ohne Larry fühlte sie sich einsam, ohne eine Rolle fühlte sie sich nutzlos.

Letztlich griff sie nach dem dicken Wälzer, den sie gestern in der Buchhandlung gekauft hatte. *Vom Winde verweht* – der Titel hatte sie angesprochen. Sie nahm den Schutzumschlag ab, legte ihn zur Seite und schlug den Roman auf. Bereits die ersten Worte nahmen sie gefangen und vertrieben alle Gedanken an Scheidung und Unglück.

Auch wenn das Buch fern von ihr im Süden der Vereinigten Staaten spielte, so meinte sie, Scarlett O'Hara direkt vor sich sehen zu können. Auf der Plantage ihres Vaters, im vom Krieg tobenden Atlanta, in einem Pferdewagen auf der Flucht. Vivien bewunderte, wie Scarlett niemals aufgab, um ihre Liebe zu kämpfen. Und wenn sie selbst sich ein Vorbild an der Heldin nahm? Sich dagegen wehrte, sich dem Schicksal einfach so hinzugeben? Vivien las und las, derart gefangen, dass sie weder rauchte noch etwas aß. Sollte es je eine Verfilmung dieses unglaublichen Werks geben, dann müsste sie die Scarlett spielen, so viel stand für sie fest.

Erst als Larry zur Tür hereinschlich, wie ein Dieb in der Nacht, blickte Vivien auf. Ihr Liebster sah über die Schulter und vergewisserte sich, dass das Personal aus der Küche ihn nicht mit bösen Blicken strafte. Nanny, Küchenmädchen und Köchin wussten von Viviens Affäre und hießen sie keineswegs gut, aber immerhin blieben sie Leigh gegenüber verschwiegen. Auf lange Sicht jedoch konnten diese heimlichen Treffen nicht so weitergehen.

»Was ist mit dir, Vivling?«, fragte Larry, nachdem er sie mit einem langen Kuss begrüßt hatte. »Du strahlst ja regelrecht.«

»Ich habe mich in ein Buch verliebt, in eine Heldin. Sie wäre die perfekte Rolle für mich.« Sie hielt den immens dicken Roman hoch. »Aber das ist bestimmt nichts für Korda. Da müsste ich schon nach Hollywood.«

»Glaub mir, Darling, da möchtest du nicht hin.« An der Art, wie er sein Gesicht verzog, erkannte sie nur zu gut, dass ihn die Erinnerung an seine große Schmach noch immer plagte. Jill und er waren 1930 bis 1932 in den USA gewesen, um dort Filme zu drehen. Ohne nennenswerten Erfolg. »Wenn ich nicht gewesen wäre, hätte Selznick die arme Jill mit einem Knebelvertrag über den Tisch gezogen.«

Viviens Laune sank schlagartig. Musste er seine Ehefrau jetzt erwähnen?

»Aber du warst doch 1933 noch einmal in Hollywood?« Ganz so schlimm konnte es also nicht gewesen sein.

»Ja, ich sollte mit der Garbo spielen, aber die hat mich auflaufen lassen, um ihren Verflossenen ins Spiel zu bringen.«

»Wie dumm von ihr. Sie weiß nicht, was sie verpasst hat. Du hättest die Rolle gewiss mit mehr Tiefe und Charisma angelegt.«

Das sagte sie nicht, um ihm zu schmeicheln, sondern weil sie es aus tiefstem Herzen so meinte. Larry war ein großartiger Schauspieler, einzigartig und hochbegabt.

Larry nahm Viviens Ausgabe von *Vom Winde verweht* in die Hand und las den Klappentext, ehe er sie überrascht ansah. »Was interessiert dich an den Südstaaten? Das waren Sklavenhalter und Ausbeuter.«

»Ich weiß, ich weiß.« Vivien hob die Hände in einer Geste der Verzweiflung. »Darüber ärgere ich mich auch, vor allem darüber, wie positiv der Ku-Klux-Klan dargestellt wird. Aber diese Helden, diese Scarlett, es ist eine unglaubliche Geschichte.«

Fieberhaft überlegte sie, wie sie ihre Faszination mit der

Geschichte, ihren Figuren, der Atmosphäre in Worte fassen konnte. Ach, sie war nun einmal keine Schriftstellerin.

»Eigentlich ist es die Geschichte eines jungen Mädchens, das sich mit aller Kraft durchbeißt, als es darauf ankommt.« Ja, genau das war es. Das war das Besondere an dem Roman von Margaret Mitchell. »Sie gibt nicht auf, egal, was sich ihr entgegenstellt. Sie ist eine, die immer überlebt. Und die unangepasst lebt.«

Glücklich bemerkte sie, dass sich auf Larrys Gesicht langsam Neugierde abzeichnete. Fragend legte er den Kopf leicht schief. »Das wiederum klingt spannend. Eine Frau, die ums Überleben kämpft. Eine Frau, die ihren Weg sucht.«

»Ganz genau«, antwortete sie enthusiastisch. »Scarlett O'Hara ist eine Frau, die gegen alle Konventionen verstößt, die sich nicht an die Regeln hält und die man trotzdem lieben muss. Das ist eine Rolle, die ich unbedingt spielen möchte.«

Ihre Augen leuchteten und sie war ihrem Liebsten dankbar, dass er ihr die Chance gab, über ihr neues Lieblingsbuch zu sprechen. Atemlos berichtete sie ihm von der sechzehnjährigen Scarlett, ihrer unumstößlichen Liebe zu Ashley Wilkens, vom Bürgerkrieg und ihrer spektakulären Flucht aus dem in Flammen stehenden Atlanta.

»Du hast recht. Das müsste eine bombastische Filmszene werden«, warf Larry begeistert ein. »Eine brennende Stadt als Hintergrundkulisse und davor eine Kutsche …«

»Ein Pferdewagen«, unterbrach sie ihn sanft.

»Meinetwegen. Also ein Pferdewagen, in dem die Menschen vor den herannahenden Truppen fliehen. Das würde dem Publikum sicher eine Gänsehaut bescheren.« Larry seufzte. »Manchmal beneide ich den Film um die Effekte, die er nutzen kann. Da kann das Theater leider nicht mithalten.«

»Aber das Theater ist Kunst«, widersprach sie. »Der Film ist pure Unterhaltung.« Doch das tat ihrem Enthusiasmus für diesen Stoff keinen Abbruch. Scarlett war eine derart vielschichtige Figur, wie Vivien sie nur selten zu lesen bekommen hat. Aufgeregt erzählte sie Larry von Scarletts Rückkehr nach Tara, der Plantage ihrer Familie, und ihren Verwicklungen mit dem vermeintlichen Hasardeur Rhett Butler, der sich – und nicht Ashley Wilkens – als ihre große Liebe entpuppt. Nur, dass Scarlett ihn zum Zeitpunkt dieser Erkenntnis bereits verloren hat.

»Aber Scarlett ist nicht besonders sympathisch?« Larry sah sie ungläubig an. »Sie heiratet einen armen Jungen, ohne ihn zu lieben, dann schnappt sie ihrer Schwester den Verlobten weg und verzehrt sich in Sehnsucht nach dem falschen Mann.«

»Schon, aber das ist nicht wichtig. Von Bedeutung ist, dass sie alles tut, um zu überleben. Sie kämpft, sie lässt sich von den Konventionen nicht aufhalten. Sie lässt sich nicht kleinmachen, sondern sie begehrt auf und geht ihren Weg. Ihr ist es egal, was die Menschen von ihr denken.«

»So wie du und ich. Wir haben unsere Liebe auch gegen alle Konventionen erkämpft.« Er stand auf und kam auf sie zu. Dann beugte er sich zu ihr und gab ihr einen leidenschaftlichen Kuss.

»Das Einzige«, sagte Vivien und verdrehte die Augen, »was mich an Scarlett wirklich anstrengt, ist ihre Angewohnheit, ›Fiddle-dee-dee‹ zu sagen.«

———◆———

»Unser Zuhause.« Viviens Stimme versagte, Tränen rollten über ihr Gesicht. »Unser Zuhause. Larry, ich danke dir.«

»Gefällt es dir wirklich?« Larry zog die Unterlippe zwischen die Zähne, wie stets, wenn er nervös war. »Wenn nicht, suchen wir gemeinsam etwas Neues.«

Vivien blickte sich um. Durham Cottage war ein winziges, aber reizendes Haus aus dem 17. Jahrhundert. Mit seinen niedrigen Fenstern erinnerte es Vivien an ein Puppenhaus. Am meisten gefielen ihr der ummauerte Garten und die Weinranken, sie liebte es, mit den Händen zu arbeiten und Blumen anzupflanzen und zu pflegen.

»Oh, Larry«, flüsterte sie. »Es ist perfekt. Du machst mich so glücklich.«

So viel war in den vergangenen Monaten geschehen, so viele Dominosteine waren gefallen, bis sie gemeinsam hierherziehen konnten. Erst hatte Korda sie in *21 Days* besetzt, einem Krimi-Melodram, in dem sich weder Larry noch sie wohlfühlten. Immerhin war der Produzent so großzügig, ihnen freizugeben, um mit dem Old Vic nach Dänemark zu reisen. Hier spielten sie *Hamlet* auf Schloss Kronborg, eine beeindruckende und unvergessliche Erfahrung. Danach waren sich Vivien und Larry im Klaren: Sie gehörten zusammen, für immer. Zurück in London verkündeten sie die Trennung und baten Jill und Leigh um die Scheidung. Bisher weigerten die beiden sich, aber selbst das konnte Viviens Freude nicht trüben. Larry und sie hatten endlich ein Heim. Nun musste sie nur noch die Rolle der Scarlett O'Hara bekommen – und all ihre Wünsche wären erfüllt.

Kapitel 7

Los Angeles, 1937

Nein! Nein! Und nochmals nein! Frustriert legte David das Manuskript zur Seite. Sicher, Sidney Howard war es gelungen, die Essenz von *Vom Winde verweht* zu erfassen, die verwickelte und sich häufig wiederholende Handlung zu straffen und etliche Figuren zu streichen, aber nun fehlte es der Geschichte an Größe, an Lebendigkeit, an Drama. Musste David wirklich alles selbst machen? Er war sich sicher, er könnte ein besseres Drehbuch schreiben. Nur wann sollte er die Zeit dafür finden?

Denn es gab eine Vielzahl von Aufgaben, die seiner harrten. Neben den Dreharbeiten für *Ein Stern geht auf* und den Vorbereitungen zu *Der Gefangene von Zenda* wartete stapelweise Post auf seinem Schreibtisch, die sich nur mit einem beschäftigte: der anstehenden Verfilmung von *Vom Winde verweht*.

David erhob sich von seinem bequemen Sofa und setzte sich an seinen breiten Schreibtisch. Marcella Rabwin, die Silvia Schulman ersetzt hatte, hatte seine Post in vier Stapel vorsortiert und mit gelben Memos versehen:

- *Die Rassenfrage*
- *Jeder weiß, wer Scarlett O'Hara spielen sollte*

- *Atlanta gibt keine Ruhe wegen der Premiere und weitere Nachrichten aus dem Süden*
- *Es gibt ein Leben neben* Vom Winde verweht

Trotz seiner schlechten Laune musste David lachen. Marcella war nicht nur äußerst attraktiv, sondern auch klug und humorvoll.

Vorsichtig, um die Papierstapel nicht umzuwerfen, zog er wahllos einen Brief aus dem Wust heraus. Schon wieder ein Brief des Bürgermeisters von Atlanta. William B. Hartsfield hatte David mehrfach angeschrieben und ihn eingeladen, die Premierenfeier in Margaret Mitchells Geburts- und Wohnort, und natürlich einem der zentralen Schauplätze von *Vom Winde verweht*, zu veranstalten. David rieb sich die Stirn und suchte nach seinen Zigaretten. Sehr viel sprach dafür, den fertiggestellten Film zum ersten Mal in Atlanta zu zeigen. Ohne die Unterstützung der Südstaaten würde *Vom Winde verweht* an den Kinokassen untergehen, aber … Und für David war das ein großes Aber: In Georgia herrschte weiterhin strikte Rassentrennung. Farbigen Menschen war es nicht erlaubt, in dieselben Kinos zu gehen wie Weiße. Wahrscheinlich dürften nicht einmal die farbigen Schauspieler an der Premiere teilnehmen. David schüttelte den Kopf. *Vom Winde verweht* ohne Mammy und Prissy, ohne Pork und Big Sam – das war einfach undenkbar.

David zündete sich die Zigarette an und fühlte sich versucht, Hartfields Brief dem Feuer zu übergeben. Stattdessen legte er das Schreiben zurück auf den Stapel und widmete sich dem nächsten Dilemma – den Angriffen der Bürgerrechtsbewegung, der National Association for the Advancement of Colored People. Die NAACP und ihr nahestehende Zeitungen hatten bereits den Roman harsch kritisiert und zu einer Kampagne dagegen aufgerufen. Nachdem Selznick International Pictures die Filmrechte gekauft hatte, hatte die Organisation ihre Aufmerksamkeit auf die Produktionsfirma gerichtet. Nach den ersten Vorsprechen hatten abgelehnte Bewerber, dessen war sich David sicher, sich bei der NAACP beschwert und behauptet, das Drehbuch würde Sklaverei in positivem Licht darstellen.

David hatte mehrere Telefonate mit dem Vorsitzenden der Bürgerrechtsorganisation geführt, einem Mr. White. Dieser hatte von David gefordert, einen farbigen Berater einzustellen. Bisher hatte David sich dem entziehen können, aber falls die *Vom Winde verweht*-Premiere in Atlanta stattfände, wäre ihnen der Zorn der NAACP gewiss. Er drückte die Zigarette so heftig in den Aschenbecher, dass sie zerbrach.

An manchen Tagen fühlte David sich gefangen zwischen Skylla und Charybdis, als hätte ein Produzent nicht bereits genug Aufgaben. Er wollte doch nur einen Film drehen und die Politik anderen überlassen.

David griff zum Telefon.

»Komm bitte in mein Büro. Uns droht Ärger.« Mehr sagte er nicht, denn er konnte sich darauf verlassen, dass Bird sofort erscheinen würde.

»Was gibt es?« Sein PR-Mann hatte keine Minute gebraucht, um den Weg von seinem Büro in das von David zurückzulegen. »Mischt sich dein Schwiegervater wieder in alles ein?«

Obwohl Bird mit schleppendem texanischem Akzent sprach, wirkte er aufgeweckt. Er war extrem clever – und mindestens genauso skrupellos, wenn es darum ging, einen Film in die Aufmerksamkeit der Öffentlichkeit zu bringen.

»Schön wär's«, antwortete David. »Mit L.B. kann ich umgehen. Nein, uns droht ein zweites *Birth of the Nation*.«

»Ist doch prima.« Bird zuckte mit den Schultern. »Der Schinken hat richtig Geld eingefahren.«

»Und zu Unruhen geführt. Das will ich auf jeden Fall vermeiden.« David bot Bird eine Zigarette an und steckte sich selbst eine an. »Mr. White fordert einen farbigen Berater.«

»Dann stell halt einen ein.« Erneut zuckte Bird mit den Schultern. »Einer mehr macht bei den immensen Kosten nichts aus.«

»Das ist es nicht«, musste David eingestehen. »Ich will nicht noch jemanden, der mir ins Handwerk pfuscht.«

»Wo liegt wirklich das Problem?« Verdammt, Russell Birdwell kannte ihn einfach zu gut.

»So jemand würde mir den Humor streichen – und den brauche ich unbedingt im Film.«

»Prissy«, sagte Bird trocken.

»Prissy«, gab David zu. Ja, diese Figur mochte eine Karikatur sein, aber mit der richtigen Besetzung würde sie ein wenig Leichtigkeit in *Vom Winde verweht* bringen. Eine Leichtigkeit, die das Melodrama dringend benötigte.

»Pass auf, wir machen das so.« Bird hatte nicht lange überlegen müssen. »Wir laden ein paar farbige Journalisten ein, zeigen ihnen alles hier, bewirten sie gut und versprechen ihnen, den Klan rauszulassen.«

»Das soll ausreichen?«

»Glaube mir.«

———◆———

Wie so oft behielt Bird recht. David lud einige bekannte farbige Journalisten ein, zeigte ihnen das Studio, bewirtete sie und antwortete auf alle Fragen. Nur der Aufforderung, einen Berater an Bord zu holen, wich er aus, unter Hinweis darauf, dass die Dreharbeiten noch nicht begonnen hatten. Da keiner der Reporter ins Detail ging, war die Einladung ein voller Erfolg und David hatte die NAACP zufriedengestellt – jedenfalls fürs Erste.

Ein Problem war gelöst, aber noch Dutzende, nein, Hunderte warteten auf ihn. Eines allerdings erschien David das Drängendste. Erneut wandte er sich an seinen besten Mann.

»Bird«, sagte David. »Wir haben ein Problem.«

»Nur eines? Wieso? Du hast doch gerade den Deal des Jahres gemacht«, antwortete Russell Birdwell. Seine kleinen Augen linsten zu David hinüber. Er erinnerte wirklich an einen Vogel mit großer Nase, winzigen Augen und flatternden Bewegungen. David sah in ihm einen Specht, Irene hingegen einen Spatzen. »Die anderen Studios werden sich in den Hintern beißen, dass sie *Vom Winde verweht* nicht gekauft haben.«

David seufzte. »Ja, wir haben das Bestsellerbuch, aber wir können es nicht verfilmen.«

»Warum nicht?«

»Nun.« David kratzte sich am Kopf. Er hatte hin und her überlegt, aber ihm wollte keine Lösung einfallen. »Erstens ist die Geschichte zu berühmt.«

»Zu berühmt gibt es nicht«, unterbrach ihn sein Gegenüber.

»Doch, glaub mir, in diesem Fall geht es. Jeder Leser und jede Leserin hat sich eigene Vorstellungen gemacht, wie die Figuren aussehen, und wir können nur verlieren. Außerdem ...«

»Mach es nicht so spannend!«

»Außerdem bekomme ich Clark nur von MGM, wenn ich ihnen die Distributionsrechte gebe. Und ich bin bis 1938 an *United Artists* gebunden.«

»Das ist wirklich ein Dilemma.« Birdwell lehnte sich nach vorn. »In zwei Jahren gibt es einen neuen Bestseller und *Vom Winde verweht* ist vergessen.«

»Und schließlich haben wir keinen weiblichen Star. Wir haben niemanden, der die Scarlett O'Hara spielen kann.«

»Du veräppelst mich! Unter all den Sternen hier in Hollywood soll keiner so sehr glänzen, dass er die Südstaatenschönheit spielen kann?«

»Schon«, gestand David ein. »Es gibt einige Schauspielerinnen, die ich mir vorstellen kann, aber ich fürchte ...« Er wischte sich den Schweiß von der Stirn.

»Ja?«

»Ich will, dass die Geschichte im Mittelpunkt steht. Ich will keinen Katherine-Hepburn- oder Norma-Shearer-Film, sondern ich will einen David-O.-Selznick-Film drehen.«

»Jaja, die Eitelkeit.« Bird runzelte die hohe Stirn. »Das ist ein Dilemma. Du hast keinen Star und du musst noch mehr als ein Jahr auf den Drehbeginn warten.«

»Exakt. Ich habe keine Ahnung, wie ich das lösen soll.«

»Darum bin ich ja auch der PR-Mann und du der Produzent.« Russell grinste breit. »Bist du noch nicht auf die Idee gekommen, deine beiden Probleme zu verbinden?«

»Bitte?«

»Ganz einfach. Wir machen die Suche nach Scarlett O'Hara zu *dem* Ereignis der kommenden Jahre.«

»Und wie stellst du dir das vor?« Nun hatte er Davids gesamte Aufmerksamkeit. Es war damals eine kluge Entscheidung gewesen, den Mann zu Selznick International Pictures zu holen. Es gelang Bird immer wieder, David mit seinen Ideen zu überraschen.

»Wir suchen landesweit nach dem unbekannten Mädchen, das unsere Scarlett O'Hara werden kann.« Der PR-Mann rieb sich mit der Hand das Kinn. »Du kannst George Cukor losschicken und Kay Brown, damit sie jemanden finden.

»Das ist nicht dein Ernst! *Vom Winde verweht* wird ein gigantischer Film. An ihm hängt die Zukunft meines Studios.«

David sprang auf. Er musste seine Energie loswerden und tigerte durch das Büro. Immer wieder stieß er kurzsichtig gegen Tische und Regale, was Bücher und Deko ins Wanken brachte. Endlich kam er etwas zur Ruhe und nahm wieder hinter seinem Schreibtisch Platz.

»Bird, den Film werde ich nicht irgendeiner Anfängerin überlassen. Die Figur ist schwierig, eine echte Herausforderung. Das kann keine Amateurin meistern.«

»Das muss sie ja auch nicht«, antwortete Bird gelassen, als hätte er alle Argumente und Gegenargumente bereits im Kopf durchgespielt. »Du wirst zweigleisig fahren. Während wir im ganzen Land nach Scarlett O'Hara suchen, machst du hier in Hollywood Probeaufnahmen mit den großen Stars.«

Russell legte eine dramatische Pause ein. »Aber wer weiß, vielleicht finden wir wirklich in einem Provinztheater, auf einer Collegebühne oder wo auch immer die perfekte Südstaatenschönheit.«

»Ich weiß nicht.« David war noch nicht vollkommen überzeugt. »Werden wir nicht Tausende von Frauen verärgern, die auf ihre große Chance hoffen und die Rolle dann doch nicht bekommen? Das sind mir zu viele Risiken.«

»Glaub mir, wenn wir das richtig verkaufen, frisst das Publikum uns aus den Händen.« Bird redete sich in Rage und begleitete seine Worte mit großen Gesten. »Das ist der amerikanische Traum: ein unbekanntes Mädchen wird der Star des größten Films des Jahrhunderts.«

»Und wenn wir dann doch eine etablierte Darstellerin nehmen?« David war noch nicht ganz überzeugt.

»Dann finden wir eine Erklärung dafür. Wir müssen nur ein, zwei Nebenrollen mit Südstaaten-Mädchen besetzen, damit die Leute zufrieden sind.«

Je mehr David sich damit befasste, desto kühner und mutiger und passender schien ihm diese Idee. Er würde alles auf diesen Film setzen. Da musste man ungewöhnliche Wege gehen. »Bird, du bist ein Genie.«

»Ich weiß, und du zahlst mir nicht genug.«

Nachdem Bird gegangen war, rief David seinen Regisseur an.

»George, mein Freund, du wirst in die Südstaaten reisen.«

»Ist das nicht Aufgabe eines Location-Scouts?« Der Regisseur klang nicht sehr euphorisch. »Ich mag das Essen dort nicht. Und noch weniger, wie sie die Farbigen behandeln.«

»Tut mir leid, aber ich brauche dich dort.« David ließ ihn ein wenig zappeln. »Kay und du werdet Scarlett O'Hara suchen.«

Schweigen antwortete, gefolgt von einem Ausbruch: »Wie bitte? Ich habe mich wohl verhört. Du hast nicht wirklich gesagt, wir sollen Scarlett im Süden casten.«

»So halten wir das öffentliche Interesse an ›dem großen Wind‹ aufrecht, bis wir mit den Dreharbeiten beginnen.«

Erneut antwortete ihm Stille.

»Dir ist schon klar, was für eine Lawine du damit lostreten wirst?«

»Ach, so schlimm wird es schon nicht werden«, antwortete David zuversichtlich. Allerdings wurde ihm schon ein wenig mulmig, als er daran dachte, wie viele Briefe und Telegramme das Studio geflutet hatten, alle enthielten sie Vorschläge, wer Scarlett O'Hara oder Rhett Butler oder Mammy spielen sollte.

Kapitel 8

London und Frankreich, 1938

»Sind das etwa schon wieder Bücher?«, fragte Larry und deutete auf die große Kiste, die den kleinen Flur versperrte. »Vivling, du allein bist für den Erfolg von *Vom Winde verweht* in England verantwortlich.«

»Da waren nur zehn Exemplare drin, die ich meinen Kollegen geschenkt habe.« Sie zog die Nase kraus. »Ich bin immer noch begeistert von der Geschichte.«

»Und wo willst du hin? Was ist jetzt in der Kiste?«

»Eine Vase, die ich gestern gekauft habe.« Sie stellte sich auf die Zehenspitzen, um ihm einen schnellen Abschiedskuss zu geben. »Ich will zu John und ihm sagen, er soll mich als Scarlett O'Hara ins Spiel bringen.«

»Vivling, ich mache mir Sorgen. Du bist ja wie besessen von der Rolle. Glaub mir, Hollywood wird dich enttäuschen.«

»Ich weiß, dass ich die Richtige bin. Ich liebe dich.«

Sie schloss die Tür hinter sich, in Gedanken bereits bei dem Gespräch mit ihrem Agenten.

»John, du musst mir Probeaufnahmen bei Selznick besorgen.« Viviens Finger spielten mit der Zigarette, die sie noch nicht angezündet hatte. »Ich bin die Idealbesetzung.«

John lächelte sein Sphinxlächeln. Er wirkte wie ein Vater, der sein aufgeregtes Kind zu beruhigen versuchte.

»Vivien«, sagte er schließlich, »dir ist schon klar, dass Scarlett O'Hara genauso amerikanisch ist wie Tom Sawyer und Huckleberry Finn. Und du bist Britin.«

»Papperlapapp. Scarletts Eltern sind französischer und irischer Herkunft, so wie meine.«

»Darling.« John gab ihr Feuer. »Selznick dreht den Film und du stehst bei Korda unter Vertrag.«

»Schau.« Sie holte den Roman aus ihrer Handtasche. »Ich habe alles markiert, was mich mit Scarlett verbindet.«

Ihr Agent seufzte. Ein gutes Zeichen, denn es bedeutete, dass er nachgeben würde.

»Also gut, ich sende Fotos von dir und Kritiken nach Hollywood.«

»Du bist der Beste. Danke, John.«

Die Zeit verstrich, ohne dass Vivien eine Antwort aus Hollywood erhielt. Sie versuchte den Gedanken an Scarlett durch andere Rollen zu verdrängen, aber die Sehnsucht, diese Rolle zu spielen, blieb.

»Lass uns Urlaub machen«, schlug Larry vor, der ihre Unruhe bemerkt hatte. »Wir haben es uns verdient.«

»Oh ja.« Begeistert klatschte Vivien in die Hände. »Irgendwohin reisen, wo es sonnig ist und wo das Essen unfassbar lecker ist.«

»Frankreich.« Larry sah sie voller Liebe an. »Ich habe die Strecke schon für uns geplant. Und ich habe unseren Agenten mitgeteilt, wie sie uns erreichen können.«

Wieder einmal wunderte Vivien sich, wie gut er ihre Gedanken zu lesen schien. Möglicherweise hatte er aber auch nur gesehen, wie erschöpft sie war. Die Dreharbeiten zu *St. Martin's Lane* waren anstrengend gewesen. Manchmal konnte sie es kaum glauben, dass das bereits ihr zehnter Film gewesen war. Sie hatte mit Charles Laughton gespielt, den sie sehr bewunderte, der sich jedoch als schwieriger Kollege erwies. Und an der Seite von Rex Harrison, der sich ein wenig in sie verliebt hatte. Das hatte Larry gar nicht gefallen und er hatte es sich nicht nehmen lassen, sie am Set zu besuchen.

»Dann müssen wir die Daumen drücken, dass unser alter Ford V8 durchhält.« Sie freute sich unglaublich auf die gemeinsame Reise und liebte es, den Wagen zu lenken. »Wann geht es los?«

»Morgen. Ich weiß doch, wie gering deine Geduldsspanne ist.«

»Morgen schon? Ich muss noch packen und eine Sonnenbrille kaufen. Und einen Badeanzug.«

»Das wirst du in Frankreich wohl auch alles bekommen.«

»Du als Mann verstehst das nicht.« Vivien sprang auf, suchte nach ihrer Handtasche, warf das Portemonnaie hinein, zog sich den Mantel über und küsste Larry.

»Hol du die Koffer vom Dachboden«, rief sie ihm zu, bevor sie aus dem Haus stürmte.

»Hier möchte ich bleiben.« Vivien hielt ihren breitkrempigen Strohhut fest, als sie in den Zweisitzer stieg. »Calanque d'Or – was für ein wunderbarer Name.«

Sicher, das kleine Hotel an der Küste war weder mondän

noch elegant, aber es wirkte anheimelnd. Was Vivien jedoch vollkommen für das Calanque d'Or einnahm, war die schmale, cremefarbene Katze, die auf einem Stuhl zusammengerollt in der Sonne schlief.

»Guten Tag, du Schöne.« Vivien ging vor der Katze in die Knie. Das Tier öffnete die Augen, die von einem überraschenden Blau waren, und räkelte sich. Vorsichtig streckte Vivien die Hand aus und strich über das sonnenwarme, samtweiche Fell.

»Bonjour«, sagte eine dunkle Stimme. »Wie erfreulich, Sie mögen Katzen. Denn ich habe achtzehn von ihnen.«

»Achtzehn? Die möchte ich alle kennenlernen.«

»Das werden Sie gewiss. Bitte kommen Sie herein.«

»Ich wusste gar nicht, dass du Katzen magst«, sagte Larry, nachdem der Wirt sie allein gelassen hatte. »Ich ging immer davon aus, wir würden uns irgendwann einen Hund holen. Einen Dackel vielleicht.«

»Ich habe dir nie erzählt, wie es für mich war, aus dem wunderbaren, bunten, duftenden, farbenprächtigen Indien in den Konvent ins kalte, graue England zu kommen.« Vivien fror trotz des schönen Sommertags bei der Erinnerung. Sie, die so eng mit ihrer Mutter verbunden gewesen war, sollte damals plötzlich allein mit einer Gruppe fremder Mädchen leben. Die Vorstellung hatte der Sechsjährigen entsetzliche Angst eingejagt. »Ich habe geweint und gefleht, nicht im Konvent bleiben zu müssen, aber meine Mutter gab nicht nach.«

»Das tut mir so leid.« In Larrys Augen entdeckte sie Mitgefühl und Verständnis, denn auch er hatte eine unglückliche Kindheit gehabt.

»Ich ließ mich ins Gras fallen und weigerte mich, auch nur einen Schritt weiterzugehen, als mich etwas berührte.« Ihr kamen die Tränen, als sie sich an die freundliche Geste erinnerte, die ihr so viel bedeutet hatte. »Es war ein gelbes Kätzchen, das mich aus grünen Augen vertrauensvoll ansah.«

Noch heute dachte sie voller Liebe an das Tierchen, ohne dessen Treue ihr die Eingewöhnung sicher noch viel schwerer gefallen wäre.

»Weil ich zwei Jahre jünger war als die anderen Mädchen, haben die Nonnen eine Ausnahme gemacht. Ich durfte Buttercup behalten.«

»Dann komm.« Larry reichte ihr die Hand. »Lass uns alle achtzehn Katzen begrüßen und dann ans Meer gehen. Auspacken können wir heute Abend.«

Wie könnte sie diesen wunderbaren Mann, der immer das Richtige zu sagen wusste, nicht lieben?

»Hast du schon einmal überlegt, nach Frankreich zu ziehen?« Vivien sah Larry an, der den Motor startete und konzentriert auf die Straße blickte, um den für ihn ungewöhnlichen Rechtsverkehr zu bewältigen. »Wir könnten uns ein Häuschen suchen und von vorn anfangen.«

»*Du* könntest hier arbeiten«, antwortete er und warf ihr einen Blick zu. »Meine Sprachkenntnisse würden nur für den Stummfilm reichen.«

»Aber wenn wir hier lebten, würdest du bald perfekt Französisch sprechen«, beharrte sie. Die vergangenen Tage hatten ihr gutgetan. All die Anstrengungen, die mit London verbunden waren – Leigh und Jill, die immer noch die Scheidung verweigerten, ihre Mutter, die Vivien in den Ohren lag, zu ihrer Familie zurückzukehren –, hatte sie hinter sich gelassen. Sie rauchte viel weniger und hatte so sehr zugenommen, dass ihre Röcke in der Taille kniffen.

»Ich bin zu britisch für Frankreich. Für den Urlaub liebe ich das Land, aber leben könnte ich hier nicht.«

Einen Moment lang war sie enttäuscht, aber wenn es Larry nicht gefiel, wollte auch Vivien hier nicht leben. Denn eine Zukunft ohne ihn konnte sie sich nicht vorstellen. Keine Landschaft wäre es wert, ihn zu verlieren.

»Was hast du als Nächstes für uns geplant?« Vivien genoss es sehr, sich keine Gedanken machen zu müssen, sondern sich seiner Führung anzuvertrauen und gemeinsam mit ihm Hotels, Restaurants, das Meer und die Sonne zu genießen.

»Wir fahren nach Vence.« Larrys Lächeln war so wundervoll und einzigartig. »Dort habe ich eine Überraschung für dich.«

»Was ist es? Was ist es?« Sie legte die Hände zusammen und klatschte die Finger aneinander. »Verrate es mir, bitte.«

»Dann wäre es keine Überraschung mehr.«

Obwohl sie bettelte, verriet er ihr kein Wort, während er den Wagen den Berg hinauffuhr, bis sie an eine Stadtmauer aus grauem Stein kamen.

»Was für eine schöne Überraschung. Ich wollte Vence schon immer sehen.«

»Oh, das ist sie nicht.« Larry schmunzelte. »Du musst dich noch etwas gedulden.«

Nachdem sie durch die pittoresken Gassen der Altstadt geschlendert waren, hielt Vivien es nicht mehr aus.

»Bitte verrate mir, was die Überraschung ist.«

Doch Larry schüttelte den Kopf, griff nach ihrer Hand und zog sie hinter sich her. Er bog rechts, dann links ab, wieder nach rechts, bis sie sicher war, niemals den Weg zurück zum

Wagen zu finden. Sie erreichten einen großen Platz, in dessen Mitte ein Brunnen stand, gesäumt von Bars, Cafés und Restaurants.

»Hier ist deine Überraschung.« Larry hielt an und deutete auf ein kleines Restaurant, dessen Tische gut gefüllt waren. Das schöne Wetter hatte viele Menschen nach draußen gezogen, die nun unter Sonnenschirmen ihre Mittagsmahlzeit genossen. Vivien schaute sich das malerische Bild an und ihr Magen knurrte vor Hunger. Doch da entdeckte sie etwas, das sie den Hunger vergessen ließ. Waren das wirklich …?

»John! Binkie!«, rief sie, löste ihre Hand aus der von Larry und eilte auf den Tisch zu. John Gielgud und Hugh Beaumont erhoben sich, als Vivien auf sie zukam. Wie schön, Freunde aus der Londoner Theaterwelt wiederzusehen und mit ihnen den neuesten Tratsch zu tauschen.

»Was sind eure Pläne, wenn ihr zurück seid?«, fragte Binkie schließlich. »Viv, Darling, du brauchst endlich bessere Rollen als die, die dir Korda zuschanzt.«

»Ich möchte die Scarlett spielen«, platzte sie heraus, trunken von der Gesellschaft, dem Wein und der Sonne. »Dafür würde ich sogar Hollywood in Kauf nehmen.«

Binkie musterte sie mit überraschendem Ernst. »Wenn du eine Chance auf Scarlett haben willst, brauchst du einen amerikanischen Agenten.«

Dass Vivien nicht schon früher auf diese Idee gekommen war! Als sie nach dem wundervollen Tag ins Calanque d'Or zurückkehrten, war Vivien noch immer voller Eifer. Und auch im Hotel erwarteten sie gute Neuigkeiten in Form eines Telegramms von Larrys Agenten.

»Er fragt, ob du und ich Interesse an einer Verfilmung von

Sturmhöhe haben?«, Larry sah sie an, nachdem er das Schreiben gelesen hatte. »Die Dreharbeiten sollen im September beginnen.«

»Ich liebe den Roman.« Vivien konnte ihr Glück kaum fassen. »Larry, du bist der perfekte Heathcliff – und ich deine Catherine.«

Doch Larry wirkte nicht glücklich. »Der Film wird in Hollywood gedreht. Ich habe mir geschworen, dort nie wieder einen Fuß hinzusetzen.«

Wenige Tage später erhielten sie dennoch ein Päckchen mit dem Skript und der Nachricht, dass der Regisseur William Wyler sie in London erwartete. Larry las ihr Auszüge daraus vor, während Vivien die Katze streichelte, die sie bei ihrer Ankunft begrüßt hatte. Chérie, wie Vivien sie getauft hatte, hatte sich ihr angeschlossen.

»Es ist ein wirklich gutes Drehbuch«, sagte Vivien, nachdem Larry geendet hatte. »Wer hat es geschrieben?«

»Ben Hecht und Charles MacArthur«, antwortete Larry. Seinen Gesichtszügen konnte sie ablesen, wie sehr ihm der Heathcliff gefiel. Gleichzeitig konnte er die Erinnerung an seine Hollywood-Schlappe nicht vergessen.

»Was kostet es uns, wenn wir mit William Wyler sprechen?«, schlug sie schließlich vor, um ihm einen Ausweg aus dem Dilemma zu bieten. »Lass uns morgen abreisen, bevor ich mir neue Kleidung kaufen muss. Das gute Essen bekommt mir nicht.«

»Wenn wir morgen bereits fahren, hat Chérie kaum Gelegenheit, sich von ihrer Familie zu verabschieden.«

»Wie? Was meinst du?« Dann verstand sie, was er ihr sagen wollte. »Larry-Boy, du bist wunderbar! Chérie, du wirst eine Londonerin!«

Larry lachte lauthals und nahm sie in seinen Arm. »Dann lass uns heute ein letztes Mal speisen wie die Götter«, strahlte er.

Kapitel 9

Los Angeles, 1938

Als Marcella ihm die Post brachte, las David gerade die siebzehnte oder achtzehnte Fassung von Sidney Howards Skript. Vier Stunden und zwanzig Minuten lang wäre die Verfilmung des aktuellen Stands, das hatte Hal Kern ausgerechnet. David hatte seinem Schnittmeister das Drehbuch gegeben und ihn gebeten, die Geschichte zu kürzen. Selbst wenn David allen von Kerns Vorschlägen folgte, Nebenrollen ausmerzte und den Bürgerkriegsanteil verringerte, blieb die verfluchte Geschichte zu lang. David nickte Marcella zu und griff zum Telefonhörer.

»Sidney, ich habe das Skript überarbeitet, aber es ist noch zu lang. Du musst es kürzen.«

»Alle Dialoge, die ich geändert habe, hast du wieder hineingeschrieben.« Sidney klang gleichermaßen erschöpft wie verärgert. »Schreib dein Drehbuch doch allein, du weißt sowieso alles besser!«

»Ich habe nur die Dialoge aus dem Roman wieder eingefügt.« Warum konnte der Autor nicht begreifen, dass Margaret Mitchells Worte für David der Heilige Gral waren? Und nicht nur für ihn, sondern gewiss auch für das Publikum.

»Genau die sind zu lang und blähen das Skript auf.«

»Such nach Kürzungen und halte dich an *Vom Winde verweht*.« David legte grußlos auf. Inzwischen hasste er die immer gleichen Diskussionen. Verflucht, wer hatte ahnen können, dass ein Pulitzerpreisträger nicht in der Lage schien, ein drehbares Skript zu schreiben? David steckte sich eine Zigarette an, während er die Post sichtete. Als Erstes fiel ihm ein Telegramm von Kay Brown ins Auge. David wusste nicht, ob er lachen oder weinen sollte. Kays lakonische Berichte von ihrer Suche nach der perfekten Scarlett ließen ihn oft auflachen, zugleich raubten sie ihm jede Hoffnung, in den Südstaaten die passende Darstellerin zu finden. Hastig überflog er die Zeilen und schmunzelte über Kays bildhafte Beschreibungen der Schönheiten Atlantas, die alle meinten, Scarlett spielen zu können. Inzwischen gab es sogar Bestechungsversuche seitens reicher Mädchen, die unbedingt die Rolle haben wollten. Kay schloss mit ihrem dringenden Wunsch nach einem Drink, aber Georgia gehörte zu den Staaten mit striktem Alkoholverbot.

Halte durch! Die Suche hier ist nicht einfacher, formulierte er eine schnelle Antwort, die er Marcella übergab. David blätterte durch die Zeitungen, die inzwischen auf seinem Schreibtisch gelandet waren. Die Suche nach Scarlett, obwohl sie bereits etliche Monate lief, war immer noch schlagzeilenträchtig. Allerdings hatten weder sein PR-Mann noch David damit gerechnet, was für eine Lawine sie mit der öffentlichen Suche nach Scarlett losgetreten hatten. Letzte Woche hatte George Cukor sich bitterlich beschwert, weil eine Möchtegern-Scarlett ihm im Zug aufgelauert hatte.

»Du kannst es dir nicht vorstellen, David.« Georges Stimme hatte aufgewühlt geklungen. »Das Mädchen hat die Türen zu den Abteilen aufgerissen, Menschen aus dem Schlaf geholt und mich gejagt, als wäre ich ein Reh.«

David hatte wie in einem Cartoon das Bild vor sich gesehen und nur mit Mühe ein Lachen unterdrücken können – ein rehäugiger Cukor, der vor einer wölfischen Südstaatenschönheit flüchtete. Und das, obwohl der Regisseur Frauen nicht zugetan war. Da hatte die Scarlett in spe sich vollkommen verschätzt.

Während seine Leute durch die USA tourten, kümmerte sich David, wie er es George versprochen hatte, in Hollywood um die Probeaufnahmen mit den großen Namen. Nahezu jeder weibliche Star wollte Scarlett O'Hara spielen, aber David konnte sich die meisten von ihnen nicht in der Rolle vorstellen. Außerdem fürchtete er, dass ein großer Name seinen Film überschatten würde. Andererseits konnte er es sich nicht leisten, noch viel länger zu warten. Ohne Scarlett O'Hara könnte David den Film nicht drehen. Er sprang auf und eilte in Birds Büro.

»Da hast du was Schönes angerichtet«, sagte David ohne Begrüßung. »Gestern hat sich eine junge Dame in einer Kiste anliefern lassen mit einem Schild ›Sofort öffnen!‹.«

»Ich weiß.« Bird grinste. Gerüchte verbreiteten sich schnell auf dem Studiogelände. »Hat sie sich wirklich vor dir ausgezogen und Scarlett zitiert? Du Armer!«

»Normalerweise hätte ich nichts dagegen«, räumte David ein, »aber es ist zu viel zu tun, als dass ich Zeit mit diesem Quatsch verschwenden könnte.«

»Aber wir sind in der Presse«, antwortete Bird lakonisch. »Nicht nur im Süden, nein, im ganzen Land.«

»Nur zu welchem Preis? Nahezu täglich erhalte ich Beschwerdebriefe von Margaret Mitchell, weil sie von Möchtegern-Scarletts bedrängt wird.«

»Da können wir wirklich nichts dafür.« Bird zuckte mit den Schultern. »Ihr Buch, ihr Problem.«

»Und noch immer haben wir keine Scarlett. Obwohl Tallulah nicht aufgibt.«

David hatte Tallulah Bankhead für die Idealbesetzung der Scarlett O'Hara gehalten. Die Schauspielerin kam aus den Südstaaten, hatte den großen Durchbruch beim Film noch nicht erreicht, war jedoch am Theater erfolgreich. Allerdings sorgte ihr Leben dafür, dass die Klatschspalten stets gefüllt waren. David selbst hatte erlebt, wie die Schauspielerin sich auf einer Party auszog, sich ans Klavier setzte und offenherzige Lieder zum Besten gab. Trotzdem hatte er ihr eine Chance gegeben und sie zu Probeaufnahmen eingeladen. Doch leider konnte Tallulah, obwohl sie eine schöne Frau und eine beeindruckende Erscheinung mit ihren langen roten Haaren war, die sechzehnjährige Scarlett nicht überzeugend verkörpern. Dennoch hatte der oft zu höfliche David ihr gesagt, sie bliebe im Rennen. Das war ein gewaltiger Fehler gewesen.

»Macht dir Tallulah Bankheads Clan wieder Feuer unterm Hintern?«

»Erinnere mich bloß nicht daran.« Nicht nur Tallulah war der Auffassung, sie wäre die einzig wahre Scarlett O'Hara, auch ihre Familie legte sich für sie ins Zeug. David hatte Briefe, Zeitungsartikel und einen Anruf von Tallulahs Vater, einem Kongressabgeordneten, erhalten. Und als wäre das nicht schlimm genug, hatte sich zu allem Überfluss auch noch Louella Parsons eingemischt. Die Klatschkolumnistin hasste die Bankhead und hatte in der ihr eigenen melodramatischen Art gedroht, dass David sich vor jedem Mann, jeder Frau und jedem Kind in Amerika verantworten müsste, sollte er Tallulah zur Scarlett machen. Leider hatte sie nicht gesagt, wen David stattdessen wählen sollte.

»Als wäre das nicht schlimm genug, hat Kay mir geschrieben, dass wir keinesfalls in Atlanta und Umgebung drehen sollten. Die Gegend ist trist und bieder.«

»Wir werden sowieso im Studio drehen. Da kannst du dir das schönste Atlanta und Tara und Twelve Oaks bauen.«

»David, dein Termin.« Marcella wusste immer, wo sie ihn finden konnte.

»Ist es bereits so weit?« David seufzte. Am liebsten hätte er das Gespräch mit L.B. Mayer verschoben, aber es musste sein.

»Der Wagen wartet schon.«

»Danke. Mach dir ein paar Gedanken über Scarlett«, verabschiedete er sich von Bird, bevor er mit langen Schritten zum Auto eilte. Während der Fahrer ihn zu MGM fuhr, legte sich David im Kopf die Argumente zurecht, mit denen er seinen Schwiegervater überzeugen wollte. *Ich darf mich keinesfalls zu einem Streit hinreißen oder, schlimmer noch, mich erpressen lassen.* Warum nur ahnte er, dass der Termin genau darauf hinauslaufen würde?

———◇———

»L.B., ich kann MGM nicht zum Verleiher für *Vom Winde verweht* machen«, erklärte David geduldig. Wie oft hatten sie diese Diskussion schon geführt? »Ich bin an den Vertrag mit United Artists gebunden.«

»Nur noch dieses Jahr.«

Verflucht! David hätte wissen müssen, dass sein Schwiegervater selbstverständlich die Bedingungen seines Vertrags kannte. Es gab nichts in Hollywood, über das L.B. Mayer nicht Bescheid wusste. Natürlich war der Vertrag mit dem Verleih nur ein Vorwand für David gewesen, um eine gute

Verhandlungsposition zu haben, damit MGM ihn nicht über den Löffel balbierte. Jetzt brauchte er dringend ein anderes Ass im Ärmel, einen männlichen Star, sonst würde Mayer ihm seinen Film wegnehmen, nur damit Clark Gable den Rhett Butler spielte. So, wie das Publikum es wollte. Dabei war Gary Cooper mindestens genauso gut dafür geeignet – und mit Paramount ließ sich gewiss besser verhandeln.

»David, alle Welt und ihre Tante wollen *unseren* Clark als *deinen* Rhett Butler sehen.«

»Mir ist zu Ohren gekommen, Clark wolle die Rolle nicht. Sie ist ihm zu anspruchsvoll.«

Jeder in Hollywood wusste, dass Gable nur in einer Rolle gut war: Er spielte stets sich selbst, einen Haudegen mit Charme. Rhett Butler aber war ein deutlich komplizierterer Charakter und David war sich nicht sicher, ob Gable da wirklich die richtige Wahl wäre. Andererseits konnte David es sich nicht leisten, das Publikum vor den Kopf zu stoßen, indem er dessen Wünsche missachtete.

»Das lass mal meine Sorge sein. Clark braucht Geld für die Scheidung.« L.B. lachte leise. »Außerdem ist er ein braver Junge und tut, was ich ihm sage.«

Gable und alle anderen, die bei MGM unter Vertrag waren oder mit ihnen verhandeln mussten, dachte David bitter. Er selbst hatte so sehr um seine Unabhängigkeit und ein eigenes Studio kämpfen müssen, und all das nur, um nun wieder unter der Fuchtel von L.B. Mayer zu landen.

»Schreib mir deine Bedingungen auf«, antwortete David mit einem Seufzen. »Ich melde mich wieder.«

»Du hast mit Dad gesprochen?« Irene schien auf ihn gewartet zu haben, denn David hatte noch nicht einmal die Haustür hinter sich geschlossen, als sie ihn darauf ansprach. »Früher hast du mich bei diesen Verhandlungen einbezogen.«

David presste die Lippen zusammen, damit ihm kein böses Wort entwich. Verstand seine Frau denn nicht, unter welchem Druck er stand? Und wie hätte Irene ihm helfen können, gegen ihren Vater zu bestehen? L.B. Mayer nahm auf niemanden Rücksicht, wenn es ums Geschäft ging, nicht einmal auf seine Tochter. Vielmehr noch wäre David möglicherweise Gefahr gelaufen, nachzugeben, um seiner Frau einen Gefallen zu tun, aber das wollte er ihr nicht sagen, denn sie hätte es gewiss als Vorwurf verstanden.

»Es sollte nur eine erste Sondierung sein«, versuchte er abzuwiegeln, aber Irene war dafür zu klug.

»Es ist nicht euer erstes Treffen gewesen.« Ihre Lippen verzogen sich zu einer bitteren Grimasse. »David, ich dulde so viel wegen deines Films ... Nicht nur ich, die ganze Familie leidet darunter. Nicht einmal unser Zuhause ist sicher.«

Sie musste es nicht aussprechen, denn er wusste, auf was sie anspielte. Weihnachten 1937 hatten zwei Männer ein riesiges, in Geschenkpapier eingewickeltes Paket in ihrem Haus abgeliefert. Irene hatte es für ein Präsent eines Freundes gehalten und ausgepackt. Das Paket stellte sich als überlebensgroße Ausgabe von *Vom Winde verweht* heraus. Da hatte Irene nach ihrem Mann gerufen. Der Deckel klappte auf und eine junge Frau hüpfte heraus, gekleidet wie Scarlett O'Hara. Sie lächelte die vollkommen verblüffte Irene und den mindestens genauso erstaunten David an. »Frohe Weihnachten, Mr. Selznick. Suchen Sie nicht länger, ich bin Ihre Scarlett O'Hara.«

Es war David gelungen, das Mädchen hinauszukomplimentieren, aber Irene war wütend darüber, was David und Bird mit ihrem Publicity-Gag angerichtet hatten.

»Irene, beim nächsten Mal wirst du dabei sein«, versprach David. »Es tut mir leid.«

»Dreh du deinen Film und behellige uns damit nicht länger.« Ihr Tonfall war eisig. »Wir haben bereits gegessen. Die Köchin kann dir etwas zubereiten.«

»Irene«, bat er mit flehender Stimme, aber sie drehte ihm den Rücken zu.

Nein! Verflucht! Das durfte doch nicht wahr sein. Wie konnte Warner Brothers das nur wagen? David stieß einen lauten Schrei aus, nachdem er die Ankündigung für *Jezebel* gelesen hatte. Der Film, auch noch mit Bette Davis in der Titelrolle, spielte im Jahr 1852 und handelte von einer Südstaatenschönheit, die gegen die Konventionen rebellierte und den Mann verlor, den sie liebte.

»Marcella, bitte verbinde mich mit Jack Warner.«

Nachdem seine Sekretärin ihn durchgestellt hatte, kam David nach kurzem Small Talk zur Sache. »Deine *Jezebel*, dir ist klar, wie ähnlich sie unserem *Vom Winde verweht* ist?«

»Ja, das weiß ich. Am Set nennen sie Bette nur Scarlett.«

David musste an sich halten, um den überaus fröhlichen Warner nicht anzubrüllen. »Es ist nur eine schlechte Kopie«, sagte er stattdessen. »Niemand wird sie sehen wollen. Alle warten auf *Vom Winde verweht*.«

»Das glaubst aber nur du.« Warners Tonfall wurde noch ein bisschen fröhlicher. »Wer zuerst kommt, gewinnt alles.«

»Ich werde alle rechtlichen Mittel ausschöpfen«, drohte

David, obwohl er wusste, wie gering die Erfolgsaussichten waren.

»Tu das. Viel Erfolg.« Jack legte auf.

»Verfluchter Bastard!« David knallte den Hörer auf die Gabel.

Bei Davids Glück würde Warners verfluchter Film nicht nur ein tosender Erfolg, sondern auch noch einen der begehrten Academy Awards bekommen, während ihm die Zeit davonlief. Im Januar mussten die Dreharbeiten beginnen, selbst wenn er bis dahin keine Scarlett O'Hara hatte.

Kapitel 10

London, 1938

Vivien hatte ihren Liebsten dazu überredet, sich *Jezebel*, William Wylers neuesten Film, im Kino anzuschauen. Eng aneinandergeschmiegt traten sie aus dem Dunkel des Vorführraums auf die hell erleuchtete Londoner Straße.

»Ich dachte erst, sie spielen *deinen* Roman unter einem anderen Titel«, neckte Larry sie. »Bette Davis war beeindruckend, nicht wahr?«

»Ja«, musste Vivien eingestehen. Sie war in eine Schockstarre verfallen, als sie die Ähnlichkeiten zwischen dem Film und ihrem Lieblingsbuch erkannt hatte. Sicher, wenn man es genau betrachtete, zeigten sich deutliche Unterschiede zwischen den Geschichten, aber dennoch … »Ob Selznick *Vom Winde verweht* nun aufgeben wird? Er wird aussehen wie ein Plagiator, sollte er seinen Film in die Kinos bringen.«

»Das denke ich nicht. Jezebel ist nicht Scarlett.« Larry küsste sie. »Und Bette kann dir niemals das Wasser reichen.«

»Wyler ist ein guter Regisseur«, stellte Vivien fest, nachdem Larry ihre Befürchtungen aus der Welt geschafft hatte. »Lade ihn zu uns ein und sprich mit ihm über Heathcliff.«

Inzwischen gab es Gerüchte, dass Merle Oberon als Catherine besetzt werden sollte. Kordas Geliebte. Da sah Vivien ihre Chancen auf eine Rolle in *Stürmische Höhen*, wie die Verfilmung heißen sollte, schwinden, aber das trübte nicht ihre Gewissheit, dass Heathcliff für Larry perfekt war. Vivien würde gern zurückstehen, damit ihr Liebster im Rampenlicht glänzen konnte.

»Ist es dir wirklich ernst?«

»Larry, wir haben uns geschworen, einander nie im Weg zu stehen. Dein Heathcliff wird Hollywood im Sturm erobern.«

Außerdem hatte sie John Gliddon damit beauftragt, Kontakt zu Myron Selznick herzustellen. Niemand anderes kam für Vivien als amerikanischer Agent infrage, denn über Myron käme sie ihrem Ziel, die Scarlett O'Hara zu spielen, einen bedeutenden Schritt näher.

Zwei Tage später kam Wyler zum Tee zu ihnen. Vivien hatte die Köchin Sandwiches und kleine Kuchen auf hübschen Platten servieren lassen und eigenhändig das Wohnzimmer mit spätblühenden Rosen aus ihrem kleinen Garten geschmückt. Mit kundigem Blick betrachtete sie ihr Werk: Es war perfekt, das Musterbeispiel eines gemütlichen Heims von Menschen, die Bücher und Kunst liebten.

Chérie passte sich wunderbar in das Ganze ein. Die Siamkatze lag zusammengerollt vor dem Kamin. Als es klingelte, erfasste Vivien dennoch eine Nervosität, die ihr Herz schneller schlagen ließ. Es kam ihr vor, als wäre ihr Leben an einem Scheideweg angelangt, als würde der heutige Tag darüber entscheiden, was die Zukunft für sie bereithielt. Unsicher blieb sie stehen. Sollte sie Larry zur Tür folgen oder lieber im

Wohnzimmer warten? Ihr kam eine Idee und sie beugte sich zu Chérie herab.

»Es tut mir leid, dich zu stören.« Mit sicherer Hand hob sie die Katze hoch, bevor sie sich niederließ und Chérie auf ihren Schoß zog. Als William Wyler, ein schmaler Mann, ins Zimmer trat, lächelte sie: »Es tut mir leid, aber ich wagte nicht, zur Tür zu kommen.«

Sie deutete auf die Katze, die wieder eingeschlafen war.

»Miss Leigh, es freut mich sehr.« Wyler sprach mit nur leicht hörbarem deutschem Akzent. »Danke für die Einladung.«

Der Regisseur wirkte sanft und freundlich. Vivien konnte kaum glauben, dass er in Hollywood für seinen Perfektionismus gefürchtet war. Das hatten Larry und sie über Freunde herausgefunden. Wyler hatte die Spitznamen »90-Einstellungen-Wyler« und »Noch-einmal-Wyler«, weil er Szenen so oft wiederholen ließ, bis er sie passend fand.

Nachdem sie unverbindlich über Wylers Reise und seine Eindrücke von London geplaudert hatten, sprach Larry endlich das Thema an, das sie alle zusammengeführt hatte.

»Ich habe schlechte Erfahrungen in Hollywood gesammelt.« Larry zog die Stirn in der für ihn typischen Geste kraus, wenn er nachdachte oder ihm etwas nicht gefiel. »Sicher, Heathcliff ist eine wunderbare Rolle, aber wir beide wissen, was Hollywood aus Klassikerstoffen macht.«

Vivien schwieg und beobachtete die beiden Männer. Sie versuchte noch, sich einen Eindruck von William Wyler zu verschaffen. Larry hatte ihr erzählt, dass sich hinter den freundlichen Fassaden der Hollywood-Leute knallharte Geschäftsmänner verbargen, die keine Freunde kannten, sondern stets das Geldmachen im Blick hatten. Dass Greta Garbo

Larry damals eiskalt abserviert hatte, um ihren Liebhaber John Gilbert als Antonio in *Königin Christine* zu besetzen, hatte ihn tief getroffen. Mit großen Ambitionen war er nach Hollywood gereist, um dann mit gebeugtem Rücken und geschlagen nach England zurückzukehren. Sie konnte gut nachvollziehen, dass Larry so ein Desaster kein weiteres Mal erleben wollte.

»Wer spielt die Catherine?«, fragte Larry nach einer Weile und warf Vivien einen konspirativen Blick zu.

»Bisher ist Merle Oberon vorgesehen, aber noch sind die Verträge nicht fix.«

»Viv wäre eine wunderbare Catherine«, machte er sich für sie stark und zwinkerte ihr heimlich zu. »Ich sehe sie förmlich vor mir, wie sie durch das Heidekraut läuft und ihre Haare im Wind wehen.«

Nun mischte Vivien sich in das Gespräch ein. »Die Catherine ist eine spannende Rolle. Ich mag starke Heldinnen.«

Wyler presste die Lippen einen Moment zusammen, bevor er antwortete: »Noch ist nichts unterschrieben, aber Merle ist ziemlich sicher als Catherine vorgesehen. Wir benötigen einen Star für die weibliche Hauptrolle.« Er wandte sich Vivien zu. »Aber die Isabella ist noch nicht besetzt. Das wäre doch ein wunderbarer Einstieg für Sie in Hollywood.«

Meinte er das ernst? Vivien konnte es kaum glauben. Wyler bot ihr die langweilige Nebenrolle an, eine Frau, die das Gegenteil von stark und mutig war, während ihr Liebster mit einer anderen eine romantische Affäre spielen sollte.

Sie lächelte den Produzenten an: »Danke, aber das ist keine Rolle für mich. Die Catherine oder die Scarlett O'Hara, das sind Heldinnen nach meinem Geschmack.«

Wyler schüttelte den Kopf. »Ich habe die Theaterkritiken gelesen«, erwiderte er, »ich habe mir *Feuer über England* angeguckt. Sie haben Talent, Miss Leigh, aber in Hollywood werden Sie sich zunächst mit einer Nebenrolle begnügen müssen. Wir haben viele große Stars.«

»Das mag sein«, antwortete sie, »aber ich werde in Hollywood nicht als Isabella beginnen.«

Larry hatte den Schlagabtausch beobachtet und seine Miene verdüsterte sich, wie Vivien aus dem Augenwinkel bemerkte. Hatte sie etwas falsch gemacht? Waren ihre Wünsche zu ausschweifend? Nein, man konnte nie groß genug träumen, sonst würde man nur kleine Ziele erreichen.

»Merle Oberon«, sagte Larry schließlich. Erneut runzelte er die Stirn. »Ich habe Verpflichtungen hier in England, am Theater. Das will ich nicht aufgeben.«

Aber Vivien konnte in seiner Miene die Sehnsucht erkennen, den Heathcliff zu spielen. Das wäre eine Rolle, die ihm Starruhm einbringen und ihn weltweit bekannt machen würde. Möglicherweise würde er sogar eine der begehrten Oscar-Trophäen erhalten. Darauf würde sie wetten, sollte Larry den Heathcliff spielen.

»Ich bin noch ein paar Tage hier. Melden Sie sich, wenn Sie Ihre Entscheidung überdenken wollen.« Wyler stand hastig auf, als wollte er nicht noch mehr Zeit mit den zögerlichen Briten verschwenden, die Hollywood nicht zu schätzen wussten.

»Schön, Sie kennengelernt zu haben.« Vivien hob die Katze von ihrem Schoß, stand auf und reichte ihm die Hand zum Abschied. »Wir sehen uns in Hollywood, wenn ich für die Scarlett O'Hara vorspreche.«

Er lachte laut auf. »Liebe Miss Leigh, keine Rolle ist amerikanischer als die der Scarlett O'Hara.«

»Wir werden sehen.« Sie zuckte mit den Schultern.

»Ich bringe Sie zur Tür.« Larry trat neben Wyler.

Vivien blickte den beiden Männern nach und versuchte, etwas aus Larrys Haltung zu lesen. Aber er schien sich verschlossen zu haben wie eine Muschel. Mit bangem Herzen wartete sie darauf, dass er zurückkehrte, unsicher, was er wohl sagen würde. Sie konnte hören, dass Wyler und er an der Tür noch redeten, aber sie verstand nicht worüber.

Endlich kam Larry zurück. Er lächelte, was sie erleichterte.

»Wenn sie dich nicht nehmen, Darling, will ich sie auch nicht.« Er küsste sie sanft auf die Stirn. Ihr Herz floss über vor Glück, wie viel sie ihm bedeutete. Dennoch konnte sie die Traurigkeit und die Sehnsucht in seiner Stimme nicht ignorieren. Larry sollte die Chance nutzen, er sollte nach Hollywood gehen, aber vor allem sollte er sich in der Rolle des Heathcliff beweisen. Sosehr es auch schmerzte, sie musste es sich eingestehen: Nur sie stand seinem Glück im Weg.

»Larry, Liebster«, flüsterte sie schließlich. »Lass uns eine Nacht schlafen und dann erneut darüber reden. Und lass uns eins versprechen: Wir wollen nie unsere Berufe, die wir so sehr lieben, für den anderen aufgeben.«

Er nickte nur, was die Sorge zurück in ihr Herz brachte.

Am nächsten Morgen fasste sich Vivien also ein Herz. »Larry«, ihre Stimme klang rau vor unterdrückten Tränen. »Ich möchte, dass du den Heathcliff spielst. Er ist die perfekte Rolle für dich. Ich könnte es nicht ertragen, wenn du sie meinetwegen ablehnst.«

Mit jeder Meile, die sie sich Southampton näherten, wünschte Vivien sich, sie hätte Larry nicht zugeredet, die Rolle anzunehmen. Wie so oft bei Filmen hatte sich der Beginn der

Dreharbeiten verzögert – und damit auch Larrys Abreise. Niemand hätte ahnen können, dass sein Abschied ausgerechnet auf ihren fünfundzwanzigsten Geburtstag fallen würde. Wie sehr hatte Vivien sich darauf gefreut, das Fest gemeinsam mit ihm zu feiern, stattdessen begleitete sie ihn nun zum Hafen.

»Vivling, ich muss nicht abreisen.« Erneut bewies ihr Liebster die unheimliche Gabe, ihre Stimmung zu spüren und ihre Gedanken zu lesen. »Ich kann dich an deinem Geburtstag nicht allein lassen.«

»Wir haben gestern Nacht und heute Morgen gefeiert«, antwortete sie und rang sich tapfer zu einem Lächeln durch. »Larry, es kommen noch mehr Geburtstage.«

Vielleicht hätte sie die Rolle der Isabella annehmen sollen. Durfte ihr Stolz wirklich dazu führen, dass Larry und sie auf unterschiedlichen Kontinenten lebten, durch ein gewaltiges Meer voneinander getrennt?

Er nickte nur. Schweigend legten sie die verbleibende Strecke zurück. Als Vivien die *Normandie* sah, dieses wunderschöne Schiff, konnte sie dennoch nur eines denken: Dieses Schiff nimmt mir meinen Larry.

»Vivling, bitte geh.« Seine Stimme klang rau. »Ich kann nicht an Bord gehen, wenn du noch hier bist.«

»Ich will bis zur letzten Sekunde bei dir bleiben. Bitte.«

Doch sein Blick war so voller Qualen, dass sie letztlich seinem Wunsch nachkam. Sie küsste ihn ein letztes Mal, legte all ihre Liebe und Verzweiflung in den Abschiedskuss. Auf dem Weg zum Wagen wollte sie sich umdrehen, aber wagte es nicht. Sie fuhr aus dem Hafen, stellte das Auto ab und blickte hinaus auf das Meer. Inzwischen mussten alle Passagiere an Bord gegangen sein, denn das Horn des Dampfers ertönte, ehe er sich langsam in Bewegung setzte – in Richtung New York.

Blind vor Tränen schaute Vivien der *Normandie* hinterher. Schon oft hatte sie gelesen, dass jemandem das Herz brach, und sie hatte sich jedes Mal gefragt, was das zu bedeuten hatten und wie sich so etwas anfühlte. Als sie der *Normandie* nachsah, die Larry von ihr weg in die USA führte, verstand sie es. Es fühlte sich an, als griffen große Hände in ihre Brust und rissen ihr Herz entzwei. Ein Teil blieb bei ihr, die andere Hälfte sandte sie mit Larry auf die Reise. Nachdem das Schiff am Horizont verschwunden war, taumelte sie zum Auto, die Beine so unstet, dass sie Vivien kaum tragen konnten. Mit zitternden Fingern steckte sie den Schlüssel ins Schloss. Hoffentlich wäre sie überhaupt in der Lage, heil nach London zu kommen.

Noch nie war ihr die Wohnung so groß und so einsam vorgekommen. Alles hier erinnerte sie an ihn. Alles trug seinen Namen, seine Handschrift, seinen Geruch und war von seiner starken Persönlichkeit geprägt. Sie suchte den Pullover aus der Wäsche, den er gestern getragen hatte, und zog ihn sich über. Dann nahm sie eine Decke und kuschelte sich auf dem Sofa ein, Chérie neben sich. Aber noch immer fröstelte sie. Selbst das Feuer im Kamin schaffte es nicht, ihre innere Kälte zu vertreiben.

»Ich habe das Richtige getan«, wisperte sie in den leeren Raum. »Ich habe es nicht nur für ihn getan, sondern auch für mich. Larry hätte es mir nie verziehen, wenn er meinetwegen den Heathcliff aufgegeben hätte.«

Trotzdem fühlte es sich an, als würde sie stückchenweise sterben.

Als das Telefon klingelte, zuckte Vivien zusammen. Wer

rief so spät nachts an? Die meisten ihrer Freunde hatten ihr bereits zum Geburtstag gratuliert. Sie waren entweder im Bett, die wenigsten, oder unterwegs, wie die meisten. Sollte sie an den Apparat gehen? Einerseits sehnte sie sich nach der Ablenkung, die ein Telefonat mit sich brachte, andererseits wollte sie mit ihren Gedanken allein sein. Der Wunsch nach Ablenkung siegte.

»Vivien Leigh«, meldete sie sich. Ein seltsam statisches Rauschen antwortete ihr, als käme der Anruf aus dem Jenseits.

»Vivling«, erklang schließlich eine Stimme, sehr weit entfernt, aber dennoch erkannte Vivien sie sofort. »Hörst du mich?«

Ihr Herz schlug schneller, ihre Beine fühlten sich plötzlich schwach an und sie tastete mit den Fingern nach dem Sessel, auf den sie sich niederließ. Die Katze sprang ihr auf den Schoß und geistesabwesend streichelte Vivien über das weiche Fell.

Endlich konnte sie wieder atmen und flüsterte: »Bist du es wirklich, Larry?«

»Es ist furchtbar teuer und unverantwortlich, aber ich musste deine Stimme hören.« Er lachte leise. »Happy birthday, Darling. Ich liebe dich.«

»Du fehlst mir so entsetzlich, das Haus ist so unendlich einsam ohne dich«, wollte sie ihm sagen, aber sie musste stark sein, damit er sich auf seine große Chance konzentrieren konnte. »Ich liebe dich auch«, flüsterte sie daher nur.

»Es war eine dumme Idee, meine Liebste.« Larry klang so traurig, dass sie am liebsten in Tränen ausgebrochen wäre. »Was soll ich in Hollywood ohne dich?«

»Es sind nur ein paar Wochen«, versuchte sie, ihm und

auch sich selbst Mut zu machen. »Und unsere Wiedersehensfreude wird umso größer sein.«

Ein Rauschen antwortete ihr. Hatte er aufgelegt oder war die Leitung unterbrochen worden? Chérie miaute protestierend, als sich Viviens Finger in ihr Fell gruben. Vivien hielt die Tränen nicht länger zurück, als plötzlich Larrys Stimme erneut erklang.

»Darling, die Verbindung ist schlecht. Ich versuche, mich wieder zu melden. Ich denke an dich, und küsse dich. Ich liebe dich über alles.«

»Ich liebe dich auch«, antwortete sie, doch womöglich konnte Larry sie bereits nicht mehr hören.

Für eine Weile saß Vivien mit dem Hörer in der Hand reglos da. Dann lachte sie leise. »Was für ein verrückter, wundervoller Kerl, Chérie. Wie soll ich es nur ohne ihn aushalten?«

Kapitel 11

London und Hollywood, 1938

Zwei Wochen waren vergangen, nein, langsam dahingekrochen, seitdem Larry abgereist war. Obwohl sie jeden Tag telefonierten und er ihr wunderbare Briefe schrieb, drohte die Einsamkeit Vivien aufzufressen. Sie fühlte sich wie damals im Konvent, von all ihren Liebsten verlassen, nur mit einer Katze als Gesellschaft. Nichts vermochte ihre traurige Stimmung zu durchbrechen.

Gedankenverloren spielte sie mit Chérie, den Blick immer auf die große Standuhr gerichtet. Wo nur der Postbote blieb! Larry hatte ihr gestern Nacht am Telefon versprochen, dass sie einen langen Brief von ihm erhalten würde, mit einer Überraschung für sie. Vivien eilte erneut zur Tür, weil sie meinte, das Klappern des Briefschlitzes gehört zu haben. Doch es war wieder eine Täuschung, die ihr der sehnliche Wunsch eingeflüstert hatte.

Gestern hatte Larry am Telefon so unglücklich gewirkt und bitter bereut, nach Hollywood gegangen zu sein. Bei dem Gedanken an den traurigen Ton in seiner geliebten Stimme schnürte es ihr die Luft ab. Mit zitternden Fingern griff Vivien nach einer Packung *Player's* und ihrem silbernen Feuerzeug. Als sie den Rauch tief in ihre Lungen sog, schloss sie die Augen. Warum nur hatte sie die Rolle der Isabella abgelehnt? Sicher, es widerstrebte ihr zutiefst, nur die zweite Geige zu spielen, aber durch ihren Trotz hatte sie nun alles verloren: Larry und die Chance, in Hollywood Fuß zu fassen. Schlimmer noch, sie hatte Larry in einer furchtbaren Situation allein gelassen. Merle Oberon und er konnten einander nicht leiden, was sich leider auch vor der Kamera nicht verbergen ließ. Von William Wyler, der bei seinem Besuch so charmant gewesen war, fühlte Larry sich im Stich gelassen. Keine der Regieanweisungen Wylers half ihm wirklich, sich in die Rolle des Heathcliff einzufinden.

Die Türglocke schellte. Sollte es endlich der Postbote sein? Vivien sprang auf, so hektisch, dass die Katze fauchend vom Sofa hüpfte, und rannte zur Tür, das Herz schlug ihr bis zum Hals. Nachdem sie die Tür aufgerissen hatte, erstarrte sie, als hätte ihr jemand einen Schwall kalten Wassers ins Gesicht geschüttet.

»Du schon wieder.«

»Ich freue mich auch, dich zu sehen.« Ihre Mutter schob Vivien zur Seite und trat ein. Zielsicher ging sie ins Wohnzimmer. Chérie fauchte und sprang auf ein Bücherregal. »Bekomme ich einen Tee?«

»Ich sage dem Mädchen Bescheid. Möchtest du auch Gebäck?«

»Nein. Ich muss mit dir reden.«

»Gleich.« Vivien war erleichtert, dem Gespräch noch ein wenig ausweichen zu können. Sie wusste, was sie erwartete. Schließlich war es nicht das erste Mal, dass ihre Mutter sie besuchte, seitdem Larry nach Hollywood gereist war. Auf diese Gelegenheit hatte Gertrude Hartley wohl nur gewartet. Der Ehebrecher war aus dem Haus und sie nutzte die Chance, ihrer Tochter ins Gewissen zu reden.

Nachdem sie Tee und Kekse geordert hatte, ließ sich Vivien Zeit, ins Wohnzimmer zurückzukehren. Doch alles Trödeln half nichts. Sie würde ihrer Mutter nicht ausweichen können.
»Ich werde mich nicht von Larry trennen.«

»Du hast ein heiliges Versprechen abgelegt.« Ihre Mutter schüttelte verzweifelt den Kopf. »Wir sind katholisch. Eine Scheidung kommt nicht infrage.«

»Wir leben nicht mehr im Viktorianischen Zeitalter.«

»Denkst du denn nie an dein armes Kind?« Gertrudes Unterlippe zitterte. Vivien konnte niemals ausmachen, ob ihre Mutter schauspielerte oder tatsächlich litt. »Suzanne wächst mutterlos auf.«

»Ich kann sie ja in einen Konvent stecken, so wie du mich.«

»Du warst sechs Jahre alt, dein Kind ist erst fünf.«

»Als ob das eine Jahr es besser macht. Weißt du, wie einsam ich war?«

»Fang nicht wieder davon an.«

»Dann hör du auf, Larry und mich trennen zu wollen.« Viviens Stimme wurde lauter, obwohl sie sich vorgenommen hatte, gelassen zu bleiben.

»Der Tee, Miss Leigh.«

»Danke.« Vivien war dem Dienstmädchen sehr dankbar, weil es sie davor bewahrt hatte, die Fassung zu verlieren.

»Ich muss gehen.« Ihre Mutter erhob sich, ohne den Tee nur eines Blickes zu würdigen. »Überlege es dir. Wir reden morgen weiter.«

Auf gar keinen Fall, dachte Vivien, aber sie nickte nur. So konnte es nicht weitergehen. Aber egal, wie sie es drehte und wendete, es gab nur eine Lösung. Auch wenn sie der Gedanke ängstigte, fühlte sie sich dennoch frei und froh, den Entschluss gefasst zu haben. Wie viele Tage blieben ihr noch? Sie setzte sich an den Tisch, zückte den Kalender und suchte Papier und Stift. Dann erstellte sie eine Liste der Erledigungen, die auf sie warteten.

Als Erstes suchte sie Tyrone Guthrie im *Old Vic* auf. Der Regisseur war im Fundus und stöberte in den Kostümen, die dort hingen. Vivien blieb einen Moment an der Tür stehen und beobachtete ihn. Wie sehr sie das Theater liebte. Die Pracht der Kostüme, der eigentümliche Geruch nach Holz, Puder und auch Schweiß. Wollte sie das wirklich aufgeben?

»Tyrone«, flüsterte sie, ihre Stimme klang überlaut in dem hohen Raum.

Er blickte auf, ein Lächeln auf den schmalen Lippen. »Vivien, Darling, du bist zu früh. Die Proben für *Ein Sommernachtstraum* haben noch nicht begonnen.«

»Du brauchst mich erst wieder in drei Wochen, nicht wahr?«

»Für dann habe ich die Proben angesetzt. Warum?« Tyrone musterte sie fragend. Die gewaltige Adlernase verlieh ihm einen grimmigen Ausdruck. Dieser Eindruck konnte aber auch auf Viviens schlechtem Gewissen ihm gegenüber beruhen.

»Sehr schön«, entgegnete Vivien. »Ich werde Larry besuchen.«

»Du bist verrückt. Du weißt, wie lange diese Reise dauert.«

Jedem anderen wäre sie böse gewesen, aber Tyrone Guthries Unverblümtheit schätzte sie überaus.

»Ohne Larry werde ich sterben wie eine Blume ohne Sonnenschein.« Ja, das klang ein wenig melodramatisch, aber so fühlte es sich wahrhaftig an. »Am 27. werde ich abreisen. Mit der *Queen Mary*.«

»Eine ewig lange Seereise und dann bist du erst in New

York.« Tyrone schüttelte den Kopf. »Wie willst du von da aus nach Hollywood gelangen?«

»Ich werde fliegen.«

»*Du?* Bist du jemals geflogen?«

»Es gibt immer ein erstes Mal«, erwiderte sie mit mehr Mut, als sie wirklich empfand, denn die Vorstellung, in einer Blechkiste in unendlicher Höhe zu reisen, jagte ihr eine Heidenangst ein. Aber für ein Wiedersehen mit Larry, und sei es nur für ein paar Tage, würde sie auch das in Kauf nehmen.

»Ich werde eurer Liebe nicht im Weg stehen.«

»Danke.« Mehr konnte sie nicht sagen, ohne in Tränen auszubrechen.

Als Nächstes kümmerte sie sich um ein Zuhause für ihre Katze.

»Es tut mir leid, Chérie, aber du möchtest bestimmt nicht mit mir reisen.« Vivien hatte die ahnungslose Katze in einen Korb gesperrt, bevor sie mit ihr losgefahren war. »Weder die Schifffahrt noch der Flug würden dir gefallen.«

Vivien überreichte Oswald Chéries Futternapf und Lieblingsdecke. »Danke, dass du sie übernimmst. Ich werde in zehn Tagen wieder zurück sein.«

»Komm herein.« Oswald wirkte nicht besonders glücklich. »Ich habe noch nie eine Katze besessen.«

»Chérie ist sehr pflegeleicht und höflich.« Vivien setzte den Korb ab und ließ die Katze hinaus. »Sie wird ein wenig Zeit brauchen, um sich an dich zu gewöhnen.«

Kaum hatte sie dies ausgesprochen, strich die Katze Oswald um die Beine.

»Im Korb ist ihr Lieblingsfutter.« Vivien beugte sich hinab, um sich von Chérie zu verabschieden. Die Katze wich ihrer Hand aus. »Danke, Oswald, du bist ein wahrer Freund.«

Oswald sah aus, als wollte er etwas sagen, aber dann nickte er nur. Vivien ging zur Tür und blickte sich noch einmal um. Oswald saß auf dem Sofa, die Katze stand neben ihm, die Vorderbeine auf seinem Oberschenkel, und rieb ihr Köpfchen an seiner Hand. Fast, als wollte sie Vivien dafür bestrafen, sie hier zurückzulassen.

Himmel! Vivien musste tief Luft holen, nachdem sie die Passage auf der *Queen Mary* und den Flug von New York nach Los Angeles bezahlt hatte. Im Stillen dankte sie Binkie Beaumont, der ihr das Geld für die Reise vorgestreckt hatte. Von ihren geringen Ersparnissen hätte Vivien sie sich niemals leisten können. Obwohl ihr bewusst gewesen war, dass es ein teures Vergnügen werden würde, hatte sie nicht mit dem tatsächlichen Ausmaß der Kosten gerechnet. Doch nur eines zählte: Sie würde ein paar Tage mit Larry verbringen. Tage puren Glücks, da war sie sich sicher.

Lediglich der Abschied von Suzanne am gestrigen Nachmittag war ihr schwergefallen. Sie hatte der Kleinen die Situation nicht recht erklären können, zumal Leigh nur allzu deutlich gemacht hatte, dass er Viviens Abreise für einen riesigen Fehler hielt. Und für einen Moment hatte sie ihm geglaubt, als sie das Glitzern in den Augen ihrer Tochter gesehen hatte. Warum konnte sie nicht hier bei Suzanne und gleichzeitig an Larrys Seite sein? Letztlich war der Abschied reichlich kurz ausgefallen, denn vor Leigh wollte sich Vivien keineswegs die Blöße geben und weinen. Erst, als sie die Haustür hinter sich schloss, rannen ihr die Tränen haltlos über die Wangen.

Sie würde mit dieser Entscheidung leben müssen. Und möglicherweise, diese Hoffnung wollte sie einfach nicht aufgeben, fand sich in den Staaten ja zudem eine Gelegenheit, ihren Hut für die Rolle der Scarlett O'Hara in den Ring zu werfen. Von Larry hatte Vivien erfahren, dass David O. Selznick sich immer noch nicht entschieden hatte, wer die Südstaatenschönheit spielen würde. Aber der Studioklatsch sagte, Charlie Chaplins Ehefrau Paulette Goddard hätte die besten Chancen. Soweit Larry wusste, sollten die Dreharbeiten im kommenden Jahr beginnen, im Januar. Also blieb Vivien nur wenig Zeit, auf sich aufmerksam zu machen. Sie hatte ihrem Agenten Myron Selznick ein Telegramm geschickt, in dem sie ihn informierte, dass sie nach Hollywood käme. Bisher hatte ihr Agent aber noch nicht geantwortet.

Hoffentlich war die Überfahrt kein Omen dafür, was Vivien in Hollywood erwartete. Kaum hatte die *Queen Mary* den Hafen verlassen, begann ein Novembersturm, der das Meer aufwühlte und das stolze Schiff durchschüttelte. Glücklicherweise gehörte Vivien nicht zu den Menschen, die seekrank wurden. Daher nutzte sie das schlechte Wetter, um *Vom Winde verweht* erneut zu lesen und parallel die Geschichte des Sezessionskriegs nachzuschlagen.

Nachdem der Regen aufgehört hatte, traute Vivien sich an Deck. Niemand außer ihr wagte es, dem kühlen November zu trotzen. In Wolldecken gewickelt, ließ sie sich den eisigen Wind um die Nase wehen und beobachtete den Horizont. Das stürmische Meer wirkte eher grau als blau, ebenso wie der Himmel. Ein Steward brachte ihr einen Kaffee und bot ihr weitere Decken an, die Vivien dankend ablehnte. Sie war glücklich, denn sie war auf dem Weg zu Larry. Mit einem Lächeln legte sie ihre Hand aufs Herz, das vor Vorfreude Purzelbäume zu schlagen schien. Noch konnte sie es kaum fassen, dass sie sich wirklich und wahrhaftig auf dem Atlantik befand, auf dem Weg zu dem Mann, den sie liebte. Beflügelt von dem Gedanken schloss sie die Augen, um sich ihr Wiedersehen vorzustellen.

»Vivien? Vivien Leigh?«, zog sie eine Stimme aus ihren glücklichen Gedanken. »Was führt dich nach New York?«

Sie öffnete die Augen. Oh! Es war Hamish Hamilton, ein gemeinsamer Bekannter von Leigh und ihr. Allerdings hatte Hamilton Vivien bei ihrem letzten Zusammentreffen die Freundschaft gekündigt, weil sie Leigh verlassen hatte. Trotzdem hatte er sie angesprochen, wahrscheinlich erfreut darüber, ein bekanntes Gesicht zu sehen.

»Gar nichts zieht mich nach New York.« Sie begleitete die Worte mit einem Lächeln. »Ich werde sofort weiterreisen. Nach Hollywood. Zu Larry.«

Als sie seinen Namen erwähnte, verzog Hamilton das Gesicht. Eines musste sie ihm lassen, er war Leigh ein treuer Freund.

»Und ich will Probeaufnahmen für Scarlett O'Hara machen«, schob sie schnell nach.

»Von der habe selbst ich gehört.« Hamish lachte. »Ich wette mit dir um zehn Pfund, dass du die Rolle niemals bekommen wirst.«

»Die Wette halte ich.«

New York, New York. Endlich! Ein wenig bedauerte Vivien es schon, dass sie von der prächtigen Stadt kaum etwas sehen würde. Am Hafen erwartete sie ein junger Mann aus Myron Selznicks Ostküstenbüro, der sie zum Flughafen brachte. Die Angst vor dem Flug schnürte ihr die Kehle zu und sie antwortete äußerst einsilbig auf alle Fragen des höflichen jungen Manns.

»Sind Sie schon einmal geflogen?«, fragte sie schließlich, ihre Stimme klein vor Angst.

»Schon mehrfach.« Er lächelte sie beruhigend an. »Es ist wie Zugfahren. Sie werden kaum merken, in der Luft zu sein.«

Das konnte Vivien sich nicht vorstellen. Aber sie konnte sich auch nicht ausmalen, wie es wäre zu fliegen. Sie hatte eine Schlafkoje gebucht, weil der Flug mehr als fünfzehn Stunden dauerte. Dreimal würden sie zwischenlanden müssen, um zu tanken. Dreimal würde Vivien Panik vor der Landung, aber auch vor dem erneuten Abheben haben.

Ich tue es für Larry, dachte sie. *Er ist es wert.*

Noch erschien es ihr unvorstellbar, wieder auf einem Kontinent mit ihm zu sein, wenn auch am anderen Ende. Die Vorfreude verdrängte ihre Angst, als sie über das Rollfeld glitten, und trotzdem machte sie während des Fluges kein Auge zu. Sie musste sich ablenken oder sie würde verrückt werden. Was gab es da Besseres, als die Scarlett zu proben? Die Autorin verglich die Heldin oft mit einer Katze. Das sollte Vivien nicht schwerfallen, schließlich hatte sie von Chérie lernen können. Vor dem Spiegel probte sie ein katzenhaftes Lächeln und einen schmeichelnden Blick.

Als sie Los Angeles erreichten, suchte Vivien sich einen Spiegel. Allzu deutlich sah man ihr die Strapazen der Reise an. Sosehr sie sich auch bemühte, die dunklen Augenringe zu überschminken, sie wirkte erschöpft und kränklich. Und das, wobei sie gleich ihren Liebsten in die Arme schließen würde. Strahlend sollte sie aussehen, glücklich und wunderschön.

Ach was, dachte sie nur. Larry liebte sie und würde sich höchstens sorgen. Nun konnte sie es kaum noch erwarten, die Formalitäten zu durchlaufen und ihren Liebsten festzuhalten, so fest wie noch nie.

Wo war er nur? Vivien stellte sich auf die Zehenspitzen, um die Menschenmenge am Flughafen zu überblicken. Larry war nicht da, da war sie sich sicher. Sie hätte es gefühlt, wäre er in ihrer Nähe gewesen. Abgrundtiefe Enttäuschung überfiel sie, sofort gefolgt von Sorge. War ihm etwas passiert? Himmel, er musste einen Unfall erlitten haben. Sie stolperte, drohte zu fallen und fand nur mühsam ihr Gleichgewicht. Umsonst, alles war umsonst!

»Miss Leigh?«, sprach sie ein fremder, hochgewachsener Mann an. »Mr. Olivier schickt mich. Er wartet im Wagen auf Sie.«

Erleichterung überflutete sie, gefolgt von weiteren Fragen: Warum holte ihr Liebster sie nicht persönlich ab? Wer war dieser Mensch? Konnte sie ihm trauen? Bevor sie eine Entscheidung fällen konnte, griff der Mann nach ihrem Koffer und marschierte in Richtung Ausgang. Ihr blieb nichts Weiteres übrig, als ihm zu einer schwarzen Limousine zu folgen. Auf dem Rücksitz entdeckte sie eine Gestalt, halb verborgen unter einer Decke. Als Vivien sich näherte, wurde die Decke zur Seite geschoben und endlich, endlich sah sie das geliebte Gesicht ihres Larry.

»Schnell!«, rief er, öffnete die Wagentür und winkte sie heran. Der junge Mann warf ihr Gepäck in den Kofferraum und setzte sich ans Steuer. Vivien hatte kaum Platz genommen, ehe die Limousine losschoss. *So* hatte sie sich ihr Zusammentreffen nicht vorgestellt.

»Vivling!« Larry bedeckte ihr Gesicht mit Küssen. »Verzeih die Scharade, aber wir sind in Hollywood.«

»Aber ich verstehe nicht ...« Lag es an ihrem Schlafmangel oder war das Ganze ein surrealer Traum?

»Myron hat mich gewarnt. Hier enden Karrieren schnell und aus geringeren Gründen als einer Liebe zwischen bereits gebundenen Schauspielern.«

»Aber ...«, begann sie, doch Larry unterbrach sie.

»Du musst hier auf Schritt und Tritt aufpassen. Überall lauert die Presse – und sie macht nichts lieber, als über Skandale zu schreiben.«

Bedeutete das etwa, und der Gedanke schickte Vivien einen Schauer über den Rücken, sie würden getrennt bleiben?

»Du wirst im Beverly Hills Hotel wohnen.« Ein Funkeln glitzerte in Larrys Augen. »Ich habe eine Suite bestellt. Mit einem wunderbar großen Bett.«

Erneut küsste er sie und alle Sorgen, Zweifel und Ärgernisse endeten. Für ihn würde sie auch diese Maskerade auf sich nehmen. Solange sie nur zusammen waren.

Kapitel 12

Los Angeles, Dezember 1938

»Soll ich dich wirklich nicht begleiten?« David zog an der Zigarette und stieß den Rauch lautstark aus. »Irene, ich sorge mich um dich.«

Sie standen einander im Flur gegenüber. Irene, bereits im Pelz, den Koffer neben sich, wartete auf den Wagen, der sie zum Bahnhof bringen sollte. David in Hut und Mantel, um ihr zur Seite zu stehen.

»Es ist nur eine winzige Operation«, versuchte seine Frau zu beschwichtigen, aber sie konnte David nicht beruhigen. »Kümmere dich um deinen Film.«

Täuschte er sich oder klang ihr Ton ein wenig spitz, wenn sie von *seinem* Film sprach? Bisher war er davon ausgegangen, dass es ihr Film war, ihr gemeinsames Projekt, in dem sie unterschiedliche Aufgaben hatten, aber doch an einem Strang zogen. Und nun verließ sie ihn kurz vor dem entscheidenden Tag, um nach New York zu reisen.

»Kannst du nicht hier ins Krankenhaus gehen?«, beharrte er, obwohl sie diese Diskussion schon mehrfach geführt hatten. »Die Ärzte in Los Angeles sind nicht schlechter als die an der Ostküste.«

»Ach, David, ich habe es dir bereits erklärt.« Diesen harschen Ton war er von ihr nicht gewöhnt. »Den Arzt in New York kenne ich mein ganzes Leben und vertraue ihm.«

»Es ist nur ...« Würde er egoistisch klingen, wenn er ihr seine Sorgen mitteilte? »Ich hatte mich so darauf gefreut, gemeinsam den Dreh zu beginnen.«

»Ach, David«, wiederholte sie mit einem Seufzer, »es wird andere Filme geben, da bin ich mir sicher.«

Aber keiner davon wird so groß sein wie dieser, wollte er antworten, aber sagte stattdessen: »Sie können den Dreh auch ohne mich machen. George bekommt das schon hin.«

»Ich glaube dir, dass du es ernst meinst, aber ...« Sie drehte den Riemen der Handtasche zwischen ihren Fingern. »Aber du würdest in New York nur an *Vom Winde verweht* denken.«

Glaubte sie ernsthaft, sie käme erst an zweiter Stelle in seinem Leben? Was hatte er falsch gemacht, dass sie das Vertrauen in seine Liebe verloren hatte?

»Irene, für dich würde ich auf alles verzichten. Ich hoffe, das weißt du.«

Anstatt sich über seine Worte zu freuen, wie er es erhofft hatte, lächelte sie nur traurig. »David, ich kann damit leben, dass du den Starlets und Sekretärinnen hinterherjagst«, sagte sie müde, »denn das sind alles nur Strohfeuer, aber deine Filme, sie sind wahrhaft meine Konkurrenz. Und ich weiß nicht, ob ich gegen sie bestehen kann.«

»Irene«, begann er, aber sie hob die Hand, um ihn zum Schweigen zu bringen.

»Goodbye.« Sie hauchte ihm einen Abschiedskuss auf die Wange. Einen Kuss, wie man ihn dem Vater oder Bruder gab, aber nicht dem Ehemann.

Lange nachdem Irene die Tür hinter sich geschlossen hatte,

blieb David sinnend im Flur stehen und grübelte, wie er ihre Liebe zurückgewinnen könnte.

David drohte zu verzweifeln. Inzwischen war Dezember und noch immer hatte er keine Entscheidung über die Schauspielerin, die Scarlett verkörpern würde, treffen können. Immerhin hatte er die Auswahl auf vier Kandidatinnen einschränken können, von denen eine, Kate Hepburn, aus dem Rennen ausgestiegen war, weil sie die Probeaufnahmen verweigerte. Daher blieben Jean Arthur, Joan Bennett und Paulette Goddard. Wenn nur Irene hier wäre, um mit ihm über die Scarlett-Anwärterinnen zu beratschlagen!

Da seine Frau jedoch noch in New York weilte, wandte David sich an die beiden Männer, mit denen er *Vom Winde verweht* zum Erfolg bringen wollte. Gemeinsam mit George Cukor und Russell Birdwell sah er sich die letzten Probeaufnahmen an. Schweigend wartete er auf ihre Einschätzung, doch die Männer sahen ihn fragend an.

»Für mich ist es Paulette«, sagte David schließlich. »Sie kommt meiner Vorstellung von Scarlett am nächsten. Und sie ist nicht so bekannt und auf eine Rolle festgelegt wie die anderen.«

»Mir gefällt sie auch.« George nahm seine Brille ab und putzte die Gläser mit einem blütenweißen Taschentuch. »Allerdings braucht sie immer Zeit, von einer Emotion in die nächste zu wechseln.«

Den Eindruck hatte David auch gewonnen und es bereitete ihm Kopfschmerzen. Daher fragte er seinen Regisseur: »Bekommst du das in den Griff?«

»Ich denke schon.«

George galt als »Frauenregisseur«, da er Schauspielerinnen besonders gut führen konnte und seine Filme sich auf Beziehungen und Gefühle fokussierten.

»Bird, du hast noch gar nichts gesagt.« Sonst nahm sein Pressemann nie ein Blatt vor den Mund, sondern war der Erste, der seine Meinung kundtat.

»Ich rate nachdrücklich von der Goddard ab«, platzte Bird heraus. Er verzog den Mund, als hätte er in eine unreife Orange gebissen. »Sie ist Gift für den Film. Wenn du sie einstellst, waren alle Anstrengungen der vergangenen Jahre umsonst.«

David fehlten die Worte. Dermaßen echauffiert kannte er Bird nicht. Bisher war David davon ausgegangen, seinem PR-Mann wäre die Schauspielerin gleichgültig und er würde jede von ihnen dem Publikum verkaufen können.

»Weißt du etwas, was ich nicht weiß?« Hatten Hedda Hopper oder Louella Parsons etwas über die Schauspielerin ausgegraben, was deren Ruf ruinieren könnte? »Louella nennt sie doch schon Scarlett O'Goddard und scheint ein Fan von ihr zu sein.«

»Es liegt nicht an der Hopper oder der Parsons«, antwortete Bird mit Grabesstimme. »Die Goddard ist das Problem. Sie will unbedingt Karriere machen und ein Publikumsliebling werden ...«

»Was ist daran falsch?«, stellte George die Frage, die auch David bewegte.

»Nichts.« Bird machte eine abwehrende Handbewegung. »Aber sie hasst die Presse und bekämpft sie, alles wegen Chaplin.«

»Dann musst du halt mit ihr reden.«

»Das wird nichts. David, du musst dir darüber klar sein, dass die Presse jede Scarlett ausschnüffeln wird. Und Paulette verweigert sich dem.«

»Ich nehme deine Einwände zur Kenntnis.« David seufzte. Musste es immer so kompliziert sein? Andererseits, manchmal übertrieb Bird. David war sich sicher, dass Paulette guten Worten zugänglich war und sich anpasste, sollte sie die Rolle der Scarlett bekommen.

Drei Tage später stürmte Bird in Davids Büro, die Morgenausgaben der Zeitungen in der Hand, das Gesicht rot vor Zorn.

»Hier!« Er warf die Magazine so schwungvoll auf Davids Schreibtisch, dass Papiere davon herunterflogen. Unterlagen, die David gerade sortiert hatte. »Ich hatte dich gewarnt!«

»Ich habe es bereits gelesen. Mehr noch, hier sind diverse Protestschreiben.« Er klaubte die Briefe von seinem Schreibtisch und hielt sie Bird entgegen. »Frauen-Vereinigungen drohen mit Boykott, sollte ich eine ›Mätresse‹ einstellen.«

Verflucht! Warum konnten die Goddard und Chaplin nicht irgendwo eine Heiratsurkunde auftreiben. Beide behaupteten, sie wären verheiratet. Sie hätten die Ehe auf einem Schiff vor Singapur geschlossen, das von Piraten überfallen wurde. Dabei wäre die Urkunde gestohlen worden. Eine schöne Geschichte, aber wenig glaubhaft, selbst für Hollywood-Verhältnisse.

»Sie schießen gegen die Goddard, weil sie Chaplin treffen wollen.« Inzwischen hatte sich Birds Gesichtsfarbe beruhigt. »Aber sie schießen scharf. Wenn du Paulette nimmst, wird dein Film an den Kassen eingehen.«

»Ich habe mir überlegt, Paulette und Charlie eidesstattlich versichern zu lassen, dass sie verheiratet sind.«

»Das ist riskant.«

»Ich weiß, aber was soll ich tun?«

»Such weiter.«

»Du weißt schon, dass wir in wenigen Tagen die ersten Szenen drehen werden.«

»Finde jemand Besseren!«

Glücklicherweise kamen in diesem Augenblick Ray und Bill, mit denen er die anstehenden Dreharbeiten planen wollte. Gefolgt von Eddie Mannix, dem Fixer von MGM, den Louis B. Mayer ihm aufgezwungen hatte.

»Bird, bitte bleib hier. Schließlich musst du das alles verkaufen.«

Nachdem Ray den Plan vor ihm ausgebreitet hatte, sprang David auf und stolperte über den Bücherstapel neben seinem Schreibtisch. Mühsam hielt er das Gleichgewicht, umkurvte die Bücher und tigerte zum Fenster. Kurzsichtig blinzelte er hinaus, beobachtete die Vorbereitungen auf dem Set. Mit den Fingern rieb er sich über die hohe Stirn und strich die Haare zurück. Hinter ihm warteten die vier Männer schweigend darauf, dass er eine Entscheidung fällte. Manchmal war es verdammt einsam, der Produzent zu sein.

»Bill, Ray, ihr seid euch sicher, dass es funktionieren wird?« David drehte sich um und ging langsam zu seinem Schreibtisch zurück. »Es bleibt ein Restrisiko, oder?«

»Wenn man mit Feuer arbeitet, ist es immer riskant.« Ray Klune, sein Produktionsmanager, zuckte mit den Achseln. »Aber der Effekt ... das wird unglaublich.«

»Und es spart uns viel Geld«, sprang ihm William Cameron Menzies zur Seite. Der begnadete Produktionsdesigner war ebenfalls Feuer und Flamme für die Idee. »Wir müssten sonst die alten Sets abbauen und zum Müll bringen. So schlagen wir zwei Fliegen mit einer Klappe.«

»Und falls es schiefgeht, fackeln wir ganz Los Angeles ab«, protestierte Eddie Mannix. »Dann kann dich nicht einmal mehr das Geld von MGM retten.«

»Aber wir hätten unglaublich viel Presse«, warf Bird trocken ein, was ihm einen wütenden Blick von Mannix einbrachte. »Lass uns so viele Feuerwehrleute holen wie möglich und dann klappt das schon.«

»Also gut.« David schlug mit der flachen Hand auf den Schreibtisch. »Wir drehen den Brand von Atlanta am Samstag.«

»Aber …«, begann Mannix, doch David hob die Hand, um ihm Einhalt zu gebieten. Mit ruhiger Stimme sagte er: »Eddie, ich habe entschieden, und noch bin ich der Produzent.«

Er klang sicherer, als er sich fühlte, aber gegenüber einem Hai wie Mannix durfte man keine Schwäche zeigen.

»Wir starten die Dreharbeiten zu *Vom Winde verweht* am 10. Dezember.«

»Alles Gute. Es wird schon klappen.« Irene hatte ihm ein Telegramm geschickt, was Davids Herz ein wenig leichter werden ließ. Trotzdem suchte er die Schachtel mit den Benzedrine. Heute musste er absolut leistungsfähig sein, und das, obwohl er gestern Nacht kaum ein Auge zugetan hatte. Immer wieder hatte er im Kopf alles durchgespielt, was schiefgehen konnte. Immer wieder hatte er sich gefragt, ob Paulette Goddard wirklich die richtige Entscheidung war. Immer wieder hatte er Kay Brown verflucht, weil sie ihm das verdammte

Buch untergejubelt hatte. Nun war es zu spät für Reue, die Entscheidung war gefallen und er würde damit leben müssen.

Obwohl es noch Stunden dauern würde, bis die Sonne unterging, hielt es David nicht mehr aus. Er fuhr an den Set und ging in seinem Büro noch einmal alle notwendigen Schritte durch. Marcella wartete bereits auf ihn, sie kannte ihn gut genug, um zu wissen, was er brauchte. Kaffee, Zigaretten und die Post.

Kurze Zeit später tauchte Ray auf. »Bleiben wir beim Zeitplan?« Er war blass und seine Stimme zitterte, als teilte er Davids Befürchtungen. »Die Technicolor-Leute sind für fünf Uhr eingeplant.«

»Die Sonne geht um vier unter, dann sollten wir uns bereit machen. Ist George schon da?«

Ray schüttelte den Kopf. »Er wird heute Abend sicher hier sein.«

Mit einem Kopfnicken entließ David den Produktionsmanager und versank erneut ins Grübeln. Obwohl sein Regisseur heute nur Zuschauer sein würde, erwartete David von ihm, am Set zu sein. Cukor war einfach kein Mann für dramatische und explosive Szenen, daher hatte David seinem Produktionsdesigner die Regie für die allererste Szene von *Vom Winde verweht* übergeben. Noch immer konnte David nicht glauben, dass der Dreh wirklich und wahrhaftig beginnen würde. Was für eine Reise war es gewesen, vom Ankauf des Buchs über die Suche nach Scarlett bis heute, bis zum dramatischen Brand von Atlanta. Er war stolz auf das, was er bisher erreicht hatte, und hoffte und betete, dass »Der große Wind«, wie er ihn nannte, so gewaltig werden würde, wie er es sich vorstellte.

»Es kann losgehen.« Pünktlich um fünf Uhr steckte Eric Stacey, einer der Assistenzregisseure, den Kopf in Davids Büro. »Wir warten nur noch auf Sie.«

»Ich komme sofort.« David wartete, bis Stacey den Raum verlassen hatte, nahm noch zwei Benzedrine, zündete sich eine Zigarette an und atmete dann tief durch. Endlich war es so weit! Im Kopf ging er alle Vorbereitungen durch. Hatte er irgendetwas vergessen? Nein, die Feuerwehrmänner waren vor Ort, die Presse hatte einen »anonymen« Tipp von Bird bekommen, seine Gäste waren geladen, Crew und Stuntleute standen bereit. Also, auf ans Werk!

»David, auf was für Ideen du kommst.« Seine Mutter schüttelte den Kopf, aber mit einem Lächeln. Er gab ihr einen flüchtigen Kuss zur Begrüßung und nickte einigen anderen zu, die er jedoch kaum wahrnahm. Für ihn gab es nur noch eines: den Beginn der Dreharbeiten.

Nachdem er wenige Worte mit Bill Menzies gewechselt hatte, kletterte er auf die erhöhte Plattform, die extra gebaut worden war, damit David das Feuer von oben begutachten konnte. Der Wind zerrte an ihm, die Leiter schwankte. Das wäre die Höchstform von Ironie, sollte er von diesem Aufbau stürzen. Wer würde den Film dann übernehmen? Würde er überhaupt gedreht werden? Wo nur Myron blieb? Sein Bruder hatte nichts Besseres zu tun, als am heutigen Tag mit Kunden essen zu gehen, aber er hatte David versprochen, pünktlich zu Drehbeginn da zu sein. Was auch immer pünktlich bei Myron bedeutete.

»Wir sind so weit!«, rief Ray. »Sollen wir anfangen?«

David blickte nach unten. Die Techniker und Kameraleute sahen zu ihm hoch. Die sieben Technicolor-Kameras waren aufgebaut und drehbereit. Die Stuntdoubles für Rhett und

Scarlett, jeweils drei, hatten auf ihren Einspännern Platz genommen. Auch die Doubles für Melanie und Prissy lagen auf den offenen Wagen. Selbst die Feuerwehrleute schienen David fragend anzusehen. Aufregung lag in der Luft, alle warteten nur auf ihn – und er wartete auf seinen unzuverlässigen Bruder.

»Gebt mir noch zehn Minuten.« David beschattete die Augen mit der Hand und blinzelte ins Dunkel. Kam dort eine Limousine? Nein, es war nur ein Trugbild. Er tigerte zur anderen Seite der Plattform und wieder zurück, blickte auf die Armbanduhr. Die Sekunden wurden zu Minuten und schließlich konnte er nicht länger warten.

»Fangt an!« Stumm betete er, dass Ray sich nicht geirrt hatte, oder David würde in die Geschichte eingehen als der Mann, der Hollywood abgefackelt hatte.

»Action!«, rief Bill Menzies und der Dreh begann. Die Gasbrenner zündeten und das dürre Holz brannte mit einem lauten Prasseln an. Die Flammen schlugen höher, als David geahnt hatte. Er beugte sich über die Plattform, sein Blick folgte den Stuntleuten, die Scarlett und Rhett verkörperten, die aus dem brennenden Atlanta flüchteten.

»Noch mal!«, rief David. Sicherheitshalber wollte er mehrere Einstellungen dieser Szene, denn nachdrehen lassen konnte er sie nicht. Wenn die alten Sets erst einmal verbrannt waren, gab es keine zweite Chance. Er öffnete seinen Wintermantel und lockerte den Schal, den er gegen die Nachtkühle umgebunden hatte. Schweiß tropfte ihm in die Augen und auf die Brille. Er musste sie abnehmen und putzen, um sein brennendes Atlanta sehen zu können.

Was für ein Anblick! David konnte nur hoffen und beten, dass es den Technicolor-Kameras gelang, diese Farben, dieses Drama, diese Wucht einzufangen.

Die Macht des Feuers riss Teile der Dekoration los, die durch die Luft flogen. Aber sie kamen nicht weit, denn die Feuerwehr wartete nur auf ihre Chance und löschte die Ausreißer.

Endlich sackten die Flammen in sich zusammen. Es war geschafft.

Auf wackligen Beinen kletterte David die Leiter herunter. Jetzt war es Zeit, mit der Crew und seinen Gästen zu feiern. Unten angekommen, erhielt er Gratulationen, Kollegen klopften ihm auf die Schultern, jemand drückte ihm eine Tasse Kaffee in die Hand. Da entdeckte er Ray Klune, der auf dem Boden saß und vollkommen erschlagen wirkte. Er war wie David in Schweiß gebadet und zitterte.

»Einen Moment«, erbat sich David von seinen Gästen. Er marschierte zu Ray und setzte sich neben ihn. »Ray, das war großartig, eine Wahnsinnsidee! Du bist der beste Produktionsmanager, mit dem ich je gearbeitet habe.«

»Danke«, flüsterte Ray nur. David drückte ihm seinen Kaffee in die Hand und erhob sich.

Da erklang eine wohlbekannte Stimme. »Hey, du Genie. Schau mal.«

Myron hatte es endlich geschafft, an den Set zu kommen. David verengte die Augen, während er auf seinen Bruder zuging. Myron war nicht allein, ein Mann und eine winzige Frau in einem Pelz begleiteten ihn. Ein Hut überschattete ihr Gesicht.

»David, ich möchte dir Scarlett O'Hara vorstellen.« Myron sprach mit schwerer Zunge; er hatte wohl wieder getrunken, aber das war unwichtig. David konnte die Frau nur ungläubig anstarren. Im Licht der letzten Flammen leuchtete ihr Gesicht, ihre grünen Augen blitzten ihm entgegen. Selbst mit dem modernen Hut und Pelz sah sie genauso aus, wie er sich Scarlett O'Hara vorgestellt hatte.

Kapitel 13

Los Angeles, Dezember 1938

Vivien konnte es kaum glauben, wirklich und wahrhaftig David O. Selznick gegenüberzustehen, dem Mann, der darüber entschied, wer Scarlett O'Hara verkörpern würde. Sie hatte Fotos von ihm gesehen, aber war dennoch beeindruckt von diesem riesigen Bären von einem Mann, zu dem sie trotz ihrer hochhackigen Schuhe aufschauen musste.

Nachdem Myron sie mit verwaschener Stimme – unglaublich, wie viel ihr Agent zu trinken vermochte – als Scarlett O'Hara vorgestellt hatte, war es ihr vorgekommen, als bliebe ihr Herz stehen. Sie war unfähig, sich zu rühren oder etwas zu sagen. Dann spürte sie Larrys Hand in ihrem Rücken, die sie sanft in Richtung des Produzenten schob.

Obwohl das Feuer in sich zusammengefallen war, spürte sie noch seine Hitze auf ihren Wangen. Ihr Nerzmantel, den sie gegen die Kühle der Nacht angezogen hatte, erschien ihr plötzlich viel zu warm. Nun, sie hatte nicht ahnen können, heute auf eine Feuersbrunst zu treffen, die aus einer kalten Dezembernacht ein flammendes Inferno machte.

»Larry. Schön, dich zu sehen«, begrüßte Selznick ihren Liebsten, was Vivien Zeit gab, sich zu sammeln und zur Gelassenheit zu finden.

»Ein unglaubliches Feuer hast du da inszeniert.« Larry lächelte, aber Vivien meinte, eine Anspannung in seinen Zügen lesen zu können.

»Oh, das ist gar nichts.« Selznick starrte seinen Bruder böse an. Was geschah hier? »Ihr hättet es sehen sollen, kurz nachdem wir es angesteckt hatten.«

»Das Essen hat sich etwas hingezogen.« Myron schien sich vom Zorn seines Bruders überhaupt nicht beeindrucken zu lassen. »Übrigens, deine Scarlett heißt im wahren Leben Vivien Leigh.«

Das war ihr Stichwort. Vivien lächelte zu David O. Selznick auf, bemüht, einen guten ersten Eindruck zu machen.

»Eine beeindruckende Szene«, brachte sie schließlich hervor, stolz darauf, dass ihre Stimme nicht bebte. »Es ist der große Brand von Atlanta, nehme ich an.«

»Sie haben den Roman gelesen?« Warum nur klang Selznick so ungläubig?

»Wie wohl jede Frau auf diesem Planeten«, antwortete sie und lachte. »Ich habe *Vom Winde verweht* verschlungen, bestimmt schon zehnmal, und ich liebe die Geschichte. Vor allem Scarlett hat es mir angetan.«

»Kommen Sie mit in mein Büro«, mischte sich ein zweiter Mann ein, der Selznick zum Verwechseln ähnlich sah. Auch er war hochgewachsen, mit vollen dunklen Haaren, einer kräftigen Nase und Brille. Allerdings war er besser gekleidet als der Produzent. »Ich bin George Cukor, der Regisseur.«

Cukor musterte sie von Kopf bis Fuß, allerdings auf eine sehr professionelle Art. Einen Moment lang erwog sie, ob sie sich einmal um die eigene Achse drehen sollte, aber war sich unsicher, ob das den Amerikanern gefallen würde. Stattdessen überlegte Vivien, ob sie der Aufforderung Folge leisten sollte und den Produzenten einfach stehenlassen konnte. Da traf David O. Selznick die Entscheidung für sie.

»Lasst uns alle in *mein* Büro gehen. Das ist größer.« Er lachte laut und bot ihr seinen Arm. Das musste ein gutes Zeichen sein, nicht wahr?

»Wo haben Sie all das Holz her?«, fragte Vivien. »Sie müssen einen ganzen Wald vernichtet haben.«

»Oh nein.« Selznick beugte sich zu ihr herab. Sie roch Zigarettenrauch, Whiskey und ein herbes Aftershave. »Mein Produktionsmanager hatte die geniale Idee, alle alten Sets in Brand zu setzen.«

»Von welchen Filmen stammen sie denn?«

»Ach«, antwortete er mit einer wegwerfenden Handbewegung. »*Der letzte Mohikaner, King Kong, Der Garten Allahs* und *Der kleine Lord*.«

»Den Film habe ich geliebt.« Vivien seufzte. Hinter ihr räusperte Larry sich. Fand er sie übertrieben flirtend? Er musste doch wissen, wie sehr sie die Rolle der Scarlett wollte. »Das Gelände ist ja riesig. Was ist das dort hinten?«

Ihr Blick war an einem gewaltigen Turm auf drei Stahlbeinen, silberfarben und von Scheinwerfern angeleuchtet, hängen geblieben. »Selznick International Pictures« stand in schwarzer Schrift darauf.

»Ein Wasserturm, davor sind die Tonstudios.« Selznick wedelte mit der Hand in Richtung einer Ansammlung langweilig aussehender Gebäude. »Das Freigelände würde ich Ihnen gern bei Tag zeigen. Es ist gewaltig, viele Bäume und Sträucher. Dort werden wir *Vom Winde verweht* drehen.«

Vivien nickte begeistert. Ja, eine raue Landschaft und viel Platz, das bräuchte es für den Dreh dieses Filmes. Sie konnte es kaum erwarten, das Gelände zu erkunden und die rote

Erde von Tara, wenn auch hier in Hollywood, zwischen ihre Finger gleiten zu lassen.

»Wir sind da.« Voller Stolz deutete Selznick auf ein weißes Herrenhaus mit runden Säulen. »Der Sitz von Selznick International Pictures.«

»Das ist Ihr Büro.« Vivien klatschte in die Hände. »So habe ich mir Tara immer vorgestellt.«

Er hielt ihr die Tür auf und führte sie dann die Treppe hinauf in den ersten Stock. Auch sein Büro überraschte sie, denn es wirkte eher wie das vornehme Zimmer eines Gentlemans. Es war weiß vertäfelt, mit einem Erker, vor dem sich zarte weiße Gardinen und Chintzvorhänge bauschten. Vivien versuchte zu erkennen, was sich alles auf dem halbrunden Mahagoni-Schreibtisch befand. Zwei Telefone, eine schlichte Lampe mit einem weißen Schirm, war das eine Zigarrenkiste? Eine Uhr, eine Schreibgarnitur aus Marmor.

»Sind das Süßigkeiten?« Sie deutete auf das überdimensionierte Vorratsglas. So eines kannte sie von den Arztbesuchen in ihrer Kindheit. Wenn man artig gewesen war, durfte man in das große Glas fassen und sich eine Belohnung nehmen.

»Ich habe Hypoglykämie.« Sie musste wohl sehr verwirrt geschaut haben, denn er ergänzte: »Zu niedriger Blutzucker. Das Porträt zeigt meinen Vater.«

Viviens Blick folgte seiner Hand. Es war ein gewaltiges Foto eines seriös aussehenden Mannes. Was ihr sofort auffiel, war der Zwicker auf seiner Nase.

»Nehmt Platz.« Selznick deutete auf die Sessel und Diwane. Vivien wartete, bis Larry sich gesetzt hatte, und nahm neben ihm Platz. »Was führt euch nach Hollywood?«

Sie plauderten bis weit nach Mitternacht und dann nickte Selznick George Cukor zu.

»Falls Sie nicht zu müde sind, Miss Leigh, würde ich gern ein paar Zeilen von Ihnen hören.« Der Regisseur erhob sich.

Auch Vivien stand auf und sagte zu Larry: »Ich bin gleich wieder da.«

»Nimm dir die Zeit, die du brauchst.« Selbstverständlich wünschte er ihr kein Glück, denn nach Theateraberglauben hätte das den gegenteiligen Effekt erzielt. Sie lächelte ihm zu, bemüht, ihre ansteigende Nervosität zu verbergen. Sie folgte Cukor in einen Raum, der deutlich kleiner war als das Büro des Produzenten. An den Wänden hingen Kostümskizzen, die Vivien fasziniert musterte. Nur zu gern würde sie eines dieser unglaublichen Kleider tragen, die für Scarlett entworfen worden waren.

»Schauen Sie sich ruhig um«, sagte Cukor mit freundlicher Stimme, während er auf dem überfüllten Schreibtisch nach etwas suchte. Das ließ sich Vivien nicht zweimal sagen. Auf dem Fußboden davor standen Fotos von Häusern, gewiss Plantagen aus den Südstaaten, die als Vorbild für Tara und Twelve Oaks dienen konnten. Auf einmal wurde ihr bewusst, wie nahe sie der Erfüllung ihres großen Traums war. Doch nun, da ihr die Rolle zum Greifen nahe schien, überfielen Vivien ernste Zweifel. Sie entsprach nicht der Beschreibung, die Margaret Mitchell von Scarlett O'Hara gegeben hatte, sie war Britin mit einem britischen Akzent und – und das wog gewiss am schwersten – sie war eine aufstrebende Jungschauspielerin, die mit den größten Stars Hollywoods konkurrierte.

Und wenn schon! Ich bin die Richtige für Scarlett. Nun muss ich nur noch George Cukor und David O. Selznick überzeugen.

»Sie wissen, dass die Hauptrolle noch unbesetzt ist?«

»Deshalb bin ich hier.« Vivien drehte sich zu George Cukor um, der ihr einige Seiten in die Hand drückte. »Ich träume davon, die Scarlett zu spielen, seitdem ich den Roman gelesen habe.«

»Dann lesen Sie bitte Scarletts Text in dieser Szene.« Er deutete auf einen schlichten Holzstuhl, der dennoch elegant wirkte. »Nehmen Sie Platz.«

Vivien setzte sich und warf einen ersten Blick auf die Skriptseiten. Es war eine der Schlüsselszenen: Scarlett versucht, Ashley davon zu überzeugen, mit ihr durchzubrennen. Obwohl Vivien den Roman so oft gelesen hatte und sich sogar Notizen zu den wichtigsten Szenen gemacht hatte, fühlte sich ihr Kopf plötzlich wie leergefegt an. Wie sollte sie Scarlett in dieser Szene anlegen? Wild und leidenschaftlich oder lieber traurig und sehnsüchtig? Ihre Kehle fühlte sich an wie zugeschnürt. Sie war sicher, sie würde kein Wort herausbringen.

»Sind Sie so weit?« Cukor wirkte höflich, aber nicht besonders freundlich.

Jetzt zählt es. Ich darf es nicht verpatzen. Vivien holte einmal tief Luft und begann, ihren Text zu sprechen. Der Regisseur übernahm Ashleys Part, den er ohne Gefühl oder Ausdruck sprach, was Vivien einen Moment lang irritierte. Dann jedoch fühlte sie sich in ihre Rolle ein, bettelte und flehte aus vollem Herzen, aber Ashley blieb ablehnend. Nachdem sie geendet hatte, sah sie auf. Zu ihrem Schrecken runzelte Cukor die Stirn und wirkte unzufrieden. Dabei war sich Vivien sicher, dass sie Scarlett mit Leben und Charakter gefüllt hatte. Während sie darauf wartete, dass er etwas sagte, musste sie alle Kraft aufwenden, um ihre Hände nicht nervös zu kneten.

»Haben Sie in den nächsten Tagen schon etwas vor?«, fragte Cukor schließlich.

»Nichts, was ich nicht verschieben kann.« Ihr Herz schlug schneller.

»Mein Büro wird sich bei Ihnen melden und einen Termin für Probeaufnahmen vereinbaren.«

Vivien konnte ihr Glück kaum fassen. »Danke. Ich freue mich darauf.«

»Lassen Sie uns zu den anderen zurückkehren. David wird es nicht erwarten können, von Ihnen zu hören.«

Heute hätte sie in London auf der Bühne stehen und Shakespeares *Sommernachtstraum* zum Besten geben sollen. Vivien atmete tief ein. Am Tag nach dem »Brand von Atlanta« hatte sie Tyrone Guthrie ein Telegramm gesandt und sich entschuldigt, aber sie würde vor Weihnachten nicht nach London zurückkehren und könnte daher die Titania nicht spielen. Zu ihrer großen Freude hatte der Theaterregisseur ihr geantwortet, dass sie für ihn die einzige Wahl für Scarlett O'Hara wäre. Ihr war ein Stein vom Herzen gefallen, dass Tyrone ihr nicht böse war. Hollywood zu verlassen, nun, da die Rolle ihres Lebens in ihrer Reichweite baumelte wie die hier allgegenwärtigen Mistelzweige, das hätte sie einfach nicht übers Herz gebracht.

Nun musste sie die Scarlett einfach bekommen. Ein Scheitern war keine Option mehr. Sie hatte alle Brücken hinter sich abgebrochen, die Schiffe verbrannt, alles auf eine Karte gesetzt – immer mehr Metaphern gingen ihr durch den Kopf, während sie darauf wartete, endlich mit den Probeaufnahmen beginnen zu können. Obwohl es hieß, dass Selznick im Januar mit den Dreharbeiten beginnen wollte, hatte er sich Zeit gelassen, bis sie endlich einen Termin für den Dreh erhielt.

Noch zwei unendlich lange Tage würde sie warten müssen. Vivien hatte geplant, sich die Stadt und die Kunstmuseen anzuschauen, während sie in Los Angeles weilte und Larry *Stürmische Höhen* drehte, aber sie konnte sich auf nichts anderes konzentrieren als auf die bisher größte Chance ihrer Karriere. Wünschte sie in einem Moment noch, die Probeaufnahmen sofort hinter sich zu bringen und das Ergebnis zu erfahren, so hoffte sie im nächsten, mehr Zeit zur Vorbereitung zu bekommen. Myron hatte ihr eine Dialektlehrerin vermittelt, mit der Vivien das *Southern*, die Sprache der Südstaaten, einübte. Glücklicherweise ähnelte es dem britischen Englisch mit einem Hauch Französisch und es gelang ihr schnell, sich diesen Akzent anzueignen.

Daneben suchte sie in den vielen Kinos Los Angeles' nach Filmen, in denen die anderen Schauspielerinnen zu sehen waren, die ebenfalls Ambitionen auf Scarlett besaßen.

Ansonsten nutzte sie die Zeit, um sich weitere Notizen zu Scarlett zu machen. Hierfür saß sie am Swimming-Pool, der wie das rosafarbene Hotel in die Jahre gekommen war, aber das war Vivien gleichgültig. Es war Dezember – und die Luft war so mild, dass man baden konnte. Larry hingegen fand das Beverly Hills Hotel enttäuschend. Er nannte es »eine schäbige Kolonialzeit-Kopie« und hasste die abgetakelt wirkenden Korbmöbel. Auch sonst war seine Laune eher schlecht, denn die Dreharbeiten kosteten ihn viel Energie. Wyler, der in London so sympathisch gewirkt hatte, erwies sich als Diktator, der Szenen wieder und wieder drehen ließ, ohne Larry hilfreiche Regieanweisungen zu geben.

»Merle Oberon ist eine furchtbare Catherine«, beschwerte sich Larry beim Abendessen, das sie in ihrer Suite einnahmen. Myron hatte sie beide darauf hingewiesen, sich sehr bedeckt zu halten, was ihre Liebe betraf. »Du wärst so viel besser in der Rolle.«

»Danke, Darling. Du bist bestimmt wunderbar.«

»Wyler findet das nicht«, grummelte Larry, um wieder in dumpfes Brüten zu versinken. Wenn er in dieser Stimmung war, konnte Vivien nur abwarten und hoffen, er erzähle ihr, was ihn bedrückte.

»Er wirft mir vor, ich spiele übertrieben. Meine Bewegungen und Mimik seien nicht elegant genug für die Kamera.« Fassungslos hob Larry die Arme.

»Das kann ich mir nicht vorstellen.« Vivien hielt Larry für einen der besten Schauspieler, die sie je gesehen hatte. Sowohl auf der Bühne, wo ihm niemand das Wasser reichen konnte, als auch im Film. *Feuer über England* war ein rauschender Erfolg gewesen. »Das liegt bestimmt an Merle.«

»Bist du schon nervös, weil du mit Leslie Howard proben wirst?«, fragte Larry in scherzhaftem Ton, um das Thema zu wechseln. Allerdings kannte sie ihn zu gut, um darauf hereinzufallen. Larry wusste, dass Vivien für Leslie Howard geschwärmt hatte, und konnte daher seine Eifersucht kaum verbergen.

»Ich bin aufgeregt, weil ich die Rolle bekommen könnte.« Sie gab ihm einen zärtlichen Kuss. »Du weißt, es gibt nur einen Mann in meinem Leben.«

Kapitel 14

Los Angeles 1938–1939

Vivien konnte es kaum erwarten, dass Larry aus dem Studio zurückkehrte. Er hatte ihr versprochen, sich umzuhören, was man über die Chancen ihrer Konkurrentinnen sagte.

»Da ist Jean Arthur.« Hungrig biss Larry in das Sandwich, das Vivien geordert hatte. Obwohl ihre Finger vor Nervosität ein Eigenleben führten, wartete sie geduldig ab, bis er gesättigt war und fortfuhr. »Es heißt, bei den ersten Proben habe sie sich in der Garderobe eingeschlossen und Rotz und Wasser geheult.«

»Warum ist sie noch im Rennen?«

»Sobald Jean vor der Kamera steht, versiegen die Tränen und sie ist großartig.«

Das konnte Vivien nur bestätigen. Sie hatte sich *... und ewig siegt die Liebe* mit Jean Arthur und Charles Boyer angesehen.

»Sind die Tränen nur ein Trick?«

»Das kann niemand sagen. Cukor findet sie gut, aber nicht für Scarlett.«

»Und Joan Bennett?« Vivien hatte die New Yorkerin als Mörderin Kay Kerrigan in *Trade Winds* gesehen. Eine beeindruckende Vorstellung, aber für Vivien wirkte Joan Bennett viel zu kühl für die temperamentvolle Scarlett.

»Joan gefällt Cukor, aber Selznick findet sie zu elegant und vornehm. Er fürchtet, die Südstaatler werden keine Scarlett aus New Jersey akzeptieren.«

Das war einerseits gut, andererseits blieb fraglich, ob sie dann eine Britin in der Rolle willkommen heißen würden. Aber erst einmal musste Vivien Selznick und Cukor überzeugen, die Südstaaten würde sie später erobern.

»Von Paulette weißt du ja schon. Sie ist deine schärfste Konkurrentin.« Larry wiegte den Kopf, als ob er ihr noch etwas vorenthielt.

»Nur heraus damit.«

»Dass sie den Vertrag noch nicht hat, liegt nicht an ihren Schauspielkünsten. Ihr Privatleben ist nicht Hollywoodtauglich.«

»So wenig wie unseres.« Das also hatte Larry ihr nicht sagen wollen. Vivien schluckte schwer. »Meinst du, ich werde die Rolle nicht bekommen, weil wir uns lieben?«

»Ich fürchte ja. Hollywood will seine Stars – jedenfalls nach außen hin – sauber und skandalfrei.«

»Dann ist es mir egal. Ich werde dich für keine Rolle der Welt aufgeben.«

»Selbst wenn du sie bekommst, Viv, sei vorsichtig. Selznick ist nicht zu trauen.« Larry hatte seine Erfahrungen mit dem Produzenten gemacht, und es waren keine guten gewesen. »Er hat Jill damals so viel versprochen, gleichzeitig hat er im Hintergrund die Hepburn zum Star aufgebaut.«

»Ich weiß.« Larry hatte ihr erzählt, wie er durch Zufall die Verträge der beiden Schauspielerinnen auf Selznicks Schreibtisch bei RKO entdeckt hatte. Katherine Hepburn sollte deutlich mehr Geld als Jill bekommen – und damit auch mehr Prestige und Marketing. Für Jill war es hart gewesen, auf Larrys Rat hin die Chance auszuschlagen und nach England zurückzukehren.

»Ich werde auf dich aufpassen, Darling.«

»Erst einmal muss ich Cukor von mir überzeugen.« Und dafür musste sie ihr *Southern* üben, denn bei ihrem letzten Gespräch hatte der Regisseur ihr barsch gesagt: »Wir spielen hier nicht den *fucking* Peter Pan.«

Noch drei Tage bis zum Heiligen Abend und endlich stand Vivien auf dem Plan. Heute und morgen würde sie Probeaufnahmen in Farbe drehen. Hoffentlich schmeichelte das Technicolor ihren Augen, die eher blau als Scarlett-grün waren.

»Miss Leigh, das ist Hattie McDaniel«, stellte Cukor ihr eine kräftige Farbige vor, die gewiss Mammy spielen sollte. »Wir drehen die Szene, in der Scarlett sich in ihr Korsett einschnüren lässt, um Ashley zu beeindrucken.«

»Ich freue mich, Miss McDaniel.« Ihre Kollegin nickte Vivien zu und dann begaben sie sich in Position. Die Chemie zwischen ihnen stimmte, es kam Vivien nach wenigen Augenblicken so vor, als wäre sie wahrhaftig Scarlett, die mit Mammy über die Schnürung diskutierte.

»Das hat mir gut gefallen.« Hattie McDaniel nickte Vivien zu und verschwand dann in ihrer Garderobe. Wahrscheinlich würde sie die Szene heute noch einmal drehen, aber mit einer anderen Scarlett.

Am zweiten Tag spielte Vivien zwei Szenen mit Ashley. Als Erstes versuchte Scarlett, ihn zu verführen, dann ihn dazu zu bringen, mit ihr vor dem Krieg zu fliehen. Zu ihrer Überraschung sprach Leslie Howard britisches Englisch, von *Southern* war bei ihm nichts zu hören.

»Danke für deine Unterstützung«, sagte Vivien nach den Aufnahmen. Leslie war hilfreich gewesen, obwohl sein Ashley ein wenig gelangweilt wirkte.

»Du hast mir gut gefallen. Bei dir war es nicht Mondschein und Magnolien, wie bei den anderen.« War das ein Lob oder bedeutete das, sie habe die Rolle nicht verstanden? »Aber sicher bin ich mir nicht. Ich kenn das Buch ja nicht.«

»Wie bitte? Wie willst du Ashley dann spielen?«

»Am liebsten gar nicht. Ich bin dafür zu alt und nicht attraktiv genug, aber Selznick hat mich zum Co-Produzenten bei *Intermezzo* gemacht.« Er seufzte theatralisch. »Ich werde stundenlang in der Maske sitzen müssen.«

Wie unfair. Sie würde ihre linke Hand für die Rolle geben und musste kämpfen, während er den Ashley auf dem Silbertablett präsentiert bekam und ihn nicht wollte.

Mit einem »Frohe Weihnachten« verabschiedete Vivien sich von Leslie. Nun begann erneut das Warten. Hoffentlich würden Selznick und Cukor sich vor den Feiertagen entscheiden, sonst gäbe es kein fröhliches Fest. Oder besser nach Weihnachten, denn bei einer Ablehnung wären Vivien die Feiertage verdorben.

»Hast du etwas gehört?«, fragte Vivien Larry zwei Tage später, denn sie hoffte, dass er durch seine Arbeit an *Stürmische Höhen* Wind von dem Studioklatsch bekam, der sich um die Rolle der Scarlett O'Hara drehte. »Ich weiß, ich gehe dir damit auf die Nerven, aber wann treffen sie endlich eine Entscheidung?«

Erneut hatte sie ihren Aufenthalt in Los Angeles verlängert, was ihre Mutter sehr verärgert hatte. Auch Leigh war wenig erfreut, nachdem sie ihm das geschrieben hatte.

»Vielleicht erfährst du heute Abend ja etwas.« Larry nahm sie tröstend in die Arme. »Cukor wird dir bestimmt etwas verraten.«

»Meinst du, es ist ein gutes Zeichen, von ihm zur Weihnachtsparty eingeladen worden zu sein?«

Vivien hatte sich sehr über die Einladung gefreut, denn sie hatte bereits beim allerersten Vorsprechen spontane Sympathie für George Cukor empfunden. Er kam ihr vor wie ein Regisseur, mit dem sie gut arbeiten könnte. Als sie die Einladung erhalten hatte, hatte sie einen Moment geglaubt, es wäre die Zusage für Scarlett, aber sie musste sich wohl weiter in Geduld üben.

Die Fahrt zum Haus des Regisseurs führte sie über eine endlos lange Straße, die von gigantischen Palmen gesäumt war. Obwohl sie bereits beinahe einen Monat in Los Angeles weilte, konnte Vivien sich an den exotischen Pflanzen nicht sattsehen.

»Ist es nicht unglaublich?« Sie wandte sich Larry zu. »Es ist Weihnachten und wir haben Temperaturen, die bei uns Sommer bedeuten würden.«

»Dann warte den Sommer hier ab. In den Studios ist es da unerträglich. Die Hitze draußen und die Lampen innen.«

»Sei nicht so ein Spielverderber.« Sie rollte theatralisch mit den Augen. »Heute ist Weihnachten.«

Aber auch sie war nur halbherzig bei der Sache, weil sie erst wieder zur Ruhe kommen würde, wenn endlich eine Entscheidung gefallen wäre.

»Oh, so ein Haus hätte ich auch gern.« Vivien hatte inzwischen genug vom Leben im Hotel. George Cukors strahlend weißes Haus mit den bodentiefen Fenstern gefiel ihr auf Anhieb. Da sie Raumgestaltung liebte, war sie sehr gespannt, wie es wohl innen aussah.

»Danke für die Einladung«, sagte Vivien, sobald sie über die Schwelle getreten war, und überreichte George Cukor ihr Gastgeschenk, eine Flasche des Weins, den er schätzte, wie ihr jedenfalls seine Sekretärin verraten hatte. »Was für ein wunderschönes Haus.«

»Es ist von Williams Haines entworfen. Ich als New Yorker dachte immer, ich könnte nicht in Hollywood leben. Bis ich dieses Haus entdeckte.« Er trat zur Seite und bat sie mit einer Geste herein. »Legt ab und mischt euch unter die Leute. Habt Spaß.«

»Danke.« Vivien hätte ihn nur allzu gern wegen der Scarlett befragt, aber das gehörte sich nicht auf einer Party. Nachdem Larry ihr den Mantel abgenommen und an die Garderobe gehängt hatte, traten sie gemeinsam in das große Wohnzimmer. Obwohl es draußen warm war, brannte ein Feuer im Kamin. Daneben stand ein exquisit geschmückter Weihnachtsbaum. Was sie überraschte, denn es standen siebenarmige Leuchter auf dem Tisch. Möglicherweise feierte George Cukor ja Chanukka und Weihnachten.

Vivien hätte sich gern weiter umgesehen, aber erst einmal galt es, die anderen Gäste zu begrüßen. Hier wimmelte es von Menschen, nein, Hollywood-Stars. Vivien konnte gerade noch verhindern, dass ihr die Kinnlade herunterfiel.

»Das ist doch ...«, flüsterte sie Larry zu.

»Ja, und daneben ist auch der, den du vermutest.« Seine Hand berührte ihren Ellenbogen und er schob sie in Richtung David O. Selznick, der etwas verloren neben seiner Frau Irene wirkte. Auch Selznick begrüßte sie, ohne ein Wort über die Besetzung der Scarlett O'Hara zu verlieren. Das war wohl das Signal, dass sie aus dem Rennen war. Traurigkeit griff nach ihr, aber Vivien ließ sich nichts anmerken und lächelte tapfer. Trotzdem konnte sie nicht verhindern, dass sie die Ohren spitzte, wann immer über *Vom Winde verweht* gesprochen wurde. Selbstverständlich drehten sich viele Gespräche um die Frage, welche Schauspielerin überzeugt hatte und Scarlett O'Hara spielen würde.

»Kommen Sie bitte mit.« Cukor griff nach ihrem Ellenbogen und dirigierte sie in ein ruhiges Zimmer mit dunklem Holz und deckenhohen Bücherregalen.

»Ich wollte Sie nicht länger warten lassen, Miss Leigh. Wir haben uns entschieden.«

Für wen, wollte sie rufen, für wen, verdammt noch mal. Stattdessen sagte sie: »Sie müssen heilfroh sein, endlich mit den Dreharbeiten beginnen zu können.

»Das können Sie laut sagen.«

Er lächelte sie an und sie wappnete sich innerlich für die kommende Absage. *Es ist nicht wichtig. Ich bin als Außenseiterin ins Rennen gegangen und auf dem zweiten oder dritten Platz gelandet. Damit bin ich weitergekommen als die meisten Hollywood-Stars. Das Einzige, was für mich zählt, ist Larry.*

Dann jedoch ging ihr auf, was Selznicks Entscheidung bedeutete. Sie musste Hollywood – und Larry – verlassen und nach London zurückkehren. Hoffentlich würde Tyrone ihr eine Rolle geben. Nun ja, besser, es gewagt zu haben und zu verlieren, als es nicht versucht zu haben.

»Wir sind an Ihnen hängengeblieben.« Cukors Lächeln

wuchs zu einem breiten Grinsen. Vivien dachte noch: *Ich muss gelassen bleiben*, als sie einen Jubelruf ausstieß.

»Wirklich, ich?«

»Herzlichen Glückwunsch.«

»Ich danke Ihnen, ich danke Ihnen.« Ihr Blick suchte Larry, denn sie glaubte zu träumen. Von einem Moment auf den anderen hatte sich ihr Leben auf den Kopf gestellt. Sie hatte alles: die Rolle der Scarlett O'Hara und ihren Larry. Vivien hätte die Welt umarmen können.

»Aber bitte sagen Sie es niemandem, Miss Leigh.« Cukor zwinkerte ihr zu. »Sie wissen ja, wie schnell Klatsch in Hollywood reist.«

»Bitte nennen Sie mich Vivien. Wir werden in den nächsten Monaten viel Zeit gemeinsam verbringen, schätze ich.«

Larry musste gespürt haben, welche tolle Neuigkeiten sie soeben erhalten hatte, denn er kam schnurstracks auf sie zu, die Arme ausgebreitet.

»Herzlichen Glückwunsch, Viv! Ich war mir sicher, du wirst es schaffen.« Larry nickte George zu. »Vivling ist die richtige Wahl.«

Sie wünschte sich, mit ihm allein zu sein, um gemeinsam die Freude zu teilen, aber das könnte sie schließlich auch später noch tun. Vorerst musste sie hierbleiben, musste mit Selznick und George planen, wie sie der Welt verkaufen sollten, dass eine Britin, eine nahezu unbekannte Britin noch dazu, die amerikanischste aller Heldinnen spielen würde.

»Bevor Selznick International Pictures die Nachricht verkündet, müssen wir erst das Okay von Alexander Korda haben«, fuhr George fort. »Und wir brauchen die Zustimmung deines Mannes.«

»Wie bitte?« Vivien musste sich verhört haben. Sie war

doch kein kleines Kind, das einen Vormund benötigte, der bei wichtigen Lebensentscheidungen zustimmte.

»Tut mir leid, das ist leider Gesetz.«

»Gut, ich werde ihn fragen.« Das würde kein Problem sein, sprach sie sich gut zu, denn Leigh hatte ihr zwar die Scheidung verweigert, aber er würde ihr gewiss keine Steine in den Weg legen, wusste er doch, wie viel ihr die Rolle bedeutete. Dann jedoch dachte sie daran, wie viel Wert er auf seinen guten Ruf legte. Und mit Scarlett O'Hara verheiratet zu sein, würde ihm gewiss nicht schmecken.

Kapitel 15

Los Angeles, Januar 1939

David zündete sich eine Zigarette an, denn ganz sicher war er sich nicht, mit Vivien Leigh die richtige Wahl getroffen zu haben. Zweifelsohne hatte sie bei den Probeaufnahmen die anderen drei ausgestochen. Ihre Schönheit und ihr Temperament entsprachen seiner Vorstellung von Scarlett, aber sie brachte drei Probleme mit: Zum ersten war sie Britin, was in den Südstaaten gewiss nicht gut aufgenommen werden würde. Es kursierten bereits Gerüchte, der Ku-Klux-Klan plane Aktionen gegen die Dreharbeiten, weil Scarlett kein *Southern Girl* war.

Margaret Mitchell um Unterstützung bitten, schrieb David auf ein Memoblatt. Sollte die Autorin sich für Miss Leigh aussprechen, wäre das ein großes Pfund auf seiner Seite.

Das zweite Problem war das größere. Auf Georges Weihnachtsfeier hatte die Schauspielerin David erklärt, nun, da sie in Hollywood bliebe, wollte sie als Erstes ein Haus für Larry und sich suchen. Oh, verflucht, nicht eine zweite Goddard-Affäre, war David durch den Kopf geschossen. Da Paulettes Zusammenleben ohne Trauschein bereits Proteste ausgelöst hatte, wie würde die Öffentlichkeit auf eine Schauspielerin reagieren, die Ehebruch beging?

Glücklicherweise lebten die Ehepartner von Miss Leigh

und Larry in England, weit weg. Aber nicht weit genug, um Bluthunde wie Hedda Hopper oder Louella Parsons von dieser vielversprechenden Story abzubringen.

Mit Myron sprechen. Er soll Miss Leigh beibringen, dass sie ihre Romanze im Geheimen leben muss, machte er sich eine weitere Notiz.

Und das dritte Problem, das ihm gewiss graue Haare einbrächte, waren die verfluchten Verhandlungen darüber, Vivien Leigh einen Vertrag zu geben. Man sollte doch meinen, die junge Frau wäre glücklich, diese Chance zu erhalten. Stattdessen erwiesen sich die Vertragsverhandlungen aber zäher als Sirup aus Atlanta.

David schlug sich mit der zur Faust geballten Linken in die rechte Handfläche. Erst hatte ihr englischer Ehemann ihr die Arbeitserlaubnis verweigern wollen, was zu einem hysterischen Ausbruch seitens Vivien Leighs geführt hatte. Glücklicherweise hatten Davids Rechtsleute herausgefunden, dass Holmans Zustimmung doch nicht notwendig war, aber der Ärger, die Tränen und die Sorge, zu Drehbeginn ohne die Hauptdarstellerin dazustehen, das hatte ihn schlaflose Nächte gekostet. Die Jungs und Irene gingen ihm aus dem Weg, weil – und das musste er zugeben – sein Geduldsfaden extrem knapp gespannt war dieser Tage und bei der kleinsten Gelegenheit riss.

Dann war Myron gekommen, der weder Freund noch Familie kannte, wenn es darum ging, so viel Geld wie nur möglich herauszuholen.

»Vivien Leigh ist perfekt als Scarlett.« Wenn Myron verhandelte, war er immer stocknüchtern und unleidlich. »Das hast du selbst gesagt. Da kannst du sie nicht mit ein paar Brosamen abspeisen.«

»Sie ist ein Risiko. Niemand in den USA kennt sie.« David konnte ebenso hart bleiben wie sein Bruder. »Eine Unbekannte kann nicht erwarten, so viel Geld zu bekommen wie ein Star wie Clark.«

»Aber ihr nur ein Fünftel von seinem Honorar anzubieten, ist eine Frechheit!« Myron trommelte mit seinen Fingern auf Davids Schreibtisch, ein Geräusch, das ihn entsetzlich enervierte. »Sie muss jeden Tag am Set sein.«

»Ich muss Korda auch noch auszahlen. Miss Leigh sollte dankbar sein, die Chance zu bekommen. Eigentlich sollte sie mir Geld bieten.«

»Ach ja, sie will keinen Sieben-Jahres-Vertrag, nur einen für *Vom Winde verweht*.«

»Das meinst du nicht ernst.«

»Oh doch.« Myron verdrehte die Augen. »Sie braucht Zeit fürs Theater und will sich daher nicht längerfristig binden.«

Diese verfluchten Schauspieler. Am schlimmsten waren die, die vom Theater kamen und sich für etwas Besseres hielten. Das Theater war für sie Kunst und ihr Leben, während Filme nur zum Geldverdienen taugten. Eine Einstellung, die David als Filmliebhaber unendlich verärgerte.

»Ich baue sie doch nicht zum Star auf, damit sie dann zu Jack Warner oder L.B. geht!« David schlug mit der Faust auf den Tisch. »Sieben Jahre oder gar nichts.«

Wenn es nach ihm ginge, hätte er auf einer lebenslangen Laufzeit bestanden, aber die Gesetze erlaubten ihm nur die verfluchten sieben Jahre.

»Ich kann es mit ihr verhandeln, aber sie wird die Zusicherung wollen, am Theater arbeiten zu dürfen.«

»Meinetwegen.«

»Ich gebe dir Bescheid.« Myron hatte breit gegrinst, denn er erhielt einen ordentlichen Anteil von Miss Leighs Gage.

Nach langem Hin und Her hatte sich die Schauspielerin schließlich dazu herabgelassen, die sieben Jahre anzunehmen. Inzwischen näherten sich die Verhandlungen mit Alexander Korda, der mindestens ebenso geschäftstüchtig war wie Myron, ihrem Ende. Alles könnte gut sein, Miss Leigh könnte ihren Vertrag unterschreiben und Bird könnte die Presse informieren, wäre da nicht – Larry. Nahezu jeden Tag tauchte Olivier bei David auf, um ihm das Leben schwer zu machen. Auch für heute hatte er sich bereits angekündigt.

Kurz überlegte David, ob er Marcella Rabwin bitten sollte, den Schauspieler abzuwimmeln. Aber er wagte es nicht, denn er fürchtete, dass Olivier viel Einfluss auf die junge Engländerin hatte und die war, das musste David eingestehen, einfach perfekt für die Rolle. Nachdem er ihre Probeaufnahmen gesehen hatte, konnte David sich keine andere Schauspielerin als Scarlett vorstellen. Selbst Paulette Goddard, die er einmal als vollkommen für die Rolle angesehen hatte, würde ihm nur wie die zweite Wahl vorkommen. Und »Der große Wind« duldete keine zweite Wahl. Also musste David sich in einer Stunde anhören, was Olivier nun wieder zu meckern hatte.

Die Zeit bis dahin wollte er nutzen, um sich den Stand des Drehbuchs anzuschauen. Inzwischen war der vierte, fünfte oder sechste Autor am Werk – David hatte den Überblick verloren. Zu viele Schreiberlinge waren Sidney Howard gefolgt, in immer kürzeren Abständen, weil es keinem von ihnen gelungen war, den Geist des Romans in ein Drehbuch zu überführen. Auch für den aktuellen Kandidaten hegte David nur begrenzt Hoffnung. F. Scott Fitzgerald mochte *Der große Gatsby* und *Zärtlich ist die Nacht* geschrieben haben, aber inzwischen war er dem Alkohol erlegen und fristete sein Dasein als Lohnschreiber für MGM. Aber wer weiß, vielleicht konnte der Autor ihn überraschen.

»Wie sieht es aus?«, fragte David freundlich, obwohl er innerlich die Hände über dem Kopf zusammenschlug, als er das Chaos auf Fitzgeralds Schreibtisch entdeckte. »Wann ist das Drehbuch fertig?«

Der Autor schaute ihn an, als hätte David ihm Prügel angedroht.

»Margaret Mitchell neigt dazu, sich zu wiederholen. In Szenen und Dialogen«, sagte Fitzgerald schließlich.

»Ich weiß, ich weiß«, entgegnete David ungeduldig. »Das hat Sidney Howard bereits festgestellt. Erzählen Sie mir etwas Neues.«

Erneut schien der Autor nach Worten zu suchen, was David irritierend fand. Von jemandem, der Romane schrieb, erwartete er sich eine gewisse Eloquenz.

»Etliche Szenen erscheinen mir stärker in Stille«, brachte Fitzgerald schließlich hervor. Konnte der Kerl sich nicht deutlich ausdrücken? David hatte keine Zeit zum Rätselraten.

»Was meinen Sie damit?«

»Nun, ich denke …« Erneut eine Pause. »Wir sollten Dialoge streichen und die Bilder wirken lassen.«

»Das klingt vernünftig«, gestand David ihm zu. »Geben Sie mir ein Beispiel.«

»Nun, am Tag von Melanies und Ashleys Hochzeit sollte Scarlett nicht über ihre Eifersucht und ihre Liebe zu Ashley sprechen, sondern dem glücklichen Paar schweigend nachsehen.«

»Weiter so.« David nickte bestätigend, bevor er den kleinen Raum verließ. Vielleicht war doch nicht Hopfen und Malz verloren. Hoffentlich wurde das Drehbuch bis zum Beginn der Dreharbeiten fertig.

Als er in sein Büro kam, wartete Larry dort bereits. Der attraktive Brite lehnte sich an Marcellas Schreibtisch, hatte sich zu ihr gebeugt und flüsterte ihr etwas ins Ohr. Eifersucht durchfuhr David, als Marcella lachte und mit den Wimpern klimperte. Er hatte gehofft, seine Sekretärin könnte dem britischen Charmeur widerstehen.

»Larry«, sagte David daher kurzangebunden. »Ich habe heute nicht viel Zeit.«

»Es ist mir immer ein Vergnügen, Sie zu sehen, Marcella.« Mit einer fließenden Bewegung erhob sich Larry und folgte David in dessen Büro.

»Was passt dir am Vertrag nicht?« David sah es nicht ein, höflich zu sein. »Myron ist damit einverstanden.«

»Myron versteht nichts vom Theater«, antwortete Larry mit einem nonchalanten Achselzucken. »Und du willst Vivien mit einem Hungerlohn abspeisen.«

»25.000 Dollar sind kaum ein Hungerlohn.« Was hatte der Brite nur an sich, dass jedes seiner Worte David reizte?

»Ich werde Vivien nicht erlauben, diesen Vertrag zu unterschreiben.«

David atmete tief durch, bevor er antwortete. »Larry, du hast bereits einmal einer Frau die Chance auf eine Hollywood-Karriere verdorben. Sei nicht zweimal ein Arsch.«

Zu seiner Überraschung wurde Larry blass. Wahrscheinlich hatte er nicht damit gerechnet, dass David die alte Geschichte hervorholte. Damals, bei RKO, hatte David Jill Esmond zum Star aufbauen wollen und ihr die Hauptrolle in *Eine Scheidung* angeboten, aber Larry hatte sich eingemischt und so lange gestänkert, bis Jill nachgegeben hatte. David hegte den Verdacht, Larry hatte es seiner Ehefrau nicht gegönnt, erfolgreicher zu sein als er.

»Ich denke darüber nach und spreche mit Vivien.«

»Tu das. Aber entscheidet euch bald. Am 26. Januar ist Drehbeginn.«

David triumphierte innerlich, als Larry mit hängenden Schultern sein Büro verließ.

Es war ein Freitag, der 13. und obwohl David nicht abergläubisch war, fragte er sich, ob es wirklich der ideale Tag war, der wartenden Welt seine Entscheidung zu verkünden.

»Marcella, bitte sende Orchideenbouquets und ein persönliches Schreiben an Jean, Joan und Paulette.« David erschien es freundlicher, die Absage mit Blumen zu begleiten. »Du kennst meinen Stil. Ich unterschreibe dann.«

David bearbeitete die Post, bevor er einen Blick auf seine Uhr warf. Noch immer blieb mehr als eine Stunde, bis er endlich die große Neuigkeit mitteilen durfte.

»Hier sind die Absagen.« Marcella legte ihm drei Schreiben auf den Tisch, die David kurz überflog, bevor er sie signierte. Eine Aufgabe erledigt, Tausende warteten noch.

David schreckte auf. Von draußen drang das Geräusch jaulender Sägen und krachender Hämmer auf ihn ein. Die Bauarbeiten für sein Tara, sein Twelve Oaks und sein Atlanta waren immer noch nicht abgeschlossen. Gestern hatte Bill Menzies ihm die aktuellsten Designs gezeigt. Unglaublich, dass sie eine ganze Stadt erschaffen würden – nun gut, sie bauten nicht das gesamte Atlanta nach, aber den Bahnhof, die Kirche, Shanty Town, Belles Bordell, das Haus von Tante

Pittypat und und und. Fünfunddreißig Gebäude wurden erstellt – es war der größte Set, der bisher für einen Film gebaut wurde, worauf David sehr stolz war. Der Film musste einfach ein Erfolg werden, sonst würde er Selznick International Pictures das Genick brechen.

David schloss einen Moment die Augen. Wie sollte er sich bei dem Lärm konzentrieren? Er stand auf, um das Fenster zu schließen. Nun kam ihm die Luft zu stickig vor.

»Marcella, ich geh an den Set und schaue mir an, wie weit sie sind.«

Je näher die Dreharbeiten rückten, desto mehr musste David sich vergewissern, dass wirklich alles so lief, wie er es geplant hatte. Sein Weg führte ihn an den Männern vorbei, die die Eichenbäume erstellten, die der Plantage Twelve Oaks ihren Namen gaben. Da die verfluchten Bäume nicht einfach hertransportiert werden konnten, hatte Menzies kreativ werden müssen. Noch immer war David nicht überzeugt, dass die Kreationen aus Telefonmasten, Stacheldraht, Pflaster und Farbe im Film glaubhafte Eichen abgeben würden. Er musste eine Alternative finden – da konnte ihm nur sein Bürgerkriegsexperte helfen.

»Wo ist Wilbur Kurtz?«, fragte er einen der Assistenzregisseure, der den Set beaufsichtigte.

»Farmen abklappern«, antwortete der junge Mann und wirkte gehetzt. »Nein, halt, nicht dorthin! Hierhin!«

Ach ja. David erinnerte sich, dass der Historiker heute gemeinsam mit dem Location Scout Harold Coles und dem Tiertrainer William Clark Farmen und Ranches im Umkreis besuchten, um dort Tiere zu mieten. Sie brauchten Pferde, Schweine, Maultiere, Rindviecher, Hunde, Hühner und auch ein paar Truthähne – mehr als eintausendfünfhundert Viecher insgesamt. Beim nächsten Mal drehe ich einen Film ohne Tiere, schwor sich David. Und etwas Leichtes, für dessen Set man keine Stadt erbauen musste.

»Nein, nein, nein!« Es war zum Verzweifeln! »Die Erde muss rot sein. *Rot*!«

»Wir haben alles versucht, Boss«, antwortete der Arbeiter, den David angesprochen hatte. »Wir bekommen maximal rotbraun hin.«

»Dann importiert meinetwegen Erde aus Atlanta oder streut Ziegelstaub drauf«, röhrte David der Verzweiflung nahe. »Wir drehen in Technicolor. Die Farbe muss stimmen.«

»Das haben wir schon probiert, das mit den Ziegeln klappt nicht.«

David holte tief Luft. Musste er alles selber machen? Nein, dafür hatte er doch jemanden.

»Fragt Bill Menzies. Dem fällt bestimmt etwas ein.«

Bevor er zurück in sein stickiges Büro musste, schaute er noch in der Garderobe vorbei. Er mochte das Surren der Nähmaschinen und sah gerne zu, wie die Kostüme unter den Händen der fleißigen Näherinnen entstanden. Nicht nur Scarletts wunderschöne Kleider mussten angefertigt werden, sondern auch die Uniformen der Soldaten und selbstverständlich die Accessoires für die Damen: Hüte, Juwelen, Handschuhe und Handtaschen. Langsam nahm alles Form an und sah wirklich ansprechend aus. Zufrieden wandte David sich um und spazierte zurück in sein Büro.

Gemeinsam mit George Cukor, Russell Birdwell und den Schauspielern würde er die endgültige Besetzung von *Vom Winde verweht* bekanntgeben. Nun stand den Dreharbeiten nichts mehr im Weg. Fast nichts. Das Gespräch mit Vivien Leigh und Laurence Olivier müsste er noch führen. Es würde

Larry Olivier noch leidtun, dass er David das Leben so schwer gemacht hatte. Aber erst einmal musste Vivien Leigh unterschreiben, und dann würde David ihr mitteilen, wie sehr sich ihr Leben ändern müsste.

Kapitel 16

Los Angeles, Januar 1939

Vivien steckte den Brief in einen Umschlag und verschloss ihn. Es war ihr nicht leichtgefallen, Leigh zu schreiben, nachdem er seine Einwilligung verweigert hatte. Da sie den Vertrag nun auch ohne ihn abschließen konnte, konnte sie ihm aber verzeihen. Auch wenn sie nicht verstand, warum er weiterhin eine Scheidung zurückwies. Sie war Larry bis nach Hollywood gefolgt, sie würde die Scarlett O'Hara spielen – wie konnte Leigh da ernsthaft glauben, beides wäre nur eine Phase, die sie durchleben würde, um dann zu ihm zurückzukehren?

Vor ein paar Tagen hatte Selznick die Pressemitteilung herausgegeben, die Vivien als Scarlett O'Hara benannte. Langsam konnte sie daran glauben, dass es wirklich wahr und nicht nur ein Traum war. Warum der Produzent allerdings Larry und sie heute sprechen wollte, das konnte Vivien sich nicht erklären.

Noch aber blieb ihr Zeit und sie nahm das Drehbuch mit zum Pool. Wobei »Drehbuch« ein Euphemismus für das gewaltige, regenbogenfarbene Ding war, das Selznick ihr auf ihr Drängen hin überlassen hatte. Seine Sekretärin hatte Vivien erklärt, dass die unterschiedlichen Farben die unterschiedlichen Autoren symbolisierten. Die arme Lydia Schiller hatte die Aufgabe gehabt, alles zu einer logischen Kontinuität zusammenzustellen. Sicher, Vivien war keine Expertin des Handwerks, aber derart viele Autoren erschienen ihr dennoch problematisch. Gestern hatte sie deswegen lange mit George telefoniert, der ihr versichert hatte, dass bis Drehbeginn ein Skript vorliegen würde.

Auch wenn die Rolle der Scarlett O'Hara in dieser Fassung des Drehbuchs etwas von dem abwich, was sie sich selbst vorgestellt hatte, mochte sie es, nein, sie liebte es, wie der Regisseur George Cukor den Stoff interpretierte. Er gab den Figuren Raum für Emotionen, während viele andere Regisseure, das hatte Vivien inzwischen gelernt, sich kaum um das kümmerten, was die Figuren antrieb. Ihnen ging es um Action, Action und noch mehr Action. Filme wie diese hatten Clark Gable zu Ruhm verholfen.

Vivien schauderte bei der Vorstellung, mit so jemandem zusammenarbeiten zu müssen. Sie war unglaublich glücklich, mit George Cukor einen feinfühligen Regisseur an ihrer Seite zu haben, der ihr half, die komplexe Figur Scarlett O'Hara in all ihren Facetten zu begreifen und zu spielen.

»Hast du eine Idee, warum Selznick mit uns reden will?« Sie griff nach Larrys Hand und strich über seinen Daumen. »Hast du ihn noch einmal wegen des Vertrags angesprochen?«

»Nein.« Larry schien in Gedanken versunken. Die Dreharbeiten zu *Stürmische Höhen* näherten sich dem Ende und er hatte noch kein neues Projekt. »Ich habe mich rausgehalten, wie ich es dir versprochen habe.«

Der Chauffeur hielt vor dem Herrenhaus, das die Büros von Selznick International Pictures beherbergte. Vivien wartete, bis Larry ihr die Wagentür öffnete und seine Hand reichte, damit sie aussteigen konnte. Sie mochte diese kleinen Gesten, mit denen er ihr seine Liebe zeigte. Obwohl es bereits nach siebzehn Uhr war, drangen immer noch Geräusche der Bauarbeiten vom Set zu ihnen herüber. Wahrscheinlich machten die Handwerker Überstunden, damit pünktlich zum Drehbeginn alles fertig war. Der Drehbeginn – Vivien spürte die Aufregung in sich aufwallen. Kaum jemand hatte daran geglaubt, aber ihr war es gelungen: Sie hatte die Rolle der Scarlett O'Hara ergattert.

Hamilton schuldet mir zehn Pfund. Die muss ich noch einfordern.

»Mr. Selznick erwartet Sie.« Selznicks Sekretärin, eine ausnehmend hübsche junge Frau, lächelte Larry an, während sie Vivien nur zunickte. »Gehen Sie einfach in sein Büro.«

»Danke, Marcella.« Obwohl Larry sich sicher nichts dabei dachte, schoss die Eifersucht in Vivien hoch wie eine Flamme. Da entdeckte sie den Ring am Finger der Sekretärin. Es gab also einen Mann in ihrem Leben. Aber das musste ja nichts bedeuten, denn es gab ja auch einen Ehemann in Viviens Leben. Nein, daran durfte sie jetzt nicht denken. Sie musste sich auf das bevorstehende Gespräch mit dem Produzenten konzentrieren.

»Miss Leigh, Larry.« David O. Selznick nahm seine Brille ab, zog ein gewaltiges weißes Taschentuch aus der Hosentasche und putzte damit die Brillengläser. Es kam Vivien vor, als wollte er ihrem Blick ausweichen. »Es ist mir unangenehm. Bringen wir es also schnellstmöglich hinter uns.«

»Sehr gern«, antwortete Vivien, die wenig davon hielt, um den heißen Brei herumzureden. »Weshalb sind wir hier?«

Mit viel Getue verstaute Selznick das Taschentuch wieder in seiner Hosentasche, setzte die Brille auf, blinzelte sie an, schob die Brille ein wenig höher auf die Nase und blinzelte erneut, bis er sich schließlich ihr zuwandte. »Sie wissen, warum ich Paulette Goddard die Rolle nicht geben konnte?«

Weil ich besser bin, wollte Vivien antworten, aber stattdessen lächelte sie und sagte: »Sie werden Ihre Gründe gehabt haben.«

»Paulettes Privatleben ist zu skandalträchtig, das hätte den Film ruiniert. Hat Myron mit Ihnen gesprochen?«

»Er sagte, Larry und ich sollten nicht öffentlich zusammen gesehen werden.«

»Wir sind vorsichtig«, sprang Larry ihr zur Seite, aber Selznick verzog den Mund, als hätte er in eine Zitrone gebissen.

»Das reicht nicht. Ich sehe, wie tief Ihre Liebe zueinander ist, aber …«, der Produzent stieß einen tiefen Seufzer aus, »… aber das Publikum wird es nicht mögen, dass sie verheiratet sind, mit Kindern.«

Vivien fühlte sich, als hätte er ihr in den Magen geboxt. Wollte Selznick von dem Vertrag zurücktreten? Nahm er ihr die Chance, die Rolle zu spielen, die sie sich so sehr wünschte? Hilfesuchend blickte sie Larry an.

»Das lässt sich nicht ändern«, sagte ihr Liebster. »David, du wusstest es vorher. Warum wird es auf einmal zu einem Problem?«

»Louella hat mich angerufen.«

Mehr musste er nicht sagen. Larry und sie wussten, wie viel Macht die Klatschkolumnistin in Hollywood besaß. Und wie gut Louellas Informationsquellen waren. Wenige

Tage, nachdem Vivien in Kalifornien angekommen war, hatte Louella Parsons das bereits in ihrer Kolumne erwähnt und auch Larrys Namen genannt.

»Was sollen wir tun?«, wisperte Vivien. Sie wünschte sich nichts mehr, als nach Larrys Hand zu greifen, aber sie wagte es nicht. Stattdessen holte sie die Packung *Player's* aus ihrer Handtasche und zündete sich mit zitternden Fingern eine Zigarette an. »Ich kann Miss Parsons nicht verbieten, über mich zu schreiben.«

»Miss Leigh, ich möchte Sie bitten, in ein Haus am Crescent Drive zu ziehen.«

»Wie bitte?« Vivien konnte kaum glauben, was er verlangte. »Das können Sie nicht ernst meinen.«

»Miss Leigh, Larry.« Selznick kratzte sich an seinem Kinn, schob die Brille auf der Nase hoch und wieder runter, so dass es Vivien unangenehm wurde, wie peinlich ihm dieses Gespräch offensichtlich war.

»Nur frei heraus«, sagte Larry schließlich und rollte mit den Augen. »Weshalb sollen wir umziehen?«

»Genau darum geht es, Mr. Olivier.« Selznick schien sich dazu durchgerungen zu haben, ihnen die bittere Wahrheit scheibchenweise zu servieren. »Sie wissen, wie es in Hollywood zugeht. Es gibt Klatschreporter, die nur darauf aus sind, unsere Stars bei Fehltritten zu ertappen.«

Was für eine wahnwitzige Unterhaltung! Vivien verstand immer weniger, worum es hier eigentlich ging. Sie wechselte einen Blick mit Larry, der ebenso überrascht wirkte wie sie.

»Was für Fehltritte?«, fragte sie schließlich in ungehaltenem Ton. »Larry und ich haben uns nichts zu Schulden kommen lassen. Wir feiern keine wilden Partys, wir saufen nicht, wir rennen nicht nackt über den Sunset Boulevard.«

David O. Selznicks Ohren liefen rot an, als sie das sagte. Himmel, diese Amerikaner!

»Miss Leigh, Larry, Sie beide sind der Fehltritt.« Selznick seufzte. »Sie sind beide verheiratet, aber nicht miteinander. Nach Hollywoods Moralstandard ist das inakzeptabel.«

»Das ist absolut lächerlich!«, rief Larry aus. »In London wussten alle, dass Vivien und ich ein Paar sind. Auch hier wissen alle über uns Bescheid. Wir haben nie darüber gelogen, wer und was wir sind.«

»Nein, es wissen eben nicht alle«, widersprach ihm Selznick mit einem Seufzer. »Möglicherweise wissen es Schauspieler, Regisseure, Produzenten, ja, gar die ganze Filmbranche. Aber das Publikum weiß nichts davon.«

»Das kann sein«, musste Vivien eingestehen. Bisher hatten Larry und sie kaum Kontakt zur US-amerikanischen Presse gehabt. Selznick hatte sie abgeschirmt – warum nur hatte sie sich nichts dabei gedacht?

»Und das Publikum entscheidet darüber, ob der Film ein Flop wird oder nicht.« Auf einmal wirkte Selznick viel selbstsicherer als zuvor. Nun, da die Karten auf dem Tisch lagen, konnte er wieder die Bedingungen diktieren. »Wie Sie wohl wissen, enthält ihr Vertrag eine Moralklausel, Miss Leigh.«

Vivien war sprachlos. Fieberhaft überlegte sie, ob der Produzent im Recht sein könnte. Der Vertrag war unglaublich lang gewesen und sie hatte ihn nur überflogen. Vielleicht hätte sie sich besser mit dem Kleingedruckten vertraut machen sollen. Nachdem sie die Fassung wiedergewonnen hatte, flüsterte sie: »Sie erwarten nicht etwa, dass ich mich von Larry trenne? Eher müssen Sie sich eine neue Scarlett O'Hara suchen!«

Sie wusste genau, es würde nicht so leicht werden, dem Publikum eine andere Schauspielerin zu verkaufen. Schließlich hatte Selznick, das musste Vivien zugeben, sehr dafür gekämpft, dass sie die Südstaatenschönheit spielen durfte.

»Miss Leigh, Larry.« In seinem Tonfall schwangen Müdigkeit und Verständnislosigkeit mit. »Ich muss Ihnen doch nicht erklären, dass wir in Hollywood zwei Standards besitzen. Das, was die Stars im Geheimen leben, und das, was die Öffentlichkeit davon erfährt.«

»Das bedeutet also«, mischte Larry sich wieder ein, der nur den Kopf schütteln konnte über das, was die Amerikaner so trieben. »Es ist also vollkommen in Ordnung, dass Vivien und ich uns lieben, solange es wir es der Öffentlichkeit verschweigen.«

»Exakt, Larry. Sie haben es wunderbar auf den kritischen Punkt gebracht.«

»Aber das können wir auch in unserem kleinen Häuschen.« Vivien wollte nicht an den Set ziehen. Sie fürchtete ohnehin, dass die Arbeit sie auffressen würde. »Ein Haus am Set gefällt mir nicht.«

»Selbstverständlich nicht direkt am Set, nur in der Nähe.« Selznick starrte sie an. Hinter den dicken Brillengläsern wirkten seine Augen winzig. »Sie würden das Haus offiziell mit Ihrer Sekretärin teilen ...«

»Ich habe keine Sekretärin«, unterbrach Vivien ihn, woraufhin er abwehrend die Hand hob, bevor er weitersprach: »Und das Haus ist abgelegen, durch einen hohen Zaun von allem getrennt und von außen nicht einsehbar. Selbst für die neugierigsten Fotografen nicht.«

»Was wäre, wenn wir uns weigern?« Diese Frage musste Vivien stellen, obwohl sie die Antwort ahnte.

»Ich würde auf die Moralklausel verweisen. Wollen Sie sich wirklich die Chance entgehen lassen, Scarlett O'Hara zu spielen?« Selznick, der sonst so weich wirkte, konnte auch stahlhart sein. Vivien schauderte, als sie erkannte, wie wenig sie ihm entgegenzusetzen hatte. »Miss Leigh, es wird nicht nur Ihre Karriere gefährden, sondern auch die von Larry.«

Ihr Liebster sah sie an. Sie erwiderte seinen Blick und nickte ihm zu. Sein Blick sagte ihr, dass er es ihr überließ, die Entscheidung zu treffen. Das liebte sie an ihm, sein Verständnis dafür, dass sie eine unabhängige Frau war, die ihre eigenen Entscheidungen traf. Leigh Holman, so charmant und nett er auch war, hatte Vivien immer als kleines Frauchen gesehen, dessen Leidenschaft zur Schauspielerei nur eine Liebelei war und das irgendwann erkennen würde, dass es an Heim und Herd und als Mutter glücklich wäre. Larry hingegen verstand ihren Eigensinn und liebte sie, wie sie war. Er wollte sie nicht verändern, er wollte sie nicht in eine Rolle drängen, die sie nicht wünschte. Nein, er unterstützte sie bei allen Entscheidungen, die sie traf, selbst wenn diese falsch sein sollten. Diesen Entschluss allerdings wollte sie mit ihm gemeinsam fällen.

»Wie lange haben wir Zeit, um uns das zu überlegen?«, wandte sie sich an den Produzenten. »Sie werden verstehen, dass ich so überstürzt keine Entscheidung treffen kann.«

»Nächste Woche möchte ich Bescheid wissen. Morgen schicke ich Ihnen Sunny Alexander vorbei, damit sie einander kennenlernen.«

»Meinetwegen.« Vivien erhob sich und begab sich zur Tür. »Auf Wiedersehen.«

Sie ging, ohne den Produzenten eines weiteren Blickes zu würdigen.

»Gute Nacht«, wünschte Larry, immer der höfliche Brite, und folgte ihr.

Vivien wartete, bis die Tür sich hinter ihm geschlossen hatte, dann platzte sie heraus: »Larry, das ist unglaublich. Die sind verrückt, diese Amerikaner! Ich bin nicht bereit, diese doppelmoralischen Standards zu akzeptieren. Wir können uns lieben, wir könnten ein anderes Paar dazuholen oder Orgien feiern, das wäre Selznick egal, solange keiner davon erfährt. Was soll das?«

»Beruhige dich, Darling.« Sanft legte Larry seine Hand auf ihren Unterarm. »Alexander Korda hat uns in London bereits gewarnt und uns geraten, uns bedeckt zu halten. Selbst das europäische Publikum möchte seine Stars als perfekte Menschen sehen. Du und ich, wir haben andere mit unserer Liebe unglücklich gemacht.«

»Ich weiß, Larry, ich weiß es doch«, flüsterte sie. Immer wenn sie an Leigh und ihre Tochter dachte, fühlte sie sich schuldig. Was Suzanne wohl von ihr dachte? Sie schluckte schwer. Und doch brauchte sie Larry; sie liebte ihn mehr, als sie je gedacht hatte, einen Menschen lieben zu können. Ohne ihn fühlte sie sich unvollständig und allein, traurig und verlassen.

»Meinst du nicht, die Amerikaner würden verstehen, was wir getan haben?« Ihre Stimme klang flehentlich, was sie ärgerte, aber so fühlte sie sich im Moment. »Wir haben für unsere Liebe alles aufgegeben. So wie Scarlett alles für Ashley aufgegeben hätte.«

»Du willst mich nicht mit diesem Weichling vergleichen, der Scarlett nicht verdient hat«, gab Larry sich empört, um sie aufzuheitern. Inzwischen hatte er das Buch auch gelesen und eingestehen müssen, dass es ihn gut unterhalten hatte. »Das empfinde ich als Beleidigung.«

»Natürlich nicht, das weißt du.« Langsam spazierte sie neben ihm her und hielt seine Hand. Plötzlich ertappte sie sich dabei, über ihre Schultern zu blicken, ob auch ja niemand sah, dass sie mit Laurence Olivier Händchen hielt. So weit war es also schon gekommen.

»Ich liebe dich und ich bin bereit, gegen alles und jeden für unsere Liebe zu kämpfen«, sagte Larry leise. »Aber ich bin auch bereit, mich an diese dummen Regeln Hollywoods zu halten, damit du die Scarlett spielen kannst.« Er schwieg einen Moment. »Und auch damit ich den Heathcliff spielen kann. Ich bin nicht nur altruistisch.«

Vivien blieb stehen und küsste ihn sanft.

»Deshalb liebe ich dich, Larry Olivier, weil du ehrlich bist und für uns kämpfen würdest. Und weil du klug genug bist, einzusehen, welcher Kampf sich lohnt und welcher nicht.« Vivien hätte sich gegen Selznick aufgelehnt und einen sinnlosen Krieg geführt, nur weil sie nicht bereit war, sich seiner seltsamen Moral zu fügen. Larry sah das strategischer, das musste sie zugeben. Doch in ihrem Hinterkopf fragte eine kleine Stimme, wie weit ihr Liebster sich anpassen würde, um in Hollywood erfolgreich zu sein. Vivien hoffte, die Antwort auf diese Frage nie erfahren zu müssen.

Kapitel 17

Los Angeles, Januar 1939

Der erste Drehtag war immer etwas Besonderes. Oft konnte man an der Stimmung am Set bereits ablesen, ob der Film ein Erfolg würde oder nicht. Wenn die Chemie zwischen den Darstellern nicht stimmte, konnte auch ein perfektes Drehbuch und ein guter Regisseur nichts mehr retten.

»Vivling, leg dich bitte wieder hin«, sagte Larry. Er schüttelte den Kopf. »Du machst mich vollkommen irre mit deiner Nervosität.«

»Entschuldige.« Sie setzte sich aufs Bett, sprang aber sofort wieder auf. »Mir geht zu viel durch den Kopf.«

Einige ihrer Kollegen hatte Vivien schon einmal getroffen, auf einer dieser unzähligen Partys, zu denen Larry und sie eingeladen worden waren und die sie nicht gewagt hatten abzusagen, denn sie waren zu neu in Hollywood und wollten niemanden vor den Kopf stoßen.

Trotzdem, es war etwas anderes, mit jemandem Small Talk auf einer Party zu pflegen und mit ihm zusammen vor der Kamera zu stehen. Sie war neugierig auf Clark Gable, auf den Larry eifersüchtig war, was er niemals zugeben würde. Sie hoffte, dass Olivia de Havilland und sie sich verstanden und nicht miteinander in Streit gerieten. Es konnte mitunter schwierig sein, zwei Hauptdarstellerinnen am Set zu haben.

Am meisten freute Vivien sich auf Leslie Howard. Als sie noch jung und unbekannt in England gewesen war – als ob sie jetzt alt und ein Star wäre –, hatte sie Leslie Howard bewundert. Er war ein begnadeter Schauspieler, und sie hoffte, sich noch einige Tricks von ihm abschauen zu können. Obwohl er bei den Probeaufnahmen seltsam indifferent gewirkt hatte und den Film wohl gar nicht hatte machen wollen.

»Ach, Vivien, was könnte schlimmstenfalls passieren?«

»Sie mögen mich nicht.« Larry sollte doch wissen, wie es sich anfühlte, wenn die Dreharbeiten begannen. Nein, Larry war sich viel sicherer über seine Schauspielkunst als sie. »Ich erfülle ihre Erwartungen nicht.«

»Warum sollten sie dich nicht mögen? Du bist ein wunderbarer Mensch.« Er sah sie so verliebt an, dass ihre Ängste ihr schlagartig übertrieben vorkamen, vollkommen verschwinden wollten sie allerdings nicht.

»Ich bin Britin und habe *die* Rolle Amerikas bekommen. Ich habe sie etlichen Stars weggeschnappt. Alle werden von mir erwarten, mich zu beweisen. Oder sie werden darauf hoffen, dass ich mich entsetzlich blamiere.«

»Viv, Darling.« Er lächelte ein wenig schief. »Darf ich dich daran erinnern, dass du und ich zusammen Shakespeares *Hamlet* gespielt haben, in Dänemark – und es war ein Erfolg.«

»Ja, ich weiß«, entgegnete sie. »Larry, du hast ja recht, aber ...«

»Es muss ein Aber geben«, unterbrach er sie mit einem Lächeln. »Du willst mir sagen, dass Theater und Film sich unterscheiden, nicht wahr?«

Sie konnte nur nicken und spürte erneut Aufregung aufwallen. Nur zu gut kannte sie die Geschichten von Theaterdarstellern, die beim Film tragisch gescheitert waren. Ebenso wie es etlichen Stummfilmstars nicht gelungen war, den Sprung zum Tonfilm zu schaffen. Und sie stand vor einer doppelten Herausforderung: dem Tonfilm und einem der ersten Filme, der in Farbe gedreht wurde.

»Also was könnte schlimmstenfalls passieren?« Sein schönes Gesicht wurde ernst. »Falls es gar nicht klappt, wirst du die Rolle verlieren. Und dann?«

Musste er das aussprechen, was ihre größte Angst war? Sie suchte nach Holz und wurde bei dem Bücherregal fündig, an das sie dreimal klopfte.

»Dann bin ich arbeitslos in Hollywood und Wyler behält recht. Er hatte mir die Catherine nicht geben wollen, sondern nur die Isabella.«

»Womit er definitiv falschlag. Du hast mehr Talent im kleinen Finger als die meisten Filmstars im ganzen Körper.« Larry verzog das Gesicht in einer Miene des Abscheus. »Merle Oberon kann dir nicht das Wasser reichen. Darling, mit uns beiden wäre *Stürmische Höhen* ein großartiger Film geworden. So wird er bestenfalls gut.«

Vivien ärgerte sich über sich selbst, diese Wunde erneut aufgerissen zu haben. Larry kam auf Teufel komm raus nicht mit seinem Co-Star zurecht. Die beiden waren wie Feuer und Wasser, und zu Beginn hat es so ausgesehen, als ob Larry entlassen würde. Doch er hatte sich durchgesetzt und zu einer Art Waffenstillstand mit seiner Kollegin gefunden.

Genau das war es! Man musste sich durchsetzen. Wenn das Larry gelungen war – und mit Merle Oberon hatte er wirklich eine schwierige Person als Gegenüber –, dann sollte ihr das auch gelingen.

»Ich nehme ein Bad.« Sie beugte sich zu Larry herüber und küsste ihn. »Hoffentlich kann mich das beruhigen.«

»Ich glaube an dich.«

»Danke.« Sie spazierte ins Badezimmer und ließ heißes Wasser einlaufen. Vorsichtig ließ sie sich in den duftenden Schaum gleiten, lehnte sich an den kühlen Rand und schloss die Augen.

»Ich bin eine gute Schauspielerin«, wiederholte sie wie ein Mantra. »Ich habe die Rolle nicht bekommen, weil ich Beziehungen habe oder mit jemandem verwandt oder befreundet bin. Ich werde allen Kritikern beweisen, dass ich die einzige richtige Wahl für Scarlett O'Hara bin.«

Je näher sie dem Set kam, das die Veranda von Tara zeigte, desto mehr wuchs ihre Aufregung. Sie war wirklich hier – auf Tara, auch wenn es nicht in Atlanta stand, sondern in Culver City. David Selznick hatte es sich nicht nehmen lassen, sie persönlich an ihrem ersten Tag zu begrüßen und ihren Kollegen vorzustellen. Er hatte sie alle zusammengerufen – die Schauspieler, aber auch die Techniker, mit denen Vivien arbeiten würde. Nur einer fehlte: Clark Gable, der erst in einigen Tagen dazustoßen würde.

Als spürte er ihre Aufregung, berührte der Produzent sanft Viviens Ellenbogen und dirigierte sie in Richtung von George.

»Miss Leigh, George Cukor, unseren Regisseur, kennen Sie ja bereits.« David O. Selznick deutete auf den stattlichen rundlichen Mann.

Sie nickte. Inzwischen betrachtete sie ihn beinahe als einen Freund. Sie hatten in den vergangenen Tagen viel telefoniert, um Ideen über Scarlett auszutauschen. Selbstverständlich kannte sie das Gerücht, dass Cukor Männer liebte und nicht Frauen, was sie aber eher beruhigend als beängstigend fand. So musste sie sich keine Sorgen machen, dass er sie betatsche, wie es Kollegen und andere Regisseure schon bei ihr versucht hatten. Nur weil sie eine kleine Frau war, hatten sie gedacht, sich bei ihr solche Frechheiten herausnehmen zu können. Mit Viviens Repertoire an lautstarken Flüchen hatte allerdings keiner von ihnen gerechnet und sich so in die Flucht schlagen lassen.

»Ich freue mich, mit Ihnen allen *Vom Winde verweht* zum Leben zu erwecken.« Cukor sprach sanft und leise, aber dennoch mit Autorität. Ja, mit ihm würde sie arbeiten können. Langsam verdrängte die Vorfreude auf den anstehenden Dreh ihre Sorgen. »Wir haben einen straffen Zeitplan, damit wir im Juni fertig werden.«

»Das wäre der erste Selznick-Film, der pünktlich endet«, flüsterte Olivia de Havilland Vivien zu. Sie waren sich vor zehn Tagen auf einer Party begegnet und mochten sich auf Anhieb.

»Oh, ich sehe, Miss de Havilland und Miss Leigh haben sich bereits angefreundet.« Ein leichter Tadel klang in David O. Selznicks Stimme mit. Vivien presste die Lippen zusammen, damit sie nicht laut auflachte. »Oder soll ich die beiden Damen gleich Miss Hamilton und Miss O'Hara nennen?« Mit dem Scherz und dem Lächeln wollte der Produzent wohl den strafenden Tonfall ungeschehen machen.

Vivien schmunzelte, Olivia de Havilland tat es ihr gleich.
»Ich hoffe, die gute Stimmung bleibt«, fuhr Selznick fort,

»schließlich sind die beiden Konkurrentinnen um Mr. Wilkes, den unser geschätzter Leslie Howard spielt.«

Alle Blicke wanderten zu dem schlanken Mann, der sich auf einen Stuhl gelümmelt hatte. Er sah nicht so aus, als wollte er Teil dieses Films sein. In natura wirkte Leslie Howard deutlich weniger attraktiv als auf der Leinwand, musste Vivien erkennen. Vielleicht lag es auch daran, dass er so demonstrativ gelangweilt wirkte. Warum hatte er die Rolle überhaupt angenommen, und wer war diese hübsche junge Frau, die ihn anhimmelte?

Selznick begrüßte alle Anwesenden mit Namen und Vivien begann der Kopf zu schwirren. Jetzt würde sie sich noch nicht alle merken können, aber sie hoffte, in einem Monat jeden zu kennen und persönlich ansprechen zu können.

»Ich halte Sie nicht länger von der Arbeit ab«, schloss Selznick seine kleine Rede. »Lassen Sie uns gemeinsam *Vom Winde verweht* auf die Leinwand bringen.«

Sofort verschwanden die Techniker und Kameraleute zu ihren Geräten, während George Vivien zu sich rief.

»Wir«, sagte er und schaute sie ernst an. »Wir beginnen mit der Verandaszene. Dir ist klar, dass wir damit den Ton für die ganze Geschichte festlegen?«

»Gewiss.« Vivien zögerte einen Moment. Konnte sie mit ihm über ihre Ideen sprechen oder würde er das als starken Eingriff in seine Arbeitsweise betrachten? Sie hatte unterschiedliche Erfahrungen gemacht. Manche Regisseure meinten, Schauspieler wären Marionetten, die es an den Fäden zu halten galt und die sich all ihren Wünschen und Anweisungen zu beugen hatten. Solche Charaktere sahen es nicht gerne, wenn eine Darstellerin eigene Ideen äußerte. Aber George Cukor kam ihr vor wie jemand, der offen gegenüber

Vorschlägen war. Falls sie sich irrte, käme es jetzt zu einer Klarstellung.

»Ich habe mir überlegt«, begann sie zögernd. »Scarlett wirkt sehr oberflächlich in dieser Szene, wenn sie über den Krieg spricht. Wir müssen es schaffen, sie dennoch für die Zuschauer liebenswert wirken zu lassen.«

Seine Augen leuchteten auf. »Genau das habe ich mir auch gedacht! Am Anfang wirkt sie furchtbar oberflächlich und naiv. Mit ihrem ganzen ›Fiddle-dee-dee‹.«

»Das hasse ich auch!«

Er lächelte. »Aber wir werden das sofort brechen, so, wie es die Autorin geschrieben hat«, betonte er mit einem Kopfnicken. »Wenn Scarlett erfährt, dass Ashley heiraten wird. Das wird deine zentrale Aufgabe sein. Du musst es glaubhaft machen: den Wandel von der naiven, lebenslustigen jungen Frau, die sich nicht um den Krieg schert, sondern nur Spaß haben will, zu der zutiefst getroffenen unglücklich Liebenden. Bekommst du das hin?«

»Ja.« Vivien nickte bestätigend. »Kannst du mir noch einen Tipp geben, wie ich das am geschicktesten anstelle?«

»Bereits wenn Scarlett aufspringt, muss spürbar werden, wie sehr sie leidet.« George rang einen Augenblick sichtlich nach Worten. »Es ist nicht einfach nur ein Aufspringen, es muss ein Aufschrei sein, in Körperform. Kannst du damit etwas anfangen?«

»Ja, ja«, antwortete sie begeistert, denn ihre Überlegungen gingen in eine ähnliche Richtung. »Ich verstehe sehr genau, was du meinst.«

Beschwingt kehrte sie zurück an den Set, setzte sich auf einen der vielen Stühle und suchte die Verandaszene in dem immens dicken, aber immer noch nicht vollständigen Drehbuch. Zum vierten oder fünften Mal las sie die Anweisungen, die die unterschiedlichen Drehbuchautoren für die erste Szene hinterlassen hatten. Keiner von ihnen hatte es so auf den Punkt gebracht wie George Cukor. Sie stieß einen leisen Seufzer der Erleichterung aus. Mit diesem Regisseur würde es ihr gelingen, alle Kritiker, die sie für die falsche Besetzung hielten, auf ihren Platz zu verweisen.

Sie sah auf, als jemand neben ihr Platz nahm. Es war die junge Schauspielerin aus Texas, die Scarletts Schwester Suellen spielen sollte. Wie war noch mal ihr Name?

»Hallo, ich bin Evelyn Keyes. Ich kann mir vorstellen, es ist nicht leicht für Sie, sich alle Namen zu merken.«

»Oh ja, wir sind ganz schön viele.« Vivien lächelte. »Sind Sie auch so neugierig auf die Dreharbeiten wie ich?«

»Ich denke, Sie können sich Ihrer Haut wehren«, sagte Evelyn Keyes. Sie senkte die Stimme zu einem verschwörerischen Flüstern: »Aber seien Sie vorsichtig: Bleiben Sie nie mit Selznick allein in einem Raum.«

»Warum?« Vivien fand den Produzenten etwas eigen, um nicht zu sagen überaus seltsam, aber bedrohlich kam er ihr nicht vor. Vielmehr erinnerte David O. Selznick sie an einen übergroßen Schuljungen, der immer wieder von seinem Lehrer gelobt werden wollte. Vielleicht auch an ein Hündchen, das Aufmerksamkeit verlangte. Ja, Selznick war groß wie ein Bär und hatte gewaltige Hände, aber trotzdem wirkte er eher tapsig, vor allem, wenn er wieder einmal kurzsichtig stolperte und etwas umriss.

»Er mag die Frauen sehr gerne«, flüsterte die Nebendarstellerin weiter und schaute über ihre Schulter, als würde Selznick ihr auflauern.

»Das tun die meisten Männer«, antwortete Vivien, die immer noch nicht verstand, was die Kollegin ihr sagen wollte. Dass die Amerikaner aber auch nie zum Punkt kamen, sondern immer um Sachen herumlavierten, vor allem, wenn die Sache Männer und Frauen betraf. Das fand Vivien immens anstrengend. Diese seltsame Moral, dieses prüde Denken, das konnte sie nicht verstehen. Sie lächelte, als sie daran dachte, wie erschrocken die Bühnenarbeiter sie angesehen hatten, als sie laut geflucht hatte. In den USA benutzten Frauen wohl keine Schimpfworte. Jedenfalls keine jungen, zarten und hübschen Frauen wie sie.

»Ja, aber Selznick versucht ab und zu, seine Macht auszunutzen.« Evelyn Keyes kam noch etwas näher, so dass sie Vivien ins Ohr flüstern konnte. »Als ich mich für die Rolle vorstellte, wollte er mich küssen.«

»Das soll er mal bei mir versuchen.« Vivien würde Selznick schon zu spüren geben, was es bedeutete, einer britischen Frau zu nahe zu treten. »Was haben Sie getan? Haben Sie ihm eine gescheuert oder ihn in seine Kronjuwelen getreten?«

»Nichts davon.«. Evelyn kicherte. »Ich bin aufgesprungen und um seinen Tisch gelaufen. Sie kennen ihn?«

Vivien nickte. Es war ein gewaltiger Schreibtisch. Sie konnte die Szene förmlich vor sich sehen: die junge, zarte Nebendarstellerin, die vor dem hochgewachsenen, tapsigen David Selznick um diesen gewaltigen Tisch um ihre Unschuld rannte.

»Und dann?«

»Ich bin so lange gelaufen, bis er außer Puste war und keine Lust mehr hatte.« Evelyn wirkte selbstzufrieden und siegesgewiss.

»Er hat Ihnen die Rolle dennoch gegeben.«

»Ja. Selznick nimmt Niederlagen ziemlich sportlich. Das muss man ihm lassen.«

»Aber er selbst ist nicht besonders sportlich.«

Beide Frauen sahen sich an und lachten lauthals.

»Miss Keyes, bitte an den Set«, erklang die Stimme eines Assistenzregisseurs.

Evelyn zwinkerte Vivien zu, bevor sie dem Assistenten zum Dreh folgte. Vivien sah ihr nach. Sollte sie Larry von der Geschichte erzählen oder würde er eifersüchtig reagieren? Nein, ihr Geliebter kannte sie gut genug, um zu wissen, dass sie sich niemals von David Selznick um einen Tisch, einen Stuhl oder ein Sofa jagen lassen würde. Ja, Vivien hatte die Scarlett O'Hara unbedingt spielen wollen, aber niemals hätte sie dafür sich selbst aufgegeben oder die berüchtigte Besetzungscouch aufgesucht. Seltsamerweise hatte Selznick das bei ihr nicht versucht. Das lag wahrscheinlich daran, dass sie von Anfang an mit Larry aufgetaucht war. Selbst jemand wie Selznick, der anscheinend sein Glück bei jeder Frau versuchte, musste gesehen haben, wie eng Vivien und Larry verbunden waren, und hatte von vornherein gewusst, dass es ein totes Rennen wäre, sollte er ihr zu nahetreten.

Vier Tage später fühlte Vivien sich bereits wie ein alter Hase am Set. Der erste Tag war für alle schwierig gewesen und sie hatten die Verandaszene neu drehen müssen, weil Selznick die Muster furchtbar fand. Die Haare der Tarleton-Zwillinge fand er zu orange, ihr Spiel hölzern und überhaupt musste alles besser werden.

Dank George hatten Vivien und die beiden Männer, die sich überhaupt nicht ähnelten, den zweiten Versuch besser bewältigt. Und von da an ging es bergauf.

Niemals hätte Vivien erwartet, dass ihr die Dreharbeiten so

viel Spaß machen würden. Und das verdankte sie vor allem einem Menschen: George Cukor. Ihr erster Eindruck hatte Vivien nicht getrogen. George hatte stets ein offenes Ohr für ihre Fragen und arbeitete intensiv mit ihr daran, Scarlett O'Hara eine starke Motivation zu geben, damit ihre Handlungen für die Zuschauerinnen und Zuschauer nachvollziehbar wurden.

Auch mit dem Rest der Crew hatte sich Vivien nach und nach angefreundet. Nur zu Butterfly McQueen, die Prissy spielte, konnte Vivien keinen Zugang finden. Möglicherweise lag es einfach daran, wie Scarlett mit Prissy umging und dass Butterfly nicht zwischen Rolle und Person unterscheiden konnte. Dafür stimmte aber die Chemie zwischen Olivia de Havilland und Vivien. Sie kannte ihre Kollegin aus diversen Abenteuerfilmen, in denen Olivia de Havilland die »Jungfrau in Nöten« gespielt hatte, die von dem heldenhaften Errol Flynn gerettet werden musste. Es war Vivien immer vorgekommen, als könnte die Schauspielerin mehr als das, aber so viel hatte Vivien inzwischen verstanden: Die großen Studios sahen es gerne, jemanden in eine Rolle zu stecken und ihn oder sie immer wieder in diesem engen Spektrum zu besetzen. Bedeutete das für sie etwa, sie würde nur noch leidenschaftliche Südstaatenschönheiten spielen können?

»Warst du gar nicht an der Scarlett interessiert?«, fragte sie ihre Kollegin am vierten Drehtag. Sie konnte nicht leugnen, dass sie neugierig darauf war, ob sie einst Konkurrentinnen waren.

»Nein, deine Rolle ist nichts für mich. Meine Schwester wollte die Scarlett. Aber David O. Selznick hat ihr die Melanie angeboten, woraufhin Joan empört abgelehnt hat.« Die Schauspielerin zuckte mit den Schultern. »Sie hat jedoch dann vorgeschlagen, mich als Melanie zu casten.«

»Ein guter Vorschlag, denn du hast die Rolle bekommen.«

»Ja, Selznick und Cukor hatte ich sofort überzeugt, aber dann wollte Warner mich nicht freigeben. Sie hatten Angst, ich könnte zu fordernd werden, sollte *Vom Winde verweht* ein Erfolg werden.«

Auch das hatte Vivien schon öfter gehört. Den Studiobossen war sehr daran gelegen, ihre Schauspieler an sich zu binden und sie klein zu halten, ihnen nicht die Möglichkeit zu geben, aus den Verträgen auszusteigen. In England waren die Studios unterstützender. Alexander Korda hatte Vivien aus ihrem Vertrag entlassen, um ihrem Erfolg nicht im Weg zu stehen. Gewiss aber auch, weil er sich erhoffte, dass ihre ansteigende Berühmtheit durch *Vom Winde verweht* für ihn ebenfalls nützlich wäre.

»Aber du hast es doch geschafft.«

»Möchtest du wissen, wie?«

»Auf jeden Fall.« Es war immer gut, Strategien zu kennen, wie man sich den Studios entgegenstellen konnte.

»Ich kenne Jack Warners Frau sehr gut und habe mich mit ihr auf einen Tee getroffen.«

Oha. Vivien war – wie wohl auch Jack Warner – auf Olivia de Havillands harmloses Gesicht hereingefallen und hatte die Schauspielerin unterschätzt.

»Eine Ehefrau ist immer ein guter Weg, wenn man etwas von einem Mann erreichen will.«

»Vor allem in meinem Fall.« Olivia de Havilland lächelte. »Ann ist ebenfalls Schauspielerin und konnte daher verstehen, was diese Chance für mich bedeutete.«

»Geschickt.« Vivien schmunzelte. Hinter den Rehaugen von Olivia de Havilland verbarg sich ein immens kluger Kopf.

Kapitel 18

Los Angeles, Januar – Februar 1939

Obwohl George ihm immer wieder versicherte, dass die Schauspieler sich in den Film einfinden würden, war David nicht zufrieden mit den Mustern, die er bisher zu sehen bekommen hatte. Am ersten Tag hatten sie die Verandaszene gedreht – eine Katastrophe – und die Schlafzimmerszene mit Mammy und Prissy. Hier hatte Cukor etwas gewagt, was David ihm strikt untersagt hatte.

»George.« David bemühte sich um Gelassenheit, obwohl es in ihm tobte. »Du hast einen Dialog in der Schlafzimmerszene, der nicht im Drehbuch steht.«

Der Regisseur, der versonnen vor dem Drehplan für den heutigen Tag stand, schreckte auf. Er blinzelte ein paar Mal, als müsste er erst wieder in die Wirklichkeit zurückfinden.

»Ohne die Ergänzung wäre der Stimmungswechsel in der Szene nicht nachvollziehbar.« George stellte sich breitbeinig auf, wohl um David deutlich zu machen, dass er nicht weichen wollte. »Außerdem habe ich die Worte aus dem Roman übernommen.«

Verflucht, damit hatte David nicht gerechnet. Trotzdem! Es gab klare Absprachen, an die George sich nicht gehalten hatte. Wenn er nicht einschritt, würde der Regisseur ihm seinen Film kaputtmachen. »Außerdem ist die Szene zu lang. Du hast sie mit zu vielen Pausen und Blicken angelegt.«

»Die Details sind notwendig. Wir legen jetzt die Basis für den ganzen Film. Das weißt du.«

Auch das konnte David eingestehen, aber George musste doch wissen, dass er zwar einen künstlerischen Film schaffen sollte, dass der Kunst jedoch strikte Vorgaben gesetzt waren.

»Sie ist eine Minute länger als bei den Tests. Ich will kein Sechs-Stunden-Epos produzieren.«

»Dann sorg dafür, dass ich ein vernünftiges Drehbuch bekomme.« George stemmte die zu Fäusten geballten Hände in die Hüften. »Mit dem Flickwerk, das du mir gegeben hast, kann ich nicht arbeiten.«

Noch ein Punkt für den Regisseur. Auch David war mit der Drehbuch-Situation alles andere als glücklich, aber er hatte alles Menschenmögliche dafür getan, ein gutes Skript zu erhalten. Cukor konnte es wahrlich nicht David zum Vorwurf machen, dass die Autoren nicht in der Lage waren, den »großen Wind« in den Griff zu bekommen.

»Arbeite erst einmal mit dem, was du hast. Ich kümmere mich um das Skript.« Inzwischen war David zu der Einsicht gelangt, er wäre wohl der Einzige, der ein angemessenes Drehbuch schreiben könnte. Noch ein Punkt mehr auf seiner To-do-Liste.

Heute war ein weiterer wichtiger Tag für *Vom Winde verweht*. Heute kam der Star des Films an den Set – und David musste ihn persönlich begrüßen. Dafür war er sogar von seiner Routine abgewichen, erst mittags ins Büro zu kommen.

»Marcella, wenn du Clark kennenlernen willst, dann komm jetzt mit.« Seine Sekretärin hatte ihn förmlich angefleht, dabei zu sein, wenn der große Mr. Gable das erste Mal auftauchte. Selbst Susan Myrick, die elegante Südstaatlerin, die für Akzent und Manieren verantwortlich war, hatte mehrfach gefragt, wann es so weit wäre. Ob die vornehme Miss Leigh wohl auch für den Charme des Raubeins empfänglich war?

Mit Marcella an seiner Seite, die immer wieder giggelte, was er mit einem Stirnrunzeln beantwortete, spazierte David an den Set. Alle, die heute auf dem Drehplan standen, und etliche, von denen David sich sicher war, dass sie heute nicht drehten, hatten sich bereits versammelt, neugierig auf MGMs größten männlichen Star. Ein wenig neidisch fragte sich David, ob sich Selznick International Pictures wohl auch einmal so einen bedeutenden Schauspieler leisten könnte.

Stilecht ließ sich Clark ankündigen – durch seinen gewaltigen, mobilen Garderobenwagen, der auf das Gelände fuhr. David hatte viel darüber gehört und konnte es nicht erwarten, einen Blick hineinzuwerfen.

Während das riesige Ding einparkte, stieg die Anspannung unter den Wartenden, bis sie förmlich mit den Händen zu greifen war. Marcella trippelte von einem Fuß auf den anderen und Susan Myrick starrte mit geröteten Wangen in Richtung des Tors, durch das Clark treten würde.

Doch er kam nicht allein. Aus der schwarzen Limousine stiegen Lew Smith, Gables Double, Gables Maskenbildner Stanley Campbell und der unselige Ward Bond, den der Schauspieler aus unerfindlichen Gründen immer mitschleppte und dem er stets eine Rolle in seinen Filmen besorgte. Als Nächstes waren zwei schmale Fesseln in eleganten Schuhen zu sehen, gefolgt von langen Beinen, umhüllt von einem engen

Rock. Oh, damit hatte David nicht gerechnet. Aber das hielt ihn nicht auf. Mit ausgestreckten Händen eilte er auf die kleine Gruppe zu.

»Clark! Wie schön. Und Carole. Noch schöner.« Er schüttelte beiden die Hand, bevor er Ward und Lew knapp zunickte. Dann wandte er sich an die Crew.

»Clark Gable muss ich nicht vorstellen, oder?« David grinste breit in die Runde. »Ebenso wenig wie die Dame neben ihm.«

Clark lächelte und winkte einmal, ganz der König von Hollywood. Carole Lombard hakte sich bei ihm unter und hob ebenfalls zur Begrüßung die Hand. David musterte die anderen Schauspieler. Leslie Howard wirkte gelangweilt wie immer, während Olivia de Havilland und Vivien Leigh Carole kritisch musterten. Wahrscheinlich fürchteten sie, dass die begnadete Komödiantin eine Rolle im Film bekommen hatte und ihnen nun Konkurrenz machen würde. Dem Ärger musste David gleich vorbeugen.

»Keine Sorge, meine Damen; keine Vorfreude, meine Herren. Miss Lombard ist nicht überraschend in unsere Dreharbeiten eingestiegen. Sie war nur neugierig darauf, die Menschen kennenzulernen, mit denen Mr. Gable die kommenden Wochen und Monate verbringt.«

Unauffällig näherte er sich seinen beiden Hauptdarstellerinnen, um deren Gespräch zu belauschen. Ein guter Produzent musste stets wissen, welche Intrigen am Set gesponnen wurden, bevor diese den Film gefährdeten.

Olivia de Havilland stieß ein undamenhaftes Schnauben aus. Aus dem linken Mundwinkel flüsterte sie Vivien zu: »Kennenlernen ist gut. Ganz Hollywood weiß, wie eifersüchtig Carole ist und dass sie sich immer Clarks Kolleginnen anschaut, in Sorge, er könnte einer verfallen.«

»Hoffentlich bin ich nicht sein Typ«, wisperte Miss Leigh. »Ich möchte keinen Ärger am Set.«

»Keine Sorge«, zischte Olivia de Havilland. »Wir werden beide unsere Ruhe haben. Vor allem, wenn ich meine biedere Melanie-Hamilton-Garderobe trage.«

David lächelte ihnen beiden zu, erleichtert, wie gut sie sich verstanden, und widmete sich wieder seinem Star.

»Ich habe so viel von deinem Wagen gehört, Clark, dass ich hoffe, du zeigst ihn mir.«

»Selbstverständlich.« Der Schauspieler zeigte beim Lächeln seine Zähne, die ebenso falsch waren wie sein Grinsen. Gable war nur hier, weil L.B. Mayer ihn dazu gezwungen hatte – und das ließ er David auch spüren. »Sei mein Gast.«

Er schlenderte zu dem Monstrum, öffnete die Tür und kletterte hinein. Carole und David folgten ihm.

»Sehr ... maskulin«, sagte David, nachdem er sich umgeschaut hatte. Er fühlte sich wie in einer Jagdhütte oder einem Gentlemen's Club, nicht wie in der Garderobe eines Schauspielers. Dunkles Kiefernholz an den Wänden und rote Ledermöbel schrien förmlich: »Seht, hier lebt ein echter Kerl.«

»Die Bilder hat Carole mir geschenkt.« Gable deutete auf zwei Drucke, die Jäger und Hunde zeigten und sehr britisch aussahen.

»Ich finde, sie passen perfekt.« Carole lächelte ihr typisches Lächeln. David mochte die unkomplizierte Schauspielerin sehr. »Die Friedenstauben am Spiegel sind auch von mir.«

»Ich hatte mich bereits gewundert«, ging David auf ihren spielerischen Ton ein. Auch der Toilettentisch war aus dunklem Kiefernholz, die Stofftauben sahen albern daran aus.

»Meine Carole kennt mich zu gut. Sie weiß, wie streitlustig ich zu Beginn eines Films bin.«

Na, das konnte ja heiter werden. David fürchtete ohnehin, dass Gable und George nur begrenzt harmonieren würden, aber ein kampflustiger Schauspieler und ein detailversessener Regisseur ... Nein, darüber wollte er lieber nicht nachdenken. Um sich abzulenken, ging er zu dem eingebauten Bücherregal. Ihn interessierte, was ein Star wie Clark las. Sechs Bücher standen im Regal, darunter auch *The Parnell Movement, with a sketch of Irish Parties from 1843,* was ihn unangenehm an *Parnell,* Gables einzigen Flop und leider einen Kostümfilm erinnerte. Daneben stand ein Exemplar von *Vom Winde verweht,* das sehr zerlesen aussah.

»Ja, ich habe das verdammte Ding dreimal gelesen«, sagte Clark, als hätte er Davids Gedanken gelesen. »Das erste Mal, weil Carole mich dazu gezwungen hat.«

»Ach du!« Spielerisch schlug sie nach ihm. »Ein bisschen Kultur tut dir gut. Ich liebe das Buch und freue mich sehr, meinen Clark als Rhett Butler zu sehen.«

»Wie schön. Morgen früh geht es los.« David drückte die Daumen, dass die Dreharbeiten nun Fahrt aufnähmen und sein Film bald Konturen gewinnen würde.

Wenige Tage später sollte David sich fragen, wie er so naiv hatte sein können. Zu Recht, so schien es, galt Clark als schwieriger Star. Ihm passte die Kleidung nicht, die die Kostümabteilung ihm geschneidert hatte, und auch sonst suchte Gable nach jeder Gelegenheit, sich zu beschweren und David das Leben schwer zu machen. Dabei nutzte der

Schauspieler nicht den direkten Weg, sondern beklagte sich bei MGM über das schleppende Drehtempo und darüber, wie schlecht George Cukor ihn führte. Selbstverständlich kamen diese Worte über L.B. Mayer bei David an, so dass er Zeit damit verplempern musste, die Dreharbeiten zu beobachten.

Ja, aus seiner Sicht hatte Gable recht. George verwendete viel Zeit darauf, die Rollen von Vivien Leigh und Olivia de Havilland mit den Schauspielerinnen zusammen zu etablieren. Aber das ergab sich nahezu zwangsläufig, weil Scarlett die Hauptfigur und ein sehr komplizierter Charakter war – das sollte selbst Gable einsehen. Aber der fühlte sich vernachlässigt und konnte mit dem kultivierten Stil Cukors nichts anfangen, während der Regisseur wenig mit dem Macho anfangen konnte.

David war ratlos. Hatte er mit George Cukor tatsächlich den richtigen Regisseur für *Vom Winde verweht* gewählt? Immer mehr Zweifel stiegen in ihm auf. Sicher, George war ein guter Freund, aber hier ging es ums Geschäft. David rieb sich mit den Fingern über die Stirn, während er grübelte, ob er die Reißleine ziehen musste.

»David, es könnte Ärger auf dich zukommen.« Marcella zog die Tür zu seinem Büro hinter sich zu, ein deutliches Zeichen, wie ernst die ganze Sache ihrer Ansicht nach war.

»Tut er das nicht ständig?«, scherzte David, obwohl ihm mulmig war. »Was ist es dieses Mal? Clark kommt nicht mit Cukor aus. Aber George wird uns verlassen. Es ist nur eine Frage von Tagen.«

»Das weiß ich doch bereits.« Sie milderte die Worte mit einem Lächeln. »Und auch alle anderen Sekretärinnen.«

»Und?«

»Betty wird heiraten.«

»Das ist mir bewusst.« Irgendwie bekam David den Eindruck, dieses Gespräch führte zu nichts. »Dann müssen wir eben eine Neue suchen.«

»Das ist es nicht. Betty hat Cukor erzählt, dass sie heiraten will, woraufhin er sagte, sie brauche eine neue Frisur.« Marcella lächelte. »Und nicht nur das. Er hat die Garbo, die Hepburn und sogar die Crawford angerufen, um sie zu befragen, wer der beste Friseur Hollywoods ist.«

»Das hätte ich ihm auch sagen können«, unterbrach David sie. »Sydney Guilaroff.«

»Das haben die Ladys auch gesagt. Daraufhin hat Cukor bei Sydney angerufen, um einen Termin für Betty auszumachen.«

»Wo liegt denn nun das Problem?«, fragte David ungeduldig. »Außer, dass George wohl etwas zu viel freie Zeit hat.«

»Betty ist jetzt sein größter Fan und hat ein schlechtes Gewissen, wenn sie ihm nicht von dem Ärger erzählt, der auf ihn zubraust.«

Verflucht! Das fehlte gerade noch. Im schlimmsten Fall würde sich George Hilfe von der Gewerkschaft holen und es käme zu unendlichen Verzögerungen.

»Marcella, ich gehe fest davon aus, du bekommst das in den Griff?«

»Ja, aber du solltest nicht mehr allzu lange mit deiner Entscheidung wegen Cukor warten.«

Was für ein verdammter Mist! Als wäre sein Leben nicht bereits anstrengend genug, drohte jetzt neuer Ärger und das nur wegen der Frisur einer Sekretärin. Womit hatte er das verdient? Was würde ihn wohl als Nächstes erwarten?

Hätte er sich diese Frage nur nicht gestellt! Am Nachmittag erhielt er einen Anruf. Larry Olivier war schon wieder gesehen worden, als er am frühen Morgen aus dem Haus kam, das Vivien Leigh und Sunny Alexander bewohnten. Dabei hatte David in ihrem Gespräch sehr deutlich gemacht, welche Folgen es hätte, käme die Romanze ans Licht. Und die Gefahr war immens gewachsen, seitdem bekannt war, dass die Britin Scarlett O'Hara spielte. Nicht wenige Amerikaner waren darüber verärgert. Hedda Hopper hatte in ihrer Kolumne lamentiert, warum es nicht möglich gewesen wäre, die Rolle mit einer von Millionen Amerikanerinnen zu besetzen. Sollte die Klatschreporterin nun auch noch herausfinden, dass Vivien Leigh in Sünde lebte … David mochte sich die Folgen gar nicht ausmalen.

Er musste etwas unternehmen, um Larry aus Hollywood wegzuschaffen. Er und Vivien Leigh schienen einfach nicht begreifen zu wollen, wie ernst die Sache war.

Kapitel 19

Los Angeles, 1939

Während Vivien darauf wartete, dass ihre Szene gedreht wurde, setzte sie sich auf einen Stuhl, das Drehbuch in den Händen. Ein wenig von ihr entfernt flüsterten Clark und Leslie miteinander. Obwohl sie nicht lauschen wollte, horchte sie auf, als sie Georges Namen hörte. In den letzten Tagen war es immer wieder zu Spannungen zwischen Clark und dem Regisseur gekommen. Da Vivien eindeutig auf Georges Seite stand, hörte sie genau hin, um zu erfahren, was Clark zu sagen hatte.

»Cukor kümmert sich überhaupt nicht um uns«, redete der MGM-Star auf Leslie ein. Obwohl Clark sich bemühte zu flüstern, war seine kräftige Stimme unüberhörbar. Vivien gab vor, in das Drehbuch versunken zu sein und spitzte gleichzeitig die Ohren. »Er konzentriert sich nur auf Vivien Leigh und Olivia de Havilland.«

»Mir ist das egal«, antwortete Howard. Er gähnte demonstrativ. »Ich hoffe, das ist bald vorbei, damit ich endlich gute Filme drehen kann.«

Erneut verspürte Vivien einen Stich der Enttäuschung. Was für ein desinteressierter Geselle der Mann doch war, den sie in England im Kino so verehrt hatte. Er kannte seinen Text nicht, spielte seine Szenen gelangweilt herunter, verpatzte Stichwörter und und und. Als wäre der Dreh nicht ohnehin schon schwer genug.

»Ich kann so nicht arbeiten.« Clark presste die Lippen zusammen und erinnerte Vivien an ein schmollendes Kind, ein übergroßes schmollendes Kind. »Ich will diesen Kitsch nicht, ich brauche Action und Kämpfe und Männlichkeit.«

»Warum hast du dann überhaupt unterschrieben?« Vivien war Leslie Howard dankbar, denn er stellte die Frage, die sie auch bewegte. Wenn Gable das alles so anstrengend fand, warum spielte er die Rolle des Rhett Butler? Es gab sicher andere männliche Stars, die sich alle zehn Finger nach der Rolle abgeleckt hätten. Errol Flynn fiel ihr sofort ein, oder Cary Cooper. Die hätte sie viel lieber geküsst als Clark Gable mit seinem schlechtsitzenden Gebiss.

»Ich habe mal gesagt«, Clark lächelte schief, wie Vivien aus dem Augenwinkel bemerkte, »ich würde die Rolle weder für Geld noch für Liebe spielen.«

»Und?«, fragte Leslie Howard neugierig und Vivien bugsierte sich unauffällig etwas näher an die beiden Männer heran.

»Nun, schlussendlich habe ich es aus genau diesen Gründen getan.« Clark seufzte. »Ria wollte mich nicht freigeben und ich wollte Carole unbedingt heiraten.«

»Das kann ich verstehen.« Leslie Howard wirkte plötzlich munterer. »Carole ist eine unglaubliche Frau.«

»Sie hat alles, was ich mir wünschen kann«, stellte Clark mit viel Wärme in seinem Tonfall fest, »und noch mehr: Sex, Humor, großartige Ideen und sie kümmert sich um mich. Carole ist die perfekte Frau.«

Am liebsten hätte Vivien gesagt: »Das interessiert mich

nicht, sag endlich, warum du die Rolle angenommen hast.« Aber sie schwieg und fuhr mit dem Zeigefinger an den Zeilen entlang, um nur ja nicht in den Verdacht zu kommen, sie zu belauschen.

»Ich konnte mir Rias Forderungen nicht leisten, ich hätte alles verkaufen müssen«, fuhr Clark endlich fort. »Dann hätte ich Carole nichts bieten können. Zum Glück kam Mayer mit einem großartigen Angebot.«

Nun regte sich Leslie Howard. »Was hatte der MGM-Boss dir angeboten?«

Vivien war sich nicht sicher, ob sie das wirklich erfahren wollte, denn sie fürchtete, dass es viel, viel mehr war als das, was sie oder Olivia de Havilland oder jede andere Frau am Set erhielt.

»Einen Bonus von 100.000 Dollar.«

»Fuck!«, zischte Vivien unwillkürlich. Obwohl sie versuchte leise zu fluchen, sahen die Männer misstrauisch zu ihr herüber. Sie gab vor, ihre Blicke nicht zu bemerken, sondern murmelte die Zeilen mit, die sie las. Das schien überzeugend zu sein, denn Clark Gable und Leslie Howard widmeten sich erneut ihrem Gespräch.

»Deshalb habe ich Selznick und Mayer zugesagt.« Gables Tonfall wurde düsterer. »Da wusste ich noch nicht, dass Cukor Regie führt. Ich hatte auf einen echten Kerl gehofft. Auf Victor Fleming oder Jack Conway.«

»Wir müssen mit dem leben, was wir haben«, sagte Leslie Howard mit schleppender Stimme. »Je schneller wir damit fertig sind, desto besser.«

Das war ja eine wunderbare Arbeitsmoral, das würden noch spannende Dreharbeiten werden. Sie musste Larry unbedingt erzählen, wie viel Geld Gable bekommen hatte und vor allem wie viel Geld seine Frau von ihm gefordert hatte. Hätte sie nur besser verhandelt, als sie die Rolle der Scarlett O'Hara angenommen hatte. Vielleicht würden sich Leigh und Jill ebenfalls die Scheidung abkaufen lassen. Bei dem Gedanken, Larry endlich das Ja-Wort geben zu können, wurde ihr warm ums Herz. Dafür würde sie auf alles Geld der Welt verzichten.

»Larry-Boy, du siehst albern aus.« Vivien konnte sich vor Lachen nicht halten. Auch Sunny grinste breit, als sie Larry entdeckte, der einen gewaltigen Schnurrbart und eine ebenso gewaltige Brille trug, dazu einen Trenchcoat. Er sah aus wie ein Spion in einem drittklassigen Film.

»Aber deine Wächter haben mich nicht erkannt.« Larry zog den Schnurrbart ab und schleuderte ihn von sich. Er lag in einer Ecke des Zimmers wie eine gewaltige Raupe. »Sie haben mich, ohne zu fragen, ins Haus gelassen.«

»Das ist eher auf ihr Gespür für unsere Situation zurückzuführen als auf deine Verkleidungskünste.« Vivien kannte inzwischen die meisten Wachposten, die von Selznick dafür bezahlt wurden, dass sie die Reporter fernhielten. So hieß es offiziell, in Wahrheit sollten sie aber wohl eher Larry fernhalten, diesen Eindruck gewannen sie immer mehr. Dennoch gelang es Viviens Liebstem, dieses Manöver durch immer aberwitzigere Verkleidungen zu unterlaufen.

»Warum auch immer, hier bin ich.« Larry zog sie in seine Arme und tanzte mit ihr durchs Zimmer.

»Ich lasse euch Teenager allein.« Sunny schüttelte lachend den Kopf. »Sonst müsste ich David anrufen, denn eigentlich bin ich ja eure Aufpasserin.«

»Du bist meine beste Freundin«, widersprach Vivien. »Bleib doch.« Aber das Angebot machte sie nur halbherzig.

»Geht nicht zu spät ins Bett, morgen ist ein anstrengender Drehtag.« Sunny zwinkerte ihr zu. »Gute Nacht, ihr Lovebirds.«

»Wie lebt es sich mit Leslie Howard?«, erkundigte sich Vivien, nachdem sie mit Larry allein war. Selznick hatte darauf bestanden, dass Larry bei dem Schauspieler einzog, in ein Haus am North Camden Drive, das Leslie von Hedy Lamarr gekauft hatte.

»Ich sehe ihn selten.« Larry zuckte mit den Schultern. »Entweder dreht er *Vom Winde verweht* mit dir oder er ist im Schlafzimmer mit seiner Liebsten.«

Ganz Hollywood wusste von Leslies Romanze mit der rothaarigen Violette Cunningham, die offiziell als seine Produktionsassistentin galt. Während Howard in seinen Filmen meist als sensibler, eher schüchterner Mann inszeniert wurde, war er im wahren Leben ein echter Frauenheld. Obwohl er verheiratet war, schien das seine Chancen in Hollywood nicht zu schmälern, während Vivien und Larry sich verstecken mussten. Wie ungerecht die Welt doch war! In diesem Moment zählte allerdings bloß, dass Larry jetzt bei ihr war und die Nacht nur ihnen beiden gehörte.

»Was sind das eigentlich für Pillen, die Selznick schluckt wie Drops?«, fragte Vivien Hattie McDaniel in einer Drehpause. »Das kann doch nicht gesund sein, oder?«

Es kam ihr vor, als wäre der Produzent in den vergangenen Wochen noch launischer und schwerer zufriedenzustellen als zu Beginn der Dreharbeiten. Es hieß, dass bisher erst dreiundzwanzig Minuten Film fertiggestellt waren, von denen Selznick wiederum die Hälfte nicht akzeptieren wollte.

»Benzedrine. Das nehmen hier viele.« Hattie machte eine wegwerfende Geste. »Judy Garland hat es als Appetitzügler eingesetzt. Selznick nutzt es als Aufputscher.«

Das mochte eine Erklärung für sein Verhalten sein. Vivien stand auf, um in ihre Garderobe zu gehen. Dort waren bereits alle versammelt und verfolgten mit großen Augen die Szene, die George Cukor und David O. Selznick boten.

»Ich bin ein verflucht guter Regisseur!«, brüllte George. Er und Selznick standen sich gegenüber wie zwei Bullen, die Köpfe etwas gesenkt, als wollten sie gleich aufeinander losstürmen. »Die Schauspieler sind – bis auf wenige Ausnahmen – großartig. Wenn der Film also nicht klappt, liegt es an dem verdammten Drehbuch.«

George musste sehr zornig sein, wenn er zweimal in den wenigen Sätzen fluchte.

»Das Drehbuch ist okay, es braucht nur noch ein paar Bearbeitungen durch mich.«

»David, ich will das Skript von Howard wiederhaben, nicht diesen verfluchten Regenbogen.« Anklagend wedelte George mit dem Drehbuch.

»George, ich bin der Produzent und ich finde das Skript in Ordnung.« David O. Selznick blieb standhaft.

»Ich lasse mir meinen guten Namen nicht durch diesen Film kaputtmachen!«

»Willst du aussteigen?«

Vivien hielt den Atem an. Bitte, flehte sie stumm, bitte, George, lass mich nicht allein.

Doch sie konnte das Ende der Auseinandersetzung nicht

abwarten, denn sie musste dringend in die Maske. Olivia de Havilland und sie drehten heute die große Szene des Atlanta Basars. Sie beide würden das Trauerschwarz tragen und die Maske musste darauf achten, dass es die Schauspielerinnen nicht zu blass aussehen ließ.

Während sie geschminkt wurde, dachte Vivien immer wieder an das Gehörte zurück. Hoffentlich war Selznick klug genug einzusehen, dass George der beste Mann für diesen Film war. Vivien konnte sich nicht vorstellen, *Vom Winde verweht* mit einem anderen Regisseur zu drehen. Der Gedanke ließ ihr keine Ruhe und sie verpatzte den Dreh, was äußerst ungewöhnlich für sie war.

»Vivling, was ist mit dir?« Larry griff nach ihren Händen, aber Vivien entzog sich, um weiter auf und ab zu tigern. »Du bist so unruhig wie eine Katze in einem Zimmer voller Schaukelstühle.«

»Nichts«, wehrte sie ab, denn sie wollte ihn nicht mit ihren Sorgen behelligen. Außerdem hegte sie die abergläubische Hoffnung, die Probleme würden verschwinden, wenn man sie einfach ignorierte.

»Ich kenne dich zu gut, Darling.« Er musterte sie aufmerksam und sie bemühte sich um ein tapferes Lächeln, obwohl ihr eher nach Weinen zumute war. »Dir geht es nicht gut.«

Heute war es erneut zu einem heftigen Streit zwischen George und Selznick gekommen. Vivien fürchtete, sie würde in Panik geraten, sollte sie Larry ihre Ängste offenbaren. Daher suchte sie nach Ablenkung und deutete auf ein Manuskript, das vor einigen Tagen per Post aus New York gekommen war.

»Was ist das? Du hast mir noch nichts darüber erzählt.«

Er schaute sie an wie ein ertappter Schuljunge. Seit wann hatte er Geheimnisse vor ihr? Viviens Herz schlug schneller und der Verdacht, er würde sie bald verlassen müssen, beschlich sie. Verzweifelt hob sie die Arme, um sich die Ohren zuzuhalten. Egal, wie kindisch das war, sie wollte es nicht erfahren.

»Es ist ein Theaterstück«, antwortete Larry schließlich betont beiläufig. »*No Time for Comedy*.«

»Und?« Nur mühsam brachte sie das Wort hervor und räusperte sich, bevor sie weitersprach: »Worum geht es? Wer hat es geschrieben? Was wäre deine Rolle?«

»Es ist die Geschichte eines Autors, der erfolgreich leichte Komödien schreibt, aber im Innersten seines Herzens ein Drama auf die Bühne bringen möchte.« Larry überlegte einen Moment. »Und es dreht sich um die Liebe. Er findet die Richtige, die er für die Falsche verlässt, um dann wieder zur Richtigen zurückzukehren.«

»Das kommt mir bekannt vor. Wer hat es geschrieben?«, insistierte sie. Warum hatte er diese Frage ebenso wenig beantwortet wie die, welche Rolle für ihn vorgesehen war? Das tat er sicher aus dem Wunsch heraus, sie zu beschützen, aber stattdessen wuchs ihre Panik an. Ihre Beine wollten sie nicht mehr tragen, schwer ließ sie sich in den Sessel fallen.

»Es ist von S.N. Behrman«, sagte Larry schließlich. »Kit Cornell wird die weibliche Hauptrolle spielen.«

»Behrman!«, rief sie aus, die Angst beiseitegeschwemmt von einer Welle des Glücks. »Larry, das ist eine unglaubliche Chance.«

Energie überflutete sie, sie sprang auf und suchte nach einer Beschäftigung. Ihr Blick fiel auf die frischgeschnittenen Blumen, die Sunny aus dem Garten geholt hatte. So viele Talente ihre Freundin auch besaß, die Fähigkeit, Blumen zu arrangieren, gehörte nicht dazu. Also nahm Vivien die orangefarbenen Ranunkeln, die blauen Lupinen und den ebenfalls orangefarbenen Mohn aus der Vase, legte sie alle auf eine Zeitung und nahm eine Blume nach der nächsten, um sie neu zu stecken. Ihre Hände zitterten leicht, aber das konnte sie vor Larry verbergen. Er hatte noch immer nichts erwidert.

»Findest du nicht auch, dass die Pflanzen hier ausgeblichener wirken als bei uns zu Hause?« Sie wandte sich ihm zu und lächelte. »Das muss wohl an der Sonne liegen.«

»Vivling, ich will dich nicht schon wieder verlassen.« Larry war aufgesprungen, um sie in seine Arme zu ziehen. »Ich bin fast verrückt geworden, als du in London warst und ich hier.«

»Ich doch auch. Ich habe gedacht, ich würde sterben«, flüsterte sie und seufzte. »Aber wir beide haben einen Pakt geschlossen.«

Niemals wollten sie einander im Weg stehen, wenn sich eine berufliche Chance bot. Bisher hatte nur Larry von dieser Regel profitiert, aber sie wusste, es war ihm damit genauso ernst wie ihr.

»Ich könnte ab und zu aus New York hierherkommen.« Larry schob sie zurück, damit er in ihre Augen sehen konnte. »Nicht so oft, wie ich es mir wünschte, aber wir finden sicher eine Gelegenheit.«

»Falls ich einmal drehfrei habe, könnte ich zu dir reisen«, sagte sie mit bitterem Lachen. Denn das war der Preis der Hauptrolle – Scarlett, und damit Vivien, war in nahezu jeder Szene zu sehen. Während ihre Kollegen Kurzurlaube genossen, arbeitete Vivien von Montag in aller Frühe bis Samstagnacht. Nur die Sonntage blieben für sie und Larry.

Bereits am nächsten Tag sollten sich Viviens schlimmste Befürchtungen bewahrheiten. Gemeinsam mit Larry war sie nach Drehschluss zu Myron Selznick gefahren, um ihre Möglichkeiten zu erörtern.

»Das lasse ich nicht mit mir machen!« In ohnmächtiger Wut ballte Vivien die Hände zu Fäusten. Zwei Stunden hatten Olivia de Havilland und sie auf David O. Selznick eingeredet, um George Cukor als Regisseur wieder einzusetzen. Doch all ihre Bitten, all ihr Flehen war auf taube Ohren gestoßen. Zwar hatte Selznick sich vor Angst in die hinterste Ecke des Zimmers zurückgezogen, sich in den Fensterrahmen gelehnt, als wollte er das Fenster öffnen, um hinauszuspringen und vor den beiden wütenden Frauen zu flüchten, aber trotzdem gab er keinen Millimeter nach. Er wollte einen neuen Regisseur. Punkt.

Vivien hingegen war sich sicher: Ohne George würde dieser Film für sie unerträglich werden. Sie drehte die Szenen für den heutigen Tag ab, als ihr die zündende Idee kam: Ihr Agent! Wer wäre besser geeignet, David O. Selznick zu überzeugen, als sein Bruder und ihr Agent, Myron Selznick?

»Ich werde in Streik treten, bis George Cukor wieder als Regisseur am Set von *Vom Winde verweht* stehen wird«, erklärte Vivien mit fester Stimme. Larry, der neben ihr saß, nahm ihre Hand und drückte sie. Wie immer konnte sie sich auf seine Unterstützung verlassen.

Ihr Agent hingegen, von dem sie erwartet hatte, dass er auf

ihrer Seite stand, verengte die Augen und musterte sie von oben bis unten.

»Das können Sie gerne machen, Miss Leigh«, sagte er schließlich nach einer Zeit unangenehmen Schweigens. Nichts mehr mit Vivien und Darling, jetzt war sie wieder Miss Leigh für ihn. »Ich hoffe, Sie haben genug Geld verdient, um die Vertragsstrafe zu zahlen.«

»Vertragsstrafe?« Ihre Stimme klang ruhig, aber ihr Herz schlug schneller und ihre Handflächen fühlten sich feucht an. »Was soll das heißen?«

»Nun, Sie werden für jeden Tag zahlen, den die Dreharbeiten Ihretwegen zum Erliegen kommen.«

Vivien musste schlucken. Obwohl es sich anfühlte, als würde sich eine Faust in ihre Magengrube bohren, erwiderte sie Selznicks herausfordernden Blick gelassen.

»Gilt das auch, wenn meine Arbeitsbedingungen unerträglich sind?« Sie holte tief Luft. »Und müssten Sie nicht auf meiner Seite stehen?«

Als Antwort verzog ihr Agent den Mund zu einem bösartigen Grinsen. »Miss Leigh, eines sollten Sie inzwischen über Hollywood gelernt haben. Hier steht jeder nur auf seiner eigenen Seite. Und ich verspreche Ihnen eines: Sollten Sie es wagen, die Dreharbeiten zum Erliegen zu bringen, werde ich David beistehen, wenn er Sie vor Gericht zerrt und Sie über Jahre und Jahrzehnte mit Klagen belegt. Wir werden dafür sorgen, dass Sie weder in Hollywood noch auf einer Theaterbühne jemals wieder eine Anstellung bekommen.«

Vivien taumelte zurück, als hätte er ihr ins Gesicht geschlagen. Das hatte Larry also gemeint, als er sagte, in Hollywood ginge es nur ums Geld. Aber noch war sie nicht bereit aufzugeben.

»Wir werden ja sehen, wer vor Gericht damit durchkommt. Ich kann eine besondere Härte geltend machen, weil der Regisseur gewechselt wurde.«

Myron Selznicks Antwort erstaunte sie. Sie hatte damit gerechnet, dass er wieder laut werden oder weitere Drohungen ausstoßen würde. Stattdessen lachte er laut auf. »Das können Sie gerne versuchen, Miss Leigh. Ich hoffe, Sie haben sehr, sehr viel Geld.«

»Können wir einen Augenblick haben, um uns abzustimmen?« Larry streichelte ihren Handrücken, aber selbst das konnte Vivien nicht beruhigen.

»Selbstverständlich.« Selznick nickte ihm zu, was Vivien noch mehr verärgerte. Warum war ihr Agent Larry gegenüber höflich, während er sie derart behandelte? Der Agent stand auf, verließ den Raum und ließ sie mit Larry zurück.

»Ich bin auf deiner Seite. Immer.« Larry griff nach ihren Händen. »Aber wir können es uns nicht leisten, gegen Selznick International Pictures zu klagen. Auch wenn es ein kleines Studio ist, sie haben bessere Anwälte und mehr Geld.«

Das konnte nicht sein! Allzugern hätte Vivien ihrem Zorn Luft gemacht, aber sie musste einen kühlen Kopf bewahren.

»Es ist mir gelungen, meinen Vertrag zu ändern und mir Zeit für das Theater auszuhandeln«, warf sie ein und hoffte, ihn überzeugen zu können.

»Ja, aber da ging es nicht um den großen Profit, jetzt geht es um den Film. Es wären du und ich gegen Hollywood.« Er lächelte ein wenig. »Wenn du es willst, stehe ich dir zur Seite, aber ...«

»Aber«, nahm sie den Faden auf. »Du hast recht, ich muss mich mit dem abfinden, was dort geschieht. Ich werde es schaffen, weil du an meiner Seite bist.«

»Immer«, versprach er.

»Aber von Myron Selznick als Agent werde ich mich trennen, so schnell wie möglich.« Sie verdrehte die Augen. »Soweit es dieser Knebelvertrag überhaupt zulässt. Warum nur habe ich den verfluchten Vertrag nicht gründlicher studiert?«

Kapitel 20

Los Angeles, 1939

Puh, das war ein schlimmer Tag gewesen. David stieß lauthals die Luft aus. Sicher, er hatte mit Entsetzen seitens der Schauspieler gerechnet, aber doch nicht mit so etwas. Vivien Leigh und Olivia de Havilland hatten sich wie Harpyien auf ihn gestürzt. Er konnte dankbar sein, ihnen entkommen zu sein. Nun war er George, der einfach zu feinziseliert für den »großen Wind« arbeitete, zwar los, hatte aber noch keine Lösung für das Problem, wer das Ruder übernehmen sollte.

Wieder einmal musste David auf die Hilfe seines ungeliebten Schwiegervaters zurückgreifen. L.B. Mayer sandte ihm eine Liste der verfügbaren MGM-Regisseure zu. Aus Schaden klug geworden, ging David damit zu seinem Star.

»Clark, schau mal. Mit wem möchtest du arbeiten?«

Gable warf nur einen kurzen Blick auf die Namen und platzte heraus: »Victor. Lass uns sofort zu ihm fahren.«

»Clark, es ist mitten in der Nacht.«

»Victor braucht nicht viel Schlaf.«

Also fuhren sie nach Malibu, um dem frisch gekürten Regisseur die Nachricht zu überbringen. Fleming öffnete erst nach mehrmaligem, lautem Klopfen, die Haare verstrubbelt, die Augen müde.

»Was wollt ihr denn hier?«

»Victor, du wirst die Regie von *Vom Winde verweht* übernehmen.« Clark strahlte förmlich. »Das wird super mit uns beiden.«

»Auf gar keinen Fall.« Fleming gähnte. »Ich bin mitten im Dreh von *Der Zauberer von Oz*. Und danach brauche ich Ferien.«

Das durfte doch nicht wahr sein! Doch bevor David etwas sagen konnte, ergriff Clark das Wort: »Victor, alter Kumpel, tu es mir zuliebe. Es war doch klasse mit uns bei *Der Testpilot* und *Dschungel im Sturm*.«

Fleming runzelte die Stirn, aber wirkte nicht mehr ganz so abweisend wie zuvor. »Ich denke darüber nach. Gute Nacht.«

David hielt es für klug, über L.B. Einfluss auf Fleming zu nehmen, und wenige Tage später war der Regisseur tatsächlich an Bord. Gemeinsam mit David sah er sich die Rohfassung der bisherigen Szenen an.

»David, mit Verlaub.« Fleming, der in der Branche als eher unkritischer Regisseur galt, holte tief Luft. »Dein Drehbuch ist scheiße. Damit kann ich nicht arbeiten.«

David verschlug es die Sprache. Ja, er hatte damit gerechnet, dass dem Regisseur das Drehbuch nicht gefallen würde, aber die Grundstruktur passte, oder nicht?

»Ich finde, Sidney Howard hat gute Arbeit geleistet, für den Einstieg«, versuchte David, sich aus der Misere zu retten. »Meinst du nicht auch?«

»Keine Ahnung, ob es echt gut war.« Victor verzog das Gesicht, als röche er etwas Unappetitliches. »Inzwischen hast du so viel darin herumgekritzelt, dass man nicht erkennt, wer was verbrochen hat. David, wenn du diesen verdammten Film jemals beenden willst, dann brauchst du ein neues Drehbuch.«

»Victor!« David sprang auf. Wie immer, wenn ihn etwas erschütterte, musste er sich bewegen. Im Sitzen konnte er das nicht ertragen. »Victor! Falls es dir nicht aufgefallen ist, wir drehen bereits. Es gibt viele Szenen, die schon fertig sind und nur noch geschnitten werden müssen.«

»Aber es gibt mindestens genauso viele, die noch aufgenommen werden müssen.« Victor verschränkte die Arme. Sein Blick folgte David, der durch das Büro stolperte. »Ich werde genug Stress am Set haben, ich brauche ein vernünftiges Skript.«

»Ich kann es schreiben«, schlug David vor. Niemand, außer möglicherweise die Autorin, kannte den Roman so gut wie er. Und im Vergleich zur Autorin hatte David eine Vision davon, wie der fertige Film aussehen sollte. Seiner Ansicht nach war niemand besser als er geeignet, aus dem Riesenwälzer einen schlanken und perfekten Film zu machen. »Ich habe schon einiges am ersten Entwurf überarbeitet.«

Fleming stieß ein Schnauben aus.

»Wie wäre es, wenn du gleich auch die Regie übernimmst und den Rhett Butler spielst und«, Victor musterte ihn von oben bis unten, »wenn du dir ein Kleid anziehst, eine Lockenperücke aufsetzt und die Brille absetzt, kannst du auch noch die Scarlett O'Hara geben.«

»Sehr lustig.« David steckte die Zunge in die Wange. »Wenn George sich nicht so viel Zeit beim Dreh gelassen hätte, wäre das Drehbuch auch schon weiter.«

Zu Davids Überraschung starrte Fleming ihn ungläubig an. Dann brach er in schallendes Gelächter aus. Selbst mit viel Phantasie konnte David sich nicht ausmalen, was so unglaublich lustig sein könnte. Begriff der Regisseur nicht, wie ernst die Lage war?

»David, du lebst in deiner eigenen Welt, nicht wahr?«

»Was soll das heißen?«

»Jeder in Hollywood weiß, dass nicht George die Schuld daran trägt, dass die Dreharbeiten sich hinziehen. Du mischst dich einfach zu sehr ein und hältst alles auf.«

»Ich bin der Produzent, ich muss den Überblick über alles behalten. Darauf müssen wir uns verständigen.« Prüfend sah David Fleming an. »Du hast freie Hand bei der Regie, aber das letzte Wort behalte ich mir vor.«

»Solange du dich am Set in nichts einmischst ...«

Konnte oder wollte Victor nicht begreifen, welche Rolle ein Produzent hatte? Selbstverständlich musste David auch am Set überprüfen, ob das Drehbuch umgesetzt wurde. Glaubte der Regisseur, David würde in seinem Büro sitzen und auf die abendlichen Muster warten, um erst dann Einfluss auf *seinen* Film zu nehmen? Aber diesen Streit wollte David heute nicht führen. Jetzt ging es erst einmal darum, gemeinsam eine Lösung für das Drehbuch-Dilemma zu finden.

»Ich mache dir einen Vorschlag«, überlegte David laut. »Du drehst weiter mit dem, was wir bisher haben, und ich kümmere mich um einen Autor und dann setzen wir uns zu dritt, du, ich und der Schreiberling, hin und machen den Sack zu.«

»Wenn du meinst.« Auf Flemings Gesicht ließ sich ablesen, dass er nicht glaubte, dass es so einfach würde. David würde ihm beweisen, wie falsch er lag.

———◇———

Es kam nur einer infrage, das Drehbuch zu retten: Davids Freund Ben Hecht. Möglicherweise hätte er von Anfang an auf Ben setzen sollen.

Es kostete David viel Zureden und eine Stange Geld, bis Ben sich bereit erklärte, das Skript zu überarbeiten. Allerdings unter der strikten Bedingung, dass er nur für eine Woche zur Verfügung stünde – und das für 15.000 Dollar!

»Das reicht mir nicht«, hatte David gesagt.

»Mehr bekommst du nicht«, hatte Hecht geantwortet. »Mir ist meine Gesundheit wichtiger.«

Also musste David grummelnd nachgeben, damit er jetzt mit Ben und Fleming zusammen aus dem Regenbogen ein Skript erstellen konnte. Doch bereits nach zehn Minuten tauchte die erste Katastrophe auf.

»Du kennst den Roman nicht?« David schaute Ben erschüttert an. Wie hatte ihm das nur passieren können? Wie hatte er vergessen können, den Autor zu fragen, ob er *Vom Winde verweht* gelesen hatte? Wahrscheinlich, weil David davon ausgegangen war, dass jeder Mensch, zumindest jeder Mensch in den Vereinigten Staaten, die Geschichte kannte. Was für ein Chaos. Zielsicher hatte er den unpassendsten Autor gewählt. Das musste David nun irgendwie retten.

»Victor, du hast den Roman aber gelesen?« Bitte, sag ja, flehte er stumm.

»Zwar ungern, aber selbstverständlich habe ich mich durchgequält«, antwortete der Regisseur. »Wenn Ben sich durch die tausend Seiten wühlen soll, wird er erst Ende der Woche mit der Arbeit anfangen und dann endet sein Vertrag.«

»Das weiß ich selber!«, blaffte David. Die Probleme zu benennen, dazu war er selbst in der Lage. Er brauchte jemanden, der ihm eine Lösung lieferte, eine, die schnell umsetzbar war.

»Ich bin kein schneller Leser, denn ich beginne beim Lesen

immer schon zu schreiben und zu korrigieren. Das kann also dauern.« Bens Einwurf war auch nicht gerade hilfreich.

Auf gar keinen Fall würde David dabei zusehen, wie der Autor sich im Schneckentempo durch den Roman arbeitete, während er eigentlich ein Drehbuch verfassen sollte. Verflucht! David musste schnell etwas einfallen, wie sie das Beste aus dieser Situation herausholen konnten.

»Nein, wir machen das anders«, sagte er schließlich. Er öffnete eine Schreibtischschublade, suchte die Benzedrine, warf sich zwei Tabletten ein und wartete, bis der Kick kam, der ihm immer beim Denken half. Auch dieses Mal tat das Wundermittel seine Wirkung. »Victor, du und ich wir spielen Ben die wichtigsten Szenen vor.«

»Du und ich?« Fleming verzog das Gesicht, als hätte er in eine unreife Orange gebissen. »Aber nur unter einer Bedingung: Du übernimmst die Frauenrollen. Ich bin bereit, vieles zu tun, aber das mache ich nicht.« Zur Unterstreichung verschränkte er die Arme und schüttelte den Kopf.

»Meinetwegen.« Inzwischen entfalteten die Tabletten ihre volle Wirkung und David fühlte die vertraute Energie in sich aufsteigen. Er fühlte sich in der Lage, das Drehbuch in einer Woche fertigzustellen. Ach was, er würde nur drei Tage benötigen. »Ich übernehme Melanie und Scarlett, du spielst Rhett und Ashley.«.

»Und ich schreibe das alles mit«, entgegnete Ben in aller Seelenruhe. »Gut wäre es, ein paar Sekretärinnen zu haben, die können auch mitschreiben, falls meine Hand ermüdet. Und wir bekommen hübschere Gesichter als unsere Visagen zu sehen.«

Für den Autor schien die ganze Sache ein großer Spaß zu sein. Er konnte es sich auch leisten, denn er war nur der

Lohnschreiber, während für David und Victor die Reputation und ihre Existenz am Erfolg des Films hing.

David griff zum Telefon. »Wir brauchen Kaffee, sehr viel Kaffee, Erdnüsse und Bananen«, blaffte er hinein. »So schnell wie möglich und so viel wie möglich. Wir brauchen Vorrat für drei Tage.«

»Was hast du vor?«, meldete sich Ben zu Wort. David konnte seinem Gesicht ablesen, dass er misstrauisch wurde. Aber der Autor würde nicht davonkommen, denn er hatte einen Vertrag unterschrieben. Daran würde David ihn erinnern, sollte es notwendig werden.

»Wir werden hierbleiben und so wenig Zeit verschwenden wie möglich.« Er grinste Ben an. »Du bist für eine Woche hier, die will ich voll und ganz nutzen.«

»Hier?« Hecht blickte sich um. »Dein Büro ist zwar groß, aber nicht groß genug für uns drei. Wo sollen wir schlafen?«

»Wir werden abwechselnd schlafen. Auf der Couch. Die ist für mich gebaut, da solltest du genug Platz finden.« Hecht war zwei Köpfe kleiner als David, der in Hollywood bei Produzententreffen alle Kollegen überragte.

»Und Essen liefert uns die Kantine?«

»Alles, was wir brauchen, habe ich gerade bestellt.« David setzte sich hinter den Schreibtisch und lehnte sich zurück. Er verschränkte die Hände hinter dem Kopf und grinste die beiden Männer ihm gegenüber an.

»Ich ahnte, dass du verrückt bist, Selznick«, mischte sich Fleming ein, der bisher Zaungast des verbalen Schlagabtausches gewesen war, »aber dass es so schlimm ist, das habe ich nicht erwartet.«

David war es gewöhnt, dass man ihn für durchgeknallt hielt. Also zuckte er nur mit den Schultern und erklärte: »Wir müssen zu einem Ende kommen und das ist der beste Weg.« Er sah das Ziel vor sich und war nicht bereit, davon abzuweichen, auch wenn die beiden Männer sich über ihn lustig machten. Später würden sie sich alle bestimmt triumphierend daran erinnern, wie sie zu dritt aus einem tausendseitigen Roman das Drehbuch für den großartigsten Film aller Zeiten erstellt hatten. Da war David sich sicher.

Fünf Tage später war Davids Sicherheit dahin. Die Anstrengungen der vergangenen Tage hatten bei ihm zu einem Kollaps geführt, aus dem die anderen ihn nur mühsam wecken konnten. Fleming war eine Ader im Auge geplatzt, nur Ben war gesundheitlich nicht angeschlagen, sondern sah das Ganze mit Humor. Sie waren gut vorangekommen, einzig an einem Punkt entzündete sich immer wieder die Debatte.

»Lass uns diese Lusche Ashley Wilkes streichen«, forderte Ben zum zehnten Mal. »Er ist eine vollkommen nutzlose Figur.«

Was hatten Fleming und David nur falsch gemacht, dass Hecht nicht begriff, welche immense Bedeutung Ashley für die Geschichte hatte?

»Ashley ist Scarletts große Liebe«, erklärte David mit einer Engelsgeduld. »Wenn wir ihn streichen, müssen wir das erste Drittel des Films einstampfen.«

»Der wird sowieso zu lang.« Ben konnte unglaublich beharrlich sein. »Findest du nicht auch, Victor?«

»Hä? Meinetwegen.« Der Regisseur sah gruselig aus mit seinem blutunterlaufenen linken Auge. »Lasst uns das Ding endlich in trockene Tücher bringen.«

»Ben, bleib noch zwei Wochen, dann werden wir bestimmt fertig.«

»Vergiss es, David. Das tue ich mir nicht an.« Bestimmt schüttelte Ben den Kopf. »Ihr könnt meinetwegen weiter achtzehn bis zwanzig Stunden am Tag arbeiten. Ich brauche das nicht.«

»Also gut, weiter im Text.« David deutete auf die Stelle in Sidney Howards Treatment, an der sie sich festgebissen hatten. »Noch haben wir nicht einmal die Hälfte des Films bearbeitet.«

Mit vereinten Kräften schafften sie es, bis zum Ende der vereinbarten Woche die erste Hälfte des Skripts drehfertig zu haben. Ben verschwand so schnell er nur konnte, Victor würde sich am 2. März in die Dreharbeiten stürzen und mit einem erneuten Dreh der Verandaszene beginnen. Wie sie allerdings die verbliebene Hälfte des Drehbuchs bewältigen würden, wagte David nicht mehr zu prognostizieren.

Kapitel 21

Los Angeles, März 1939

Vivien erwachte wie jeden Morgen um kurz nach vier Uhr. Sie beugte sich zu Larry, küsste ihn sanft, um ihn nicht zu wecken, und schlüpfte aus dem Bett. Wie gern wäre sie noch liegengeblieben und hätte sich an ihn gekuschelt. Doch sie musste um sechs Uhr in der Maske sein, damit sie sich pünktlich zu Drehbeginn in Scarlett verwandelte.

Während sie zum Frühstück einen Kaffee trank und eine Zigarette rauchte, grübelte sie über das nach, was vor ihr lag. Heute sollte die Verandaszene zum dritten Mal gedreht werden, dieses Mal von ihrem neuen Regisseur. Einem Mann namens Victor Fleming.

Vivien hatte sich bei ihren Kollegen und auch bei George über ihn erkundigt. Fleming galt als ein »Männerregisseur«, der für gewöhnlich stark actionlastige Filme drehte, was bedeutete, dass sein Regiestil eher grobschlächtig und harsch war, nicht feinfühlig und höflich wie Georges.

Larry hatte ihr geraten, Fleming eine Chance zu geben. »Du musst mit ihm arbeiten, Vivling. Wenn du ständig mit ihm aneinandergerätst, wirst du am meisten darunter leiden.«

»Ich werde alles akzeptieren, was ich vernünftig finde«, hatte ihr Kompromiss gelautet, »aber ich werde darauf bestehen, Scarlett so zu spielen, wie George und ich sie entworfen haben.«

Sie blickte zum Fenster hinaus. Die Sonne war aufgegangen und tauchte den Himmel in ein feuriges Orangerot, eine kriegerisch wirkende Farbe. Sollte das ein Omen für den heutigen Tag sein? Die Limousine, die sie zum Studio fuhr, war bereits vorgefahren. Vivien erhob sich, schaute noch einmal bei Larry vorbei, der leise schnarchte. Sie blieb im Türrahmen stehen und sah ihn an. Dieses Bild des friedlich schlummernden Liebsten wollte sie für den heutigen Tag in ihrem Herzen mitnehmen. Egal, was die Dreharbeiten auch brachten, am Ende des Tages warteten Glück und Liebe auf sie. Auch wenn sich ihr Traum, Scarlett zu spielen, ganz anders darstellte, als sie es vor sich gesehen hatte, eines blieb und würde ihr immer bleiben: ihre Liebe zu diesem wunderbaren Mann.

»Das ist Victor Fleming, unser neuer Regisseur«, stellte David O. Selznick den hochgewachsenen Mann vor. Vivien musterte ihre Kollegen, um herauszufinden, wie die auf Selznicks Ankündigung reagierten. Clark grinste breit und zufrieden, er schien mit dem Neuen befreundet zu sein. Viviens Blick wanderte zu Olivia, die weniger erfreut wirkte, und schließlich schaute sie zu Leslie, dem das, wie alles andere zuvor auch, vollkommen gleichgültig zu sein schien.

Also betrachtete Vivien den Regisseur, um sich ein eigenes Bild zu machen. Bereits vom Äußeren her war er das komplette Gegenbild zu ihrem geschätzten George Cukor. Victor Fleming war zwar ebenfalls hochgewachsen, aber hager, mit scharfen Gesichtszügen und kalten, dunklen Augen. Er stand militärisch gerade und ließ seinen Blick von einem Gesicht zum anderen schweifen. Aus seiner Miene ließ sich nicht ablesen, was er von ihnen hielt. Auf den ersten Blick mochte Vivien ihn nicht, war aber ehrlich genug, sich einzugestehen, dass es nicht an Fleming lag. Sondern daran, dass er George Cukor ersetzen sollte, den Regisseur, von dem sie sich Anleitung und Rollenerarbeitung erhofft hatte.

»*Sie* liegen hinter dem Drehplan, vieles von dem Material, das produziert wurde, ist nicht zu verwenden und muss neu gedreht werden.« Flemings Stimme klang rau und hart. »*Wir* werden uns keine Zeitverschwendung mehr leisten, sondern den Film straff und organisiert zu Ende bringen.«

Schweigen antwortete dieser Ankündigung. Es wirkte auch nicht, als hätte er eine Antwort erwartet.

»Ich habe gehört, bei den Dreharbeiten zu *Die Schatzinsel* hat er die ganze Zeit mit einer 45er auf Flaschen geschossen«, flüsterte Butterfly McQueen Vivien ins Ohr. Normalerweise beließen die Schauspielerin, die Prissy spielte und ihre Rolle hasste, und Vivien es bei kollegialer Höflichkeit. Wenn Butterfly nun Klatsch mit ihr teilte, musste sie Fleming ebenso skeptisch gegenüberstehen wie Vivien. War das ein gutes oder ein schlechtes Zeichen?

»Also sollten wir am Set besser kein Glas herumstehen lassen«, erwiderte Vivien und wurde mit einem kleinen Lächeln von Butterfly belohnt. Möglicherweise kamen sie zu einem besseren Verständnis, aber ihre Rollen erschwerten es, sich anzufreunden. Denn Scarlett war hart zu Prissy und schlug sie sogar einmal ins Gesicht. Eine Szene, vor der Vivien sich fürchtete, vor allem jetzt, unter dem neuen Regisseur.

»Ich kann mir vorstellen, dass es nicht einfach für Sie ist, so kurz nach Beginn der Dreharbeiten einen neuen Regisseur zu bekommen«, gab Fleming sich versöhnlicher, nur um gleich darauf wieder die Peitsche zu schwingen. »Dennoch erwarte ich von Ihnen allen Professionalität, Pünktlichkeit und die Bereitschaft zu Überstunden.«

Die Schauspieler und auch die Techniker wechselten Blicke. Sollte jemand sich dazu äußern oder war das eine Ansprache mit gezielten Pausen? Glücklicherweise ergriff Selznick das Wort und enthob sie einer Entscheidung: »Danke, Victor, dass du so kurzfristig eingesprungen bist. Du hast hier ein tolles Team und ich bin mir sicher, *Vom Winde verweht* wird ein großartiger Film.«

»Also los, machen wir uns an die Arbeit.« Fleming schien nicht viel von Motivationsreden zu halten. »Wir starten mit der Verandaszene.«

Er drehte sich um und ging an den Set, um sich die Technicolor-Kameras anzuschauen.

»Na ja, aller guten Dinge sind drei«, sagte Vivien mit einem Seufzen. »Lassen wir uns überraschen, ob es diese Version der Szene in den Film schaffen wird.«

»Cukor oder Fleming, das ist mir egal.« Leslie Howard gähnte unverhohlen. »Hauptsache, wir kriegen dieses Ding endlich fertig.«

Vivien hätte ihm gern ein paar Worte zu seiner Arbeitsmoral gesagt, aber sie musste in die Maske, um sich dort zur sechzehnjährigen Scarlett schminken zu lassen. Hoffentlich gelang es der Maskenbildnerin, die dunklen Ringe der Erschöpfung unter Viviens Augen zu überschminken.

Wenige Tage später hatten sich Viviens schlimmste Befürchtungen erfüllt. Victor Fleming war nicht nur kein George Cukor, sondern dessen Gegenbild, in allem! Wo George freundlich und höflich war, war Fleming harsch und kurzangebunden. Während George eine eigene künstlerische Vorstellung von *Vom Winde verweht* entwickelt hatte, interessierte sich Fleming überhaupt nicht dafür, sondern tat im Prinzip das, was Selznick sich wünschte.

Fleming war ein Techniker, ein Handwerker, kein Künstler wie George. Und dabei benötigte *Vom Winde verweht* einen Regisseur, der eine eigene Handschrift mitbrachte. Fleming hingegen war wie eine Handpuppe oder eine Marionette des Produzenten.

Nur in einem Punkt vertrat der neue Regisseur eine sehr klare Auffassung: Für ihn war Scarlett ein Biest, ein Luder, eine böse Frau. Fleming interessierte es nicht, ob Scarlett tiefgreifende Motive für ihr Handeln hatte. Er wollte sie als boshaftes Wesen zeigen, unter dem ihre ganze Umgebung zu leiden hatte. Als wäre das nicht schlimm genug, stellte sich Selznick auf Flemings Seite und wich von der Romanvorlage ab. Gerade er, der immer behauptete, so werktreu wie möglich zu arbeiten.

Obwohl Schauspieler und Techniker Fleming abwartend-skeptisch begegnet waren, hatte er es in den wenigen Tagen geschafft, sie alle gegen sich aufzubringen. Nur ihrer Professionalität war es zu verdanken, dass Cast und Crew nicht die Arbeit niederlegten. Selbst den stets gut gelaunten Thomas Mitchell hatte Fleming verärgert.

»Du wirst es nicht glauben.« Tom kam zitternd in Viviens Garderobe. »Hast du was Starkes zu trinken?«

Inzwischen hatten sich Vivien und der irischstämmige

Schauspieler, der im Film ihren Vater darstellte, angefreundet. Manchmal hatte sie den Eindruck, ihre Rollen prägten die persönlichen Beziehungen der Darsteller. Butterfly und sie blieben auf höfliche Distanz, während sie Tom und Barbara O'Neil, die Scarletts Mutter spielte, nahestand.

»Was ist passiert? Du bist bleich wie der Tod.« Sie sprang auf und geleitete ihn zu dem Holzstuhl, auf dem das Skript lag. Vivien fegte es zu Boden und stützte Tom ab, der am ganzen Körper zitterte. Sie suchte nach dem Whiskey, den sie für Notfälle deponiert hatte, und schenkte dem Kollegen einen kräftigen Schluck in die Kaffeetasse. Endlich beruhigte er sich wieder, aber sein Blick wirkte gehetzt, als er sie ansah.

»Ich bin selbst schuld«, klagte er. »Ich hätte auf meinem Vertrag beharren sollen.«

»Was ist geschehen?«

»Fleming sagte mir, ich müsse nur kurz auf den Gaul steigen. Er bräuchte ein Bild von Gerald O'Hara auf dem Pferderücken, damit er glaubhaft einen Plantagenbesitzer darstellt.«

Erneut trank er einen gewaltigen Schluck und Vivien ahnte, was geschehen war. Der arme Tom Mitchell hatte noch größere Angst vor Pferden als sie und hatte es sich vertraglich ausbedungen, nicht reiten zu müssen. Aber was, das hatte sie inzwischen bitter gelernt, bedeutete in Hollywood schon eine vertragliche Vereinbarung?

»Ich sagte zu«, fuhr Mitchell fort, mit hörbar kräftigerer Stimme, »unter der Bedingung, dass jemand den Zossen festhält und er sich keinen Zoll bewegt.«

»Ja?« Langsam stieg die Spannung in Vivien an. Immerhin wusste sie, dass die ganze Geschichte gut ausgegangen war, denn sonst säße der arme Tom ja nicht hier.

»Ich saß drauf, bebend vor Panik, und hoffte, die ganze Sache wäre endlich vorüber.« Tom ballte die großen Hände zu Fäusten. »Irgendetwas hat das Viech erschreckt und es schoss los, wie von der Tarantel gestochen.«

Er schloss einen Moment die Augen und erbleichte erneut, wohl, weil er sich die Szene vor Augen führte.

»Du Armer.« Vivien konnte ihn nur zu gut verstehen. Auch wenn ihre Eltern in Indien versucht hatten, ihr das Ponyreiten schmackhaft zu machen, blieben ihr Pferde unheimlich. Möglicherweise, weil die Tiere so riesig waren, denn schön waren sie schon. Reiten musste Vivien sie deshalb nicht. Sie zog es vor, die edlen Pferde, wie sie auch *Rebel*, Ashleys schwarzer Hengst, und Rhett Butlers Pferd *Black Chief* waren, aus gebührendem Abstand zu bewundern.

»Der Gaul raste in einem Affentempo über Stock und Stein, sprang über den Zaun und hielt erst an, als ich schon um mein Leben fürchtete.« Toms Augen verengten sich. »Du wirst es nicht glauben, Fleming hat das alles gefilmt.«

»Denkst du, er hat genau das von Anfang an geplant?« Vivien war ehrlich erschüttert. Es tat ihr um Tom leid, aber es beunruhigte sie auch, was Fleming sich für sie ausdenken würde. Schlimm genug, dass er sie ständig als »Fiddle-dee-dee« titulierte und das wahnsinnig witzig fand.

»Ich bin mir nicht sicher, aber zutrauen würde ich es ihm.«

Nachdem Vivien die ganze Geschichte ihrer Kollegin erzählt hatte, rümpfte Olivia de Havilland die Nase. Genau wie Vivien hatte die Schauspielerin der Arbeit mit dem neuen Regisseur skeptisch gegenübergestanden.

Vom ersten Tag an waren Clark Gable und er ein Herz und eine Seele. Clark, der unter der Regie von George stets überfordert gewirkt hatte, war aufgeblüht und scherzte mit den Schauspielern und der Technik. Vivien hingegen fühlte sich verloren und einsam und war froh, dass es wenigstens Olivia de Havilland ebenso ging.

Vivien und die Menschen, die auf ihrer Seite standen, waren ganz klar in der Unterzahl. Sie, Larry, Sunny und Olivia de Havilland gegen Selznick, Fleming, Gable und den Rest der Crew. So hatte sie sich die Dreharbeiten für Scarlett O'Hara nicht vorgestellt. Hieß es nicht irgendwo: Wen die Götter strafen wollen, dem erfüllen sie seine Wünsche?

»Also, ich glaube nicht, dass es Zufall war.« Olivia blickte über ihre Schulter, ob sie beide auch allein waren, bevor sie Vivien zuraunte: »Ich traue dem Fleming so ein abgekartetes Spiel zu.«

»Der Mann sollte sich seine Kreativität lieber dafür aufsparen, gemeinsam mit uns unsere Rollen zu entwickeln.« Vivien konnte ihren Unmut kaum zügeln. »Fleming kann George nicht das Wasser reichen.«

»Ich weiß nicht. Ich habe mit Howard über Fleming geredet und er hält ihn und George für ebenbürtig.« Olivia lächelte. »Nur ist Fleming durch ein gröberes Sieb getrieben.«

Auch wenn Vivien sehr neugierig war, was den Multimillionär und ihre Kollegin verband, wagte sie es nicht, Olivia danach zu fragen. Wie es der Hollywood-Tratsch vermeldete, wollte Howard Hughes sie heiraten, allerdings erst, nachdem er das fünfzigste Lebensjahr erreicht hatte. Und bis dahin verblieb noch reichlich Zeit.

»Da stimme ich Howard zu.« Vivien seufzte. »Fleming erinnert mich eher an einen Colonel, der seine Soldaten schikaniert, als an einen Regisseur. Morgen habe ich vier Drehs in unterschiedlichen Settings und Lebensaltern von Scarlett. Wie soll ich mich da in die Rolle einfinden?«

Und alles ohne Anleitung des Regisseurs, der auf ihre Frage, wie sie Scarlett spielen sollte, stets mit »Überzieh's halt!« antwortete. Im Unterschied zu dem stets höflichen George befleißigte sich Fleming eines Kommisstons und liebte es, die Schauspieler zu beleidigen. Seitdem Vivien ihm mit einem lauten »Fuck you!« entgegengetreten war, hielt er sich ihr gegenüber jedoch damit zurück.

»Manchmal beneide ich dich um deine Liebe«, gestand Olivia ihr unvermittelt ein. »Larry und du, ihr wirkt wie ein Bollwerk gegen den Wahnsinn Hollywoods.«

»Bist du mit Howard nicht glücklich?«

»Ich habe immer das Talent, schwierige Männer zu finden.« Ihre Kollegin lächelte schief. »Es gibt ohnehin wenig gute Kerle unter Schauspielern und ihrem Umfeld, aber ich suche mir immer die falschen aus. Bis auf Jimmy. Ihn hätte ich heiraten sollen.«

»Warum trennst du dich nicht von Howard, wenn du mit ihm nicht glücklich bist?« Vivien konnte sich überhaupt nicht vorstellen, mit einem Mann zu leben, den sie nicht liebte. Ja, sie war mit Leigh verheiratet gewesen, aber damals hatte sie wirklich geglaubt, ihn zu lieben. Bis zu dem Moment, in dem sie Larry das erste Mal gesehen hatte. Erst da wusste sie, was Liebe wirklich war. Vielleicht ging es Olivia ja ähnlich.

»Möglicherweise kommt der Richtige irgendwann.«

»Möglicherweise bin ich nicht der Mensch dafür. Ich genieße mein Leben und nehme es, wie es kommt.«

»Manchmal wünschte ich mir, ich hätte deine Gelassenheit.« Vivien seufzte. Erst gestern hatte sie sich wieder mit

Fleming gestritten, und es sah aus, als würde sie auch heute wieder mit ihm diskutieren müssen. Ihr Grundproblem blieb: Ihr Verständnis von Scarletts Geschichte war ein vollkommen anderes als das von Selznick und Fleming. Wer würde sich am Schluss wohl durchsetzen?

Kapitel 22

Los Angeles, März 1939

Zwei Tage später beobachtete Vivien, wie Clark Gable mit einem der farbigen Schauspieler etwas abseits vom Set engagiert diskutierte. Was führte der MGM-Star denn nun schon wieder im Schilde? Sosehr Vivien es sich erhoffte, sicherlich würde seine nächste Fehde nicht den Regisseur treffen wie beim letzten Mal. Sie gab vor, sich auf die kommende Szene vorzubereiten und murmelte ihren Text vor sich hin, während sie in größer werdenden Kreisen spazierte, bis sie endlich in Hörweite der beiden war.

»Es gibt getrennte Toiletten für uns und für Weiße, Mr Gable«, flüsterte der Komparse. »Finden Sie das richtig?«

Vivien stutzte. Das war ihr bisher nicht aufgefallen. Sicher, sie hatte mehrfach mitbekommen, wie ungleich Menschen in Amerika behandelt wurden. Es gab spezielle Sitze für Afroamerikaner in Bussen, man kennzeichnete Wasserspender für Weiße und Farbige und nun auch noch getrennte Toiletten. Warum ging der Nebendarsteller damit nicht zu Selznick oder einem der Set-Verantwortlichen? Vivien konnte sich nicht vorstellen, dass Clark Gable sich für die Rechte anderer Menschen einsetzt. Bisher hatte der Star immer den Eindruck vermittelt, nur sich selbst wahrzunehmen. Daher überraschte es sie, als er lospolterte: »Das ist unglaublich. Ich werde dafür sorgen, dass es aufhört. Verlass dich auf mich.«

Später erfuhr Vivien, dass ihr Kollege sich wirklich für die Abschaffung der getrennten Toiletten starkgemacht und Selznick sogar bedroht hatte, den Set zu verlassen, sollte das beibehalten werden. Auch wenn sie Clark gegenüber skeptisch war, weil er ein Fleming-Freund war, bewunderte sie ihn für diese Tat. Vielleicht würde es ihnen doch gelingen, ein kollegiales Einverständnis zu erzielen. Vivien war auf jeden Fall dazu bereit.

»Jetzt hat Selznick auch noch Lee Garmes gefeuert.« Hattie McDaniel schüttelte den Kopf. »Dieser Film ist verflucht.«

Vivien konnte nur mit den Schultern zucken. Aber seitdem George Cukor entlassen worden war, erwartete sie nicht mehr viel von den Dreharbeiten.

»Ich verstehe das nicht.« Olivia verdrehte die Augen, trank einen Schluck Kaffee und fuhr fort: »Lee Garmes ist einer der besten Kameramänner, mit denen ich je gearbeitet habe.«

Nun doch neugierig geworden, wartete Vivien auf Hattie McDaniels Antwort. Ihre Kollegin war immer ausnehmend gut informiert, möglicherweise, weil sie seit 1932 in Hollywood arbeitete und Gott und die Welt kannte.

»Ich habe gehört, es liegt am Technicolor.« Hattie schien nicht überzeugt davon zu sein. »Selznick ist der Ansicht, Lee könne mit dem neuen Verfahren nicht umgehen. Seine Bilder seien zu dunkel.«

Olivia stieß ein Schnauben aus. »Wer's glaubt. Ich denke, es liegt an Natalie Kalmus.« Erneut verdrehte sie die Augen. »Sie mischt sich ständig in alles ein und behauptet, das müsse sein wegen des Verfahrens. Ich glaube, sie will nur ihren Willen durchsetzen.«

Und Natalie Kalmus war sehr durchsetzungsstark. Jeder am Set hatte die lautstarken Diskussionen zwischen der Beraterin für Technicolor und den Kameraleuten mitbekommen. Es hatte Vivien sehr erstaunt, dass der Farbfilm-Hersteller so einen großen Einfluss auf die Dreharbeiten nehmen konnte. Olivia hatte Vivien erzählt, dass Herbert Kalmus, der Erfinder des Verfahrens, sich ausbedungen hatte, bei den Dreharbeiten dabei zu sein, um sicherzustellen, dass alles funktionierte. *Der Zauberer von Oz* und *Vom Winde verweht* waren für ihn Visitenkarten, damit zukünftig alle Filme in Farbe gedreht würden.

Obwohl sie für Neuheiten offen war, stand Vivien dem Farbfilm etwas skeptisch gegenüber. Sie hatte einen Blick auf die ersten Muster werfen können und die hatten etwas künstlich gewirkt. Möglicherweise hatte Selznick recht, dass Lee Garmes nicht der Richtige für Technicolor war.

»Wer wird unser neuer Kameramann?«, fragte Olivia. Sie nestelte an den Schnüren ihres Kleides. »Schlimm genug, dass wir einen neuen Regisseur haben. Dieser Film wird aussehen wie Stückwerk.«

»Ich weiß es nicht.« Hattie zuckte mit den Achseln. »Aber ich fürchte, du liegst richtig. Der Film wird der reinste Flickenteppich.«

»Und er wird unsere Karrieren zerstören«, murmelte Olivia düster. »Ich würde es hassen, wenn Jack Warner recht behielte und der Film ein Flop wird.«

»Es liegt auch an uns«, versuchte Vivien, die Stimmung zu heben, auch wenn ihr selbst nicht danach zumute war. Noch immer lagen sie hinter dem Drehplan zurück, noch immer stritt sie mit Fleming über die Ausgestaltung der Scarlett O'Hara, noch immer forderte Selznick neue Drehs, noch immer gab es kein Drehbuch. So konnte es nicht weitergehen. Sie benötigte Hilfe – und sie hatte bereits einen Plan gefasst, wo und wie sie die bekäme.

———◇———

Am nächsten Morgen wachte Vivien bereits um sechs Uhr auf, obwohl es ein Sonntag war und sie hätte ausschlafen können. Nur ihre gute Erziehung verhinderte, dass sie sich in aller Herrgottsfrühe auf den Weg zu George Cukor machte.

»Himmel, Vivling.« Larry öffnete die Augen und gähnte. »Weißt du, wie spät es ist oder besser, wie früh?«

»Tut mir leid, ich kann einfach nicht schlafen.«

»Ich kann dir helfen, die Scarlett zu verstehen.« Das hatte Larry ihr bereits an dem Tag angeboten, an dem Selznick George entlassen hatte. »So wie in London am Theater. Weißt du noch?«

»Ich danke dir, Liebster, und ich werde sicher deine Unterstützung brauchen, aber ...« Vivien überlegte, ob er beleidigt wäre, wenn sie George mehr Bedeutung zugestand als ihm. Aber nein, Larry war Schauspieler und würde verstehen, was sie meinte. »Aber George war von Beginn an in die Geschichte eingebunden. Er kennt *Vom Winde verweht* bestimmt genauso gut wie die Autorin.«

»Das Thema verschieben wir auf den Vormittag. Und lass dem armen Cukor noch ein paar Stunden Schlaf.« Larry gab ihr einen Kuss, drehte ihr den Rücken zu und zog sich die Decke über den Kopf. Kurze Zeit später ertönte sein leises Schnarchen. Einen Augenblick fühlte sie sich versucht, ihn aufzuwecken, damit sie nicht alleine war, bis sie sich endlich zu George aufmachen konnte. Aber wäre sie an Larrys Stelle, wäre sie überaus irritiert, so früh an einem Sonntagmorgen geweckt zu werden. Also schlich sie sich leise aus dem Schlafzimmer, um sich in der Küche einen Kaffee zuzubereiten. Sie nahm sich Zeit für die Vorbereitung, mahlte die Bohnen, setzte heißes Wasser auf und goss es in den Porzellanfilter. Der Duft des frisch gebrühten Getränks weckte ihre Lebensgeister.

»Hallo, mein Liebling«, sagte sie, als sie eine leichte Berührung am Unterschenkel spürte. Tissy war Vivien in die Küche gefolgt, wohl in der Hoffnung, eine Leckerei zu erhalten. Larry hatte die Katze vorgestern auf der Straße aufgelesen und mit nach Hause gebracht. Vivien und auch Sunny waren dem Charme der schwarz-weißen Streunerin verfallen und hatten sie mit offenen Armen empfangen. Larry hatte das Tierchen Tissy getauft.

Zwar verspürte Vivien ein schlechtes Gewissen Chérie gegenüber, aber sie wusste, dass die Siamkatze es bei Oswald Frewen gut hatte. Erstaunlich schnell hatte ihr Freund eingewilligt, sich weiter um Chérie zu kümmern.

Sanft streichelte Vivien Tissy und bemerkte, dass sie ein Bäuchlein bekam.

»Du wirst doch nicht schwanger sein?« Das fehlte Vivien gerade noch, eine Katze, die Junge bekam, für deren Schicksal Vivien die Verantwortung übernehmen müsste.

Vivien suchte im Kühlschrank nach etwas, was sie Tissy geben konnte, legte ein Stück kaltes Hühnchen auf einen Unterteller und gab etwas Milch in eine Schüssel.

Normalerweise hätte der bittere Geschmack des Kaffees sie munter gemacht, aber heute konnte gar nichts ihre seltsame

Stimmung, schwankend zwischen extremer Müdigkeit und Nervosität, übertönen. Vielleicht hätte sie sich auch Schlaftabletten von einem der Ärzte am Set verschreiben lassen sollen, so wie einige der amerikanischen Kollegen. Aber sie fürchtete, dass die Wirkung der Pillen ihre Fähigkeit mindern würde, sich ganz in die Rolle der Scarlett O'Hara einzufühlen.

Obwohl sie keinen Hunger verspürte, machte sie sich einen Toast, den sie dünn mit Butter und Orangenmarmelade bestrich, die sie aus England mitgebracht hatte. Mit dem Messer zerschnitt sie das Brot in gleichmäßige Vierecke, die sie sich in den Mund schob. Mechanisch kaute sie, spülte den letzten Rest Toast mit einem Schluck Kaffee herunter und sah auf die Uhr.

Noch immer blieb ihr unglaublich viel Zeit, bis sie endlich bei George klingeln konnte, ohne die Regeln der Höflichkeit gänzlich hinter sich zu lassen. Vielleicht sollte sie spazieren gehen? Aber falls jemand sie um diese Uhrzeit sah, schlimmstenfalls noch ein Klatschreporter, dann wäre ihr Foto in der Zeitung, sicher unter der Überschrift »Scarlett O'Hara bringt Vivien Leigh um den Schlaf« oder etwas ähnlich Unfreundlichem. Also kam das nicht infrage. Was blieb ihr?

Baden! Ein ausgiebiges, entspannendes Bad war genau das, was sie jetzt benötigte.

Nach dem Bad hatte sie die Wohnung aufgeräumt, etwas umdekoriert und sich schließlich auf den Weg zu George Cukor gemacht. Zu Fuß, denn es war erst neun Uhr morgens. Nach einer guten Stunde Fußmarsch war sie bei seinem Haus angekommen.

Ihr Herz klopfte laut. Nervös zog sie die Unterlippe zwischen die Zähne, ihre Finger verharrten über dem Klingelknopf. War es zu früh? War ihre Idee unverschämt? Ach, was sollte das Zögern! Sie brauchte George, und er hatte sich in der viel zu kurzen Zeit, die sie gemeinsam gearbeitet hatten, als wunderbarer Freund erwiesen.

»Vivien!« Neben Überraschung zeichnete sich aufrichtige Freude auf Georges markanten Gesichtszügen ab. »Wie toll, dass du da bist. Was kann ich für dich tun?«

»Warum kann ich nicht einfach einen Freund besuchen?«

»Ich weiß, Darling, dass du sechs Tage die Woche drehst und deinen Sonntag gewiss brauchst, um dich zu erholen.« Georges Lächeln zeigte ihr, dass er seine Worte nicht böse meinte. »Wenn du dich an deinem freien Tag zu mir bemühst, dann muss es wichtig sein.«

Er öffnete die Tür und deutete mit der Hand ins Haus. Seine Freundlichkeit, seine Wärme machten ihr erneut deutlich, was für einen Verlust sie erlitten hatte, als Selznick ihn entlassen hatte. Sosehr sich Vivien auch wünschte, die Fassung zu bewahren, sie konnte nicht verhindern, dass ihr Tränen in die Augen traten.

»Himmel, Liebes.« George zog sie in seine Arme und strich ihr sanft über den Rücken. »Was ist passiert? Wie kann ich dir helfen?«

Dann schob er sie von sich, nahm ihre Hand und zog sie hinter sich her in sein Wohnzimmer. Auf einem großen Tisch lag aufgeschlagen die *Los Angeles Times*, doch bald verschwamm alles vor ihren Augen, die sich erneut mit Tränen füllten.

Vorsichtig geleitete George sie zu einem Sessel. »Nimm Platz, Darling. Ich mache uns einen Tee. Oder willst du lieber etwas Stärkeres?«

Nun musste sie trotz ihrer Traurigkeit lachen. »Es ist zehn Uhr morgens, George.«

»Also Tee.«

»Ich nehme lieber Kaffee, wenn du welchen dahast.« Warum nur dachten alle Menschen, sie müsse Tee lieben, nur weil sie Britin war?

»Ich bin gleich zurück.«

Vivien nickte und lauschte, wie er im Nebenraum den Kaffee zubereitete. Sie ließ ihren Blick durch das Zimmer schweifen. Vor dem großen Terrassenfenster, das den Blick in einen gepflegten Garten zeigte, sah sie einen wunderschönen Swimming-Pool. Im warmen Licht der Morgensonne glitzerte das Wasser hellblau, ein sanfter Wind ließ kleine Wellen über die Oberfläche streichen. Sofort spürte Vivien Lust, ihre Füße in das kühle Nass zu tauchen. Sie arbeitete so viel, dass sie die kleinen Freuden des Lebens gar nicht mehr genießen konnte.

»George!«, rief sie und schniefte ein wenig. Warum hatte sie kein Taschentuch eingepackt? »Ich setze mich an den Pool. Ist das in Ordnung?«

»Fühl dich wie zu Hause«, erklang seine dunkle, freundliche Stimme.

Das ließ sich Vivien nicht zweimal sagen. Sie schob das große Terrassenfenster zur Seite, schlüpfte hinaus und zog im Gehen die Schuhe aus. Als sie an der Steinumrandung angekommen war, die sich kühl unter ihren Füßen anfühlte, setzte sie sich und strich die Seidenstrümpfe ab. Sie raffte den Rock zusammen, so dass sie ein Polster hatte, das sie vor dem kalten Poolrand schützte. Der Morgensonne war es noch nicht gelungen, die Steine aufzuwärmen. Vorsichtig tauchte Vivien einen Zeh ins Wasser. Es war herrlich erfrischend. Beherzt streckte sie die Füße ins Wasser und wackelte mit den Zehen.

»Ich sehe schon, du hast deine gute Laune wiedergefunden.« George tauchte hinter ihr auf, ein Tablett in der Hand, auf dem Tassen, Kaffee in einer Porzellankanne sowie Milch und Zucker in passenden Töpfchen standen. »So gefällst du mir viel besser, als wenn du traurig bist.«

Obwohl er es sicher nicht beabsichtigt hatte, brachten seine freundlichen Worte ihr Unglück wieder zurück. Vivien hätte Wetten darauf abgeschlossen, sie würde nie wieder einen Regisseur finden, der so verständnisvoll war wie George Cukor.

»Kannst du nicht irgendetwas tun, um zum Film, zu uns, zu mir, zurückzukommen?«, fragte sie. Ihre Unterlippe bebte und sie spürte die Tränen wiederkehren. »Du kennst doch Gott und die Welt in Hollywood. Außerdem ist Selznick mit dir befreundet, nicht wahr?«

»Tut mir leid, Darling. Wenn es ums Geschäft geht, kennt man in Hollywood keine Freunde.« Georges Stimme klang leise und traurig. »David brauchte einen Sündenbock, weil die Dreharbeiten so weit hinter dem Plan zurücklagen. Seiner Meinung nach eignete ich mich perfekt dafür. Außerdem ...« Plötzlich verstummte er und goss Kaffee ein. Es kam ihr vor, als ob er ihrem Blick auswich.

»Außerdem was?«, fragte Vivien. Hatte sie am Set etwas verpasst? War etwas vorgefallen, das ihrer Aufmerksamkeit entgangen war?

»Ich bin mir sicher, dass Clark etwas mit meiner Kündigung zu tun hat.« George stieß ein bitteres Lachen aus. »Er ist eine Mimose und muss am Set immer verhätschelt werden. Man hat mir zugetragen, dass er sich bei Mayer darüber beschwert hat, dass ich mich angeblich nur um dich und Olivia de Havilland gekümmert habe.«

»So ein Feigling«, empörte sich Vivien. »Soll ich mit David reden?«

»Danke, Liebes, aber ich fürchte, die Messen sind gesungen.« George zuckte mit den Schultern. »Wenn David einen Entschluss gefasst hat, weicht er nicht davon ab.«

»Ohne dich werde ich untergehen, das weißt du.« Vivien wollte nicht dramatisch klingen, sie stellte lediglich die Tatsachen fest. Auch wenn sie eine gute Schauspielerin war, benötigte sie dennoch Unterstützung und Anleitung von einem ebenso guten oder besseren Regisseur. Einem, der Vivien und die Rolle verstand und ihr helfen konnte, tief in die Figur und deren Motivation einzutauchen. »Bitte, arbeite mit mir an der Scarlett. Ich könnte jeden Sonntag zu dir kommen.«

Bitte, sag ja, flehte sie stumm.

Kapitel 23

Los Angeles, März 1939

»Das Publikum wird Scarlett hassen, weil sie ihrer Schwester den Verlobten ausspannt.« Vivien umrandete Georges Swimming-Pool, eine Zigarette in der Hand, die Haare zerzaust. »Fleming sieht sie als Miststück, ich kenne sie besser. Was kann ich nur tun?«

»Wie wäre es, wenn du dich erst einmal hinsetzt?« George lächelte. »Dann erzähle ich dir von meiner Idee.«

»Ja?« Vivien machte vor Freude einen kleinen Hüpfer. Trotz deren Charakterfehler liebte sie Scarlett und bewunderte ihren Mut und wünschte sich, dass das Publikum es ebenso sähe.

»Du solltest nicht so stark auf Scarlett blicken.«

»Sondern?«

»Auf die Menschen um sie herum.« Georges Lächeln wurde breiter. »Die Kinogänger werden Melanie und Mammy lieben. Da sind wir uns einig, nicht wahr?«

»Ja, und?« Bisher hatte sie keine Vorstellung, worauf er hinauswollte.

»Möglicherweise werden sie auch Ashley und Rhett mögen, auf jeden Fall aber Scarletts Eltern.«

»George, bitte!« Vivien zog eine Schachtel *Player's* aus ihrer

Handtasche. Himmel, warum war sie schon wieder leer? Möglicherweise hatte Larry doch recht, der der Ansicht war, sie rauchte zu viel. »Spann mich nicht auf die Folter.«

»Nun, wenn all diese Menschen, die das Publikum mag, Scarlett lieben, was bedeutet das dann für ihren Charakter?«

»Du bist ein Genie!« In ihrer Frustration hatte Vivien sich zu sehr auf die Heldin fixiert und vernachlässigt, dass sie mit den anderen Figuren interagierte. »So kann es etwas werden!«

»Habt eine schöne Zeit«, rief Vivien ihrem Kollegen nach, als Clark Gable fröhlich winkend den Set verließ. Seitdem seine Frau Ria in die Scheidung eingewilligt hatte, wirkte der Star deutlich entspannter. Vivien beneidete ihn sehr. Um die Scheidung, denn Jill und Leigh beharrten beide stur auf dem Fortbestand der Ehen, obwohl Vivien und Larry in den USA waren und nicht so bald zurückkehren würden. Nahezu noch stärker neidete sie ihm aber den Urlaub. Wie gern hätte sie ein paar Tage frei, um Larry auf seiner Reise quer durch die Staaten an die Ostküste zu begleiten. Sicher, sie gönnte Clark sein Glück und vermutete, dass er die Ferien nutzen würde, um Carole Lombard zu heiraten. Aber manchmal empfand Vivien es als unfair, wie unterschiedlich sie behandelt wurden.

Clark verließ den Set jeden Abend pünktlich um sechs, während Vivien bis in die Nacht hinein drehte, damit sie den verfluchten Film endlich fertigbekamen. Für sein begrenztes Engagement bekam Clark Gable deutlich mehr Geld als sie, deutlich mehr als sie alle. So war es nun einmal: Die Gage richtete sich nicht nach den Arbeitstagen und dem Einsatz, sondern danach, ob man ein Star war oder nicht. Und Vivien war keiner, jedenfalls noch nicht. *Vom Winde verweht* war ihre große Chance – und die würde sie nutzen, selbst um den Preis, von Larry getrennt zu sein.

Aber heute Abend würden sie die Zeit, die ihnen noch miteinander blieb, gebührend feiern. Vivien lächelte, als sie daran dachte, was Sunny ihnen vorgeschlagen hatte. Vivien konnte es kaum erwarten, den Set zu verlassen, um den Plan in die Tat umzusetzen.

»Das ist wirklich eine amerikanische Tradition?« Larrys Blick sagte ebenso deutlich wie seine Worte, wie sehr ihn Sunnys Idee verwunderte. »Warum ein Auto?«

»Das ist eben so«, antwortete Sunny mit ihrem schleppenden texanischen Akzent. »Man kauft sich Hamburger und eine Soda, um sich dann – an einer schön gelegenen Stelle – auf dem Rücksitz des Wagens zu küssen.«

»Komm, Larry, das wird ein Spaß.« Viviens Augen glitzerten vor Vergnügen. Es kam ihr gleichzeitig romantisch und seltsam vor, ihren letzten gemeinsamen Abend so zu verbringen.

»Gut, aber ich will ein Fleischklößchen-Sandwich, keinen Hamburger. Und eine Cola.«

»Das geht nicht.« Sunny schüttelte vehement den Kopf. »Wenn du schon den Hamburger verweigerst, dann nimm wenigstens die Eiskremsoda.«

»Meinetwegen.« Larry stieß einen übertriebenen Seufzer aus. »Wann kommt Harry?«

Draußen erklang das Horn einer Hupe, als hätte Sunnys

Freund nur auf Larrys Signal gewartet. Während Larry das Essen befremdlich fand, erschien Vivien eher die Idee absurd, auf dem Rücksitz zu sitzen und sich zu küssen, während Sunny und Harry vorne saßen. Aber wenn man das in den USA nun einmal so machte, dann musste es wohl sein.

Harry fuhr sie zu einem Imbiss, wo Sunny ihnen das Essen holte.

»Wo fahrt ihr uns hin?«, fragte Vivien, nachdem sie einen Bissen des Sandwiches zu sich genommen hatte.

»Wir kennen einen lauschigen Platz in der Nähe vom Rodeo Drive.« Sunny drehte sich zu ihr um. »Aber der Ort ist eigentlich egal, glaub mir.«

Ihre Freundin sollte recht behalten. Nachdem sie geparkt und aufgegessen hatten, küsste Larry Vivien. Sein Kuss schmeckte nach Hackbällchen und Eiskrem und war zögerlich, wohl weil er an Sunny und Harry dachte. Als Vivien ihn jedoch leidenschaftlich umarmte, vergaß Larry, wo sie sich befanden. Es wurde ein unvergesslicher Abend.

Obwohl der Termin feststand, obwohl sie wusste, dass Larry heute abreisen würde, hatte sich Viviens Herz vehement geweigert, diese Tatsache zu akzeptieren. In ihrem Kopf hatte sie die unterschiedlichsten Szenarien durchgespielt, die dazu führten, dass Larry doch nicht nach New York reiste, sondern bei ihr in Hollywood blieb.

Eine schwere Krankheit befiel alle Beteiligten an *No Time for Comedy*, war ihre erste Idee gewesen, bei der sie allerdings ein schlechtes Gewissen gehabt hatte, denn sie wünschte selbstverständlich niemandem etwas Übles. Da verlegte sie ihre Hoffnungen von der Ostküste an die Westküste: Eines der großen Hollywood-Studios bot Larry eine Hauptrolle an, eine Rolle, die er nicht ablehnen konnte. Aber auch hier erwies sich ihre Phantasie weit, weit von der Wirklichkeit entfernt.

Gestern Nacht schließlich hatte sie sich in den Schlaf geweint, lautlos, weil sie Larry nicht mit ihrer Traurigkeit belasten wollte. Gleichzeitig konnte sie nicht vorgeben, es wäre ihr gleichgültig, dass er nach New York aufbrechen würde. New York, am anderen Ende dieses riesigen Landes. Mit dem Zug dauerte es drei Tage, mit dem Flugzeug etliche Stunden. Von den Kosten der Reise gar nicht zu reden. Doch all das würde sie auf sich nehmen, um bei Larry zu sein.

Eins allerdings fehlte ihr, was sich weder mit Geld noch gutem Willen besorgen ließ: Zeit. Sie hatte gestern mit Fleming und Selznick gesprochen, hatte gefragt, ob es eine Möglichkeit für einen kurzen Urlaub gäbe. Beide Männer hatten abgelehnt, nicht weil sie es böse mit ihr meinten, sondern weil Vivien eben die wichtigste Rolle in dem Film spielte. Sie war fast in jeder Szene zu sehen. Und dafür zahlte sie den Preis, ständig am Set anwesend sein zu müssen.

Sie wurde vor dem Klingeln des Weckers wach, beugte sich zu Larry hinüber und gab ihm einen sanften Kuss. Ihr Geliebter schlief tief und sie brachte es nicht übers Herz, ihn aufzuwecken. Stattdessen tapste sie leise in die Küche, um dort das Frühstück, ihr letztes gemeinsames Frühstück, vorzubereiten.

Nein! Sie wollte nicht weinen. Sie wollte nicht, dass Larry sie mit rotgeränderten Augen und traurig in Erinnerung behielte. Himmel, es waren nur ein paar Wochen. Sie konnte versuchen, sich das schönzureden, nur zu gut erinnerte sie sich an den Schmerz, als Larry nach New York abgereist und sie alleine in London zurückgeblieben war. Ihren Geliebten und sie verband etwas Tiefes, etwas Einzigartiges. Jeder Tag der Trennung fühlte sich an wie vertane Zeit.

Und ganz, ganz leise flüsterte eine Stimme ihr zu: Larry hätte die Rolle nicht annehmen müssen, Larry hätte bei dir bleiben können. Er weiß doch, wie sehr du unter Fleming leidest. Er weiß nur zu gut, wie einsam du hier in Hollywood bist. Du hast Rücksicht auf ihn genommen. Wäre es jetzt nicht an ihm, Rücksicht auf dich zu nehmen?

So bin ich nicht, dachte Vivien, ich will nicht aufrechnen oder abwägen, wer von uns beiden die größeren Opfer bringt. Wir beide sind Künstler, wussten immer, dass unsere Berufe sich nicht leicht miteinander vereinbaren lassen. Und Larry liebt das Theater genauso wie ich. Er war so glücklich, endlich wieder auf der Bühne stehen zu können, endlich wieder den direkten Kontakt zum Publikum zu spüren. Das war etwas ganz anderes, als für den Film zu arbeiten, wo man elendig lange warten musste, bis die Kritiken in den Zeitungen auftauchten und man erfuhr, wie die eigene Kunst bewertet wurde.

Ich werde es schaffen. Ich werde es irgendwie schaffen, mir ein paar Tage freizunehmen, damit Larry und ich beieinander sein können. Die Frage des Zweifels, wie sie das erreichen wollte, wo es immer noch kein Drehbuch für die zweite Hälfte gab und sie Wochen dem Plan hinterherhinkten, schob sie einfach beiseite. Sie liebte Larry, sie würde ihn wiedersehen und außerdem gab es das Telefon und Briefe. Sofort hellte sich ihre Stimmung auf. Niemand schrieb so wunderbare Briefe wie ihr Larry. Sie würde jeden Tag darauf warten, von ihm zu hören und es daher ertragen, von ihm getrennt zu sein.

»Du hättest kein Frühstück machen müssen.« Larry kam barfuß in die Küche geschlendert, gähnte und streckte sich ausgiebig. »Ohne dich ist es kalt und einsam im Bett. Es war eine dumme Idee, nach New York zu gehen.«

Ihr Herz schlug schneller vor Freude und Hoffnung. An diese Möglichkeit hatte sie nicht gedacht, daran, dass Larry sich gegen New York und für sie entscheiden würde. Nein, das durfte nicht sein.

»Du hast nun einmal unterschrieben. Der Broadway ist eine große Chance. Auch diese Zeit werden wir überstehen.« Sie legte alle Zuversicht, die ihr möglich war, in ihre Stimme, obwohl sie sich davor fürchtete, ohne ihn zu sein. Genauso sehr, wie sie die Frauen fürchtete, die ihm gewiss am Hinterausgang des Theaters auflauern würden, um ein Autogramm zu bekommen, vorgeblich. In Wahrheit hofften sie darauf, dass Larry ihre Schönheit bemerkte, dass er bereit wäre, einen Abend oder eine Nacht mit ihnen zu verbringen. Ein Erlebnis, von dem die Frauen noch jahrelang zehren könnten, wenn sie wieder zurück in ihrem Zuhause, in ihrem alten Leben waren. Nein. Larry liebte sie genau so sehr wie sie ihn, da war sie sich sicher. Ach, das hatte Jill sicher auch gedacht.

»Vivling«, flüsterte er, als hätte er ihren Gedanken gelauscht, »ich werde dir treu sein, das verspreche ich dir.«

»Ich vertraue dir, das weißt du«, wisperte sie, »das, was uns verbindet, ist stärker als die Entfernung und die Trennung.«

Im Stehen trank er einen Schluck Kaffee. »Ich dusche schnell, und dann müssen wir los.«

»Willst du nichts essen?« Sie hatte sich so viel Mühe mit dem Frühstück gegeben.

»Es tut mir leid, Vivling, aber die Aussicht auf meine Abreise hat mir den Appetit verschlagen.«

Da schluchzte sie auf, konnte die Tränen nicht mehr länger zurückhalten und stürzte sich in seine Arme. Er bedeckte ihr Gesicht mit Küssen, was die Traurigkeit in Leidenschaft verwandelte.

Lieber Leigh,
alles ist ziemlich schrecklich, und wir kommen nur sehr langsam voran. Ich war eine Idiotin, darauf einzugehen.

Mit der Füllfeder in der Hand, hielt Vivien inne. Es fühlte sich nicht richtig an, sich bei ihrem Ehemann darüber zu beklagen, denn schließlich war es ihre Entscheidung gewesen, London zu verlassen, um in Hollywood die Scarlett zu spielen. Aber Leigh würde sie verstehen, er war trotz allem doch ein guter Freund. Wie schade, dass sie ihn nicht so lieben konnte, wie er es verdiente. Möglicherweise wären sie noch ein Paar, hätte sie Larry nicht kennengelernt. Aber Larry war nun einmal der Mensch, der für sie bestimmt war und für den sie bestimmt war.

Während sie ihren Brief weiterführte, wanderten Viviens Gedanken zurück zu den vergangenen Tagen, seitdem Larry abgereist war. Obwohl sie Fleming als Menschen immer noch schwierig fand, arrangierte sich Vivien mit ihm. Streitereien mit dem Regisseur führten nur dazu, dass sich die Dreharbeiten verzögerten, was wiederum zur Folge hätte, dass sie Larry noch später wiedersehen würde.

Mit Clark Gable hatte sie inzwischen auch ihren Frieden gemacht. Gable hatte es anscheinend nicht verkraften können, wie wenig Vivien ihm verfallen war. Immer wieder sah er sie erwartungsvoll an, aber für sie gab es nur einen Mann. Es mochte sein, dass Millionen von Amerikanerinnen sich nichts Schöneres vorstellen konnten, als von Clark geküsst zu werden, für Vivien war das nur eine Rolle, die sie spielen musste.

Immerhin verdankte sie Clark etwas Neues: Ihr Kollege hatte ihr Backgammon beigebracht, mit dem sie nun die Drehpausen verbrachten. Nachdem Vivien die Strategie des Spiels begriffen hatte, besiegte sie Clark problemlos. Im Gegenzug zeigte sie ihm, wie man *Schiffe versenken* spielte. Nun war sie in den Pausen beschäftigt und vermisste Larry weniger, zumindest ein bisschen. Wenn sie geahnt hätte, wie begrenzt ihre gemeinsame Zeit in Culver City gewesen war, hätte sie jede freie Minute mit ihm verbracht und die Zeit intensiv genutzt.

Genau genommen war nicht alles schrecklich, aber sie konnte den Brief nicht erneut schreiben, denn sie musste ins Bett. Morgen klingelte der Wecker um fünf Uhr, damit sie rechtzeitig am Set war. Eilig beendete sie ihren Brief:

Gib Suzanne einen Kuss von mir.
Deine Vivling

Kapitel 24

Hollywood, April 1939

Obwohl sie vergangenen Sonntag mit George die anstehende Szene durchgegangen war, fühlte Vivien sich unsicher. Sie fürchtete, dass die Zuschauerinnen Scarlett nicht mögen würden, sollte Fleming sich mit seiner Vorstellung, die Heldin wäre ein launisches Biest, durchsetzen. Immer wieder zeigte sie dem Regisseur Stellen im Roman, in denen Scarlett vielschichtiger dargestellt wurde, aber Fleming wies das jedes Mal barsch zurück. Auch wenn Vivien daran zweifelte, dass er ihr wirklich helfen konnte, blieb ihr keine andere Möglichkeit, als Fleming um Unterstützung zu bitten. Sie seufzte, aber ging dann schnurstracks auf ihn zu. Er saß auf seinem Regiestuhl und scherzte mit Clark Gable. Eine Männerfreundschaft wie aus dem Bilderbuch. Am liebsten wäre sie umgedreht, aber sie wollte den verfluchten Film beenden *und* Scarlett tiefgründig und mutig darstellen.

»Wie soll ich die Szene anlegen?« Vivien wandte sich an den Regisseur. Sie hatte gestern lange mit Larry telefoniert, um eine Idee zu bekommen, was Scarlett motivierte und welche Gefühle sie während dieser Szene bewegten.

Fleming sah sie aus seinen kalten, dunklen Augen an. Seine Miene zeigte eine Mischung aus Langeweile und Empörung, weil sie ihn schon wieder mit solchen Fragen behelligte.

»Übertreiben Sie es einfach.«

»Wie bitte? Was soll das heißen?«

»Chargieren Sie halt ein bisschen. Scarlett O'Hara ist einfach ein Biest. Was braucht es da an Motivation?«

Vivien fühlte sich wie vor den Kopf gestoßen. Das konnte er doch nicht ernst meinen! Hatte der Regisseur den Roman überhaupt gelesen? Falls ja, hatte er die Hauptfigur jedenfalls nicht verstanden. Sie drehte sich wortlos um, und holte ihre Ausgabe von *Vom Winde verweht* aus ihrer Garderobe. Ein Brief von Larry markierte die Szene, die sie heute spielen sollte. Sie schlug den Roman an dieser Stelle auf. Mit dem Zeigefinger deutete sie auf die Zeilen: »Hier! Hier steht es: Scarlett bedauert Rhett gegenüber, was aus ihr geworden ist. Sie sagt, ihre Mutter habe sie anders erzogen und wäre sicher enttäuscht von ihr.«

»Na und?« Fleming stieß die Luft aus. »Selbstverständlich ist sie eine Enttäuschung für ihre Mutter.«

Vivien konnte ihm ansehen, dass er mehr sagen wollte, sich aber zurückhielt. Auch sie zählte im Kopf erst einmal bis zehn.

»Hier wird doch überaus deutlich, dass Scarlett nicht nur ein Biest, sondern auch unglücklich darüber ist, wozu das Leben und die Verhältnisse sie zwingen.«

»Wenn Sie meinen.« Fleming zuckte mit den Schultern. »Dann spielen Sie es eben auf diese Art, Fiddle-dee-dee.«

Wie sie es hasste, wenn er sie mit diesem dämlichen Spitznamen ansprach. Fleming fand das lustig und schien nicht zu bemerken, dass er Vivien damit zur Weißglut trieb. Sie ballte die Hände zu Fäusten und redete sich gut zu, damit sie nicht mit dem herausplatzte, was ihr auf der Zunge lag. Die Beziehung zwischen ihr und dem Regisseur war ohnehin angespannt, da konnte sie es sich nicht leisten, ihn vollends zu verärgern. Aber es juckte sie schon, ihm endlich die Meinung zu geigen. Vor allem jetzt, als er sich umdrehte und Clark Gable zuzwinkerte, so von Mann zu Mann.

Warum nur hatte David O. Selznick ausgerechnet ihn als Ersatz für den wundervollen George Cukor erwählt? Wo George ein Künstler und Ästhet war, entdeckte sie in Fleming nur einen Techniker ohne Verständnis für die Feinheiten der weiblichen Seele. Für den Regisseur gab es nur Huren oder Heilige, und Scarlett gehörte definitiv in seinem Blickwinkel nicht zu letzteren. Ja, Vivien war nicht so naiv, Scarlett für eine durchweg liebenswerte und herzensgute Heldin zu halten, dafür war die Figur zu egoistisch. Aber eines konnte man Scarlett O'Hara nicht absprechen: Sie war eine faszinierende Persönlichkeit mit unglaublichem Mut. Und genau das war es auch, was Millionen von Leserinnen für sie eingenommen hatte. Selbst wenn sie ihrer Schwester den Verlobten ausspannte, so handelte Scarlett doch aus Liebe zu Tara und fürs Überleben ihrer Familie. Und sie war sich bewusst, welchen Preis dies nach sich zog: Der Krieg und die Nachkriegszeit hatten sie zu einer Person gemacht, die ihre Mutter ablehnen würde.

Selbst so ein grober Klotz wie Fleming musste einsehen, was für einen Unterschied diese wenigen Sätze in der Charakterisierung Scarlett O'Haras darstellten. Vivien grummelte vor sich hin. Ja, inzwischen galt sie als schwierig, weil sie auf ihrer Sicht beharrte, aber damit konnte sie leben. Selbst Selznick, von dem sie sich mehr Verständnis erhofft hatte, reihte sich in die männerbündische Riege ein und strich diese Sätze aus dem Drehbuch. Vivien sprach sie dennoch immer, selbst wenn sie nicht im Drehbuch standen. Es lief auf einen Kampf der Charakterstärke hinaus, den sie plante zu gewinnen. Für Scarlett, aber auch für Larry und Vivien, denn sie hatte zu viel für diese Rolle gegeben, als dass sie Scarlett falsch darstellen wollte.

Gewonnen! Obwohl sie durchgesetzt hatte, dass Scarletts selbstkritischen Sätze im Film blieben, fühlte Vivien sich vollkommen erschlagen. Der ständige Kampf zehrte an ihren Nerven, sie fühlte sich als Einzelkämpferin, als Fremde zwischen all diesen Menschen, die in Hollywood aufgewachsen waren oder hier bereits so lange lebten und arbeiteten, dass sie nicht mehr über die Seltsamkeiten dieser Branche nachdachten.

Genug gegrübelt. Nun stand die Szene an, in der Clark Gable als Rhett Butler eine heftig kämpfende Scarlett in ihr gemeinsames Schlafzimmer tragen würde. Clark hatte sie bereits gebeten, nicht zu heftig um sich zu schlagen, da er sie eine lange, lange Treppe hinauftransportieren musste. Vivien hatte es ihm versprochen, auch weil sie diese Szene nicht mochte, weder im Buch noch im Film. Als unabhängige Frau war es ihr ein Graus, dass Rhett Butlers Übergriff so positiv geschildert wurde. Aber in diesem Fall konnte sie leider nicht mit dem Roman argumentieren, denn Margaret Mitchell hatte die Szene genauso geschrieben.

»Dann lasst uns anfangen. Wir haben nicht den ganzen Tag Zeit«, begrüßte Fleming sie. Er schien noch zornig darüber, sich nicht durchgesetzt zu haben. Der Regisseur wartete, bis Clark und Vivien auf ihren Plätzen standen und rief dann: »Action!«

Clark schnappte sich Vivien, die drehbuchgemäß strampelte und um sich trat. Doch er ließ sich davon nicht stören, sondern trug sie stoisch die Treppe hoch. Nachdem er oben angekommen war, rief Fleming: »Das war schon okay, aber noch einmal.«

Also eilten Vivien und Clark die Treppe herunter, brachten sich wieder in Position und das Spiel begann von vorn. Und wieder, und wieder, und wieder, bis selbst der unermüdliche Mr. Gable schwitzte, keuchte und um eine kurze Pause bat. Nach der Pause, die Fleming ihm großzügig gewährte, drehten sie die Treppenszene noch einmal und noch einmal und noch einmal. Clark seufzte und Vivien war kurz davor, selbst um eine Unterbrechung zu bitten, um ihren Kollegen zu Atem kommen zu lassen.

»Nicht schlecht, aber einen Take brauche ich noch«, erklang Flemings Stimme, was Clark mit einem leisen Seufzer und einem »Also gut, mach dich leicht, Vivien« quittierte. Endlich oben angekommen, ließ er sie so schnell aus seinen Armen, dass sie beinahe gefallen wäre.

»Sorry«, murmelte Clark, »meine Arme fühlen sich an wie Pudding.«

»Schon okay, ist ja nichts passiert.« Erwartungsvoll blickten sie beide nach unten, wo Fleming wartete und mit breitem Grinsen zu ihnen heraufschaute.

»Super, Clark!«, reif der Regisseur. »Eigentlich hatten wir alles im Kasten, aber ich hätte gewettet, du schaffst es nicht.«

Wäre Vivien an Clarks Stelle, wäre sie wirklich sauer geworden, aber ihr Kollege lachte nur lauthals. Das schien so ein Männerding zu sein, das sie wohl nie begreifen würde.

Vivien war guten Mutes, als sie ans Set kam. Vergangenen Sonntag hatten George und sie intensiv an den anstehenden Szenen gearbeitet. Nun wusste sie, wie sie Scarletts feuriges Temperament zur Geltung bringen konnte, ohne die Sympathien der Zuschauerinnen zu verlieren. Zum ersten Mal seit Langem freute sie sich wieder auf die Dreharbeiten. Selbst Fleming würde es nicht gelingen, diese Interpretation von Scarlet zu zerstören.

»Guten Morgen, Miss Leigh. Ihr Kaffee steht bereit.«

»Herzlichen Dank.« Vivien setzte sich vor den Spiegel und trank einen Schluck des belebenden Getränks. »Was für ein schöner Frühlingsmorgen.«

»Ich möchte Ihnen nicht die Stimmung verderben, aber der Drehplan hat sich wieder geändert.« Die Maskenbildnerin reichte ihr ein Blatt. »Es ist eben erst gekommen.«

Nicht schon wieder, dachte Vivien, aber sprach es nicht aus. Sie musste nichts sagen, denn alle am Set litten darunter, dass Selznick ständig sowohl das Skript als auch den Drehplan änderte, zumeist sehr kurzfristig. Der arme Clark litt am meisten darunter, denn er war kein Schauspieler, der seinen Text leicht lernte oder sich schnell auf neue Emotionen einstellen konnte.

»Fuck! Das meint er nicht ernst«, fluchte sie doch, nachdem sie den neuen Plan studiert hatte. Selznick hatte wieder einmal die unterschiedlichsten Szenen für heute vorgesehen, in denen Vivien die gesamte Bandbreite an Emotionen zeigen sollte. Den Tag sollte sie als flirtende, fröhliche Scarlett beginnen, um in der nächsten Szene tieftraurig und Jahre älter zu sein. Glücklicherweise war sie Schauspielerin genug, um diese Wechsel hinzubekommen, aber die Darstellung der unterschiedlichen Gefühle griff sie stärker an, als sie sich eingestehen wollte.

Zur Beruhigung zündete sie sich eine Zigarette an, während die Maskenbildnerin ihr Haar zu Scarletts Frisur kämmte. Manchmal gewann Vivien den Eindruck, je länger die Dreharbeiten andauerten, desto stärker ähnelten sich Scarletts und ihr Leben. So wie sich Margaret Mitchells Heldin nach dem Bürgerkrieg allein durchkämpfen musste, so musste auch Vivien sich allein für ihre Interpretation der Rolle starkmachen.

Sosehr Vivien sich bemühte, gelassen zu bleiben, so wenig wollte es ihr gelingen, wenn Fleming wieder einmal Scarlett zu einem eindimensionalen Charakter ohne Herz umbilden wollte. In Kleinigkeiten hatte sie mehrfach nachgegeben, aber was zu viel war, war zu viel. Schließlich drehte es sich um die Schlüsselszene, in der Scarlett Rhett verlässt, um Ashley beizustehen. Vivien atmete tief ein, bevor sie aufstand und zum Set ging.

Es kam, wie sie es befürchtet hatte. Fleming versuchte, Scarlett zu einem Biest umzumodeln. Aber nicht mit ihr!

»Nein!«, wiederholte sie und stampfte in einer Geste, die Scarletts würdig war, mit dem Fuß auf. »So hat Margaret Mitchell es nicht angelegt. Hier! Hier!«

Sie hatte den Roman an der Stelle aufgeschlagen und deutete wiederholt mit dem Finger auf die Zeilen.

Flemings Augen verengten sich, was nichts Gutes verhieß. Das hatten Vivien und die Crew bereits mehrfach zu spüren bekommen. Aber sie hielt den Rücken gerade, den Kopf hocherhoben und starrte ihn an, ohne auch nur zu blinzeln. Eine Ewigkeit schien zu vergehen, während sie so einander gegenüberstanden.

»Sie wissen, dass ich recht habe.« Wie immer, wenn sie aufgeregt war, verfiel sie in den britischen Akzent. Das brachte

Fleming auf die Palme, wie sie wusste. »Ich brauche nur Nuancen, um Scarlett angemessen darzustellen. Lesen Sie den Roman.«

»Das habe ich getan.« Seine Stimme klang schneidend wie Eis.

Obwohl sich Vivien vorgenommen hatte, nicht wieder mit Fleming zu streiten, war das zu viel. Was dachte er sich nur dabei, aus Scarlett eine bösartige, eigennützige Frau zu machen? Wie sollte jemand sich mit so einer Person identifizieren können? Es würde nicht einen Zuschauer geben, der diese Figur mochte, während Hunderttausende Leserinnen Scarlett O'Hara geliebt hatten.

»So kann ich Scarlett nicht spielen«, brachte sie unter Schluchzen hervor. »Was Sie von mir fordern, ist ein eiskaltes Biest. Das steht nicht im Drehbuch.«

Fleming sah sie an, seine Augen verengten sich und er richtete sich noch gerader auf, um auf sie herabzublicken. Das ließ ihn bedrohlich wirken, aber Vivien war niemand, die sich so leicht einschüchtern ließ. »In dem Roman zeigt Scarlett auch ihre verletzliche Seite. Sie können nicht einfach das Buch ändern.«

»Wissen Sie was«, zischte der Regisseur ihr zu. »Nehmen Sie das verdammte Buch und schieben es sich in Ihren königlichen britischen Arsch!«

Alle um sie herum erstarrten. Vivien hörte Laute des Entsetzens und der Empörung, wahrscheinlich wegen Flemings Wortwahl. Die setzte den Amerikanern gewiss zu. Damit hatte Vivien kein Problem, aber sie fand es äußerst befremdlich, dass der Regisseur mit gewaltigen Schritten vom Set stürmte und nicht bereit war, zurückzuschauen oder sich mit ihr auseinanderzusetzen. Ob das auch als Vertragsbruch galt?, fragte sie sich und bekam es mit der Angst zu tun. Ob David O. Selznick oder sein feiner Bruder sie nun mit Klagen überziehen würden?

Betretenes Schweigen herrschte am Set und Vivien hatte das Gefühl, alle Blicke richteten sich vorwurfsvoll auf sie. Sie wandte sich um und lief in ihre Garderobe, blind vor Tränen.

Kapitel 25

Hollywood, März – April 1939

Manchmal konnte David es nicht fassen, womit er seine Zeit verschwenden musste. Als wäre es nicht genug, dass er die Nächte mit dem Überarbeiten des Drehbuchs verbrachte, die Kontinuität der Szenen im Blick behielt und sich um den Einsatz der Extras kümmerte, um nur einige seiner Aufgaben zu nennen. Nein, jetzt musste er auch noch die aufgebrachten Gemüter beruhigen und Fleming, der angeblich gedroht hatte, sich mit seinem Wagen von einer Klippe zu stürzen, wieder an den Set holen. Die vergangenen zwei Tage hatte der zuverlässige Bill Menzies den Regieposten übernommen, aber für die dramatische Flucht aus Atlanta brauchte David Victor Fleming, daran ließ sich nichts rütteln. Also musste er nach Canossa gehen, aber diesen Gang würde er nicht allein übernehmen.

»Marcella, hol mir Vivien und Clark ins Büro und besorge mir ein paar *Lovebirds*.« Mehr musste er nicht sagen, seine Sekretärin würde die Aufgabe zuverlässig erledigen. Während er wartete, konnte er sich die aktuellste Kostentabelle anschauen, die ihm Henry Ginsberg heute Morgen vorbeigebracht hatte. Verdammt! David hatte damit gerechnet, dass die Kosten aus dem Ruder liefen, aber dieses Ausmaß hatte er nicht vorhergesehen. Er brauchte Geld, viel Geld, und es war fraglich, ob sich jemand finden würde, der in den »großen Wind« investieren wollte. Zu viele Gerüchte über das Scheitern der Dreharbeiten kursierten bereits in Hollywood – und Flemings Flucht vom Set trug das ihre dazu bei, den Film als zum Scheitern verurteilt zu betrachten.

»Die Vögel kommen in einer halben Stunde.« Marcella nickte ihm zu. »Ich habe mir erlaubt, Miss Leigh und Mr. Gable ebenfalls für den Zeitpunkt einzubestellen.«

»Danke.« Hoffentlich würde das reichen, um den divenhaften Regisseur wieder an Bord zu holen.

»David, du wolltest uns sehen?« Vivien Leighs Tonfall klang deutlich defensiver als noch vor ein paar Tagen. Sosehr David sich auch ärgerte, dass Fleming einfach so die Dreharbeiten geschmissen hatte, so sehr freute es ihn, welche Auswirkungen die Flucht auf die stets kämpferische, britische Schauspielerin hatte. Auch Clark Gable, der hinter ihr stand, wirkte wie ein Schuljunge in Sorge vor einem Anpfiff.

»Wir brauchen Victor.« David deutete mit der Hand auf die Stühle. »Setzt euch. Ich habe mir etwas überlegt.«

Er ließ sie ein wenig zappeln und hätte gern noch länger gewartet, doch Marcella brachte den Käfig mit den Papageien herein. Sowohl auf Viviens schönem Gesicht als auch auf Clarks männlichen Zügen zeichnete sich deutliches Erstaunen ab.

»Unzertrennliche?«, fragte Vivien schließlich. »Was hast du mit ihnen vor?«

»Wir drei fahren jetzt zu Victor, schenken ihm die *Lovebirds* als Symbol unserer gemeinsamen Ziele und hoffen das Beste.«

David erhob sich. Auch Vivien und Clark standen auf, ohne mit ihm über die Sinnhaftigkeit seines Vorhabens zu diskutieren.

Am nächsten Tag kam David, wie üblich, erst gegen Mittag in sein Büro. Nach dem gestrigen Erfolg mit Fleming hatte er sich das Ausschlafen verdient. Ein Problem gelöst, Dutzende erwarteten ihn, wie er an der Zahl der Notizen sehen konnte, die Marcella während seiner Abwesenheit auf seinen Schreibtisch gelegt hatte. David nahm das erste Blatt in die Hand und verdrehte die Augen. Schon wieder gab es Ärger zwischen dem Kameramann und der Technicolor-Beraterin. Es wurde wohl Zeit, dass er ein Machtwort sprach.

»David?«

Er sah hoch, als seine Sekretärin in sein Büro gestürmt kam. Was war nun schon wieder los? Das Drehbuch würde nie fertig werden, wenn er ständig gestört würde.

»Es tut mir leid.« Marcella lächelte entschuldigend, »aber es ist wichtig.«

»Sag es mir nur, wenn es gute Nachrichten sind.«

»Tut mir leid, damit kann ich nicht dienen. Walter F. White von der NAACP ist am Telefon. Er hat in der letzten Woche schon viermal angerufen.«

»Stell ihn durch.« David seufzte. Er konnte verstehen, dass die NAACP Schwierigkeiten mit dem Roman hatten. Selbst mit viel gutem Willen konnte man nichts anderes sagen, als dass *Vom Winde verweht* vollkommen ignorierte, wie entsetzlich die Sklaverei gewesen war. Deshalb hatte David bereits zugestanden, dass das N-Wort in dem Drehbuch nicht genannt werden durfte. Und dem Ku-Klux-Klan würde er keinen Raum bieten oder ihn gar verherrlichen, so wie der Roman es tat.

Als Mensch jüdischer Herkunft kannte David Diskriminierung nur zu gut und konnte daher die Argumente von Walter White verstehen. Gleichzeitig jedoch war es sein Film, ein Film, in den er sich von niemandem reinreden lassen würde, aber das musste er Mr. White freundlich verkaufen. David seufzte und nahm den Telefonhörer auf, nachdem es geklingelt hatte.

»Selznick. Hallo, Mr. White.«

»Guten Tag, Mr. Selznick. Ich möchte noch einmal darauf bestehen, dass Sie einen unserer Berater hinzuziehen.«

Walter White hielt sich nicht lange mit Vorreden auf. David seufzte innerlich, zählte bis fünf und sagte schließlich: »Mr. White, darüber haben wir hinreichend gesprochen. Ich kenne Ihre Position und habe alle Ihre Punkte berücksichtigt. Mit meinem Namen garantiere ich Ihnen, das Drehbuch wird farbige Menschen nicht in schlechtem Licht zeigen.«

»Aber Ihr Film wird die Sklaverei in rosigem Licht darstellen.«

Es stimmte leider, Sklaverei wurde im Roman romantisiert dargestellt und der Film konnte dies nur begrenzt ändern. Jedenfalls nicht, wenn man auf Werktreue bestand.

Wie bekam er nur diese Kuh vom Eis? Fieberhaft überlegte David, aber ihm wollte keine kluge Lösung einfallen. »Ich habe jeden Hinweis auf den Klan gestrichen«, sagte er schließlich. »Und ich habe die Szene geändert, in der Scarlett angegriffen wird. Nun sind es ein weißer und ein farbiger Mann, die diese Tat begehen.«

»Darüber hatten wir bereits gesprochen«, beharrte der Anführer der NAACP. »Ich habe weiterhin ein mulmiges Gefühl dabei, wenn Sie die Sklaven als glückliche Menschen darstellen, die fröhlich singend auf den Baumwollfeldern schuften.«

»Was kann ich sagen?«, antwortete David. »Der Roman ist von einer Südstaatlerin geschrieben worden, der man ihre Kindheit lang wundersame Märchen aus der guten alten Zeit erzählt hat.«

»Das weiß ich. Aber Sie sollten es besser wissen.«

»Ich verfilme Mrs. Mitchells Roman. Wenn Sie mir eine Geschichte bringen, die die Geschichte aus Ihrer Sicht erzählt, werde ich darüber nachdenken, sie zu verfilmen.«

»Reden Sie sich nicht heraus«, insistierte White. »Sie haben einen Berater für die Historie, Sie haben eine Beraterin für die Südstaaten-Etikette, aber Sie weigern sich, jemanden in unserem Interesse zu engagieren.«

White klang gleichzeitig erschöpft und aufgewühlt. Es fiel David schwer, eine Antwort zu finden, aber schließlich zog er die Notbremse. »Es tut mir leid, aber wir haben diese Diskussion schon oft genug geführt. Ich berufe mich auf die künstlerische Freiheit.«

»Sie möchten nicht, dass wir den Film boykottieren, oder?«

»Selbstverständlich nicht. Geben Sie mir Zeit, den Film zu drehen, und entscheiden Sie erst dann, ob Sie zum Boykott aufrufen wollen.«

»Gut. Ich lege Ihnen trotzdem einen unserer Berater ans Herz.«

»Ich denke darüber nach.«

David legte auf, um sich seinen Tagesaufgaben zu widmen, als Marcella, erneut mit sorgenvoller Miene, hereinkam.

»Es gibt mal wieder Ärger am Set«, informierte sie ihn zähneknirschend.

David stöhnte auf. »Was ist es dieses Mal?«

»Clark will nicht weinen.«

Genau das hatte David befürchtet, als er die Szene geschrieben hatte, aber dennoch musste sie genau so gespielt werden. Also griff er nach den Benzedrine, schluckte zwei Pillen, seufzte und ging zum Set, um den widerwilligen Schauspieler auf die Spur zu bringen.

»Ein Mann weint nicht!« Clark stolzierte auf und ab, das Gesicht rot vor Zorn. »Jedenfalls kein Mann wie ich! Meine Fans werden sich scharenweise von mir abwenden.«

Musste der Star so melodramatisch sein? Hilfesuchend blickte David zu Fleming, aber der Regisseur zuckte nur mit den Schultern. Es war also wieder an David, die verfluchte Chose zu retten.

»Clark, die Szene wirkt stärker, wenn der Held weint.«

»Weder ein Rhett Butler noch ein Clark Gable weint«, beharrte der Schauspieler, stur wie ein kleines Kind. »Ich werde die Filmerei aufgeben – und mit dem hier fange ich an.«

Olivia de Havilland und Vivien Leigh stießen einen Laut des Entsetzens aus, beide Schauspielerinnen sahen David flehend an.

»Das kannst du nicht ernst meinen«, platzte er heraus. »Du hast einen Vertrag unterschrieben.«

»Das ist mir egal.« Nun schob Clark auch noch schmollend die Unterlippe vor.

Sollte David seinen Schwiegervater anrufen, damit der den Star zur Räson brachte? Das war wirklich das Allerletzte, was David wollte. Er holte tief Luft, aber bevor er etwas sagen konnte, meldete sich Fleming zu Wort.

»Pass auf, Clark, alter Kumpel, wir drehen zwei Versionen für die Szene. Einmal mit Tränen, einmal ohne – und du entscheidest, welche es in den Film schafft.«

David konnte den Regisseur nur ungläubig anstarren. Victor Fleming als die Stimme der Vernunft, dass er das noch erleben durfte.

»So, nun verschwinden alle vom Set, die hier nichts zu suchen haben«, fuhr Fleming fort, »und wir beginnen zu drehen.«

Einen Moment sah es aus, als wollte Gable sich weigern, aber dann nickte er.

»David.«

Er schreckte hoch, völlig versunken in den Überarbeitungen des Drehbuchs von *Vom Winde verweht*. Irene stand im Türrahmen, das Licht der Flurlampe verlieh ihr eine Korona und ließ ihr Gesicht im Halbschatten. David blinzelte kurzsichtig, aber er brauchte ihre Miene nicht zu sehen, um zu wissen, was sie dachte. Verstohlen schaute er auf seine Armbanduhr. Oh nein, es war bereits Mitternacht. Dabei hatte er seiner Frau versprochen, heute früher als sonst seine Arbeit zu beenden und mit ihr gemeinsam ins Bett zu gehen.

David vermisste das vertraute Ritual, das sie vor dem Einschlafen geteilt hatten: Sie hatten einander von ihrem jeweiligen Tag erzählt und er hatte Irene um Rat gefragt. Wann und vor allem warum hatte er das nur aufgegeben? Irene war eine kluge Frau, die vieles besser verstand als er, vor allem, wenn es um Menschen ging.

Seitdem er diesen verdammten Roman gekauft hatte, fühlte David sich ständig hin- und hergerissen zwischen den Anforderungen seiner Familie und dem Bedürfnis, aus dem Drehbuch das Beste zu machen, was ihm möglich war. Leider ging das auf Kosten von Ehe und Familie. Eigentlich müsste Irene das verstehen, denn sie kannte es sicher von ihrem Vater. Doch ihr Tonfall hatte anderes gesagt.

»Es tut mir leid, Liebling. Ich hatte gerade eine großartige Idee, über die ich die Zeit vergessen habe.«

»Das habe ich gemerkt. Ich warte seit Stunden auf dich. David, wir müssen reden.«

»Kann das bitte noch eine Stunde warten? Dann bin ich wirklich fertig. Versprochen.«

Kaum waren ihm die Worte entwichen, bemerkte er, wie falsch sie waren. Irene trat näher, so dass er nun ihren Gesichtsausdruck deutlich erkennen konnte. Sie wirkte enttäuscht und zornig, wie so oft in den vergangenen Tagen. Seit er ihren Geburtstag am 2. April vergessen hatte, schien alles verloren.

»Wenn du meinst. Ich gehe jetzt auf jeden Fall ins Bett.« Irene drehte sich um, ohne ihm ein Lächeln zu schenken.

Was hatte das zu bedeuten? Was sollte er nun tun? Wäre es ein Film, hätte David gewusst, wie die Hauptfigur zu handeln hatte. Aber hier, im wahren Leben, stand er den Wünschen und Forderungen seiner Ehefrau hilflos gegenüber. Er brauchte einen Freund, mit dem er über das seltsame Verhalten von Frauen sprechen konnte. In seiner Verzweiflung hatte David schon überlegt, mit Myron zu reden, aber sein Bruder verstand von Frauen noch weniger als er.

David erhob sich bereits halb aus dem Sessel, um Irene nachzugehen, sich zu entschuldigen und mit ihr gemeinsam einzuschlafen. Doch da gab es diese Idee, die ihn nicht loslassen wollte. Er war sich sicher, heute würde er das Problem in den Griff bekommen. Aber da war seine Frau, die seit Beginn der Dreharbeiten unglücklich war und von Tag zu Tag unglücklicher wurde. Als Entschuldigung überschüttete er

Irene mit Geschenken, mit Urlauben und Aufmerksamkeit. Jedenfalls, wenn die Dreharbeiten das zuließen.

David ließ sich wieder in den Sessel sinken und versuchte, sich auf den Text zu konzentrieren. Aber irgendwie kam er nicht mehr so gut voran wie vor dem Intermezzo mit seiner Ehefrau. Ihn beschlich das dumpfe Gefühl, an einem Scheideweg zu stehen. Wenn er jetzt etwas falsch machte, würde er Irene verlieren. Schnell kritzelte er Stichwörter seiner Idee auf einen Block, bevor er aufstand und ins Schlafzimmer eilte.

Irene lag bereits im Bett und atmete gleichmäßig.

»Liebling«, flüsterte er, »Irene?«

Keine Antwort. Unschlüssig trat David von einem Bein aufs andere. Sollte er sich zu ihr ins Bett legen oder zurück in sein Arbeitszimmer gehen? Ach was, Irene bekäme es ohnehin nicht mit, wann er schlafen gegangen war. Auf Zehenspitzen schlich David aus dem Zimmer und kehrte an seinen Schreibtisch zurück. Nach kurzem Ringen fand er den Faden der Idee wieder und schrieb ihn auf. Immer mehr entwirrte er sich vor ihm, so dass er wie besessen arbeitete. Er unterbrach das Schreiben nur, um ein paar Benzedrine einzuwerfen und sich einen Kaffee zu kochen.

Nachdem er seine Arbeit beendet hatte, blickte David auf die Uhr: sechs Uhr morgens. Perfekt! David nahm den Telefonhörer in die Hand, rief im Studio an und orderte einen Boten, der das Ergebnis seiner nächtlichen Arbeit an den Set bringen würde. Heute hatten sie genug Material, um zu drehen. Mehr noch, sehr gutes Material. Da könnte auch Fleming sich nicht beschweren.

Kapitel 26

Hollywood, April 1939

Vivien stand Selznick gegenüber, ihre Ausgabe von *Vom Winde verweht* wie ein Baby in den Armen haltend. Sie stellte sich auf die Zehenspitzen, um dem tobenden Produzenten in die Augen sehen zu können. Mochten auch alle anderen am Set vor Selznick kuschen, sie würde nicht nachgeben. Vivien würde mit aller Macht für die Scarlett O'Hara kämpfen, die sie hatte spielen wollen. Nachdem sie heute wieder mit Fleming in Streit geraten war, hatte der Regisseur den Produzenten dazugeholt, weil er nicht Manns genug war, sich Vivien allein zu stellen.

»Miss Leigh, es ist genug!« David O. Selznick schüttelte den Kopf. »Ja, auch ich wünsche mir eine werkgetreue Adaption des Romans. Aber Sie müssen nun einmal Victor vertrauen, dass er am besten weiß, wie die Geschichte zu erzählen ist.«

»Hier steht es.« Vivien betonte jedes Wort. »Margaret Mitchell hat es genau so geschrieben. Scarlett ist nicht so ein Biest, wie Mister Fleming sie zeichnen will.«

»Bitte, kommen Sie mit.« Selznick ergriff Viviens Ellenbogen und führte sie an den Rand des Sets, außer Hörweite der anderen. Er seufzte. Täuschte sie sich oder war er in den vergangenen Wochen noch hagerer geworden? Seine Augen waren tief eingesunken und die Tränensäcke schienen fast schwarz. Schlief der Mann überhaupt?

»Ich möchte keine Nervensäge sein«, betonte Vivien, »aber ich kann die Scarlett nicht so spielen, wie Mr. Fleming es sich vorstellt.«

»Miss Leigh, uns läuft die Zeit davon, mir geht das Geld aus.« Selznick stieß laut die Luft aus. »Ich kann es mir nicht leisten, wenn Sie ständig mit dem Regisseur diskutieren. Also spielen Sie bitte, was Fleming von Ihnen verlangt.«

Und an wem liegt das wohl?, hätte Vivien den Produzenten am liebsten gefragt. David O. Selznick war doch derjenige, der die Dreharbeiten aufhielt, weil er niemals zufrieden war. Ständig mischte sich der Produzent in die Dreharbeiten ein und schrieb das Drehbuch über Nacht um, so dass sie morgens erst ihre Texte erhielten. Was dazu führte, dass Clark Gable unglaublich lange brauchte, bis er endlich spielen konnte. Denn der hochbezahlte Star hatte Schwierigkeiten, sich den Text zu merken. Sobald Fleming ihn unterbrach, musste die Szene erneut von Beginn an gespielt werden, weil Gable aus dem Konzept gebracht war.

Mit einem anderen Produzenten wäre George Cukor noch an Bord, ja, ohne Selznick wären sie vielleicht schon fertig und Vivien müsste nicht sechs Tage die Woche vierzehn Stunden am Tag arbeiten, nur damit der Film endlich fertig wurde.

»Miss Leigh.« David O. Selznick klang ungeduldig wie ein Rennpferd, das nicht erwarten konnte, bis endlich der Startschuss fiel. »Haben Sie mich verstanden?«

Fieberhaft überlegte Vivien, was sie tun sollte. Sie war bereits mit Fleming zerstritten, sie konnte es sich nicht leisten, auch noch den Produzenten zu verärgern.

»Also gut, ich werde das Buch nicht mehr mit an den Set

bringen«, sagte sie schließlich, »und ich werde tun, was der Regisseur mir vorschlägt.« Dass sie mit dem Regisseur George Cukor meinte, musste sie Selznick ja nicht sagen. Wenn der Produzent nicht bereit war, sich auf ihre Seite zu stellen, musste Vivien eben zu einem Trick greifen.

»Wunderbar, dann kann es ja weitergehen.« Nachdem Vivien nachgegeben hatte, präsentierte sich Selznick wieder als der freundliche Mann, den sie alle schätzten. »Lassen Sie uns eine Friedenszigarette rauchen.«

»Danke«, nahm Vivien sein Angebot an. Ihre Finger aber zitterten, als sie ihr Feuerzeug aufklappte.

Vivien schloss kurz die Augen, um sich zu sammeln. Heute stand eine der wichtigsten Szenen des Films auf dem Drehplan: Scarlett bahnte sich ihren Weg durch die aus Atlanta Flüchtenden, um zu Melanie und deren Neugeborenem zu gelangen. Es würde eine actionreiche Szene werden, ganz so, wie Fleming sie liebte. Und es würde nicht ungefährlich für sie sein, denn Vivien hatte ein Double abgelehnt. Scarlett stand im Mittelpunkt des Geschehens, daher war es für Vivien wichtig gewesen, sie bei der Flucht über die Peachtree Street selbst zu spielen, obwohl Munitionswagen und Menschen über die Straße rasen würden.

Auch wenn Vivien sich nicht für so mutig wie Scarlett hielt, war sie couragiert genug, das wusste sie. Die Stuntleute und ihre Kollegen würden schon aufpassen, dass ihr nichts geschah, und dennoch wurde ihr mulmig, als sie an den Drehort kam und die vielen Menschen und Pferde sah, mit denen sie heute arbeiten musste.

Hufe stampften auf dem Boden, die rote Erde Atlantas wirbelte auf. Menschen eilten hin und her, auf der Suche nach ihrem Platz. Es kam Vivien vor, als hätte die hektische Atmosphäre der Szene bereits jetzt auf die Schauspieler – und schlimmer noch auf die Tiere – übergegriffen. Konnte sie sich wirklich darauf verlassen, den Dreh heil zu überstehen?

Bevor die Zweifel sie übermannten, nickte Vivien Fleming zu, der bereits neben einer der gewaltigen Technicolor-Kameras stand und die Aufnahme überwachen wollte.

Ein Pferdewagen schoss los, direkt in eine Gruppe von Frauen hinein, die panisch auseinandersprang.

»Tschuldigung«, brüllte der Kutscher, »wir sollten nicht mehr so lange warten. Die Pferde werden nervös.«

»Alle auf ihre Plätze«, rief ein Regieassistent, sah noch einmal auf den Plan, winkte zwei Männer ein Stück nach links und dann wurde es ruhig. Nur das Schnauben eines Pferdes durchbrach die erwartungsvolle Stille. Vivien prägte sich ein, wo die Ambulanzen und Feuerwehrwagen standen, denn gleich hätte sie nicht mehr die Zeit, nach den gewaltigen Gespannen Ausschau zu halten. Sie würde sich auf gut Glück ihren Weg zu ihnen bahnen müssen.

»Action!«, brüllte Fleming, und Vivien raste los. Sie hielt den schweren Reifrock mit beiden Händen, während sie verzweifelt nach einer Lücke zwischen den Flüchtenden suchte, durch die sie laufen konnte. Kanonendonner erklang aus der Ferne und sie zuckte zusammen. Die helle Glocke eines Feuerwehrwagens ertönte links von ihr. Männer und Frauen, das Nötigste in Bündeln auf den Rücken geschnürt, schubsten sie rücksichtslos zur Seite. Eine Kanonenkugel schlug neben ihr ein. Obwohl Vivien davon gewusst hatte, schreckte sie zusammen.

Da! Das war ihre Chance. Vivien preschte voran und konnte mit Mühe und Not einem Feuerwehrwagen ausweichen. Es war so knapp, dass sie gar das Weiße im Auge des panischen Pferdes sah. Als Vivien sich umdrehte, erblickte sie einen zweiten Feuerwehrwagen, der geradewegs auf sie zuraste. Sie erstarrte vor Angst. Ein Windstoß bauschte ihren Reifrock, das Pferd scheute. Vivien konnte sich zur Seite werfen, die rote Erde wehte auf und versperrte ihr die Sicht, legte sich beißend in ihre Augen und auf ihr Gesicht. Hastig wischte sie sich mit dem Ärmel ihres Kleides über das Gesicht.

Weiter. Nur weiter. Sie war jetzt Scarlett, die zurück zu Tante Pittypats Haus musste, um Melanie zu retten. Ein Mann stieß gegen sie, rammte ihr seinen Ellenbogen in die Seite, murmelte »Entschuldigung« und hastete weiter. Vivien nutzte ihre eigenen Ellenbogen, um sich an den Komparsen vorbeizuschieben, die die Straße verstopften. Aus dem Augenwinkel prüfte sie, ob die Kameras ihr folgten.

Menschen schrien die Namen ihrer Liebsten oder stießen panische Schreie aus. Vivien rümpfte die Nase, als der Schweißgestank eines Komparsen sie traf. Manchmal übertrieb der Produzent es mit der Authentizität. Wo war sie nur mit ihren Gedanken? Ihr Blick erspähte eine weitere Lücke in der Menschenmenge und sie warf sich hinein, drängte sich rücksichtslos hindurch.

Endlich, endlich hatte sie die Peachtree Street überquert, ohne unter einen Munitionswagen oder eine Ambulanz zu geraten.

»Und ... cut!«, brüllte Victor Fleming.

Nun, da ihre Arbeit erledigt war, gaben Viviens Beine unter ihr nach. Plötzlich sah sie wieder das Pferd vor sich, das sich vor ihr aufbäumte und sie beinahe unter sich begraben hätte. Ihr Herz schlug so schnell, dass sie fürchtete, es würde bersten. Angst überflutete sie und ließ sie schnappend nach Luft ringen.

Himmel! Kein Film der Welt war es wert, dass sie ihr Leben riskierte. Vivien hob ihre Hände, die unkontrolliert zitterten, vor die Augen.

»Larry! Holt mir Larry«, stieß sie unter Tränen hervor, am ganzen Körper bebend. »Bitte, wo ist Larry?«

»Holt Selznick!«, rief Fleming, dem es sichtlich peinlich war, sie in Tränen aufgelöst zu sehen. Aber das war Vivien vollkommen gleichgültig. Sie wollte nur noch eines: weg von diesem furchtbaren Film.

Mit aller Kraft umklammerte Vivien den Telefonhörer. Sie hatte sich setzen müssen, weil ihre Beine sie nicht mehr tragen wollten. Die Verzweiflung drohte sie zu ertränken.

»Bitte«, flehte Vivien. »Bitte, es handelt sich nur um eine Stunde. Höchstens. Bitte.«

Obwohl sie schluchzte, ließ sich Selznick nicht erweichen. Er bestand darauf, dass sie pünktlich zu Drehbeginn am Set erschien. Dabei war er es gewesen, der Larry angerufen und nach Los Angeles beordert hatte, nachdem Vivien am Set zusammengebrochen war. Der gute Larry war stundenlang unterwegs gewesen, nur um wenige Stunden mit ihr zu verbringen und sie zu trösten. Die Zeit verflog und nun musste ihr Liebster aufbrechen, damit er seinen Flug zurück nach New York erwischte. Er stand bereits an der Tür und sah sie sorgenvoll an.

»Tut mir leid, Miss Leigh. Wir haben schon viel Geld mit

dem Film verloren. Wir brauchen Sie hier.« Ohne einen Abschiedsgruß legte Selznick auf. Vivien war so verdattert, dass sie wie erstarrt war und darauf wartete, dass er sich anders besann.

»Ich muss los, Viv«, flüsterte Larry, seine Stimme klang rau, als könnte er nur mühsam die Tränen zurückhalten. »Es ist nicht so schlimm, wenn du mich nicht zum Flughafen begleitest.«

»Doch, das ist es!« Warum nur ließ sie ihren Zorn an dem Menschen aus, der ihr am meisten bedeutete? Dieser furchtbare Film ging ihr zu sehr unter die Haut. Was würde Selznick wohl tun, wenn sie entgegen seiner Anweisung Larry begleitete und erst später am Set erschien? Obwohl die Versuchung groß war, wusste Vivien, sie würde ihr nicht nachgeben. So ein Verhalten widerspräche ihrem Kodex und dem Pakt, den Larry und sie geschlossen hatten. Außerdem erinnerte sie sich nur allzu gut an die Drohungen, die Myron Selznick ausgestoßen hatte, als Vivien über einen Streik nachgedacht hatte. Diese verfluchten Selznicks! Wie hatte sie nur auf sie hereinfallen können!

»Vivling, das Taxi wartet«, sagte Larry sanft.

»Es tut mir so leid, Larry-Boy.« Sie schluchzte auf. »Ich will nicht, dass du fährst und mich verheult in Erinnerung behältst.«

Er zog sie in einen langen Kuss, bevor er die Tür öffnete.

»Selbst mit rotgeweinten Augen bist du die schönste Frau der Welt.« Sanft schob er sie tiefer in den Flur. »Bleib bitte hier. Wenn du mich bis zum Taxi begleitest, werde ich nicht fahren können.«

Sie fühlte sich versucht, ihn zu begleiten, aber das wäre unfair gewesen.

»Ich liebe dich«, flüsterte sie. »Ich kann ohne dich nicht sein.«

»Ich liebe dich auch. Heute Abend um halb zwölf?«

Sie konnte nur nicken. Durch die viele Zeit, die sie am Set von *Vom Winde verweht* verbrachte, hatte es sich eingespielt, dass sie jede Nacht um halb zwölf miteinander telefonierten. Diese gemeinsame Zeit ließ sie sich nicht nehmen – was jeder am Drehort akzeptierte, sogar Victor Fleming.

Die Tür schlug hinter Larry zu und sie fühlte sich, als würde er ihr Herz mit sich nehmen. Schluchzend sank sie zu Boden, ihre Schultern bebten, ihr ganzer Körper gab sich der Trauer hin. *Ich muss ihn aufhalten!* Sofort sprang sie auf und rannte zur Tür, die sie schwungvoll aufriss. Doch zu spät – das Taxi, und mit ihm Larry, war bereits weg.

Vivien hatte gedacht, sie besäße keine Tränen mehr, doch ein Schluchzen durchschüttelte sie. Sie weinte so sehr, dass sie Schluckauf bekam. Trotz ihrer unendlichen Traurigkeit überkam sie Genugtuung: Das geschah Selznick ganz recht. Zwar würde sie pünktlich am Set erscheinen, aber selbst die begnadetste Maskenbildnerin würde ihre rotgeweinten Augen nicht wegschminken können.

Doch als sie schließlich vor dem Drehplan stand, musste sie zu ihrer Überraschung feststellen, dass sie heute die Witwenszene spielen sollte. Die Szene, in der Scarlett bitterlich weint, weil sie das hässliche Schwarz tragen muss, nachdem ihr erster Ehemann gestorben ist. Obwohl ihr der Gedanke weit hergeholt erschien, kam Vivien nicht umhin zu glauben, dass Selznick das geplant hatte. Er musste wissen, wie sehr sie unter der Trennung von Larry litt und wie tief es sie verletzte, ihren Liebsten nicht zum Flughafen begleiten zu können. Nein, so perfide war selbst David O. Selznick nicht! Oder doch?

Kapitel 27

Hollywood, April 1939

David setzte die Brille ab, um sich mit Daumen und Zeigefinger die schmerzenden Augen zu reiben. Dann richtete er seinen Blick wieder auf die Leinwand, über die die Muster des heutigen Tages flimmerten. Das Surren des Projektors war das einzige Geräusch, das die Stille durchbrach, nachdem die Leinwand dunkel wurde.

»Wie findest du sie?« David hielt den Atem an, während er auf Irenes Urteil wartete. Auch wenn es ihm schwerfiel, sich das einzugestehen, er war einfach nicht mehr in der Lage, den Film selbst einzuschätzen. Entweder hielt er den »großen Wind« für ein Meisterwerk, einen Meilenstein der Filmgeschichte, oder aber für ein übles Machwerk, das an den Kinokassen untergehen würde.

Heute war wieder ein Tag des Machwerks. Das Setting sah künstlich aus, die Farben wirkten viel zu blass oder unnatürlich, die Kostüme machten den Eindruck, sie wären neu und passten den Schauspielern nicht. Vor allem an seinem Star Clark Gable hing die Kleidung und warf Falten.

Als wäre das nicht bereits schlimm genug, sprach nur eine der Hauptdarsteller einen zufriedenstellenden Südstaatenakzent: die Britin Vivien Leigh. Leslie Howard demonstrierte wieder einmal sein Desinteresse, indem er ständig das *Southern* vergaß, während Clark einfach nicht in der Lage war, den Akzent konsequent beizubehalten. *Vom Winde verweht* würde David und seinem Studio das Genick brechen – nun war er sich sicher. Dass Irene schwieg, machte ihn ganz kribbelig.

»Vivien Leigh ist einfach großartig. Ich kann mir keine andere Schauspielerin als Scarlett vorstellen«, konstatierte seine Frau schließlich. »Clark spielt Clark, so wie immer, aber als Rhett passt er perfekt.«

»Die Farben. Was denkst du über die Farben?«

Irene strich sich eine Strähne ihres dunklen Haars hinter das Ohr, zündete sich dann eine Zigarette an und stieß den Rauch aus. »Ich muss mich erst daran gewöhnen, aber sie sind stark.«

Erleichtert atmete David auf. Er hatte nicht einmal bemerkt, dass er den Atem angehalten hatte. Langsam, aber sicher wurde es Zeit, die Dreharbeiten zu beenden. Keiner seiner Filme bisher hatte so an Davids Nerven gezerrt wie dieser. Dass *Jezebel* für den besten Film nominiert gewesen war und Bette Davis den Oscar gewonnen hatte, hatte den Druck auf David noch gesteigert.

»Ich habe mir überlegt, *Vom Winde verweht* benötigt mehr Drama, mehr Massenszenen.« David sah Irene fragend an. »Leslie Howard ist ein begnadeter Reiter. Ich denke daran, ihn bei der Schlacht von Gettysburg zu zeigen.«

»David!«

»Hältst du es für übertrieben?« Warum sagte sie nichts außer seinem Namen? Sie musste doch wissen, wie sehr er von ihrer Meinung abhängig war. »Ich habe bisher nur eine Panorama-Szene geplant, die mit den Verwundeten in Atlanta – und das ist nicht sehr heldenhaft.«

»Ach, Darling.« Irenes Stimme klang wie ein Seufzen. »Das Besondere an dem Roman ist doch, dass er den Krieg aus der Sicht der Zuhausegebliebenen zeigt.«

Was meinte sie damit? Er überlegte und grübelte, bis ihm langsam dämmerte, was seine Frau ihm sagen wollte. »Du meinst, es ist ein Roman über den Krieg, ohne die üblichen Kriegsszenen.«

»Genau, und deshalb ist er so viel eindrücklicher. Eben weil er zeigt, was ein Krieg Menschen antut und was Menschen *einander* antun, um zu überleben.«

»Kein Gettysburg?« Es fiel David immer schwer, sich von seinen Ideen zu trennen. »Vielleicht die Ermordung Lincolns?«

»David!« Erneut nur dieses eine mahnende Wort, in einem Tonfall, der mehr aussagte als ein ganzer Satz.

»Du hast ja recht. Wenn ich dich nicht hätte. Irene, ich liebe dich.« Er beugte sich vor, um sie zu küssen, doch sie drehte den Kopf zur Seite. »Ich verspreche dir, es wird bald besser werden.«

»Ach, David, versprich nichts, was du nicht halten kannst.« Sie erhob sich und verließ den Vorführraum. An der Tür blieb sie stehen. »Vergiss nicht wieder, den Jungen Gute Nacht zu sagen.«

»Versprochen. Es tut mir leid.«

Sie nickte nur und drehte sich um. Er blickte ihr nach, der schönen Frau, die ihm manchmal wie eine Fremde vorkam. Auf keinen Fall durfte seine Ehe der Preis sein, den er für den »großen Wind« zahlen musste. *Mehr Zeit mit Irene und den Kindern verbringen*, machte er sich eine gedankliche Notiz, obwohl er ahnte, dass es ein frommer Wunsch bleiben würde.

Zuerst musste er dafür sorgen, dass die zweite Hälfte des

Drehbuchs fertiggestellt wurde. Ben Hecht weigerte sich weiterhin vehement, erneut eine Woche mit Victor und David zu verbringen. Wer also könnte David dabei unterstützen, dem Skript den letzten Schliff zu verpassen? Inzwischen hatte er nahezu die gesamte Riege der guten Drehbuchautoren verschlissen und feststellen müssen, wie wenige von ihnen seinen Ansprüchen genügten.

Immer wieder stieß er also auf einen Namen, aber noch weigerte sich David, sich erneut an Sidney Howard zu wenden. Die Zusammenarbeit mit ihm war schwierig gewesen: Howard hatte sich geweigert, vor Ort mit David zu arbeiten, und sicher war das eine der Ursachen, warum das Skript eher ein Treatment geworden war als ein fertiges Drehbuch. Andererseits hatten sowohl George Cukor als auch Victor Fleming und sogar Ben Hecht Howards Entwurf als den besten bezeichnet. So schwer es David auch fiel, er würde wohl in den sauren Apfel beißen und Howard erneut engagieren müssen. Aber nur unter der Bedingung, dass er diesmal nach Hollywood kam!

———◆———

Nicht schlecht, nicht schlecht, dachte David, nachdem er den ersten Entwurf von Howard gelesen hatte. Selbstverständlich gab es an einigen Stellen Nachbesserungsbedarf, aber das würde David gewiss schaffen. Er stöhnte, bevor er sich erhob, um ins Büro zu gehen, das er Howard zur Verfügung gestellt hatte.

Für eine Woche hatte sich der Autor breitschlagen lassen, nach Culver City zu kommen. Was diese Schreiberlinge nur immer mit der einen Woche hatten? Hielten sie sich für Gott, der die Welt in sieben Tagen erschaffen hatte?

»Sidney, das ist schon ein schöner Anfang, aber ...«

»Woher wusste ich nur, dass du das sagen würdest?« Howard sah auf. »Du weißt schon, dass alles vor dem Aber keine Bedeutung hat?«

Mit solchen Spitzfindigkeiten brauchte er David nicht zu kommen. Man wurde kein erfolgreicher Hollywood-Produzent, wenn man sich durch Ironie oder Sarkasmus einschüchtern ließ.

»Dein Skript gefällt mir wirklich, nur die Hochzeitsszene müssen wir überarbeiten.«

Der Autor bemühte sich nicht einmal, seine Gesichtszüge unter Kontrolle zu halten. Er betrachtete David mit einer Mischung aus Gleichmut und Verzweiflung.

»Was stellst du dir vor?«

»Wir brauchen etwas Großes. Scarlett spannt ihrer Schwester den Verlobten aus. Die Bedeutung müssen wir herausstreichen, durch eine bombastische Hochzeit in der Kirche.«

Schweigen antwortete ihm. David konnte sehen, wie Sidney Howard sich sammelte und nach den passenden Worten suchte.

»Du weißt schon, dass dieser Teil des Romans in der *Reconstruction* spielt?« Sidneys Gesicht war völlig ausdruckslos. »Scarlett musste sich ein Kleid aus einem Vorhang schneidern, weil sie kein Geld hatte. Niemand hat damals groß gefeiert.«

Verflucht! Warum nur meinte jeder, er wäre ein Historiker und verantwortlich für die Authentizität des Films? Ein Autor wie Howard sollte doch begreifen, dass es auf die Wirkung ankam, hinter der die historische Wahrheit auch mal zurückstehen musste. Voller Grauen erinnerte David sich an die endlosen Diskussionen mit Wilbur Kurtz und Susan Myrick darüber, dass Häuser in den Südstaaten keine runden Säulen hätten.

»Grundsätzlich hast du recht, aber ...«

»Sprich mit Wilbur Kurtz, wenn du mir nicht glaubst«, unterbrach ihn Howard rüde. »Er ist der Bürgerkriegsexperte und wird dir höchstwahrscheinlich das Gleiche sagen wie ich.«

»Ich denke darüber nach.« David hasste es, wenn er sich einem Autor geschlagen geben musste. Na ja, ihm blieb ja noch die Möglichkeit, den Text zu ändern, sobald Howard an die Ostküste zurückgekehrt war. Langsam schöpfte er Hoffnung, dass sie den »großen Wind« doch noch fertiggestellt bekämen.

Zurück in seinem Büro, feuerte David eine Salve von Memos an das Team ab: Bill Menzies schrieb er, dass die Kostüme dringend alt und getragen wirken sollten. Ray Klune forderte er auf, sich Gedanken über die Massenszene der Toten und Verwundeten in Atlanta zu machen. Wilbur Kurtz bat er um eine kurze Einschätzung der Möglichkeit einer großen Hochzeit. Nachdem er die Schreiben verfasst hatte, übergab er sie den Büroboten, die sie an die Adressaten verteilen würden. Dann steckte er sich eine Zigarette an und lehnte sich in seinem Stuhl zurück.

Falls Victor Fleming, der in den letzten Tagen immer blasser und erschöpfter ausgesehen hatte, bis zum Ende der Dreharbeiten durchhielt, würde Selznick International Pictures ein einzigartiger, ach was, ein großartiger Film gelingen. Ein Film, der seinen Vater stolz gemacht hätte. *Vom Winde verweht* könnte David in den Olymp Hollywoods befördern – und das setzte nun mal voraus, dass er sich höchstpersönlich um alles kümmerte. Heute Abend würde er mit Irene darüber sprechen müssen.

Doch erst einmal musste er seine Post erledigen. Heute war endlich die Antwort von Margaret Mitchell auf seine Frage, wie man Mammys Kopftuch binden sollte, eingetroffen. Wilbur Kurtz und selbst Susan Myrick hatten keine Antwort darauf gewusst. Auch wenn die Autorin drakonisch erklärt hatte, nichts mehr mit ihm zu tun haben zu wollen, war sie seine letzte Hoffnung gewesen. Glücklicherweise war sie zu höflich, um seine Anfrage zu ignorieren. Gespannt öffnete er das Schreiben.

Ich habe keine Vorstellung und werde mir bestimmt wegen des Kopftuchs nicht den Kopf zerbrechen.

Das durfte doch nicht wahr sein!

Er hatte höchstens drei Stunden geschlafen. David gähnte und suchte die Schachtel Benzedrine, damit er den heutigen Tag überstehen würde. Gestern Abend hatte er sich mit Irene erneut einige Muster angesehen, die wirklich nicht gelungen waren. Als wäre das nicht schlimm genug, kam es zu einem schlimmen Streit mit seiner Frau, nachdem er ihr erklärt hatte, zukünftig noch mehr Zeit mit *Vom Winde verweht* zu verbringen. Folglich hatte er die Nacht in seinem Zimmer verbracht und sich von einer Seite auf die andere geworfen, während seine Gedanken um die Dreharbeiten kreisten. Es musste sein, heute musste David mit Victor Fleming in den Ring treten, damit der Regisseur bessere Arbeit ablieferte.

Als er in die Küche trat, um sich einen Kaffee und eine Banane zum Frühstück zu holen, hoffte er, Irene dort anzutreffen. Aber sie schien noch zu schlafen oder sie ging ihm aus dem Weg. *Marcella darum bitten, ein Geschenk für Irene zu kaufen*, machte David sich eine gedankliche Notiz, bevor er das Haus verließ.

Als er am Set ankam, waren die Dreharbeiten bereits im Gange, was ihn beruhigte. Allerdings nur, bis er sich in die Reihe der Zuschauer stellte und beobachtete, wie Fleming Vivien Leigh und Clark Gable dirigierte. Nein! So ging das nicht.

»Victor. Kann ich dich unter vier Augen sprechen?«, unterbrach David die Dreharbeiten, was ihm einen funkelnden Blick aus Vivien Leighs grünblauen Augen eintrug. »Es dauert nur einen Moment.«

»Pause für alle«, rief Victor. Seine Stimme klang müde, sein langer Körper wirkte, als würde er im nächsten Moment vornüberfallen. »Was ist, David?«

»Nicht hier.« David führte den Regisseur außer Hörweite der Schauspieler und Techniker. »Ich habe mir gestern Abend die Muster angeschaut. Du kannst das besser.«

»Was soll das heißen?«

»Ich habe mir *Der große Walzer* angesehen.« Dachte Fleming etwa, David hätte sich nicht intensiv mit seiner vorherigen Arbeit beschäftigt? »Warum bekommst du für MGM so großartige Bilder hin und für meinen Film nicht?«

Victor starrte ihn nur an, ein Muskel in seinem linken Augenlid zuckte nervös. Hoffentlich bekam er nicht wieder eine Augenblutung.

»Es liegt am Technicolor«, sagte der Regisseur schließlich. »*Der große Walzer* war ein Schwarz-Weiß-Film.«

»Blödsinn! Ich bin der Produzent und weiß daher, dass es nicht an den Kameras liegt.«

»Da hast du verdammt recht!« Flemings Stimme überschlug sich. Er ballte die Hände zu Fäusten und sah dermaßen bedrohlich aus, dass David zwei Schritte zurücktrat. »Es liegt an dir. Man kann es dir einfach nicht recht machen. Da kannst du hier fragen, wen du willst.«

»Reg dich nicht auf«, versuchte David, ihn zu beschwichtigen, aber das schien die falsche Strategie zu sein, denn der Muskel an Flemings Augenlid zuckte nur noch stärker. »Wir finden schon eine Lösung.«

»Du vielleicht!« Fleming brüllte noch lauter, so dass Schauspieler und Crew sich ihnen zuwandten. »Ich stürze mich jetzt mit meinem Wagen von einer Klippe.«

Er drehte sich um und marschierte davon. Als er an Vivien Leigh vorbeikam, zischte er ihr zu: »Hoffentlich sind Sie jetzt zufrieden, Sie britisches Biest!«

»Victor! Warte!«, rief David, doch zu spät. Der Regisseur saß bereits in seinem Auto und fuhr mit röhrendem Motor und quietschenden Reifen davon.

David musste nur einen Moment überlegen. »Bill, übernimmst du bitte?«

Noch ehe jemand etwas zu ihm sagen konnte, stolzierte David in sein Büro, um sich der Frage zu widmen, wer die Regie übernehmen könnte, sollte Victor länger ausfallen. Dass der Regisseur sich wahrhaftig von einer Klippe stürzen würde, daran glaubte David aber nicht.

»Marcella, rufst du bitte bei MGM an, wer gerade frei ist?« Ganz bestimmt wusste seine Sekretärin bereits von dem Eklat, Gerüchte flogen tief am Set. »Bitte sorge für einen Regisseur, der leichter zu handhaben ist.«

Kapitel 28

Los Angeles, Mai 1939

Am nächsten Tag saß Vivien in ihrer Garderobe, rauchte die fünfte Zigarette des Morgens und fragte sich, wie diese Krise wohl ausgehen würde. Inzwischen zweifelte sie, dass dieser Film je enden würde. Obwohl Flemings Flucht vom Set wieder eine Verzögerung der Dreharbeiten und damit eine weiter andauernde Trennung von Larry bedeutete, war es Vivien eine Genugtuung, dass dieses Mal Selznick die Schuld daran trug, dass der Regisseur vom Set gestürmt war. Sie nahm es Fleming nicht krumm, dass er sie beschimpft hatte, aber sie sorgte sich, ob er seine Drohung, sich von einer Klippe zu stürzen, ernst meinte. Ja, auch sie kannte Agonie und Verzweiflung an diesem Filmset, aber niemals wäre sie auf eine solch drastische Idee gekommen. Aber auf sie wartete am Ende des Tunnels ja auch Larry. Ob der arme Victor Fleming jemanden in seinem Leben hatte, der ihm so viel bedeutete?

»Hast du kurz Zeit?« Olivia steckte den Kopf zur Tür der Garderobe herein, auf ihrem schönen Gesicht ein verschmitztes Lächeln. »Ich habe Neuigkeiten.«

»Komm rein. Möchtest du einen Kaffee?«

»Danke.« Olivia schüttelte den Kopf. »Selznick kauft Sam Wood ein.«

»Wen?« Vivien konnte sich nicht erinnern, den Namen bereits gehört zu haben.

»Er hat gerade *Auf Wiedersehen, Mr. Chips* in England abgedreht.« Woher Olivia nur immer so gut Bescheid wusste? »Du kennst bestimmt *Das große Rennen* mit den Marx Brothers. Da hat Sam auch Regie geführt.«

»Fuck!«, entfuhr es Vivien unwillkürlich. »George wollte aus *Vom Winde verweht* einen künstlerischen Film machen, Fleming ein Melodram – und jetzt soll es eine Komödie werden?«

»Keine Sorge. Sam hat danach ein Melodram gedreht und ist schon häufig bei Krisen eingesprungen.«

»Was für einen Stil hat er? Hast du schon mit ihm gedreht?«

»Noch nicht. Aber ich habe gehört, er ist ein guter Handwerker.«

»Und das bedeutet?« Inzwischen hatte Vivien gelernt, dass man in Hollywood stärker darauf achten musste, was *nicht* gesagt wurde, als auf das, was ausgesprochen wurde. »Worauf müssen wir uns einstellen?«

Olivia lachte leise. »Darauf, dass David O. Selznick jetzt Regie führen wird. Sam Wood hat keine eigene Bildsprache und wird tun, was David ihm sagt.«

»Na, das hat sich Selznick doch immer gewünscht.«

»Ich muss in die Maske.« Olivia stand auf. »Wir bekommen das hin, schließlich kennen wir beide unsere Figuren in- und auswendig. Dank George.«

Sie zwinkerte Vivien zum Abschied zu, die vollkommen erstaunt war, dass Olivia von Viviens Treffen mit George wusste. Wieder einmal hatte sie ihre Kollegin unterschätzt. Aber das war jetzt nicht von Bedeutung, wichtig war es, dem neuen

Regisseur von Anfang an klarzumachen, wo ihre Grenzen lagen. Wie konnte sie das nur sicherstellen?

»Möchtest du noch ein Sandwich, David?« Vivien legte ihren gesammelten Charme in ihre Stimme, als sie dem Produzenten noch etwas zu essen anbot. »Oder lieber Obst?«

Olivia schlug den Blick zu Boden, aber ihre Schultern bebten vor unterdrücktem Lachen. Im Unterschied zu David hatte sie Viviens Strategie durchschaut, aber spielte mit.

»Danke, ich bin satt.« Selznick legte bestätigend seine Hand auf den Bauch. »Wenn ich noch mehr esse, schlafe ich gleich ein.«

»Das wäre unglücklich für den Film«, hauchte Vivien, klimperte mit ihren Wimpern und lachte perlend. »Eine Zigarette?«

»Da sag ich nicht Nein.«

»Boss, wir wollen beginnen.« Eric Stacey, der Regieassistent, kam zum dritten Mal in ihre Garderobe. »Sam Wood möchte loslegen.«

»Gleich, gleich«, wehrte Selznick ab. »Ein bisschen kann er sich noch gedulden. Was hast du gerade über Lilian Baylis erzählt, Vivien?«

Wie die meisten Amerikaner war Selznick ein Anhänger der britischen Monarchie und bewunderte Shakespeare. Daher konnte Vivien ihn mit Anekdoten über die Chefin des Old Vic begeistern.

»Hat sie das wirklich zur Königin gesagt?«, fragte Olivia und zwinkerte Vivien zu. »Das kann ich nicht glauben.«

»Oh doch, es ist verbürgt, dass Lilian auf ein Gemälde von

König George deutete und sagte: ›Hier, sehen Sie, Ihre Majestät, wir haben ein Porträt Ihres Mannes hier hängen. Es ist kleiner als das von Tante Emmie. Aber meine Tante hat auch mehr für das Old Vic getan als Ihr Mann.‹«

»Das muss ja eine Marke sein.« Selznick schüttelte den Kopf und war so gefangen von Viviens Anekdoten, dass er den neuen Regisseur weiter warten ließ. Genau das hatte sie mit ihrer Einladung zum Lunch beabsichtigt. Sie war zu erschöpft, um erneut einen Kampf wie gegen Fleming führen zu können. »Ich würde sie gern kennenlernen.«

»Oh, wenn *Vom Winde verweht* fertiggestellt ist, kommst du mit nach London und ich stelle dir Lilian und alle anderen vor.«

Täuschte sie sich oder lief Selznick gerade rot an? Manchmal kam er Vivien vor wie ein kleiner Junge, der beim Griff in die Keksdose ertappt worden war. Obwohl es Tage gab, an denen sie ihn lauthals verfluchte, konnte sie ihm auf Dauer nicht böse sein.

»Noch eine Zigarette?« Nachdem sie geraucht hatten, blickte Vivien auf ihre Armbanduhr und gab vor, erschrocken zu sein. »Himmel, ist es schon spät! Olivia und ich müssten schon längst am Set sein.«

»Wirklich?« Auch David schaute auf sein Handgelenk und sprang auf. »Dann an die Arbeit, meine Damen. Ich sage Sam, dass ihr gleich bereit seid.«

Nachdem er die Tür hinter sich geschlossen hatte, sah Olivia sie an. »Geschickte Strategie. Du hast meine Bewunderung.«

»Danke.« Vivien hob die Hände. »Zu meiner Verteidigung: Ich bin auf die Szene gut vorbereitet.«

»Das will ich dich schon die ganze Zeit fragen.« Olivia musterte sie prüfend. »Wie kannst du so schnell deine Zeilen lernen? Selbst wenn wir die Texte von Selznick mitten in der Nacht erhalten, kennst du morgens jedes Wort. Bist du eine Zauberin?«

»Gedächtnis-Kim«, antwortete Vivien mit einem Lächeln. Sie ahnte, dass das Wort ihrer Kollegin nicht viel sagen würde.

»Ist das eine Memorytechnik?«

»Hast Du deinen Kipling nicht gelesen?«

»Ich habe das *Dschungelbuch* mal angefangen, aber das war nichts für mich.«

»Kim ist ein Waisenjunge in Indien, der zu einem britischen Spion ausgebildet wird.« Manchmal verspürte sie selbst nach den vielen Jahren noch Heimweh nach Indien und vermisste ihr Geburtsland so sehr, dass es schmerzte. »Im Roman zeigt man ihm ein Tablett mit Juwelen. Nach kurzer Zeit bedeckt man die Edelsteine mit einem Tuch und Kim soll sie aufzählen.«

»Und was hat das mit dir zu tun?«

»Meine Mutter hat das immer mit mir gespielt und daher habe ich wohl ein perfektes Gedächtnis entwickelt.«

»Ich sehe schon, ich werde mir den Roman kaufen müssen.«

»Miss Leigh, Miss de Havilland, bitte.« Eric Stacey rang die Hände. »Wir warten seit drei Stunden.«

Sam Wood war nur eine winzige Verbesserung gegenüber Victor Fleming. Der neue Regisseur war ein mürrischer Typ und hatte noch weniger eigene Ideen als Fleming, wie er *Vom*

Winde verweht drehen und wie sie Scarlett spielen sollte. Aber Olivia sollte recht behalten. Trotz aller Querelen während der Dreharbeiten beherrschten die Schauspieler ihre Rollen und waren nicht darauf angewiesen, Hilfestellung vom Regisseur zu bekommen. Nach einem etwas holprigen Start und einigen Irritationen hatten sie sich aufeinander eingespielt und die Dreharbeiten kamen so gut voran, wie das unter David O. Selznick möglich war. Denn noch immer musste man damit rechnen, dass der Drehplan von einem Tag auf den anderen umgeworfen wurde und Szenen ein drittes oder viertes oder sogar fünftes Mal gedreht wurden.

Manchmal fürchtete Vivien, sie würde auch die Jahre 1940 und 1941 noch am Set von *Vom Winde verweht* verbringen. Während Larry in New York von weiblichen Fans umlagert wurde, die ihn in *Stürmische Höhen* gesehen hatten. Ja, sie vertraute ihm und seiner Liebe, aber gleichzeitig fühlte sie sich selbst so einsam, dass sie es verstehen könnte, sollte er der Versuchung nachgeben. Mit jedem Tag, den sie von ihm getrennt war, fühlte sie sich zerfaserter. Es kam ihr vor, als würde sie verschwinden. Inzwischen rauchte sie vier Schachteln *Player's* am Tag und drohte ihren ohnehin geringen Appetit zu verlieren.

Vorhin hatte sie in der Maske in den Spiegel geblickt und sich erschrocken. Obwohl erst fünf Monate seit Beginn der Dreharbeiten vergangen waren, sah sie mindestens fünf Jahre älter aus. Niemand würde ihr die sechzehnjährige Scarlett abnehmen, sollte ein Nachdreh dieser Szenen nötig sein.

Als wäre ihr Leben nicht bereits unglücklich genug, gelang es Selznick auch noch, Fleming zurück an Bord zu holen. Daher konnte es passieren, dass sie morgens mit Wood drehte und nachmittags mit Fleming. Ohne die gute Kenntnis des Romans und Georges Hilfe wäre Vivien verzweifelt, da war sie sich sicher.

Endlich, ein Brief von Larry. Leider musste sie an den Set und konnte sich daher nicht gleich dem Schreiben widmen. Dabei hätte sie den Umschlag am liebsten sofort aufgerissen, um jedes Wort zu verschlingen, aber da sie Larry kannte, schien es ihr ein wenig riskant. Falls einer ihrer prüden amerikanischen Kollegen Larrys leidenschaftliche Worte in die Hand bekäme, wären sie völlig schockiert. Trotzdem steckte sie den Brief in ihre Handtasche. Sie würde ihn sich aufsparen, für ein paar gestohlene freie Minuten, und in dem Wissen, dass Larrys Schreiben auf sie wartete, wäre der Drehtag heute sicher leichter.

»Was ist mit Ihnen los, Miss Leigh?«, blaffte Fleming sie an. »So unkonzentriert habe ich Sie selten erlebt. Geben Sie sich etwas mehr Mühe.«

»Entschuldigung.« Vivien musste ihr Lächeln unterdrücken. »Ich war in Gedanken.«

»Meinetwegen, aber jetzt konzentrieren Sie sich wieder auf uns. Denken können Sie in Ihrer Freizeit.«

Sie nickte, holte zweimal tief Luft und nahm sich wieder voll und ganz der Sache an, in die Haut einer jungen Südstaatenschönheit zu schlüpfen, die sich um den Mann sorgte, den sie liebte. Den sie mit jeder Faser ihres Herzens vermisste. Das war etwas, das Vivien nur zu gut verstand, ging es ihr doch im Moment genauso wie Scarlett O'Hara.

In einer kurzen Drehpause hielt sie das Warten nicht mehr aus. Eilig überflog sie Larrys Zeilen, Glück überflutete ihr Herz.

> *Ich werde* No Time For Comedy *aufgeben, sobald du* Vom Winde verweht *abgedreht hast, damit wir beide wieder zusammen sein können.*

Wieder und wieder las sie die Worte und fühlte sich so glücklich, dass sie vor Freude hätte tanzen können. Larry und sie wieder vereint. Egal, was es sie kostete, Vivien würde alles tun, um *Vom Winde verweht* so schnell wie möglich über die Bühne zu bringen.

Doch sie konnte sich nicht lange erfreuen, denn die hoch gewachsene Silhouette von David O. Selznick kam auf sie zu.

»Vivien?« Nach ewigem Hin und Her waren Selznick und sie zur persönlicheren Anrede übergegangen. »Du wolltest mich sprechen?«

»Es geht um den morgigen Dreh.«

»Tut mir leid. Für das Wetter kann ich nichts.« In einer komischen Geste der Verzweiflung hob er die Hände.

Das war nur halb wahr, denn es war Davids Idee gewesen, am Lasky Mesa im San Fernando Valley zu drehen. Er wollte Scarlett vor einem klaren Morgenhimmel zeigen. Lasky Mesa wäre dafür ideal, wenn nicht immer die Morgennebel vom Pazifik aufzögen und den Himmel trübten. Inzwischen hatten sie fünf Fehlversuche hinter sich gebracht, was bedeutet hatte, morgens um drei Uhr in die Mesa zu fahren.

»Das ist es nicht. Früh aufzustehen macht mir nichts aus.« Vivien suchte nach einer freundlichen Formulierung. »Aber das Würgen von Scarlett, das ist so ... undamenhaft.«

»Es macht die Szene stärker.«

»David, ich kann das einfach nicht.«

»Pass auf, wir machen das so. Du spielst, der Sound kommt dann im Studio dazu.«

»Einverstanden.«

Dennoch kostete es sie drei weitere Morgen, bis sie endlich einen Morgenhimmel fanden, so wie David ihn sich wünschte. Obwohl Vivien und ihre Kollegen erschöpft waren, nahmen sie das frühe Aufstehen und die Fahrerei nach Lasky Mesa gern in Kauf. Schließlich war diese Szene der krönende Abschluss des ersten Teils.

Scarlett, abgemagert und erschöpft, kehrt zurück nach Tara, und wird Zeugin der Verwüstungen durch die Yankees. Hungrig gräbt sie sich dort einen Rettich aus, den sie gierig herunterschlingt, nur um ihn gleich darauf wieder herauszuwürgen. Eine unschöne Szene, aber Scarlett lässt sich nicht unterkriegen. Sie ballt die Hand zur Faust, rafft sich auf und schwört, dass sie überleben und nie wieder hungern wird. Weder sie noch jemand aus ihrer Familie – egal, was Scarlett dafür auch tun muss.

»Und ... cut«, rief der Regieassistent. Vivien ließ sich zu Boden sinken. Es war eine der schwierigsten Szenen, sie spürte Scarletts Elend und ihre Erschöpfung und wünschte sich, der Take wäre im Kasten.

Zu früh gefreut.

»Noch einmal«, brüllte der miesepetrige Sam Wood. »Ihr Würgen klingt nicht glaubhaft.«

»Das hole ich später im Studio nach«, konterte Vivien, froh, es hinter sich gebracht zu haben.

Später erwies sich jedoch auch das als schwierig, so dass Olivia für die Aufnahme der Tonspur einspringen musste.

Kapitel 29

Los Angeles, Mai 1936

Nach den anstrengenden Drehs hielt nur ihr unbedingter Wille, mit ihrem Liebsten zu telefonieren, Vivien noch aufrecht. Sie musste warten, bis seine Vorstellung endete und zählte die Minuten. Als die Zeit endlich gekommen war, griff sie zum Hörer.

»Larry, ich bin so müde.« Bei ihm musste Vivien nicht mehr vorgeben, stark und eine Heldin zu sein. Sie seufzte. »Du fehlst mir so sehr. Kannst du nicht aus New York zu mir kommen?«

Verdammt, verdammt! Sie hatte ihn nicht drängen wollen, wusste sie doch, dass er genauso unter der Trennung litt wie sie. Aber die Erschöpfung des heutigen Tages hatte sie alle Vorsicht vergessen lassen.

»Wo bist du?« Larry beantwortete ihre Frage nicht, was Vivien sehr wohl bemerkte. »Bist du noch am Set?«

Sorge und Unglauben hielten sich in seinem Tonfall die Waage.

»Ja. Ich versuche, Fleming dazu zu bringen, noch mehr an einem Tag zu drehen, damit ich bald wieder bei dir sein kann.«

Hoffentlich hörte sich das nicht zu bedürftig an. Sie wollte unabhängig und stark sein wie Scarlett O'Hara, aber in Wirklichkeit sehnte sie sich so sehr nach Larry, dass es schmerzte.

»Funktioniert es?«, fragte ihr Liebster. »Habt ihr die Drehtage aufholen können?«

»Fleming habe ich überzeugt, aber ...« Erneut spürte Vivien Wut und Frustration in sich aufsteigen. Zorn auf David O. Selznick, der ihre Planungen immer wieder verwarf und ihre Arbeit mit wenigen dürren Worten auf den Fußboden des Schneideraums verbannte.

»Selznick. Er ist nie zufrieden.« Larry seufzte. »Ich hatte gehört, dass er ein Perfektionist ist, aber das, was du erzählst ...«

»Lass uns bitte nicht über ihn reden.« Schlimm genug, dass der Produzent sechs Tage ihrer Woche fest im Griff hatte, da sollte er sich nicht auch noch in ihre Gespräche mit Larry einschleichen. »Erzähle mir von dir. Wie ist es am Broadway?«

Die Frage, die sie eigentlich stellen wollte, behielt sie für sich. Die Frage, ob viele Frauen ihm auflauerten, ihn bewunderten und mit ihm gesehen werden wollten. Schließlich kannte sie die Antwort. Schon in London hatten seine weiblichen Fans ihn umschwärmt wie Motten das Licht. Vivien war es egal gewesen, damals, da sie fest an ihn und seine Liebe geglaubt hatte. Doch nachdem er sich von Jill getrennt hatte, schien er Freiwild für all diese Frauen zu sein, die nicht wirklich Larry wollten, sondern Romeo oder Hamlet oder welche Figur auch immer ihr Liebster aktuell verkörperte.

»Entschuldige«, sagte sie, denn Larry hatte ihr eine Frage gestellt, das merkte sie am Schweigen, das seinen Worten folgte. »Meine Gedanken waren einen Moment abgeschweift. Ich vermisse dich.«

»Kannst du dir nicht ein, zwei Tage freinehmen, um zu mir zu kommen?«

Ihr Herz schlug schneller bei dem Gedanken, Zeit mit ihrem Liebsten zu verbringen, aber ... Vivien stieß ein bitteres Lachen aus. »Du kannst dir gar nicht vorstellen, wie sehr ich mir das wünsche. Ich bin jedoch in fast jeder Szene eingeplant. Selznick wird mir nie freigeben.«

Sie zögerte einen Moment. Konnte sie ihrem Geliebten ihre Ängste anvertrauen oder würde sie überspannt wirken? »Manchmal habe ich das Gefühl, ich bin in der Hölle gelandet. Als würde ich jeden Tag die gleiche Szene auf die gleiche Weise drehen und Selznick würde sie auf die gleiche Weise verreißen und uns noch einmal drehen lassen.«

Er schwieg und sie fürchtete, zu viel gesagt zu haben.

»Ich wünschte, ich könnte bei dir sein und etwas tun«, dachte er schließlich laut.

»Willst du dir einen Faustkampf mit ihm liefern?« Ihre Stimme überschlug sich und was wie ein Scherz hätte klingen sollen, brach aus ihr hervor wie eine flehende Bitte. Vivien presste ihre Fingernägel in die Handfläche. Ihre Nerven fühlten sich wund an. Ihr ganzer Körper fühlte sich wund an. Vor Erschöpfung vergaß sie manchmal die Namen der anderen Schauspieler, aber niemals die Zeilen, die sie für den jeweiligen Drehtag gelernt hatte.

»Ach, Larry.« Vivien musste sich bemühen, nicht in Tränen auszubrechen. Wie hatte das nur geschehen können? All ihre großen Träume, all ihre Erwartungen hatten sich in ihr Gegenteil verkehrt. Vor wenigen Monaten hatte alles noch so wunderbar ausgesehen. Mutig hatte sie sich auf den Weg begeben, in den USA ihr Glück zu finden. Alle hatten ihr davon abgeraten und gesagt, es wäre verrückt, als Britin die Scarlett spielen zu wollen. Aber für Vivien gab es kein Unmöglich. Sie hatte alles auf eine Karte gesetzt und gewonnen.

Wie wundervoll war es gewesen, jeden Abend nach Drehschluss unter der Regie von George Cukor nach Hause zu kommen, um mit Larry über ihre Arbeit zu reden, er über Heathcliff, sie über Scarlett. Und jetzt? Jetzt hatte sie weder ihre Scarlett noch ihren Larry. Sie war allein am Set, mit einem Regisseur, der sie weder verstand noch mochte. Mit einem Produzenten, der nie zufrieden war und sich gleichzeitig ständig darüber beschwerte, dass der Film zu viel Geld verschlang. Mit Kolleginnen und Kollegen, die sie schätzte, die aber sehr amerikanisch waren. Hätte es nicht die britische Kolonie in Hollywood gegeben, wäre Vivien vollkommen verzweifelt.

»Ich habe deiner Mutter geschrieben.« Larrys Worte rissen sie aus ihren Gedanken. »Ich musste ihr sagen, wie viel du mir bedeutest.«

»Sie wird mir trotzdem Vorwürfe machen. Für sie ist die Ehe heilig. Selbst wenn man darin zutiefst unglücklich ist.«

»Schreibst du Leigh noch?« Obwohl Larrys Tonfall leichthin klingen sollte, spürte sie seine Eifersucht.

»Er war mir immer ein guter Freund.«

»Warum gibt er dich dann nicht frei?«

»Ach, Larry«, wiederholte sie, »ich wünschte, ich könnte alles hinschmeißen und bei dir sein. Kannst du nicht zu mir kommen?«

»Vivien, Darling.« Seine Stimme klang leise, liebevoll. »Ich leide so sehr wie du, aber wir beide haben uns geschworen, die Arbeit an erste Stelle zu setzen.«

Damals wusste ich noch nicht, wie einsam ich hier sein würde, wollte sie antworten, aber sie wollte ihn nicht unter Druck setzen.

»Vivling, immerhin bist du nicht allein. Du hast Sunny und die britische Kolonie.« Larry schnaubte. »Ich bin umgeben von Amerikanern.«

Sie hätte ihm wohl besser nicht von ihren Dinner-Partys an den Samstagabenden erzählen sollen. Vivien liebte es, den Tisch mit edlem Chinaporzellan und Kristallgläsern zu decken und sich von ihrer Köchin verwöhnen zu lassen. So hatte sie wenigstens ein kleines Leben, auch wenn Larry ihr entsetzlich fehlte.

»Ich dachte, du magst Kat Cornell.«

»Schon, aber ich vermisse unsere Sprache. Nichts klingt so schön wie das britische Englisch.«

»Sosehr ich David Niven und Ronald Coleman auch mag.« Vivien musste stoppen, um die Tränen zurückzuhalten. Sie wollte stark sein für Larry, aber es fiel ihr so unglaublich schwer.

»Wir werden uns bald wiedersehen«, versicherte Larry ihr, ehe er auflegte. »Später können wir unseren Enkelkindern davon erzählen, was für große Sehnsucht Oma und Opa nacheinander hatten.«

»Ich liebe dich.«

Vivien blieb stehen, den Telefonhörer in der Hand. Sie brauchte etwas Zeit, sich zu sammeln, bevor sie an den Set und zu Scarlett zurückkehren konnte. Mit jedem Tag, der verging, wurde der Schmerz, ohne Larry zu sein, größer. Zeit heilte keine Wunden – das bekam sie schmerzhaft zu spüren. Was würde sie nicht alles geben für ein Wiedersehen? Selbst wenn es nur ein paar Stunden wären.

Aber leider gab es in Hollywood keine gute Fee, die Viviens Wunsch erfüllte. Daher blieb ihr nur eines: Sie musste zurück an den Set, Fleming anlächeln und ihn bitten, ob sie nicht noch zwei oder drei Szenen drehen konnten. Ausnahmsweise waren der Regisseur und sie sich einig: es konnte ihnen gar nicht schnell genug gehen, dass *Vom Winde verweht* endlich abgedreht war.

Der Dreh hatte sich länger hingezogen, als Vivien erwartet hatte. Daher war es ihr heute Morgen äußerst schwergefallen, zur üblichen frühen Uhrzeit aufzustehen. Bei ihrem Anblick hatte die Maskenbildnerin nur stumm den Kopf geschüttelt und Vivien einen Kaffee gebracht.

Ich brauche nur den Kaffee, eine Zigarette und etwas Ruhe.

Immerhin zwei ihrer drei Wünsche konnte sie sich erfüllen, doch mit der Ruhe war es vorbei, als David überraschend in ihre Garderobe kam. Wenn der Produzent vor der Mittagszeit am Set erschien, hatte das meist nichts Gutes zu bedeuten.

»Ich will die Atlanta-Massenszene vorziehen. Auf morgen. Bekommst du das hin?«

»Klar. Wann soll es losgehen?«, antwortete Vivien müde. Den Text würde sie eben heute Nacht lernen. Für sie war das kein Problem. Erst da bemerkte sie, wie der Produzent sie erschrocken anstarrte.

»Himmel!«, platzte er unerwartet heraus. »Vivien, du siehst furchtbar alt aus.«

Einen Moment fehlten ihr die Worte. Was maßte er sich da an? Wessen Schuld war es wohl, dass sie in den vergangenen Monaten gearbeitet und gearbeitet und gearbeitet hatte, dass sie ihre freien Sonntage mit George und damit verbracht hatte, sich die Rolle der Scarlett O'Hara anzueignen, weil Victor Fleming ihr kaum eine Hilfe war? Das konnte Selznick nicht ernst meinen, oder? Sie musterte ihn aus verengten Augen. Er sah sichtlich schockiert aus. Hatte er sie in den letzten Wochen überhaupt jemals angesehen?

Sie presste die Lippen zusammen, weil sich Tränen in ihre Augen stahlen. Die ehrliche Überraschung und das deutliche Entsetzen in seinem Blick erschütterte sie. Nun endlich vermittelte Selznick ihr das Gefühl, als Mensch gesehen zu werden und nicht nur als Schauspielroboter, der auf Knopfdruck parierte.

Dieser Eindruck verflog jedoch schnell, als der Produzent weitersprach: »Da nützt das beste Make-up nichts mehr.« Selznick schüttelte verzweifelt den großen Schädel. »Niemand wird ihr beim Nachdreh die sechzehnjährige Scarlett abkaufen! Was machen wir nur?«

Also das bedrückte ihn! Nicht die Frage, wie es ihr ging, sondern nur die, ob sie für die Nacharbeiten taugte. Zornig fuhr sie ihn an: »Wenn du sechs Tage die Woche vierzehn Stunden am Tag vor der Kamera gestanden hättest, würdest du auch nicht so frisch aussehen!«

»Es tut mir leid.« David sackte in sich zusammen und sie glaubte ihm, dass er wieder einmal unbedacht losgeplappert hatte. Noch nie zuvor war Vivien einem Menschen begegnet, dessen Persönlichkeit derart schwankte. Auf der einen Seite war er der extrem pedantische Produzent, der sie alle mit seinen Sonderwünschen und ständigen Nachdrehs an den Rand der Verzweiflung trieb, auf der anderen Seite war er der fürsorgliche, beinahe väterliche Mann, der die Beteiligten am Film immer wieder mit Kleinigkeiten überraschte. Erst gestern waren wunderschöne Fotos vom Set in Viviens Garderobe aufgetaucht, letzte Woche hatte Selznick ihr mit schüchternem Lächeln einen Strauß selbstgepflückter Blumen überreicht. Vivien seufzte innerlich. Manchmal wünschte sie sich David lieber konsequent, dann könnte sie ihn hassen oder lieben. So geriet sie von einem Wechselbad der Gefühle ins nächste.

Der Produzent musterte sie, als sähe er sie zum ersten Mal. »Vivien, ich werde mit Victor sprechen. Und du bitte mit Larry.«

»Ja?« Was hatte das zu bedeuten?

»Ich werde Fleming überzeugen, dass er dir ein langes Wochenende mit Larry ermöglicht. Sobald Larry dir einen Termin nennt, werden Victor und ich alles deichseln, damit du mit ihm einen Kurzurlaub verbringen kannst.«

Sie musste sich verhört haben. Vivien konnte es nicht glauben. Sollte sich ihr Wunsch wirklich so schnell und so einfach erfüllen lassen? Himmel, wie oft hatte sie David und auch Fleming gebeten, ein paar Tage freizubekommen, um zu Larry zu reisen. Beide hatten immer abgelehnt und sie auf den engen Zeitplan für die Dreharbeiten verwiesen. Vivien hatte erst ganz am Boden sein müssen, bevor die Männer akzeptierten, dass sie eine Pause brauchte.

»Ich rufe Larry sofort an«, platzte sie heraus und sprang auf. Sie rannte zum nächsten Telefon, bevor der Produzent es sich anders überlegen konnte und ihr Urlaub hinfällig war.

Kapitel 30

Los Angeles, Mai 1939

Verflucht! Die arme Vivien war wirklich urlaubsreif. Wieso hatten weder Fleming noch er vorher daran gedacht, der Hauptdarstellerin ein paar freie Tage zu gewähren? Clark hatte schließlich auch Urlaub bekommen, als er Carole geheiratet hatte.

Mit Fleming sprechen wegen eines freien Wochenendes für Vivien, notierte sich David.

Heute Morgen, als er trotz Schlaftabletten einfach nicht mehr schlafen konnte, war ihm in den Sinn gekommen, die Atlanta-Massenszene für den morgigen Drehtag anzusetzen, und wenn der *Take* im Kasten war, könnte Vivien ruhig nach New York fliegen. Alle bedeutenden Szenen mit ihr wären dann fertig. Dann könnte gar ihr Flugzeug abstürzen, ohne dass der Film allzu großen Schaden davontrug – was er natürlich nicht hoffte!

David freute sich wie ein kleiner Junge auf die Ferien auf den Dreh. Das würde die spektakulärste Szene des Films werden, da war er sich sicher. Scarlett rannte durch Atlanta auf der Suche nach Hilfe für Melanie, die in den Wehen lag. Dabei kam Scarlett an einem großen Platz vorbei, auf dem die Verwundeten der Schlacht um Atlanta lagen und auf medizinische Hilfe warteten. Der Anblick musste erschreckend und überwältigend sein.

Gemeinsam mit Ernest Haller, Bill Menzies und Ray Klune hatte David überlegt, wie sie dem Publikum einen Eindruck von dem Grauen vermitteln konnten, dem Scarlett ausgesetzt war. Gemeinsam waren sie auf die Idee gekommen, die Kamera erst nahe auf Scarlett gerichtet zu halten, um sie dann langsam nach oben zu fahren, um die verletzten und sterbenden Männer aus der Totale zu zeigen. Aber natürlich hatte das Technikteam dies nicht für umsetzbar gehalten, denn dafür müsste man die Kamera siebenundzwanzig Meter in die Höhe fahren.

»Wo ist das Problem?« David sah darin kein Hindernis. Sicher, das war gewaltig, aber die Szene war es wert.

»Unser höchster Kran ist siebeneinhalb Meter hoch.«

»Dann besorgt einen größeren!« Dass die Techniker nicht von selbst auf die Idee kamen ... Ohne ihn würde der Film nie fertig!

Glücklicherweise gab es außer David noch ein paar, die über den Tellerrand hinausschauten. Ray Klune fand nicht nur einen Kran mit einem siebenunddreißig Meter langen Ausleger, sondern baute auch eine Betonrampe, damit der Motor des gewaltigen Krans die Kamera nicht beeinträchtigte. Nun konnte die bedeutende Szene so gedreht werden, wie David es sich ausgemalt hatte.

»Marcella, sind die Statisten für morgen bestellt?«

Als seine Sekretärin nicht sofort antwortete, wurde er misstrauisch.

»Du wolltest dich darum kümmern«, sagte Marcella schließlich. »Weil es so viele Komparsen sind. Zweieinhalbtausend wolltest du bestellen.«

Verdammt! Das musste ihm irgendwie in dem ganzen Chaos und Ärger durchgegangen sein.

»Sag dem Besetzungsbüro, sie sollen mir bis morgen mindestens zweitausend Leute besorgen, egal, wie sie aussehen.«

Das sollte nicht so schwer sein, schließlich gab es in Los Angeles Hunderte von arbeitslosen Schauspielern und anderen Menschen, die sich um die Komparsenjobs rissen.

»David, das Besetzungsbüro hat bis heute Morgen durchgearbeitet, aber …« Marcella musste es nicht aussprechen, er hatte bereits auf ihrem Gesicht ablesen können, dass es wieder Probleme gab.

»Wie viele haben sie bekommen?«

»Nicht einmal tausend. Soll ich Fleming und Wood Bescheid geben, damit sie den Dreh verschieben?«

»Das kann ich mir nicht leisten.« David überlegte fieberhaft. Alles war für die Massenszene vorbereitet, die Schauspieler hatten sich darauf eingestellt, die Techniker und der Kran waren an Ort und Stelle, da würde er sich von ein paar fehlenden Komparsen nicht aufhalten lassen. Endlich kam ihm ein Geistesblitz. »Puppen! Wir werden Puppen nutzen. Sucht in allen Sets und telefoniert herum, damit wir Puppen bekommen.«

Das ließ Marcella sich nicht zweimal sagen und telefonierte mit Ray Klune, der alles in die Wege leiten würde.

Als David sich eine Zigarette anzündete, bemerkte er, dass noch eine im Aschenbecher glimmte. Hastig drückte er den Stummel aus, bevor er sich weiter den Notizen widmete, die

Marcella ihm hinterlassen hatte. David schrieb Memo um Memo, um dafür Sorge zu tragen, den »großen Wind« auf die Zielgerade zu bringen. Was immer es auch kostete, er würde diesen Film fertigstellen und es damit all seinen Kritikern zeigen, die *Vom Winde verweht* als »Selznicks Narretei« bezeichneten.

»David.« Marcella wirkte so erschöpft, wie er sich fühlte. »Das mit den Puppen klappt. Bis heute Nachmittag sollten wir eintausend bekommen. Aber die Schauspielergewerkschaft ist nicht begeistert.«

»Ich ebenfalls nicht.« Fleming tauchte hinter der Sekretärin auf und schob sie zur Seite. »Wie stellst du dir das vor, David? Sollen die Dummys die Toten spielen?«

»Sarkasmus hilft uns jetzt nicht weiter.« Mochte der Regisseur sich aufregen, so viel er wollte, Davids Idee war gut – und umsetzbar. »Wir müssen sie einfach gut verteilen. Ein Statist, eine Puppe.«

Hinter Fleming konnte Marcella sich das Lachen kaum verkneifen. David zwinkerte ihr zu. Dummerweise sah Fleming das und sein Gesicht nahm einen ungesunden Rotton an. »Trotzdem wird die Hälfte der ›Verwundeten‹ leblos daliegen.«

Mühsam verkniff sich David sein triumphierendes Lächeln, denn genau das hatte er bereits bedacht. Wie ärgerlich, dass dem Regisseur die Phantasie fehlte. Möglicherweise hätte er George behalten sollen. Nein, für Massenszenen wäre Cukor die vollkommen falsche Wahl. »Die Komparsen müssen unauffällig an den Dummys rütteln, in der Totale merkt das kein Mensch.«

»Das glaubst du doch wohl selbst nicht.«

»Es wird funktionieren. Da bin ich mir sicher.«

Fleming stürmte hinaus, wobei er etwas grummelte, was nicht besonders freundlich klang.

———◆———

Bevor er sich die Tagesmuster ansah, brauchte David etwas Ablenkung. Es fiel ihm schwer, sich zu konzentrieren, und wenn er in so einer Stimmung war, half nur eines: ein Besuch im Clover Club, 8477 Sunset Boulevard. Ein wenig schuldig fühlte er sich schon, hatte er doch Irene versprochen, nicht mehr dorthinzugehen. Aber nach einem Tag wie diesem hatte er sich das wirklich verdient – und er würde auch nur eine Stunde bleiben. Höchstens.

Dennoch vergingen einige Stunden, ehe David auf die Uhr schaute und laut fluchte. Er drückte die Zigarette im Aschenbecher aus und warf die Karten auf den Pokertisch. Heute war ihm das Glück ohnehin nicht hold gewesen. 5.000 Dollar hatte er verloren, von der Hoffnung getrieben, die ersten 1.000 zurückzugewinnen. Aber die Karten meinten es einfach nicht gut mit ihm. David nahm eine neue Zigarette aus der Packung, sagte: »Bis zum nächsten Mal, meine Herren«, und verließ das Hinterzimmer des Clubs.

Auf dem Heimweg überlegte er, ob er Irene anlügen oder ihr erklären sollte, warum er sein Versprechen gebrochen hatte. Seine Frau war klug genug, zu begreifen, warum ein Mann wie er ab und zu über die Stränge schlagen musste. Früher, vor *Vom Winde verweht*, hatte sie seine Eskapaden mit einem Lächeln hingenommen, wie eine Mutter, deren Lieblingssohn Vergebung und Liebe verdiente, egal, was er angestellt hatte. In letzter Zeit jedoch war das Lächeln verkniffenen Mundwinkeln gewichen und ihr Tonfall hatte etwas Keifendes bekommen.

Daher schlich er ins Haus, spazierte sofort in den Vorführraum, ohne nach Irene und den Kindern zu sehen. Die Muster lagen bereits im Projektor, den David nur starten musste. Er nahm Platz und begutachtete das Ergebnis des Tages. Dreimal sah er sich die *rushes* an und mit jedem Durchlauf kamen sie ihm schlimmer vor. Obwohl er den Ausstattern immer wieder gesagt hatte, dass die Kleidung getragen daherkommen musste, sah Scarletts Kleid aus, als käme es direkt vom Schneider. Aber das war noch nicht einmal das Schlimmste. Die Farben wirkten vollkommen künstlich, er hätte in Schwarz-Weiß drehen sollen. Und als Krönung klang der Südstaaten-Akzent, den Vivien Leigh sprach, in seinen Ohren auf einmal einfach nur lächerlich. Jeder Mensch in den Südstaaten würde sie und damit auch den Film hassen. Warum nur hatte er eine Britin als Scarlett besetzt?

»David?« Irene war lautlos in den Vorführraum gekommen. Wie lange hatte sie wohl schon in der Tür gestanden und ihm und der Katastrophe zugesehen? »Wie lange bist du schon zu Hause?«

»Eine Weile«, log er automatisch, weil er jedem Streit aus dem Weg gehen wollte. »Ich wollte dich nicht wecken.«

»Du warst im Clover«, stellte sie fest. »Du riechst nach Zigarren und billigem Parfüm.«

»Ich hatte einen harten Tag am Set.«

»David.« Irene klang müde und traurig. »Die Kinder und ich sehen dich kaum noch. Wenn ich geahnt hätte, was dieser Film für uns bedeutet, hätte ich mich nie dafür ausgesprochen.«

»Es tut mir leid.« David stand auf und wollte sie in seine Arme ziehen, aber sie hob abwehrend die Hände.

»So kann das nicht weitergehen.«

»Es ist nicht mehr lange. Du weißt selbst, wie viele Schwierigkeiten wir hatten. Erst die Probleme mit George Cukor, dann Victor Fleming und sein Nervenzusammenbruch. Wenn ich mich nicht um alles kümmere, wird der Film nie fertig.«

»*Du* musst dich nicht um alles kümmern, David.« Kam es ihm nur so vor oder waren ihre Augen gerötet, als ob sie geweint hätte? »Du hast die besten Leute eingekauft, um diesen Film zu machen. Dann vertraue ihnen auch, dass sie das Richtige tun werden.«

»Ich verspreche dir, nach dem Ende der Dreharbeiten fliegen wir in den Urlaub, nur du und ich.«

»Eine Ehe besteht aus mehr als einem gemeinsamen Urlaub.« Irene drehte sich um und ging.

»Darling, bitte«, rief David ihr nach, aber sie tat, als ob sie ihn nicht gehört hätte. Dieser vermaledeite Film! Hatte Irene recht mit ihren Vorwürfen, dass er sich in etwas hineinsteigerte, dass er übertrieb? Aber das war nichts Neues. Bei all seinen Filmen hatte David sich voll und ganz eingebracht. Er konnte einfach nicht loslassen. Das mochte ein Fehler sein, aber er war derjenige, dessen Name über dem Film stehen würde. Sein Vater wäre so stolz auf ihn, da war er sich sicher. Selznick International Pictures stand für Qualitätsfilme, für werkgetreue Romanverfilmungen, für einzigartige große Produktionen. Er wollte gar nicht mit MGM, Universal oder Warner Brothers konkurrieren, die wie am Fließband einen Film nach dem anderen produzierten. Er wollte besondere Filme drehen: Filme, die die Zeit überdauerten und nicht vergessen wurden, sobald ein neuer Film ins Kino kam.

Aber sollte David deswegen seine Ehe riskieren? Er hatte so sehr darum gekämpft, Irene heiraten zu können.

Nachdem Myron und David nach Hollywood gekommen waren, hatten sie sich als Playboys aufgespielt. Sie hatten ihr Leben in vollen Zügen genossen, was ihnen einen schlechten Ruf eingebracht hatte. Nachdem David jedoch Irene kennengelernt hatte, war ihm das alles nicht mehr wichtig gewesen. Sie war die Richtige für ihn, das hatte er vom ersten Blick an gewusst, auch wenn sie die Tochter des Mannes war, den er verabscheute. Ja, er hatte für Mayer und MGM gearbeitet, aber er musste den Filmmogul deshalb nicht mögen.

Auch Davids Familie war nicht begeistert davon gewesen, für welche Frau er sich entschieden hatte. Aber David wollte Irene. Dafür war er bereit, sich mit seinem Bruder zu streiten und Louis B. Mayer die Stirn zu bieten. Wie glücklich sie in ihren Anfängen gewesen waren. Ihr Haus wurde zu einem Treffpunkt für Schauspieler, Produzenten und Regisseure, für Künstler, für interessante Menschen. Dann waren die Kinder gekommen und mit ihnen die Verantwortung, und irgendwie hatten sie einander verloren. Irene lebte ihr Leben mit den Kindern, mit ihren Freunden, mit ihrer karitativen Arbeit, und er drehte Filme.

Kapitel 31

Los Angeles und Kansas City, Mai 1939

Nein, auf gar keinen Fall! Vivien hielt sich die fliederfarbene Bluse vor den Körper und betrachtete sich im Spiegel. Nein, die Farbe machte sie blass. Sie warf einen verzweifelten Blick auf die Kleidungsstücke, die einen riesigen Haufen auf ihrem Bett bildeten. Seit mehr als einer Stunde hatte sie Röcke, Kleider, Blusen und Pullover vor sich gehalten und sie ausgewählt oder zur Seite aufs Bett geworfen. Der Koffer war nun gefüllt und sie musste die wichtige Entscheidung treffen, in welchem Outfit sie ihrem Larry entgegentreten wollte. Nichts erschien ihr schön genug. Ob noch Zeit bliebe, etwas Neues zu kaufen?

»Nimm die weiße Bluse und den dunklen Rock. Sie sind am besten für den langen Flug geeignet.«

»Wenn ich dich nicht hätte.« Vivien sandte Sunny einen dankbaren Blick zu. Geduldig wartete ihre Freundin, bis Vivien ihre Wahl getroffen hatte. Sunny hatte angeboten, sie zum Flughafen zu bringen, aber David hatte es sich nicht nehmen lassen.

Erneut klang das Kratzen an der verschlossenen Tür. Obwohl Vivien ein schlechtes Gewissen hatte, musste Tissy draußenbleiben. Sonst bestünde die Gefahr, die Katze mit nach Kansas City zu nehmen, denn Tissy liebte es, sich in Koffern zu verstecken. Schnell streifte Vivien Bluse und Rock über und zog die Strumpfhalter nach, bevor sie in ihre Schuhe schlüpfte.

»Vivien, Liebes, vergiss deine Pullover nicht.« Sunny deutete auf den Stapel, den Vivien auf einem Stuhl platziert hatte, um ihn dann in den Koffer zu packen, den sie soeben geschlossen hatte. »Sind fünf davon für ein Wochenende nicht etwas übertrieben?«

»Eigentlich brauche ich gar keinen«, antwortete Vivien mit einem Lächeln. »Larry und ich werden die ganze Zeit im Bett verbringen.«

»Darling!«

Obwohl Sunny eine wunderbare Freundin und großartige Frau war, blieb sie Amerikanerin und war daher durch den kleinsten Hinweis auf Sex zu schockieren. Was erwartete Viviens Mitbewohnerin? Sollten Larry und sie nur Händchen halten, bis ihre Ehepartner endlich in die Scheidung einwilligten? Einen Moment fühlte Vivien sich versucht, Sunny noch etwas zu necken, aber stattdessen öffnete sie den Koffer wieder, zerrte zwei Röcke heraus und stopfte stattdessen drei Pullover hinein.

»Was singst du da?« Sunny reichte ihr die Kosmetiktasche, die Vivien ebenfalls vergessen hätte. Himmel! Sie musste doch schön für Larry sein.

»Ich singe?« Vivien stutzte. Sie hatte nicht bemerkt, wie sie vor Vorfreude auf das Wochenende mit Larry einen aktuellen Schlager geträllert hatte. Das machte Larry mit ihr: aus einer ernsthaften, traurigen Schauspielerin wurde im Nullkommanichts eine singende, fröhliche Frau, die es nicht erwarten konnte, den Liebsten in ihre Arme zu schließen.

»Du wirkst um zehn Jahre jünger.« Sunny musterte sie liebevoll. »Manchmal beneide ich dich um diese Liebe.«

»Warum, Darling. Bist du mit Harry nicht glücklich?«

»Ich liebe ihn, aber es ist nicht wie bei deinem Larry.«

»Niemand ist wie Larry.« Spontan wandte sich Vivien ihrer Freundin zu, um sie zu umarmen. »Sunny, habe ich dir gesagt, wie glücklich ich bin, dass du hier wohnst?«

»Schon mehrfach«, wehrte die Texanerin bescheiden ab. »Es ist sehr leicht, mit dir zusammenzuleben.«

»Ich meine das ernst. Ohne dich wäre ich schon zusammengebrochen.« Vivien konnte es kaum erwarten, dass die Dreharbeiten endlich endeten. »Du bist für mich ein Engel von Güte und Freundlichkeit.«

»Übertreibe nicht.« Sunny sah zu Boden, als wären ihr Viviens Worte peinlich. »Du bist ein so wunderbarer Mensch, zu dir kann man nur liebevoll sein.«

Nun war es an Vivien, nach Worten zu suchen, um dieses Kompliment zu erwidern. Zum Glück enthob ihre Freundin sie der Peinlichkeit, lachte und sagte: »Nun, ist genug damit. Du verreist ja nur für das Wochenende. Außerdem wird Selznick gleich hier sein. Glaubst du wirklich, er ist pünktlich?«

»Ich habe genug Zeit eingeplant. Im Notfall kann ich mir noch ein Taxi rufen. Ist es schon so spät?« Aufgeregt fummelte Vivien am Schloss des Koffers herum, der sich einfach nicht schließen lassen wollte.

»Lass mich das machen.« Sunny schob sie sanft, aber bestimmt zur Seite. »Hol deine Handtasche und den Mantel.«

»Danke, Darling.« Vivien suchte unter dem Haufen Kleidungsstücke auf dem Bett nach ihrer Handtasche, eilte in den Flur und riss den Mantel von der Garderobe. Als sie die Haustür öffnete, wartete die schwarze Limousine des Studios bereits auf sie. Die beiden Frauen umarmten einander, bevor Vivien in den Wagen stieg.

»Guten Morgen, David, das wäre wirklich nicht notwendig gewesen.« Sie lächelte den Produzenten an. Er wirkte vollkommen erschöpft, mit dunklen Ringen unter den Augen und zwei scharfen Falten in den Mundwinkeln. »Du hättest ausschlafen sollen.«

»Das lasse ich mir nicht nehmen.« David bot ihr eine Zigarette an, die sie dankend annahm. »Vivien, ich weiß, die Dreharbeiten sind anstrengend, aber es lohnt sich.«

»Ich wollte die Scarlett unbedingt spielen«, wehrte sie seine Entschuldigung ab. »Genau wie du wünsche ich mir, dass der Film perfekt wird. Wie geht es Irene und den Kindern?« Sie wollte ihn von *Vom Winde verweht* ablenken, bevor ihm noch einfiele, dass er sie doch am Set benötigte.

»Ich sehe sie viel zu wenig.« Die Asche fiel von seiner Zigarette auf die dunklen Ledersitze. »Hast du eine Idee, was ich Irene als Entschuldigung schenken kann?«

»Ein Parfüm? Schmuck? Einen gemeinsamen Urlaub?« Vivien kannte Davids Ehefrau nicht gut genug, um etwas Persönlicheres vorschlagen zu können. »Ein Buch?«

Er schwieg. Hatte sie so sehr danebengegriffen?

»Ein Flugzeugabsturz ist nicht durch unsere Versicherung abgedeckt«, sagte er schließlich mit sorgenvoller Stimme. »Das weißt du.«

»David!«

»Entschuldige, das ging mir gerade durch den Kopf.«

»Ich fliege ohnehin ungern. Da musst du so etwas nicht sagen.«

»Wie lange hat Larry freibekommen? Wie läuft das Stück?« Glücklich, dass Thema wechseln zu können, schwärmte

Vivien von Larrys Erfolg in *No Time for Comedy*. Bald schon tauchten die Gebäude des Flughafens vor ihnen auf.

»Meinst du, Larry wäre an einem Film von mir interessiert?« David zog die Nase kraus. »Oder haben ihn deine Erfahrungen abgeschreckt?«

»Was wäre es denn?« Über ihre Erfahrungen wollte sie lieber nicht reden. »Wäre eine Rolle für mich drin?«

»Ich denke noch darüber nach.«

David ließ es sich nicht nehmen, sie durch die gigantische, verglaste Halle zum wartenden Flugzeug zu bringen. Vivien umarmte ihn zum Abschied und winkte ihm noch einmal zu, als sie auf der Treppe stand.

Warum nur brauchte dieser Flug so elend lange? Anstatt sich in New York zu treffen, hatten Larry und sie sich für Kansas City entschieden, was ungefähr auf halber Strecke für sie beide lag. Dennoch erschien Vivien der Flug länger als jener von New York nach Los Angeles Ende letzten Jahres. Mit einem Seufzer lehnte Vivien ihren Kopf an das winzige Fenster, spürte die Kühle des Glases und starrte hinaus. Es kam ihr vor, als hätte die Wolkenformation unter ihnen sich nicht verändert, als stünde das Flugzeug auf der Stelle, während ihr Herz sich schnell vorwärtsbewegte, in Richtung Larry. Vivien mochte es nicht, eingesperrt in einem stählernen Gefäß zu sein, dessen Mechanik sie nicht verstand. Sie zündete sich eine Zigarette an. Der Mann neben ihr hustete demonstrativ. Kurz fühlte sie sich versucht, ihm den Rauch ins Gesicht zu blasen, aber dafür war sie zu gut erzogen. Stattdessen reckte sie ihren Hals und pustete die Luft gerade nach oben. Nach wenigen, hektischen Zügen war der Tabak verbrannt. Ihre Finger spielten mit dem silbernen Zigarettenetui, einem Geschenk von Larry. Mit einem Seufzen nahm sie eine weitere Zigarette heraus, aber stopfte sie sogleich zurück in das Etui. Besser nicht, sie hatte heute schon zu viel geraucht. Der Arzt hatte sie gewarnt, nicht weiter Schindluder mit ihrer Gesundheit zu treiben.

»Sie müssen mehr essen, weniger rauchen und weniger Kaffee trinken, Miss Leigh«, hatte der Mediziner gesagt und sie ernst angesehen.

»Nach *Vom Winde verweht*«, antwortete Vivien leichthin, obwohl die Worte des Arztes ihr Sorgen machten, obwohl sie in letzter Zeit oft hustend mitten in der Nacht erwacht war. Aber wenn sie nicht mehr rauchen konnte, was bliebe ihr dann? »Die Dreharbeiten sind zu anstrengend. Ich brauche die Beruhigung.«

»Gut, aber essen Sie mehr Obst oder trinken Sie frischgepressten Orangensaft. Und versprechen Sie mir, nicht mehr als eine Schachtel am Tag zu rauchen.«

»Zwei Schachteln«, versuchte Vivien zu verhandeln und wagte es nicht, dem Mediziner gegenüber einzugestehen, dass sie inzwischen bei drei Schachteln am Tag angelangt war. Jede freie Minute am Set nutzte sie für eine ablenkende Zigarette.

»Eine Schachtel, das ist mein letztes Wort.«

»Also gut«, hatte sie nachgegeben. Brav hatte Vivien sich immerhin zwei entsetzliche Tage lang bemüht, die Zigaretten zu rationieren. Es waren schreckliche Tage gewesen. Ihre Stimmung war von Stunde zu Stunde schlechter geworden, und sie hatte ihre Kollegen bei der geringsten Kleinigkeit angefahren. So lange, bis Fleming sie zur Seite genommen und ihr gesagt hatte: »Was immer es auch ist, Miss Leigh, stellen Sie es ab!«

Also hatte Vivien beschlossen, erst gesünder zu leben, wenn der Film im Kasten war.

Sie lehnte sich im Sitz zurück, schloss die Augen und stellte sich Larrys markante Gesichtszüge vor. Noch immer konnte sie ihr Glück nicht fassen: In wenigen Stunden würde sie ihn in die Arme schließen, sein geliebtes Gesicht mit Küssen bedecken und seinen schlanken Körper an ihrem spüren.

Nachdem sie endlich das Flughafengebäude verlassen hatte, sah Vivien sich nach einem Taxi um. Sie winkte, aber es kam ihr vor wie eine Ewigkeit, bis der Fahrer endlich reagierte. Sie stieg ein, nannte ihm die Adresse und lehnte sich in die Polster zurück, die nach Rauch und einem süßlichen Parfüm rochen.

»Beeilen Sie sich«, wollte sie den Taxifahrer drängen, aber sie schwieg. Nur noch kurze Zeit und sie würde Larry wiedersehen, endlich. Noch fürchtete sie die Tücken des Schicksals. Möglicherweise war Larrys Vertretung krank geworden und er musste in New York bleiben, weil seine Rolle sonst unbesetzt bliebe. Oder er hatte den Zug verpasst oder der Zug hatte eine Panne.

Fluchend wich der Taxifahrer der Straßenbahn aus, so dass Vivien auf ihrem Sitz hin und her geschleudert wurde.

»Fuck!«, murmelte sie und öffnete ihre Handtasche. Nervös zog sie ein Taschentuch heraus, das sie zwischen ihren Händen verknotete. Wäre es nicht aus solch stabiler Baumwolle, hätte sie es bestimmt schon zerrissen. Endlich tauchte der beleuchtete Schriftzug des Hotels vor ihr auf. Es war ein schlichtes Backsteingebäude, das Auffälligste an ihm waren zwei Stuckzierrate mit Löwenköpfen, von denen eine schwere Kette zum Vordach führte. Vivien konnte es kaum erwarten, dass der Wagen hielt. Der Taxifahrer nannte ihr die Summe, Vivien warf ihm einen Schein hin und sagte: »Behalten Sie den Rest.«

»Oh, danke, Miss, ein schönes Wochenende.« Er stieg aus und umrundete den Wagen, um ihr die Tür zu öffnen. Doch sie war schneller und hatte die Tür bereits aufgestoßen. Hektisch zog sie ihre Koffer aus dem Taxi, schüttelte den Kopf, als ein Page herbeieilte, um ihr zu helfen. Niemand sollte sie aufhalten. Sie hatte nur eines im Sinn: Sie würde endlich Larry in ihre Arme schließen! Voller Elan stürmte sie durch die Glastür und erstarrte. Dort, in einem roten Sessel, saß er, die langen Beine übereinandergeschlagen, den Blick in eine Zeitung vertieft, so dass sie nur die obere Hälfte seines Gesichts sah, aber mehr brauchte es nicht. Sie würde ihn überall und immer erkennen.

Ihr Herz floss über vor Glück. So viel Glück, dass ihr die Knie weich wurden und sie sich fühlte, als würde alles Blut ihres Körpers in das Herz gepumpt, weil es dort gebraucht wurde. »Larry«, wisperte sie viel zu leise, für mehr fehlte ihr die Kraft.

»Vivling!« Obwohl ihr Wort nahezu tonlos gewesen war, hatte Larry sie doch gehört. Oder er hatte gespürt, dass sie in seiner Nähe war. Schwungvoll warf er die Zeitung zur Seite, sprang auf, eilte mit großen Schritten auf sie zu und zog sie in seine Arme. Sie versanken in einem Kuss, der ihre Knie noch weicher werden ließ. Einen Augenblick dachte sie: Himmel, was werden die Menschen im Hotel denken? Doch das war ihr egal. Es zählte nur eins: es gab nur Larry für sie auf der Welt. Nichts anderes war von Bedeutung.

Widerstrebend löste sie sich aus seinen Armen, als er sie sanft zurückschob, um sie von Kopf bis Fuß zu mustern.

»Darling, du bist noch dünner geworden. Lass uns etwas essen gehen.« Die echte Sorge, die in seiner Stimme mitschwang, brachte sie beinahe zum Weinen. Erst jetzt, wo er ihr wieder nahe war, spürte sie mit jeder Faser ihres Körpers, wie unendlich sie ihn vermisst hatte, wie leer ihre Tage und Nächte ohne ihn waren. Sie musste ihn halten, seinen Körper an ihrem fühlen.

»Lass uns auf dein Zimmer gehen«, schlug sie daher mit rauer Stimme vor. »Wir können uns später etwas zu essen bestellen.«

»Kannst du meine Gedanken lesen, Vivling?«, flüsterte er ihr ins Ohr. Sein warmer Atem sandte ihr einen Schauder über den Rücken. Sie griff nach seiner rechten Hand, um sich zu versichern, dass Larry wirklich bei ihr war und sie nicht nur träumte. Mit der linken winkte er einen Pagen heran, der nach ihrem Koffer griff. Gemeinsam mit dem Jungen fuhren sie mit dem Aufzug in das Stockwerk, in dem Larrys Zimmer lag. Vivien musste an sich halten, ihrem Liebsten nicht das Hemd vom Körper zu reißen oder wenigstens ihre Hände unter das Hemd zu stecken, um seine Haut zu fühlen.

Ihm schien es ähnlich zu gehen, denn er blickte sie unverwandt an, seine Rechte drückte ihre Hand und er raunte ihr zu: »Bald, mein Herz, bald.«

Kapitel 32

Kansas City und Los Angeles, Mai und Juni 1939

Das Wochenende verging viel zu schnell, aber die Zeit mit Larry machte Vivien so glücklich. Larry und sie gehörten zusammen, für immer und ewig. Zur Bestätigung hatte ihr Liebster ihr einen herzförmigen Aquamarin-Ring von Van Cleef & Arpels geschenkt. Als sie im Bett lagen, steckte er ihr das wunderschöne Schmuckstück an den Finger.

»Der Stein hat die Farbe deiner Augen.« Larry lächelte sie an. »Ich wünschte, es könnte dein Verlobungsring sein.«

Kurz trübte Wehmut ihr Glück.

»Jill ... sie verweigert immer noch die Scheidung?«

»Und Leigh?«

»Ich schreibe ihm ständig und habe ihn auch ein paarmal angerufen, aber er bleibt stur.« Sie drehte die Hand und ließ den herrlichen Stein im Licht der Lampe funkeln. »Lass uns nicht über die beiden reden. Lass uns unsere kostbare Zeit nicht verderben.«

Er nickte und beugte sich über sie, um sie zu küssen. Ihr Körper bog sich ihm entgegen, begierig auf die so lange vermissten Berührungen.

»Lass uns nach dem Ende der Dreharbeiten und deines Engagements nach Hause fahren.« Vivien kuschelte sich in Larrys Armbeuge und atmete seinen Duft tief ein. Wie hatte sie das vermisst! Larrys charakteristischen Geruch nach Zigarette und seinem Aftershave, die Wärme seines Körpers, all das, was sie mit ihm verband. »Ich möchte unsere schöne Heimat sehen, ich möchte Fish and Chips essen und einen gepflegten Afternoon Tea einnehmen.«

»Was wird aus deinen Hollywood-Plänen?«

»Ich muss sowieso zurückkehren für den Nachdreh. Aber ich brauche den englischen Regen, nicht die kalifornische Hitze.« Sie lächelte, dann wurde sie ernst. »Und natürlich möchte ich wissen, wie es unseren Freunden und Verwandten geht. Ob es wirklich zu einem zweiten großen Krieg kommen wird?«

»Das kann ich mir nicht vorstellen.« Larry zündete eine Zigarette an, die er ihr in den Mund steckte. »Oder ich will es mir einfach nicht vorstellen.«

»Wir könnten Jill und Leigh erneut um die Scheidung bitten und unsere Kinder sehen.«

Larry antwortete nicht, sondern drehte sich auf den Rücken, zündete eine weitere Zigarette an und stieß den Rauch aus. Sie wartete. Wenn er in dieser Stimmung war, war es klüger, ihn nicht zu stören, sondern ihm die Zeit zu geben, die er benötigte.

»Mein Vater ist gestorben«, sagte er schließlich mit rauer Stimme. Noch immer blickte er die Zimmerdecke an und hielt die Zigarette zwischen seinen Fingern, ohne sie zu rauchen. Die Aschenspitze wurde länger und länger.

»Oh, Larry-Boy, das tut mir entsetzlich leid.« Was konnte sie nur sagen? Schon immer war es ihr schwergefallen, über den Tod zu sprechen. »Kann ich etwas für dich tun?«

Als er nicht antwortete, konzentrierte sie ihre Aufmerksamkeit erneut auf seine Zigarette. Die Asche war abgefallen und die Glut näherte sich bedenklich dem Filter. Vorsichtig nahm sie ihm die Zigarette aus der Hand und drückte sie aus. Dann legte sie sich auf seine Brust und blickte ihn an.

»Ich sollte trauriger sein«, überlegte Larry laut, »aber ich fühle mich nur leer.«

Sie gab ihm einen sanften Kuss und beobachte ihn weiter schweigend.

»Vielleicht hilft es, wenn wir nach England fahren und ich sein Grab sehe.«

»Ja, Darling.« Sie wusste nur zu gut, wie schwierig die Beziehung zwischen ihm und seinem streng religiösen Vater Gerard gewesen war. Obwohl der Pfarrer seinen Sohn dazu gedrängt hatte, Schauspieler zu werden. Immerhin, dieser Gedanke kam ihr beinahe ketzerisch vor, hatte Larrys Vater ihn nicht einfach abgeschoben, so wie ihre Eltern Vivien. Nein, dieser Gedanke war unpassend; sie sollte ihrem Liebsten bei seinem Verlust beistehen und nicht über ihre Vergangenheit jammern.

»Kannst du dir überhaupt so viel Zeit nehmen?« Larry zog sie an sich und küsste sie. »Braucht Selznick dich nicht sofort für Nachdrehs am Set? Ich kann mir nicht vorstellen, dass er dich jetzt schon aus seinen Klauen lässt. Denn was ist, wenn ihm der Film nicht gefällt?«

Da er das Thema gewechselt hatte, musste sie ihm wohl folgen. Wenn Larry nicht über seinen Vater und dessen Tod reden wollte, würde sie es akzeptieren. Dafür wäre später noch Zeit oder auf ihrer gemeinsamen Reise.

»Himmel! Beschwöre es nicht. Nachher fängt er mit den Dreharbeiten von vorne an.« Vivien lachte auf. »Wir laufen einfach weg und verstecken uns wie Kinder, die aus dem Internat fliehen.«

»So verführerisch die Vorstellung auch ist, ich sage nur ein Wort.« Larry verzog das Gesicht. »Vertragsstrafe.«

»Ich weiß, ich weiß«, antwortete sie, »aber du musst dir keine Sorgen machen. Ich habe meine Pläne mit Selznick und Fleming abgestimmt. Ich habe wirklich und wahrhaftig ein paar Wochen drehfrei. Ich kann erst einmal zu dir nach New York kommen. *No Time For Comedy* läuft ja noch länger, oder?«

»Bitte sprich nicht davon.« Larry schnitt eine Grimasse. »Je früher ich diesem Elend entkomme, desto besser.«

»Ist es so schlimm?« In ihren täglichen Telefonaten hatte ihr Liebster mehrfach angedeutet, wie unglücklich er mit dem Stück war, in dem er mehr oder weniger nur als Stichwortgeber für Kit Cornell diente. »Die Kritiken waren gut.«

»Wenn du einmal Shakespeare gespielt hast, ist alles andere nur ein Absturz.« Larry seufzte. »Aber das Schlimmste sind all die Menschen, die *Stürmische Höhen* gesehen haben und mich jetzt in *No Time For Comedy* begaffen und mir am Bühnenausgang auflauern.«

»Sind viele Frauen dabei?« Obwohl Vivien sich geschworen hatte, nicht danach zu fragen, konnte sie ihre Eifersucht nicht zügeln.

»Ich bekomme Stapel von Fanbriefen und jeder fünfte ist ein Heiratsantrag.« Ihr Herz setzte einen Schlag aus, aber Larry wirkte glücklicherweise eher gelangweilt als geschmeichelt. »Sie wollen nicht mich, sie wollen Heathcliff.«

»Ich will *dich*!«

»Und ich dich. Genug davon, lass uns unsere gemeinsame Zeit nutzen.«

Obwohl das Wochenende ihr Kraft und Zuversicht verliehen hatte, fühlte Vivien sich sofort wieder erschöpft, nachdem sie in Los Angeles gelandet war. Der kalifornische Sommer bleichte nicht nur die Blumen in ihrem Garten aus, auch Vivien litt unter der Hitze.

Im Studio vervielfachte sie sich zudem, denn die Technicolor-Kameras benötigten viel Licht. In den Hallen standen riesige Ventilatoren, die allerdings die heiße Luft eher umwälzten als abkühlten. Die Nerven aller Beteiligten lagen blank. Es brauchte nur eine Kleinigkeit, um einen feurigen Streit am Set zu entfachen.

Vivien war sehr erleichtert, dass ihr nur noch wenige Szenen blieben, und dann wäre sie *Vom Winde verweht* und Scarlett O'Hara endlich für immer los. Na ja, jedenfalls so lange, bis Selznick Nachdrehs verlangte. Als sie in die Garderobe kam, blickte sie überrascht auf das Kleid, das dort hing. Es war ein hochgeschlossenes weißes, das sie nie zuvor gesehen hatte. Auf dem Drehplan stand doch die Szene, in der Scarlett ihren Vater begleitet und von ihm hört, dass Tara für immer bleibt? Irgendetwas stimmte hier nicht. Sie stürmte aus der Garderobe und suchte den Regisseur, der bereits die Kameraeinstellungen prüfte.

»Victor, was drehen wir heute?«, fragte sie scharf, doch fügte besänftigend hinzu: »Jemand hat mir das falsche Kostüm in die Garderobe gelegt.«

»Es ist schon richtig.« Fleming schob seinen Hut etwas höher, um sich mit der Hand den Schweiß von der Stirn zu wischen. »Selznick ist der Ansicht, Scarlett müsse jungfräulicher aussehen. Deshalb das weiße Kleid.«

»Das kann er nicht ernst meinen!« Vivien holte tief Luft. Die feuchte Hitze legte sich auf ihre Haut und ließ ihre Haare sich locken. »Das bedeutet, ich muss die verfluchte Verandaszene noch einmal drehen?«

»Sieht ganz so aus.« Fleming wirkte genauso verärgert wie sie.

»Was stimmt nicht mit dem Musselinkleid?« Vivien hatte beim besten Willen keine Lust, kurz vor Schluss der Dreharbeiten den Anfang noch einmal neu aufzunehmen, nur weil David auf einmal ein weißes Kleid statt des grün-weiß gemusterten haben wollte. »Ich rede mit ihm.«

»Vergiss es. Das habe ich bereits getan.« Fleming verdrehte die Augen. »Er will es so und wir müssen es umsetzen.«

»Fuck!« Vivien fühlte sich stark versucht, das verdammte Kleid zu zerreißen, aber dann würde David nur ein weiteres schneidern lassen. Diesen Kampf konnte sie nur verlieren.

Aber wo kamen plötzlich all die Männer her? Vivien sah sich um, ja, es waren alles Leute vom Set. Sie hatte es sich zur Aufgabe gemacht, alle Beteiligten am Film zu kennen, um sie mit ihrem Namen begrüßen oder verabschieden zu können. Das erschien ihr als Gebot der Höflichkeit, denn immerhin waren sie Kollegen. So viele Techniker, Assistenten und Handwerker hatte sie allerdings noch nie auf einmal am Set gesehen. Wurde heute etwa auch die Flucht aus Atlanta erneut gedreht? War Selznick damit ebenfalls nicht zufrieden gewesen?

Unauffällig verließ Vivien den Set und ging zum Tisch, auf dem der aktuelle Plan lag. Als sie las, was als Nächstes anstand, begriff sie, warum die Männer sich versammelten. Na, die würden eine Überraschung erleben. Vivien konnte die Schadenfreude nicht hinunterschlucken.

Langsam schlenderte sie zurück an den Set, schloss kurz die Augen und bereitete sich auf ihre Rolle vor. Inzwischen war sie so mit Scarlett verwachsen, dass sie sofort in der Szene war.

»Sind alle so weit?«, brüllte Fleming. Aber der Regisseur erwartete keine Antwort auf seine Frage, sondern rief kurz darauf: »Action!« Vivien stellte sich an das Fußende der Treppe, dorthin, wo sie vor einigen Wochen schon einmal gestanden hatte, um den ersten Teil der Szene zu drehen. Scarlett hatte den Yankee-Deserteur töten wollen, der sie ausrauben und vergewaltigen wollte. Doch Melanie hatte sich als beherzter erwiesen und den Mann erschossen. Jetzt stand die Szene an, in der die beiden Frauen die Leiche beseitigen mussten. Vivien zwinkerte Olivia zu, die das mit einem breiten Grinsen quittierte. Beide Frauen blickten kurz zu den Männern, die sich am Rand des Sets versammelt hatten, bevor sie sich in ihre Rolle begaben.

»Gib mir dein Nachthemd«, forderte Scarlett Melanie auf. »Wir müssen den Mann irgendwo verstecken.«

»Mein Nachthemd?«, fragte Melanie mit großen Augen. Man konnte förmlich sehen, wie die Spannung bei den Zuschauern stieg, als Olivia den ersten Knopf öffnete, dann den zweiten und den dritten. Schließlich ließ die Schauspielerin die weiße Baumwolle über ihre schmalen Schultern gleiten.

Leises Lachen erklang, um Olivia de Havillands Pfiffigkeit Tribut zu zollen, während andere neugierige Zuschauer nach und nach den Set verließen, denn sie würden nicht das zu sehen bekommen, was sie sich gewünscht hatten: Olivia de Havilland nackt. Der findige Walter Plunkett hatte gemeinsam mit Vivien und Olivia eine Unterkleidung für das Nachthemd entwickelt, so dass die Schauspielerin sich nicht vor dem gesamten Team entblößen musste. Verborgen unter dem weiten Nachtgewand trug sie eine Weste und eine alte Soldatenhose, beides zusammengehalten durch einen Strick. Die absurde und hässliche Konstruktion war unter dem Nachthemd nicht zu sehen und, was noch viel wichtiger war, rutschte nicht herab, als Olivia das Nachthemd fallen ließ. Weder Vivien noch Olivia ließen sich anmerken, dass sie die Enttäuschung der Zuschauer bemerkt hatten, sondern spielten die Szene zu Ende. Erwartungsvoll sahen sie zu Fleming, der ihren Blick erwiderte und sagte: »Gut, das kann so bleiben. Olivia, bitte ziehe dir etwas Kleidsameres an.«

»Dein Chef hat mir den Maxim de Winter aus *Rebecca* angeboten«, teilte Larry ihr mit, als sie ihn vom Set aus anrief, so wie jeden Abend. »Darling, du könntest die namenlose Erzählerin spielen, und dann wären wir zusammen in unserem ersten Hollywood-Film.«

»Und England?« Sosehr Vivien sich auch wünschte, mit Larry zusammen zu drehen, so stark war das Heimweh nach London, die Sehnsucht nach ihren Freunden und ihrer Familie über das vergangene halbe Jahr in ihr gewachsen.

»Wir können beides haben, die Dreharbeiten beginnen erst im September.« Larry klang enthusiastisch. »Hitchcock soll Regie führen. *Sabotage* und *Eine Dame verschwindet* fand ich beeindruckend.«

»Oh, Larry, das wäre wunderbar. Ein britischer Regisseur und wir beide ...« Vivien schöpfte frischen Mut und war sicher, nun würde sie die kommenden Tage der Dreharbeiten auch noch überstehen. »Gleich morgen frage ich Selznick, ob ich die Rolle bekomme.«

Allerdings musste sie dafür einen guten Moment abpassen, denn ebenso wie Schauspieler und Techniker war auch der Produzent ausgelaugt und hielt sich nur mühsam auf den Beinen. Von Hattie hatte Vivien erfahren, dass Selznick neben Benzedrine jetzt auch noch ein Schilddrüsenhormon nahm, um den Anforderungen der Dreharbeiten gewachsen zu sein.

Ganz so schlimm war es bei Vivien nicht, aber sie rauchte inzwischen vier Schachteln am Tag und es würde schwer werden, die Verandaszene mit der jugendlichen Scarlett glaubwürdig zu geben.

»Selznick hat heute eine Durchhalte-Rede gehalten«, erzählte sie Larry. Ob ihr Liebster wusste, worauf er sich mit Selznick als Produzenten einließ? Gewiss, sie hatte Larry genug von den Dreharbeiten berichtet. Und eines musste man Selznick lassen: Er hatte den Film so gedreht, wie er es wollte. »Wir sollen uns noch einmal anstrengen, um *Vom Winde verweht* zu Ende zu bringen. Er wüsste, dass wir alle angeschlagen sind, aber das verdammte Ding müsse fertigwerden.«

»Was haben deine Kollegen gesagt?« Sie konnte Larrys Lächeln förmlich hören. »Hat ihm keiner erläutert, dass er an den Verzögerungen schuld ist?«

»Das wagt leider niemand. Wir alle wollen nur, dass es endlich vorbei ist.«

———◇———

Und dann, lange angekündigt, aber dennoch überraschend, war es wahrhaftig vorbei. Am 27. Juni rief Victor Fleming das letzte Mal »Action!« für die finale Szene, die passenderweise der Schluss des Films werden würde. Rhett verlässt Scarlett und sie findet Trost in dem Gedanken, dass Tara ihr für immer bleiben wird.

Überaus typisch für David hatte er das Skript für diese Szene erst am Vortag fertiggestellt. Untypisch war hingegen, dass er sich dafür bei ihnen entschuldigt hatte und ihnen erklärte, warum es so lange gedauert hatte.

»Kein Autor konnte das Ende fassen. Auch ich wäre beinahe gescheitert.« David nickte bedeutungsschwer. »Wie kann man in Bildern zeigen, dass Scarlett sich sicher ist, Rhett zurückzubekommen?«

Auffordernd sah er in die Runde. Niemand antwortete, da allen klar war, dass es sich um eine rhetorische Frage handelte. Aber einen Moment lang fühlte Vivien sich versucht, etwas zu sagen, einfach nur um der Irritation willen.

»Wir werden Scarlett zeigen, wie sie am Boden liegt«, fuhr David fort, »und sich dann in einem inneren Monolog an ihren Vater und Ashley erinnert, die ihr sagten, dass das Wichtigste in ihrem Leben die rote Erde von Tara ist.«

Kurz herrschte Stille, dann erhielt David den wohlverdienten Applaus für seine Idee.

Nach drei Versuchen hatten sie die letzte Szene im Kasten und spazierten gemeinsam zur Stage 5, wohin Leslie, Clark, Olivia, Fleming, David und Vivien den Rest des Casts und die Techniker zur obligatorischen Abschlussfeier eingeladen hatten. Wie üblich herrschte eine seltsame Stimmung aus sowohl Befreiung als auch Wehmut, dass es nun vorbei war und sich alle bald in jegliche Himmelsrichtungen verstreuen würden, um neuen Projekten nachzugehen. Vivien, ein Glas Sekt in der linken Hand, eine Zigarette in der rechten, suchte nach David, um ihm von ihrem Plan zu erzählen.

»Larry und ich werden für einen Monat nach England reisen.« Sie nahm einen Zug und stieß den Rauch aus. »Sein Vater ist gestorben.«

»Das tut mir leid.«

Sein Blick wirkte so ehrlich traurig, dass Vivien in Tränen

ausbrach, woraufhin der arme David seine Schultern rundete und ihr sanft den Rücken tätschelte.

»Entschuldigung, Vivien, ich wusste nicht, dass du Larrys Vater so nahestandest.«

»Das ist es nicht«, konnte sie schließlich hervorbringen. Sie drückte ihm den Sekt in die Hand und suchte ihr Taschentuch. »Es ist Scarlett.«

»Scarlett?«

»Ich habe mir nichts mehr herbeigewünscht als das Ende dieser Dreharbeiten.« Vivien schniefte. »Und jetzt weine ich um Scarlett. Ich werde sie so sehr vermissen. Niemals habe ich eine so intensive Rolle gespielt. Und nun ist sie tot.«

»Aber, Darling«, sagte David mit einem Lächeln. »Scarlett ist nicht tot. Auf der Leinwand wird sie leben. Du wirst für immer mit ihr zusammen sein.«

Vivien lächelte. Ja, das würde sie!

Kapitel 33

Los Angeles, Juli bis September 1939

So also fühlte sich das Ende des »großen Winds« an. David ließ seinen Blick durch das Büro schweifen, betrachtete die Sets, die Kostümskizzen, die Drehpläne und selbst das regenbogenfarbene Skript mit leiser Wehmut. Ach, was redete er sich da ein! Es blieb noch etliches zu tun, bis der Film es endlich in die Kinos schaffte. Er wollte auf alle Fälle, dass sein Projekt noch in diesem Jahr anlief, damit es bei den Academy Awards 1939 mitkonkurrieren könnte.

Bisher war es ein sehr starkes Kinojahr mit *Stürmische Höhen*, *Herr des Wilden Westens*, *Buck Rogers*, *Die kleine Prinzessin*, *Ein ideales Paar* und *Drunter und drüber*, die im ersten Halbjahr angelaufen waren. Und in den kommenden Monaten würden weitere großartige Titel kommen: *Auf Wiedersehen, Mr. Chips*, *Der Zauberer von Oz*, *Die Frauen*, *Mr. Smith geht nach Washington* und *Ninotschka*. Das waren die Streifen, von denen er wusste, aber möglicherweise hielten die großen Studios noch Asse im Ärmel versteckt, die sie zur Weihnachtszeit ziehen würden. Indem er gegen diese Filme antrat, wollte David allen beweisen, dass *Vom Winde verweht* den Blockbustern der großen Studios ebenbürtig war. Auch wenn das für David bedeutete, dass er die kommenden Wochen und Monate im

Schneideraum verbringen musste, um aus knapp 50.000 Metern entwickeltem Material einen Film zu erstellen, der möglichst nicht länger als drei Stunden liefe.

»David, es tut mir leid.« Marcella zog eine Grimasse, die nichts Gutes verhieß. »Die Südstaaten sind auf dem Kriegspfad.«

Oh nein! Was war denn jetzt schon wieder? In den letzten Wochen hatte er Margaret Mitchell kaum noch um Hilfe gebeten, weil die Autorin überdeutlich gesagt hatte, sie wollte nichts mit dem Film zu tun haben.

»Fühlt sich Mrs. Mitchell wegen irgendetwas beleidigt?« Dabei hatte er es immer nur gut mit der Autorin gemeint. Wenn sie nicht so widerspenstig gewesen wäre, hätte sie das Drehbuch geschrieben oder als Beraterin am Set fungiert.

»Schlimmer.« Marcella konnte sich kaum das Lachen verbeißen. »Es tut mir leid, aber ich werde mit Briefen, Telegrammen und Anrufen überflutet, weil es heißt, die Premiere solle in New York stattfinden.«

»Bullshit!«, fluchte David. Niemals hatte es eine derartige Erwägung gegeben. Ihm war bewusst, dass er die Südstaaten für den Erfolg seines Films brauchte.

»Hier!« Marcella legte ihm eine Zeitung auf den Tisch, die David schnell überflog. Hartsfield, der Bürgermeister von Atlanta, beklagte sich, dass seine Stadt Pläne für die Premiere geschmiedet hatte. Und das seit mehr als zwei Jahren, da könne Selznick International Pictures nicht einfach einen Rückzieher machen.

»Die Geschichte gehört uns allen«, zitierte Marcella den Bürgermeister. »David, du musst da dringend etwas tun, sonst fliegt uns das um die Ohren.«

»Weißt du, woher das Gerücht kommt?«

»Keine Ahnung. Von uns war es bestimmt keiner.«

»Ich setze gleich ein Telegramm auf, gib mir zehn Minuten.«

Marcella nickte, nahm die Zeitung und ließ ihn mit seinen Gedanken allein. Als gäbe es nicht bereits genug zu tun, musste er sich nun auch noch mit den Befindlichkeiten der Menschen aus Atlanta beschäftigen. Immerhin waren Vivien und Larry außer Landes und David musste nicht fürchten, dass ihre Romanze den Erfolg seines Films gefährdete.

»David«, sagte Hal Kern mit leicht bebender Stimme. Der Schnittmeister rieb sich mit den Zeigefingern die müden Augen. Vor ihm stapelte sich ein Turm aus vierundzwanzig Filmrollen, der bedenklich schwankte, als Hal sich zu David umdrehte, ein breites Grinsen auf dem schmalen Gesicht, die hohe Stirn in Falten gelegt. »Wir sind so weit.«

»Meinst du wirklich?« David konnte es kaum glauben, dass ihre gemeinsame Arbeit nun endlich den gewünschten Erfolg zeitigte. Den gesamten Juli und August hatten Hal und er mit den Schnittarbeiten verbracht. David hatte einige Nachdrehs in Auftrag gegeben und sich natürlich um *Intermezzo* und *Rebecca* gekümmert, aber sein Hauptaugenmerk galt dennoch *Vom Winde verweht*. »Wir haben noch keine Musik.«

Was an dem Komponisten Max Steiner lag, der sich weigerte, die Musik so zu schreiben, wie David es sich vorstellte. Möglicherweise lag es auch ein wenig daran, dass Steiner sehr kurzfristig den Auftrag erhalten hatte. Seitdem waren David und er so oft aneinandergeraten, dass David jemand anderes mit dieser Aufgabe betrauen wollte. Nur leider fand sich in

Hollywood niemand, der bereit war, so schnell so viel zu komponieren.

»Dann nehmen wir den Soundtrack von *Der Gefangene von Zenda*«, schlug Hal vor. Er gähnte, reckte sich und blinzelte. Seine Augen hatten gewiss unter den anstrengenden Arbeiten gelitten. David jedenfalls hatte manchmal das Gefühl, Kies unter den Lidern zu haben. »Die Musik passt von der Tonalität und der Länge.«

»Ich weiß nicht.« David zögerte. »Es ist nicht meine erste Vorpremiere, aber ich bin entsetzlich nervös.«

»Ein Grund mehr, dass wir es hinter uns bringen sollten.« Hal schlug mit der Faust auf den Tisch, dass die Filmrollen hüpften. »Ich kümmere mich um alles. Du hältst dich raus.«

»Der Film ist immer noch viereinhalb Stunden lang«, wandte David erneut ein. »Kein Kino wird uns das abnehmen.«

»Das lass meine Sorge sein.«

»Soll ich dir nicht helfen, das passende Kino auszusuchen?«

»Auf gar keinen Fall! David, du hast viele Qualitäten. Verschwiegenheit gehört nicht dazu.«

»Wann?«, brachte er schließlich hervor. »Irene und Jock sollten dabei sein.«

»Ich kümmere mich darum. Kommenden Samstag.«

Das ist zu früh, wollte David erwidern, aber warum es weiter hinauszögern? Also gab er nickend sein Einverständnis.

»Und du weißt wirklich nicht, wohin die Reise geht?« Irene sah ihn ungläubig an. »Ich kann nicht glauben, dass du dir das hast nehmen lassen.«

David zuckte nur mit den Achseln und nahm dann sein Herumtigern zwischen Wohnzimmer und Haustür wieder auf. Selbst wenn Irene sich nur über ihn lustig machen wollte, sprach sie etwas Wichtiges an. Er, der bisher die gesamte Verantwortung für das Gelingen von *Vom Winde verweht* getragen hatte, saß auf einmal auf der Reservebank und musste warten, bis er eingewechselt wurde.

»Hal meint, ich wäre nicht verschwiegen genug.« Auch wenn es ihn ärgerte, musste David einsehen, dass der Schnittmeister wahrscheinlich im Recht war. David hätte es sich nicht nehmen lassen, einige wenige, handverlesene Journalisten einzuladen.

»Ich freue mich, dass ich dabei sein darf.« Täuschte er sich oder war da eine Spur von Bitterkeit in Irenes Ton? Sofort drehte er sich um und eilte an ihre Seite.

»Irene, Darling, ich weiß, ich habe dich und die Jungs vernachlässigt, aber es wird besser. Glaube mir.«

Bevor sie antworten konnte, erklang die Türglocke. David sprang auf, reichte Irene die Hand und zog sie hinter sich her. Als er die Tür öffnete, erschrak er darüber, wie heiß die Luft war. Niemand würde bei diesem Wetter ins Kino gehen! Der Plan war von Beginn an zum Scheitern verurteilt. Ein schlechteres Omen konnte man sich für den Film nicht vorstellen. Er nahm neben Hal Platz und sackte in sich zusammen. All die Mühe – umsonst!

»Verrätst du uns jetzt, wohin wir fahren?«, begann Irene, während Hal gleichzeitig »Was für ein Höllenwetter« grummelte. Beide lächelten schief und schwiegen dann wieder.

»Wer sitzt in dem Wagen hinter uns?« Erneut versuchte Irene, die Stimmung aufzulockern, erneut sprach Hal zur gleichen Zeit: »Nach Riverside.«

»Uns folgen Wachleute«, warf David ein. »Niemand darf während des Previews rein oder raus.«

Danach versank er wieder in seinem dumpfen Brüten. Der Weg nach Osten kam ihm unendlich vor, die Hitze trieb ihm Schweißtropfen auf die Stirn, die Hand, mit der er sich durch sein Gesicht fuhr, zitterte.

Die Anspannung ließ ihn nach vorn rutschen, bis er beinahe vom Sitz zu fallen drohte. Neben ihm lachte Irene auf. Seinen verwunderten Blick beantwortete sie mit einer Geste. Hal, sie und er waren alle auf das vordere Drittel ihrer Sitze gerutscht. Gemeinsam brachen sie in ein Lachen aus, das allerdings künstlich klang und nicht lange währte. Den Rest der Fahrt legten sie in unbehaglichem Schweigen zurück.

Endlich hielt der Fahrer vor dem Fox Riverside Theatre an. Eine gute Wahl seines Schnittmeisters, musste David zugeben. Das Kino gehörte zu denen, die mit der neuesten Technik ausgestattet waren. Heute wollten sie ein Double Feature geben: *Hawaiian Nights* und *Drei Fremdenlegionäre* mit Gary Cooper. Ob der Kinomanager sich auf das Abenteuer einlassen würde? Ob das Publikum mitziehen würde?

Hal stieg aus und kehrte mit einem hochgewachsenen Mann zurück, auf den er einredete. David hielt es nicht mehr und sprang aus dem Wagen.

»Jetzt? Sie wollen jetzt eine Preview machen?«, fragte der Manager. Hal nannte David dessen Namen, den David vor Aufregung sofort wieder vergaß. »Was für einen Film haben Sie denn?«

»Das verrate ich nicht. Nur so viel, er ist lang.« Hal grinste, er war sicher, den Mann an der Angel zu haben.

»Sie sind doch …«, wandte sich der Kinobetreiber an David.

»Ja, genau. Ich bin David O. Selznick und freue mich, Sie kennenzulernen.«

»Ich fasse es nicht. Meinetwegen. Mein Kino ist Ihr Kino.«

»Allerdings haben wir ein paar Bedingungen.« Für die harten Verhandlungen war Hal zuständig. »Das Publikum erfährt vorher nichts. Wer drinbleibt, muss bis zum Ende durchhalten.«

»Okay.«

»Hier ist die Erklärung, die Sie vorlesen sollen.« Hal hatte wirklich an alles gedacht. »Wenn Sie so weit sind, tragen wir die Rollen in den Vorführraum.«

»In Ordnung.« Der Kinobesitzer trat von einem Fuß auf den anderen. »Aber ich habe auch eine Bedingung. Ich muss meiner Frau Bescheid geben. Die wird mich sonst erschlagen.«

Hal und David wechselten einen Blick. David nickte.

»Also gut«, gestand Hal zu, »aber Sie sagen ihr nur, dass sie herkommen soll. Nicht mehr.«

»Sie haben einen Deal.« Der Mann rannte davon, so schnell er konnte. Kurze Zeit später fuhr ein Ford vor, aus dem eine hübsche Blondine stieg, die Haare nur halb frisiert, die Bluse verkehrt geknöpft.

»Was ist so wichtig?«, rief sie. Nach einem Blick auf David, Irene, Hal und die Wachleute mit den vielen Filmrollen stutzte sie kurz, dann warf sie ihre Arme um ihren Mann und küsste ihn. »Danke, Honey!«

David, Hal und Irene schlichen in den Saal und suchten sich Plätze in der letzten Reihe. David wischte seine schweißfeuchten Hände an der Hose ab, bevor er nach Irenes Hand griff, die überraschend kühl war. Mit angehaltenem Atem lauschte er, als der Kinobetreiber Hals Rede ablas.

»Wenn Sie wollen, werden Sie heute als Erste einen besonderen Film sehen. Einen Film, der sehr lang ist.« Der Mann hielt kurz inne. »Wer gehen will, kann jetzt gehen. Wer bleibt, muss das Ende der Vorführung abwarten. Sie dürfen den Saal nicht verlassen und niemanden anrufen.«

Einen Moment redeten alle durcheinander, dann folgte erwartungsvolle Stille. Endlich gab der Manager das Zeichen, die Türen abzuschließen und den Film zu starten. David drückte Irenes Hand.

Da flimmerte der großartige Titel über die Leinwand und die Hölle brach los! Zuschauer sprangen aus ihren Sitzen, klatschten lautstark Applaus und jubelten. Aus dem Augenwinkel entdeckte David, dass Irene in Tränen ausbrach. Er selbst kämpfte gegen Tränen an. Zum ersten Mal sah er den »großen Wind« dort, wo er hingehörte: auf der großen Leinwand.

Nach dem Abspann herrschte Stille im Saal. Obwohl es sich nur um Sekunden handeln konnte, sah David sein Leben vor seinem inneren Auge vorbeiziehen. Hatte er alles gewagt und versagt? Da endlich brandete ein orkanartiger Applaus auf. David sprang auf, um gemeinsam mit Hal und dem Manager die Befragungskarten zu verteilen. Auf der Rückfahrt lasen sie einander – im Licht einer Taschenlampe, an die Hal gedacht hatte – die Bewertungen vor.

»Der größte Film der Weltgeschichte«, »der größte Film, der je gemacht wurde«, »die größte Leistung, die je auf der Leinwand war« – und mehr und mehr und mehr. David liefen Tränen des Glücks über die Wangen.

»Was sagen die kritischen Stimmen?«, fragte er, immer bereit, seinen Film besser zu machen.

»Sie vermissen Rhett Butlers Schlusssatz *I don't give a damn* und bemängeln einige Längen.« Hal sah von den Karten auf. »Aber alles in allem: Herzlichen Glückwunsch, David. Du hast einen großartigen Film geschaffen.«

»Nur um welchen Preis?«, meinte er Irene sagen zu hören. Sie lächelte ihr Sphinxlächeln und seine Freude verflog.

Kapitel 34

New York, London und Los Angeles, Juli und August 1939

Nur weg aus Los Angeles! Vivien konnte es kaum erwarten, New York zu erreichen. Ihr Herz sehnte sich nach Larry, gleichzeitig war sie froh, die Dreharbeiten und David O. Selznick hinter sich zu lassen. Kurz vor ihrer Abreise hatte sie ein Vorsprechen für die Rolle der jungen Mrs. de Winter gehabt und war sicher, Hitchcock und Selznick für sich eingenommen zu haben.

Frei, nun war sie frei! Erst jetzt, da die Anstrengungen der Dreharbeiten beendet waren, bemerkte sie, wie viel Kraft und Mut sie der Film gekostet hatte. Niemals wieder, das schwor Vivien sich, würde sie sich für einen Film so verausgaben. Ihre Zukunft und ihr Herz gehörten dem Theater. Noch ein Grund mehr, sich auf London zu freuen. Wie schön würde es sein, ihre Familie, ihre alten Kollegen und guten Freunde wiederzusehen.

Doch gemach! Erst einmal erwartete sie Larry – und New York. Auch wenn die Aussicht, ihren Liebsten wieder in die Arme zu schließen, alles andere übertönte, freute sich Viven darauf, die kulturell bedeutende Großstadt der Ostküste zu erkunden. Sie wollte unbedingt ins MOMA und hoffte, dort Gemälde von Edward Hopper zu sehen, einem ihrer Lieblingsmaler. Museen gab es so viele in New York, dass Vivien fast erschlagen wurde und sich kaum entscheiden konnte.

Als wolle die Stadt ihr die Wahl noch erschweren, fand aktuell die *New York World's Fair* statt, für die sich Vivien ebenfalls interessierte. Wann hatte man schon einmal die Gelegenheit, eine Weltausstellung zu sehen? Sie fühlte sich hin- und hergerissen zwischen dem brennenden Bedürfnis, nach Hause zurückzukehren, und dem Wunsch, gemeinsam mit Larry die Wunder der Weltausstellung und New Yorks zu erkunden.

Arm in Arm mit Larry stand Vivien am Kai und wartete darauf, mit den anderen Passagieren die *Île de France* zu besteigen, die sie nach Southampton bringen würde. Sie atmete tief ein, lehnte ihren Kopf auf seine Schulter und gab sich ganz dem Glück hin. Ein kleiner Seufzer entwich ihren Lippen, was bei Larry ein leises Lachen auslöste. Dieses Lachen, das sie so liebte.

»Du klingst wie eine zufriedene Frau.«

»Oh, Larry, ich liebe New York.« In Gedanken ließ sie die vergangenen Tage Revue passieren. »Wollen wir uns nicht in dieser Stadt niederlassen? New York wirkt echter als Los Angeles.«

»Ach, Vivling.« Larrys Seufzen war keines der Freude. »Wenn du länger hier wohnen würdest, würdest du erkennen, wie wenig sich die beiden Städte unterscheiden.«

»Aber so ein Haus wie das von Kit Cornell und Guthrie McClintic in Sneden's Landing zu besitzen, das fände ich wunderbar.« Vivien hatte den Besuch bei Larrys Kollegin und deren Lavendelehemann sehr genossen. Während Larry früh ins Bett gegangen war, hatten Vivien, Kit und Guthrie bis in die frühen Morgenstunden hinein über das Theater geplaudert. Katharine, eine der größten Schauspielerinnen am Broadway, weigerte sich standhaft, nach Hollywood zu gehen. Vivien bewunderte sie für diese Haltung, aber sie selbst musste Filme drehen, um Geld zu verdienen.

»Das wirst du gewiss nicht mehr denken, wenn wir erst wieder in unserem Durham Cottage sind.« Larry drückte sie liebevoll an sich. »Schau, dort kommt die *Île de France*.«

Obwohl sie sich sehr auf England freute, beschlich Vivien ein banges Gefühl. Wie würde es sein, Leigh und Suzanne zu sehen? Würde ihr Ehemann endlich, endlich in die Scheidung einwilligen? Würde ihre Mutter akzeptieren, dass Viviens Herz Larry gehörte und sie niemals zu Leigh zurückkehren würde?

»Leigh.« Viviens Herz schlug ein wenig schneller, als ihr Ehemann die Tür öffnete. Leigh hatte sich in den vergangenen Monaten kaum verändert. Noch immer sah er aus wie der solide, grundanständige Anwalt, der er ja auch war. »Ich hoffe, ich störe nicht?«

»Vivling.« Leigh blieb in der Tür stehen und musterte sie.

Vivien streckte ihm die rechte Hand entgegen, dann kam es ihr falsch vor, ihren Ehemann so förmlich zu begrüßen. Also öffnete sie die Arme, aber auch das fühlte sich nicht richtig an. Schließlich endeten sie beide in einer Art umarmender Handschlag wie zwei Männer, die sich nach Jahren wiederbegegneten. Zwischen ihnen lag ein Graben, der tiefer war als das halbe Jahr Hollywood.

»Wie geht es dir?«, fragte sie und ärgerte sich, dass ihr nichts Persönlicheres einfallen wollte.

»Es geht. Und du? Hast du die richtige Entscheidung getroffen, als du nach Hollywood gegangen bist?« Er trat zur Seite und bat sie mit einer Geste ins Haus. Noch immer kam es ihr seltsam vor, ein Gast in diesem Haus zu sein, in dem sie gemeinsam gelebt hatten. »Deine Briefe lassen anderes vermuten. Es klang nicht, als wärest du als Filmstar glücklich geworden.«

Sie folgte ihm ins Wohnzimmer, das noch genauso aussah wie an dem Tag, an dem sie ausgezogen war. An Leighs Stelle hätte sie zumindest die Fotos von ihr weggestellt. Für Vivien hatte die Atmosphäre etwas Erwartungsvolles und gleichzeitig Bedrückendes. Sie wünschte sich, nicht allein mit Leigh zu sein.

»Die Dreharbeiten waren nicht einfach. Wenn ich Larry nicht hätte …«

Sie beendete den Satz nicht, weil sie den Schmerz in seinen Augen sah, als sie von ihrem Liebsten sprach. Warum nur musste Leigh so eine treue Seele sein und immer noch hoffen, dass sie zu ihm zurückkehrte? Sie schwiegen beide, bis die Stille den kleinen Raum voller Erinnerungen füllte. Vivien wünschte sich nichts mehr, als davonzulaufen. Sie hatte sich so sehr auf England gefreut und musste nun feststellen, dass nichts so war, wie sie es erwartet hatte.

»Ist Suzanne nicht da?«

»Sie ist noch in der Schule. Als ihre Mutter solltest du wissen, dass Kinder in Großbritannien mit fünf Jahren eingeschult werden.«

Ja, das wusste Vivien selbstverständlich, aber sie war leider nicht die perfekte Mutter und hatte einfach nicht bedacht, dass Suzanne bereits im schulfähigen Alter war. Himmel, wo war nur die Zeit geblieben?

»Wann kommt sie nach Hause?« Warum hatte Leigh ihre Tochter nicht zu Hause auf sie warten lassen können? Schließlich hatte Vivien sich angekündigt, um ihre Familie in der Little Stanhope Street anzutreffen.

»In zwei Stunden.«

Zwei Stunden voll Sprachlosigkeit und stummen Vorwurfs, nein, das würde sie nicht ertragen. Sie mochte Leigh zu gern, als dass sie die Kälte zwischen ihnen ignorieren konnte. Gleichzeitig waren sie beide zu britisch, um ihre Gefühle anzusprechen. Was hätte Scarlett wohl an ihrer Stelle getan?

»Dann schaue ich in zwei Stunden wieder vorbei.« Sie verlieh ihrer Stimme einen künstlich-fröhlichen Klang, der sie selbst erschreckte. »Ich muss unbedingt noch Souvenirs für meine Freunde in Hollywood kaufen. Bis nachher, Leigh.«

Ihr überstürzter Aufbruch glich einer Flucht. Draußen holte sie tief Luft und wunderte sich, warum sie gehofft hatte, es würde leichter werden. Leigh glaubte weiterhin, dass Vivien irgendwann zu ihm zurückkehren würde, während sie wusste, dass es für sie nur noch Larry gab. Selbstverständlich stand ihr der Sinn nicht nach einem Einkaufsbummel, aber wie sollte sie die zwei Stunden verbringen, ohne die unerfreuliche Szene im Kopf immer wieder durchzuspielen?

Kurz überlegte Vivien, ihre Freunde am Old Vic zu besuchen, aber das hatten Larry und sie für den morgigen Abend geplant – und sie wollte ihm nicht die Freude verderben, wenn nun sie als Erste den neuesten Klatsch erfuhr. Ihre Mutter hatte sie bereits gesehen und sich die obligatorischen Vorwürfe abgeholt. Wer also blieb ihr?

Ein Lächeln glitt über Viviens Gesicht, als ihr der Mensch einfiel, den sie jederzeit unangekündigt besuchen könnte und der sie herzlich empfangen würde. Der gute, alte Oswald Frewen. Außerdem wurde es Zeit, dass sie Chérie besuchte. Ob die Katze sie wohl erkennen würde? Das schlechte Gewissen überfiel sie, hatte Vivien doch Oswald und Chérie im vergangenen Dezember versprochen, dass sie nach zehn Tagen wieder nach London käme. Nun waren beinahe zehn Monate daraus geworden. Ihrem alten Familienfreund hatte Vivien das in vielen Briefen erklären können und sein Einverständnis erhalten, die Katze jedoch musste sich verlassen fühlen. Aber Chérie hatte es gewiss gut bei Oswald. So wie es Tissy gut bei Sunny hatte.

Beschwingt von dem Gedanken, die beiden Lieben bald zu sehen, begab sich Vivien auf den Weg.

»Vivien!« Oswald wirkte eher enttäuscht als erfreut, sie zu sehen. »Ich habe schon gehört, dass du wieder in London bist.«

»Oswald. Es tut mir leid, ich wollte mich gleich melden, aber meine Mutter …« Sie hob die Hände zur Entschuldigung. »Du bist der erste meiner Freunde, den ich besuche.«

»Warum hast du dich nicht angekündigt?«

»Dann wäre es keine Überraschung gewesen, nicht wahr?« Sie blickte zu ihm auf und lächelte. »Willst du mich nicht hereinbitten?«

»Willst du die Katze abholen?« Oswald öffnete die Tür, damit sie eintreten konnte, aber seine Miene blieb wenig einladend.

»Ich hoffe, sie ist dir nicht zur Last gefallen?«

»Sie liegt im Wohnzimmer neben dem Kamin. Das ist ihr Lieblingsplatz. Willst du sie mitnehmen?«

»Larry und ich müssen wieder nach Hollywood. Wäre es sehr schlimm, wenn du dich noch ein wenig um Chérie kümmern müsstest?«

Nun erhellte ein Lächeln sein treues Gesicht.

»Vivien, du wirst es nicht glauben, aber ich habe mich so an das Tierchen gewöhnt.« Oswalds Stimme klang weich. »Der Gedanke, Chérie zu verlieren ...«

»Vielleicht ist es besser, wenn du sie behältst, Katzen brauchen Sicherheit und ich kann sie ihr nicht geben.«

»Setz dich. Möchtest du einen Kaffee?«

»Sehr gern. Hast du einen Aschenbecher?« Vivien suchte in ihrer Handtasche nach der Zigarettenschachtel, als sie eine Berührung am Bein spürte. »Oh, da bist du ja, meine Schöne.«

Die Katze verharrte einen Moment, als sie Viviens Stimme hörte, und sprang dann mit einer eleganten Bewegung auf den Stuhl neben dem Kamin.

Vivien atmete den Rauch ihrer *Player's* ein und musterte Oswald.

»Du siehst müde und sorgenvoll aus, mein Lieber«, stellte Vivien fest, nachdem er ihr Kaffee und Gebäck gebracht hatte. »Was macht dir Kummer?«

»Ach, Vivien, lass uns lieber über etwas Schönes reden. Erzähl mir von Amerika.«

»Ich habe dir das Wichtigste geschrieben, bitte sage mir, was dich bedrückt.«

»Es wird Krieg geben. Hitler wird keine Ruhe geben, da bin ich mir sicher.«

»Himmel!« Vivien hob die Hand an den Mund. Während Scarlett den Krieg nur als Ärgernis gesehen hatte, das einer Feier im Weg stand, wusste Vivien nur zu gut, was es bedeutete, sollte Deutschland erneut einen Krieg beginnen. »Oh,

Oswald, in Amerika ist man so weit weg von allem. Bitte, erzähl mir mehr.«

Nach dem Gespräch mit Oswald spazierte Vivien zurück zu ihrem alten Haus. Inzwischen war das Wetter umgeschlagen, der graue Nieselregen spiegelte ihre düstere Stimmung wider. In Los Angeles herrschte wahrscheinlich strahlendes Sommerwetter. Zu ihrer Überraschung verspürte Vivien Sehnsucht, Heimweh fast, nach Hollywood.

Würde das nun immer so sein? Würde sie sich in Los Angeles nach London und in London nach Los Angeles sehnen? Nach kurzem Überlegen kam sie zu dem Schluss, dass es gleichgültig wäre, denn es zählte nur eines: Dass sie mit Larry zusammen war.

»Ich bin froh, dass wir nach Hollywood zurückkehren.« Vivien schmiegte sich an Larry und beobachtete, wie die Küste Englands langsam am Horizont verschwand. »London war voller Traurigkeit.«

Suzanne war ihr gegenüber sehr zurückhaltend gewesen, höflich wie zu einer Fremden. Auch wenn Vivien einsehen musste, dass sie kaum mehr erwarten konnte, hatte es dennoch geschmerzt.

Selbst zu den Freunden am Theater hatte sich durch ihre Hollywood-Zeit eine Kluft aufgetan. In den Gesprächen hatten sich Pausen und Schweigen eingeschlichen und alle schienen erleichtert, als Vivien und Larry sich verabschiedeten.

»Vivien, du solltest in die Kabine gehen. Es ist zu windig für deine zarte Gesundheit.« Gertrude Hartley war neben sie getreten. »Oder zieh dir wenigstens einen dickeren Mantel über.«

Larry und Vivien hatten Viviens Mutter nach Hollywood eingeladen, was sie zu Viviens Überraschung angenommen hatte. Nun waren sie zu dritt an Bord und versuchten, ein Arrangement zu finden. Larry bemühte sich sehr um Gertrude, während sie ihm gegenüber distanziert blieb. Vivien war allerdings fest davon überzeugt, dass selbst ihre strenge Mutter Larrys Charme auf Dauer nicht widerstehen könnte.

»Ein Telegramm für Miss Leigh und eines für Mr. Olivier.« Ein Steward überreichte Larry und ihr je einen Umschlag.

»Danke.« Vivien kramte in ihrer Handtasche nach Trinkgeld, während sie sich wunderte, was es wohl so Wichtiges gäbe, dass ein Telegramm erforderlich war. Bevor sie den Umschlag öffnen konnte, sah Larry sie an.

»Es tut mir leid, Vivling.«

»Was ist passiert?« Viviens Gedanken überschlugen sich. Als Erstes kam ihr die Idee, dass die Filmrollen von *Vom Winde verweht* vernichtet wären und sie den Film neu drehen mussten. Dann fürchtete sie, jemand aus dem Team wäre gestorben. »Larry, sag doch.«

»Es ist von Selznick.«

»Sag nicht mehr.« Vivien hob abwehrend die Hand und riss dann den Umschlag auf. Mit einem Schnauben ließ sie das Telegramm sinken.

Vivien, du bist die Falsche für Rebecca. Deine Karriere, die durch Vom Winde verweht *sicher an Fahrt aufnehmen wird, wäre gefährdet durch eine unbedachte Rollenwahl.*

Kapitel 35

Los Angeles, September und Oktober 1939

Vom Winde verweht war ein überbordender Erfolg, genau so, wie es David erhofft hat. Nur ein Wermutstropfen trübte seinen Triumph: die kritischen Stimmen, die das Ende des Films bemängelten. Auf vielen Bewertungskarten war negativ angemerkt worden, dass Margaret Mitchells grandioser Abschiedssatz von Rhett Butler »I don't give a damn!« nicht in den Film gelangt war. Sosehr es David ärgerte, er musste voll und ganz dem Publikum zustimmen. Ohne diesen Satz war Rhetts Abgang langweilig und passte überhaupt nicht zu dem tollkühnen Helden. Andererseits wusste David nur zu gut, was es bedeutete, sollte er diese Worte verwenden.

»Marcella, mach mir einen Termin mit Joseph Breen. In ein oder zwei Tagen, aber nur am Telefon. Persönlich muss ich den Kerl nicht sehen.«

Breen war der zuständige Zensor des Hays Office, in dessen Verantwortungsbereich es lag, dass *Vom Winde verweht* alle Vorgaben und Regularien des Motion Picture Production Codes einhielt. Denn ohne Zustimmung der Behörde würde Davids Film nicht ins Kino kommen. Breen hatte David bereits eine lange Liste an – seiner Ansicht nach – störenden

Szenen zugesandt. Die Vorschläge reichten vom Verbot, dass Scarlett ihre Kurven mit den Händen nachzeichnete, bis hin zu dem Vorschlag, Belle Watlings Bordell zu einer Bar zu machen. Außerdem fand Breen Belle viel zu sympathisch für eine Lebedame.

David hatte wie ein Löwe dafür gekämpft, den Film so zu belassen, wie er gedreht worden war, hatte schließlich an einigen Stellen nachgegeben und an anderen gewonnen. Nur dem »Damn« hatte er sich bisher nicht gestellt. Wenn er dieses Wort durchsetzen wollte, brauchte er gute Argumente, denn der Code verbot obszöne Wörter. Und wieder musste er wertvolle Zeit, die er sinniger am Schneidetisch oder bei der Überwachung der Musik und den Vorbereitungen der Premiere verbracht hätte, mit dem Hays Office verplempern. Da kam ihm eine Idee.

»Marcella, bitte besorge mir ein *Oxford English Dictionary*. Und mach den Termin nicht mit Breen, sondern mit Hays persönlich. Und erst in einer Woche, vorher werde ich ihm schreiben.«

Es gab Tage, an denen fühlte sich David wie ein Jongleur. Allerdings jonglierte er nicht mit Bällen, sondern mit Schwertern – und das auch noch mit verbundenen Augen. Heute war wieder so ein Tag, an dem er hellwach und kampfbereit sein musste. Sicherheitshalber schluckte er noch zwei Benzedrine, bevor er zum Telefonhörer griff.

»Mr. Hays, danke, dass Sie Zeit für mich haben.«

»Hatte ich eine Wahl? Sie haben mich mit Memos, Briefen und Anrufen bombardiert.« Man musste kein Psychologe sein, um den Unmut des obersten Zensors zu erkennen. »*Vom*

Winde verweht als ›die amerikanische Bibel‹ zu titulieren, halte ich, gelinde gesagt, für verwegen.«

»Möglicherweise habe ich ein wenig übertrieben, aber lesen Sie die Bewertungen des Romans. Fragen Sie dessen Leserinnen.« David setzte alles auf eine Karte. »Ich habe mich in der Verfilmung der Werktreue verpflichtet und Mrs. Margaret Mitchell hat diese Worte so geschrieben. Eine zarte Dame, die Stimme der Südstaaten.«

»Das mag sein, aber das Kino trägt mehr Verantwortung als ein Verlag. Sie wissen so gut wie ich, anstößige Wörter sind nicht zugelassen.«

Innerlich triumphierte David, weil das Gespräch exakt die Richtung einschlug, die er geplant hatte. Nach außen blieb er beflissen, nur damit Hays ja nicht misstrauisch wurde.

»Sie haben recht, als Filmschaffende tragen wir eine größere Last als die Literatur«, lullte David den Zensor ein, »allerdings habe ich mich kundig gemacht.«

Er legte bewusst eine Pause ein, damit er Hays' Neugier weckte.

»Ja?«

»Nun, das *Oxford English Dictionary* nennt ›damn‹ einen Vulgarismus und keinen Fluch.«

»Sie betreiben Haarspalterei.«

So eine Reaktion hatte David ebenfalls vorhergesehen und schoss seinen nächsten Pfeil ins Ziel.

»Ich habe meine Sekretärin gebeten zu recherchieren. Inzwischen hat das Wort Eingang in den öffentlichen Sprachgebrauch gefunden und ...«

»Deshalb muss ich es noch lange nicht gutheißen!«

»Selbst Zeitungen und Magazine wie *Woman's Home Companion*, *Saturday Evening Post* und *Collier's* nutzen es häufig«, fuhr David ungerührt fort. »Und last but not least, das Publikum erwartet Rhetts Worte. Ich habe Ihnen die Auswertung der Previews gesandt.«

Schweigen am anderen Ende der Leitung, gefolgt von einem Seufzen.

»Ich habe Ihre Argumente mit meinen Leuten diskutiert.« Auch Hays beherrschte die Kunst der wohlgesetzten Pause.

»Und?« Davids Finger tasteten nach der Zigarettenschachtel, er wagte kaum zu atmen.

»Sie können das verdammte Wort nutzen.« Humor seitens Hays', das war neu. »Aber Sie werden trotzdem eine Strafe dafür zahlen.«

»Danke. Das ist es mir wert.« Doch Hays hatte bereits aufgelegt. »Ja! Verflucht!«

»Herzlichen Glückwunsch!« Marcella hatte seinen Jubelruf wohl gehört. »Ein Kampf gewonnen, der nächste erwartet dich gleich.«

»Ich weiß.« David stöhnte auf. »Aber erst einmal gönne ich mir eine Siegeszigarette. Dann stelle ich mich L.B.«

»Bitte unterbrechen!«, rief David dem Vorführer zu. Bereits zum dritten Mal musste der Film für Louis B. Mayer angehalten werden. David verdrehte im Dunklen die Augen. Ja, die aktuelle Fassung war immer noch überlang, aber das war nicht der Grund, warum Mayer nun zum dritten Mal auf die Toilette verschwand. Möglicherweise sollte sein Schwiegervater einen Arzt aufsuchen, um diese Probleme abklären zu lassen.

Das Licht ging an, Mayer drängte sich an den sitzenden

Männern vorbei und stolzierte aus dem Vorführraum. Zwei seiner Begleiter nutzten die Chance und folgten ihm. Grübelnd strich sich David mit der Hand übers Kinn.

Die verbliebenen Zuschauer warteten in gespanntem Schweigen, bis der mächtige MGM-Mogul zurückgekehrt war. Er nickte David zu, damit dieser dem Vorführer das Signal geben konnte, den Film fortzusetzen. Obwohl er die überarbeitete Fassung bereits viermal gesehen hatte, verfolgte David das Geschehen auf der Leinwand voller Spannung. Mit jeder Minute, die verging, wuchs seine Aufregung. Was würden Mayer und die anderen sagen? Wären sie mit dem Film, den David als sein Meisterwerk betrachtete, einverstanden? Oder würden sie sich dagegen aussprechen? Er verengte die Augen, um im Halbdunkel etwas sehen zu können, doch den Mienen der Männer um ihn herum war nichts abzulesen.

Endlich flimmerten die letzten Bilder über die Leinwand, bis sie schwarz wurde. Das Licht ging an und David blickte sich um, studierte die Gesichter, die immer noch ausdruckslos blieben. David war sich sicher, dass sie alle auf Mayers Votum warteten, bevor sie ihre Meinung kundtaten, die selbstverständlich der von Mayer entspräche. Dabei war es unabdinglich, dass Davids Herzensprojekt seinem Schwiegervater gefiel, schließlich war dessen Studio sein größter Geldgeber.

Auch wenn es ihm schwerfiel, nicht nachzufragen, schwieg David. Er kannte Mayer gut genug, um zu wissen, wie dieser seine kleinen Psychospielchen liebte. L.B. wusste ganz genau, wie nervös man als Verantwortlicher bei den ersten Probevorführungen war. Denn davon hing es ab, ob der Film zurück in den Schnitt musste und auch, ob er die Unterstützung bekam, die es brauchte, um einen Erfolg zu landen. Jetzt ging es nicht mehr um Kunst und Werktreue, jetzt gab es nur noch eine Frage: Hatte der Film das Zeug, die Kinokassen klingeln zu lassen?

»Ganz hübsch«, durchbrach Mayer schließlich die Stille.

David fühlte sich so erleichtert, dass er sich beinahe durch einen Seufzer verraten hätte. Mit aller Kraft behielt er sein Pokerface bei und wartete, was wohl noch käme.

»Allerdings hat der Film zwei Probleme.«

David holte tief Luft. Auf gar keinen Fall wollte er jetzt mit der Frage herausplatzen, was sein Schwiegervater damit meinte. Sonst hätte Mayer eine Schwäche gewittert und das wäre verhängnisvoll für David und seinen »großen Wind«.

»Dass der Film zu lang ist, darüber sind wir uns wohl alle einig?« Obwohl der MGM-Boss es als Frage formuliert hatte, war allen klar, dass es eine Aufforderung war, sich seiner Meinung anzuschließen.

David nickte. Mit dieser Kritik konnte er leben, denn er hatte sie vorausgesehen. Mehr noch, er hatte sie geplant: David hatte bewusst eine längere Schnittfassung genommen, damit Mayer und seine Konsorten einen augenfälligen Angriffspunkt hatten und andere Aspekte, die David viel wichtiger waren, übersahen. Mayers Reaktion zufolge war ihm die Strategie gelungen.

»Es ist eine Rohfassung«, antwortete David. »Ich werde den Film gewiss noch kürzen. Die Endfassung liegt aber in jedem Fall bei etwa vier Stunden.«

Sogleich begann das Murmeln. »Nein, das geht doch nicht!«, »Unfassbar!«, »Wahnsinn« – und Ähnliches mehr gaben Mayers Speichellecker von sich. Der Filmmogul ließ sie alle reden, bis er die Hand hob, um seine Meinung kundzutun. Selbstverständlich herrschte augenblicklich Stille.

»Nun«, sagte Mayer. »Die Länge ist ungewöhnlich.«

»Die Geschichte benötigt so viel Zeit«, verteidigte sich David und ärgerte sich über den defensiven Tonfall in seiner Stimme. Mayer gegenüber musste man selbstbewusst auftreten, wenn man gewinnen wollte. »Das Buch ist ein Bestseller, obwohl es tausend Seiten umfasst.«

»Ein Buch kann ich zur Seite legen«, entgegnete Mayer und sein durchbohrender Blick traf David. »Glaubst du wirklich, das Publikum im Kino wird da mitziehen? Ganz zu schweigen davon, wie man es so lange auf den Sitzen aushalten soll.«

Mayer lachte laut und alle fielen in sein Gelächter ein. Alle bis auf David, er verzog das Gesicht lediglich zu einem höflichen Grinsen.

»Ich habe überlegt, den Film in zwei Teilen ins Kino zu bringen«, sagte er gelassen, was erneut zu einem kollektiven Aufstöhnen führte.

Bevor einer von Mayers Leuten etwas sagen konnte, hob David die Hand, um sie zum Schweigen zu bringen. Als sie gehorchten, fiel ihm auf, wie ähnlich seine Geste der seines Schwiegervaters war.

»Aber meine Leute haben mir davon abgeraten«, fuhr David fort. »Also wird es nur einen Film geben. Für Menschen wie dich, L.B.«, David lachte zum Zeichen, dass er einen Scherz gemacht hatte, »wird es eine Pause zwischen dem ersten und dem zweiten Teil geben. Das Publikum kann zur Toilette gehen, sich etwas zu knabbern holen, Popcorn kaufen und sich die Beine vertreten.«

»Und du meinst, sie kehren dann wieder in den Saal zurück? Das ist ein Risiko«, stellte Mayer mit kühler Stimme fest, aber schließlich verzogen sich seine Mundwinkel zu einer

Andeutung eines Lächelns. »Für diesen Film kannst du das Wagnis eingehen, denke ich.«

Dankbar nickte David ihm zu.

»Problem eins ist also gelöst. Du wirst den Film kürzen und teilen.« Mayers Tonfall ließ keine Diskussionen zu. »Dann bleibt uns nur noch eines.«

David atmete langsam ein und aus, um sich auf das Kommende vorzubereiten. Er war sich sicher, Problem zwei würde ihm größere Schwierigkeiten bereiten. Am besten war es, den Stier bei den Hörnern zu packen, anstatt darauf zu warten, dass er angriff.

»Was sollte ich deiner Meinung nach noch ändern?«, wandte er sich an seinen Schwiegervater. »Passen dir die Farben nicht?«

Noch immer war David sich unsicher, ob das Technicolor-Verfahren wirklich das richtige für diesen Film war. Er hatte sich die Bilder weicher, südstaatlicher gewünscht, einiges erschien ihm zu dunkel, anderes fand er zu grell. Möglicherweise ließ sich das nachträglich noch etwas beheben. Das musste David auf seine Liste setzen.

»Nein, die Farben sind in Ordnung.« Mayer legte eine Kunstpause ein, damit sich alle Aufmerksamkeit erneut auf ihn konzentrierte. »Das Dilemma ist grundsätzlicher. Das Ende muss anders werden.«

David meinte, sich verhört zu haben. Sicher, Mayer brüstete sich immer damit, dass MGM wunderbare Schnulzen und familientaugliche Unterhaltung produzierte, aber er konnte nicht im Ernst meinen, den Schluss umschreiben zu wollen.

»Das Ende ist perfekt, wie es ist. Wir haben es sehr stark an den Roman angelehnt.«

»Das mag sein, aber es geht nicht um Literatur, es geht um Filme.« Mayer befleißigte sich erneut des Tonfalls, der jeden Widerspruch im Keim ersticken sollte. Schließlich war er der Chef von MGM, und wenn jemand etwas vom Film verstand, dann er.

»Ich kenne den Unterschied«, schnappte David, bevor er sich zurückhalten konnte. »Wir haben das Buch drastisch zusammengekürzt und etliche Szenen und auch schöne Figuren gestrichen. Alles, damit wir die Geschichte konzentriert erzählen können.«

»Das ist auch alles gelungen, aber der Schluss macht alles zunichte.« Mayer begleitete seine Worte mit einer abfälligen Handbewegung. »Unser Publikum erwartet nach einer Schmonzette wie dieser ein Happy End. Es kann nicht sein, dass Clark das Mädchen zurücklässt; nicht, nachdem Scarlett ihre Liebe für ihn gefunden hat. Was soll das für ein Ende sein?«

»Ein offenes«, antwortete David, »eines, dass die Möglichkeit bietet, einen zweiten Film zu drehen.«

Himmel, Mayer konnte doch nicht ernsthaft eine Geschichte, deren Dramatik darauf aufbaut, dass Scarlett O'Hara den falschen Mann liebt und ihre wahre Liebe zu spät erkennt, durch ein kitschiges Ende ad absurdum führen. Mayers Vorstellung erschien ihm beinahe so schlimm wie Ben Hechts Idee, Ashley aus dem Film zu streichen. David musste sich bemühen, sich seine Gedanken nicht auf dem Gesicht ablesen zu lassen. Stattdessen gab er vor, nachzudenken und Mayers Idee, die vollkommen hanebüchen war, in Betracht zu ziehen.

»Glaub mir, ohne Happy End geht das Ding unter«, betonte sein Schwiegervater erneut. »Und weil wir viel Geld in das Projekt reingesteckt haben, muss ich darauf bestehen.«

»Auch das Schicksal meines Studios hängt von dem Film ab«, antwortete David scharf. »Du kannst sicher sein, mein Interesse am Erfolg dieses Films ist garantiert genauso groß, wenn nicht größer als deines.«

»Gut, dann sind wir einer Meinung und es wird ein Happy End geben.« Mayer schloss kurz die Augen. »Lass das Mädchen Rhett nachlaufen, seinen Namen rufen und das letzte Bild sind die beiden in inniger Umarmung.«

Lohnte es sich, jetzt zu streiten? Nein, David würde das hinnehmen und dann tun, was er für richtig hielt.

»Ich werde es in Erwägung ziehen«, sagte er mit einem Lächeln. »Du kannst dich darauf verlassen, dass ich das tue, was für dich, den Film und für mich das Richtige ist.«

Kapitel 36

Los Angeles, Dezember 1939

Verflucht! Wo war nur die Zeit geblieben? Er hatte nur noch drei Tage bis zur Premiere in Atlanta. David fuhr sich mit der Hand durch die Haare. Das hatte er sich angewöhnt, seitdem Irene ihn darauf hingewiesen hatte, dass er dem »großen Wind« die ersten grauen Strähnen verdankte. Doch jetzt, wo über Erfolg oder Misserfolg seines Films entschieden werden sollte, galt all seine Aufmerksamkeit dem Film, denn wenn sie je nachließ, wäre *Vom Winde verweht* zum Scheitern verurteilt.

Während er die PR-Abteilung von MGM überwachte und mit Memos dirigierte, bereitete er parallel den heutigen Termin vor: wählte Journalisten, Reporter und Kolumnisten aus und instruierte den Kinobetreiber, wie er das Licht am besten dimmte. Und er hatte *Vom Winde verweht* bestimmt noch zehnmal angeschaut, auf der Suche nach Änderungsnotwendigkeiten.

Inzwischen hatte David jegliche Objektivität verloren, sobald es um seinen Film ging. Er schwankte zwischen überschwänglicher Begeisterung für sein Meisterwerk und abgrundtiefer Panik, dass es von der Presse zerrissen werden würde. An manchen Tagen war David sich sicher, für diesen

Film endlich die langersehnte Anerkennung in Form eines Academy Awards zu bekommen; an anderen fürchtete er, dass er Selznick International Pictures in den Ruin treiben würde.

Selbst wenn die Medienvertreter die Story nicht mochten, würden sie anerkennen müssen, was für ein technisches Meisterwerk der Film war. Sofern sie die Technicolor-Farben nicht als zu künstlich und kitschig empfanden. Hatte David mit den Zwischentiteln übertrieben, die er blumig gestaltet hatte? Was würden die Schreiberlinge wohl zu dem riesigen Titel sagen, den David sich gewünscht hatte? Wieder einmal hatte er seine Technik-Abteilung an den Rand der Verzweiflung getrieben. Um den gewaltigen Titel aufzunehmen, musste jedes Wort auf eine gigantische Glasplatte geschrieben werden, an denen die Kamera vorbeigefahren wurde. Ja, ein immenser Aufwand, aber er hatte sich auf jeden Fall gelohnt, denn bereits der Titel versprach so, was für einen Film das Publikum erwartete: etwas Gigantisches, etwas Einzigartiges, etwas nie Dagewesenes.

»David, es ist so weit.« Marcella nickte ihm zu. »Lydia und Victor warten auf dich.«

Er konnte nur nicken. Seine Kehle fühlte sich beengt an, seine Brust durchzog ein stechender Schmerz. Sollte er einen Herzinfarkt erleiden, noch ehe er wusste, wie Presse und Publikum sein Meisterwerk aufnahmen? Ein tiefer Atemzug, ein Schluck Kaffee – und er fühlte sich etwas besser. Ab heute würde er weniger rauchen. Den guten Vorsatz trug er seit Wochen mit sich herum und brach ihn jeden einzelnen Tag.

»Alles wird gut werden. Ich glaube an den Film.« Marcella kreuzte die Finger.

»Danke.« Warum nur musste David immer wieder an L.B.s

Bonmot denken, dass selbst Jesus gesteinigt werden würde, sollte er es wagen, vier Stunden zu predigen? Und hier war er nun, David O. Selznick, mit einem Film, der äußert knapp an einer Laufzeit von vier Stunden vorbeischrammte. Ja, die Vorpremieren waren rauschende Erfolge gewesen, aber die Begeisterung des Publikums begründete sich sicher auch in der Überraschung und darin, die Ersten gewesen zu sein, die den vieldiskutierten Film gesehen hatten. Die Presse hingegen stand Davids *Vom Winde verweht* eher skeptisch gegenüber, angefangen von der Besetzung der Scarlett durch eine Britin über die Querelen mit den Regisseuren bis hin zur Frage, ob der Film seine immensen Kosten je würde einspielen können. Zu spät. Nun konnte er nichts mehr ungeschehen machen. Mit langen Schritten eilte er zu dem wartenden Wagen, in dem bereits der Regisseur und das Script-Girl saßen.

»Nun entscheidet es sich.« Er nickte beiden zu. Lydia erwiderte seinen Gruß, während Victor nur stumm vor sich hin starrte. War der Regisseur etwa immer noch beleidigt, weil David ihn gefragt hatte, ob er George Cukor und Sam Wood ebenfalls im Vorspann nennen sollte? Dabei musste selbst der eitle Victor zugeben, wie viel von Georges Szenen und auch von denen, die Sam Wood beigetragen hatte, im endgültigen Film zu sehen waren. Aber Fleming fühlte sich persönlich gekränkt, wie David überhaupt auf die Idee hatte kommen können. So wurde nun nur Victors Name im Vorspann genannt, aber der Regisseur schmollte weiter. Sollte er doch, David hatte wirklich Besseres zu tun, als sich mit Flemings Launen herumzuschlagen.

David rutschte auf dem Sitz hin und her. Die knapp fünf Meilen bis zum Four Star Theatre am Wilshire Boulevard kamen ihm unendlich lang vor. Fragen galoppierten durch seinen Kopf wie Rhett Butler durch die Blockaden. Würden die Pressevertreter überhaupt erscheinen? Das Kino verfügte über eintausendzweihundert Plätze, er erwartete siebenhundertfünfzig Personen. Wenn die Hälfte davon nicht käme, sähe das albern aus.

Seine Finger zitterten, als er das Feuerzeug aus der Tasche zog. Selbst beim vierten Versuch gelang es ihm nicht, die Flamme zu entzünden.

»Hier, David.« Lydia reichte ihm eine glimmende Zigarette, am Filter war eine Spur ihres tiefroten Lippenstifts zu sehen.

»Danke.« Beinahe wäre ihm die Zigarette aus der Hand gefallen, was Fleming ein Schnauben entlockte.

»Wir sind da, Mr. Selznick«, sagte der Fahrer, den David gebeten hatte, zwei Blocks vor dem Kino zu halten. David fühlte sich jetzt nicht in der Lage, Small Talk mit der Presse oder Gästen zu machen.

»Warum halten wir hier?« Fleming schien nur etwas zu suchen, um sich zu ärgern. »Brauchst du frische Luft?«

»Wir wollen uns erst kurz vor Beginn hineinschleichen«, versuchte Lydia zu beschwichtigen. »Oder möchtest du *jetzt* Fragen beantworten, Victor?«

Der Regisseur zuckte nur mit den Schultern, gemeinsam warteten sie schweigend. Immer wieder blickte David auf die Uhr, aber die Zeit wollte nicht vergehen.

»Los jetzt. Mir reicht's!« Victor öffnete die Wagentür und die Mittagsschwüle Los Angeles' schlug ihnen entgegen. Doch bald frischten die pazifischen Winde auf und ließen David frösteln. Hoffentlich würde *Vom Winde verweht* nicht auch so ein kühler Empfang geboten.

Fleming marschierte voran, Lydia und David folgten ihm. David zog den Kopf zwischen die Schultern wie eine Schildkröte. Aus der Sicherheit seines Schutzpanzers blickte er sich um, ob er Presseleute sah. Glücklicherweise schienen die bereits im Kinosaal zu sitzen. David stieß einen Seufzer aus, was Lydia mit einem gemurmelten »Toi, toi, toi« quittierte. Endlich sah er die charakteristische Silhouette des Four Star Theatre und die gestreifte Markise unter der riesigen Leuchtreklame. David konnte es kaum abwarten, wenn hier endlich »*Vom Winde verweht*« in riesigen, leuchtenden Lettern stehen würde.

»Mr. Selznick, es sind fast alle da«, begrüßte ihn der Kinobetreiber. »Wir haben die Plätze in der letzten Reihe für Sie reserviert.«

»Danke.« Mehr konnte David nicht sagen, seine Kehle fühlte sich an wie zugeschnürt. Im Saal waren nur noch wenige Lichter an, als sie zu ihren Sitzen marschierten. David grüßte hier und dort jemanden, aber blieb nicht stehen, um sich zu unterhalten. Er nahm zwischen Fleming und Lydia Platz und schaute sich um. Immerhin war das Kino gefüllt, allerdings nutzten die Gäste die Zeit, bevor der Vorhang aufging, um ausgiebig und laut miteinander zu reden. David hatte auf erwartungsvolles Schweigen gehofft, nicht auf Plaudereien, als wäre es eine Pressevorführung wie alle anderen. Er zählte die Sekunden, bis endlich das Licht ausging und Steiners Musik erklang. Als der Titel über die Leinwand flimmerte, wurde es plötzlich still im Saal. Niemand tratschte mehr, alle konzentrierten sich auf seinen Film. Zum ersten Mal seit Langem hatte David das Gefühl, endlich wieder frei atmen zu können.

Obwohl die Presse den »großen Wind« feierte, umwehte die frenetischen Kritiken ein Hauch Wehmut. Denn am 12. Dezember war einer der Großen ihrer Branche gestorben. Eine Herzattacke hatte Douglas Fairbanks senior vorzeitig aus dem Leben gerufen. Nur sechsundfünfzig Jahre alt war der Filmstar, Regisseur, Produzent und Mitgründer von United Artists geworden.

Auch wenn David den Tod Fairbanks' betrauerte, musste er sich darauf konzentrieren, die Premiere von *Vom Winde verweht* zu dem Ereignis zu machen, das sein Film verdiente. Warum nur konnte nie etwas so funktionieren, wie David es geplant, sich vorgestellt und gewünscht hatte? Er hatte auf alles geachtet. Er hatte mit Howard Dietz, MGMs PR-Mann, dem L.B. Mayer die Verantwortung für die Premiere übertragen hatte, über Telegramme, Telefonate und Memos konferiert, um sicherzustellen, dass alles glattlief. Selbst das Papier für die Programmhefte hatte er in Betracht gezogen. Undenkbar, dass dessen Knistern die Worte von Scarlett oder Rhett übertönte. Unendlich viel Zeit hatte er mit der Vorbereitung verbracht, parallel zu den Schneidearbeiten für die Fertigstellung des Films, bis Irene ihn daran erinnert hatte, dass es neben *Vom Winde verweht* auch noch seine Familie gab.

Und nun das! Nun fiel Clark Gable nichts anderes ein, als damit zu drohen, das größte Ereignis dieses Jahres zu boykottieren. Vorgeblich wollte Gable nicht nach Atlanta kommen, weil Hattie McDaniel dort nicht ins Kino durfte. Schlimmer noch, selbst David fühlte sich unwohl dabei. Für Atlanta waren gesonderte Programmhefte gedruckt worden, die keine Fotos von Hattie enthielten, um die Südstaatler nicht durch ein prominentes Bild einer Farbigen zu brüskieren.

Einen Moment überlegte David, ob es nicht ein Signal gewesen wäre, Hattie auffallend im Programmheft zu platzieren. Ob er nicht dafür hätte kämpfen müssen, dass Hattie ins

Kino durfte. Aber er war kein Politiker, er war ein Produzent und sein Auftrag war es, dafür zu sorgen, dass der Film Geld einspielte und kein Flop wurde. Die Premiere war das Eintrittstor für alles! Über auffallende Veranstaltungen berichteten die Zeitungen ausgiebig. David erinnerte sich an die Erstvorstellung von *Herr des Wilden Westens* in Kansas. Das Publikum hatte den Schauspielern die Kleidung vom Leib gerissen und die Medien hatten sich überboten, darüber zu berichten. Genau so etwas wünschte er sich für *Vom Winde verweht*.

Eine Schlagzeile wie »Rhett Butler bleibt der großen Premiere fern« hingegen konnte David nicht gebrauchen. Frustriert biss er sich auf das Innere der Wange, trommelte mit den Fingern auf das Holz des Schreibtischs und grübelte, wie er dieses Problem bewältigen konnte. Sollte er Clark anrufen und dem Schauspieler gut zureden?

Nein, Gable wäre einem Gespräch nicht zugänglich, er war bockig wie ein kleines Kind. Außerdem wusste David nur zu gut, warum Clark Gable sich wirklich weigerte, nach Atlanta zu kommen. Hattie war nur ein Vorwand, an der Misere trug Fleming die Schuld. Der Regisseur hatte, mit der Entschuldigung, dass sein guter Freund Douglas Fairbanks senior gestorben war, seine Teilnahme an dem Ereignis abgesagt. Das hatte David nicht weiter gestört. Wen interessierte schon der Regisseur? Aber sein männlicher Star, der war unabdinglich.

Auch Fleming hatte den Tod seines Freundes nur vorgeschoben. In Wahrheit war er überaus zornig, weil David – unbedacht, musste er eingestehen – in einem Interview gesagt hatte, die Regisseure hätten unter seiner Aufsicht gearbeitet. Etwas, was der eitle Fleming überhaupt nicht leiden konnte, und es war zu einem unerfreulichen Streit gekommen.

Aber dass Clark so dumm war, sich auf die Seite von Fleming zu stellen und damit seinen Ruf in der Branche zu riskieren, das hatte David nun wirklich nicht voraussehen können. Wo konnte er nur ansetzen, um den mimosenhaften Star zur Vernunft zu bringen?

Vivien? Carole? Irene?, schrieb er auf ein Blatt seines gelben Memopapiers. Es mit Irene zu versuchen, war schon eine gute Idee, aber klüger wäre es, ihren Vater die Arbeit machen zu lassen. Louis B. Mayer hatte ein immenses Interesse daran, dass sich seine Investitionen rentierten. Falls sein größter Star der Premierenfeier fernblieb, waren seine Finanzen gefährdet. David war sich sicher, er müsste Mayer gegenüber nur ein paar Worte in diese Richtung fallen lassen, dann würde sein Schwiegervater schon zu den richtigen Mitteln greifen, damit der störrische Star spurte.

Kapitel 37

Atlanta, Dezember 1939

Am Morgen nach der Pressevorführung las Vivien in den Zeitungen die ersten begeisterten Kritiken über *Vom Winde verweht*. Doch selbst die euphorischen Stimmen konnte sie nicht aus ihrer Traurigkeit reißen. In Europa herrschte Krieg – und in Hollywood interessierte man sich nur für den Tod von Douglas Fairbanks senior und die Länge von *Vom Winde verweht*. Ihr war wahrlich nicht danach, in die Südstaaten zu reisen, um Werbung für den Film zu machen.

»Lass uns im Bett bleiben, uns etwas zu essen bestellen und den Tag genießen.« Sie räkelte sich und wandte sich Larry zu. »Ich kann David anrufen und behaupten, ich wäre krank.«

»Vivling, das gehört nun einmal zum Filmemachen dazu.« Larry küsste ihre Schulter. »Du hast durchgesetzt, dass ich dich begleiten darf. Sei damit zufrieden.«

»Ich hasse Hollywood«, stöhnte sie. »Warum können sie nicht einsehen, wie wunderbar wir beide vor der Kamera harmonieren?«

Es wollte ihr einfach nicht gelingen, einen gemeinsamen Film mit Larry zu bekommen. Stattdessen spielte sie einen Streifen mit Robert Taylor, einem Amerikaner, der in Hollywood als »Brite« gesetzt war.

»Komm, wir müssen uns beeilen.« Larry sprang auf, während sie sich die Decke über den Kopf zog. Plötzlich fiel etwas auf ihren Bauch. Vivien schob die Decke etwas zurück und erspähte Tissy, die es sich auf ihr gemütlich machte. Die Katze hatte sie voller Begeisterung begrüßt, als sie aus England zurückgekehrt waren. Und ihr war es sogar gelungen, Gertrude um ihre Pfote zu wickeln. Als Viviens Mutter im Oktober nach England zurückgekehrt war, hatte sie sich von Tissy schweren Herzens verabschiedet, jedenfalls deutlich schwerer als von Larry.

Vivien mochte das Fliegen noch immer nicht, aber Selznick hatte darauf bestanden, dass sie gemeinsam mit ihm, Irene, Olivia de Havilland und Myron sowie Howard Dietz, dem PR-Mann von MGM, nach Atlanta reiste. Das waren die Menschen, die sie an Bord erwarteten. Vivien nickte allen zu und wandte sich dann an den Produzenten.

»Oh David, wie schön. Ich freue mich so sehr auf die Premiere *unseres* großartigen Films.« Vivien hörte, wie Larry neben ihr ein verhaltenes Schnauben ausstieß, aber sie musste dem Produzenten Honig um den Bart schmieren. Selznick schien immer noch beleidigt, weil Vivien beim ersten Anschauen des fertig geschnittenen Films Ende Oktober sich eher wenig begeistert gezeigt hatte. Nach all der Agonie der Dreharbeiten hatte sie mehr erwartet – und war leider nicht in der Lage gewesen, ihre Gefühle vor Selznick zu verbergen. Es hatte sie einen Brief an Irene, Schokolade und Blumen gekostet, um wieder einigermaßen mit ihm ins Gespräch zu kommen.

Himmel, diese Amerikaner! Vivien war aus England einiges

an Ruhm und bombastischen Premieren gewohnt, sowohl am Theater als auch in den Kinos, aber diese Veranstaltung übertraf alles. Im Flugzeug hatte Selznick ihr eine Liste der geplanten Veranstaltungen in die Hand gedrückt, auf der so viele Punkte standen, dass ihr schwindelig wurde. Sie sollte ein Bürgerkriegsmuseum besuchen, an diversen Tees, Dinners und einem großen Ball teilnehmen, den eine Junior League veranstaltete. Hatte das nicht etwas mit Baseball zu tun? Vivien fühlte sich immer verwirrter und begann sich zu fragen, wie sie die Zeit durchstehen sollte.

Aber sie war ja nicht allein. Sicher dürfte ihr Liebster nicht an allen Programmpunkten teilnehmen, denn Selznick war schon wieder in Panik geraten, dass die Presse über Larry und sie und ihre Beziehung schriebe, aber wenigstens war er bei ihr.

»Wenn die Presse euch fragt, dann ist Mr. Olivier hier, um *Rebecca* zu promoten.« Das hatte Selznick ihnen vor Beginn des Fluges noch einmal ausdrücklich mit auf den Weg gegeben. Seine Miene hatte überaus deutlich gemacht, dass sie es ja nicht wagen sollten, von dieser Geschichte abzuweichen. Schulterzuckend hatte Vivien sich darauf eingelassen; sie würde alles akzeptieren, wenn sie nur mit Larry zusammen sein konnte.

Und nun galt es, die Lorbeeren für die schwere Arbeit einzuheimsen. Allerdings wunderte sich Vivien, warum nur so wenige der *Vom Winde verweht*-Stars an Bord des Flugzeugs waren. Von Leslie Howard wusste sie, dass er nach England zurückgekehrt war, um einen Beitrag im Krieg zu leisten. Russell Birdwell und Kay Brown weilten bereits in Atlanta, um alles nach Selznicks Vorstellungen vorzubereiten. Aber was war mit den anderen?

»Wo sind Clark, Hattie und Butterfly?«, fragte Vivien daher, was dazu führte, dass sich Selznicks Stirn in grüblerische Falten legte. »Ach, und wo bleibt Victor?«

Die Crew machte alles für den Start bereit, obwohl sie längst nicht komplett waren.

»Hattie McDaniel wird an der Premiere in Atlanta nicht teilnehmen können«, teilte Selznick ihr mit.

»Ist sie krank?« Vivien sorgte sich um ihre Kollegin. Sie würde Hatties Humor und ihre tiefe Stimme vermissen. »Soll ich ihr Blumen senden?«

»Nein, Vivien, Hattie geht es gut«, mischte sich Olivia de Havilland ein. »Das Problem liegt in Atlanta. Es ist einer der Südstaaten, in dem die strikte Rassentrennung herrscht. Es gibt Kinos für Weiße und Kinos für Farbige.«

Das war doch albern! Vivien musste ihrem Erstaunen und ihrer Empörung Ausdruck verleihen. »Aber Hattie spielt eine zentrale Rolle. Sie ist Schauspielerin. Es ist doch egal, welche Hautfarbe sie hat.« Sie verstand die Welt nicht mehr. »David, warum hast du das zugelassen?«

Der Produzent hob die Hände und ließ die Schultern sinken. »Wir brauchen die Südstaaten, wenn der Film ein Erfolg werden soll.«

»Sind Clark und Victor deshalb nicht hier?« Als Selznicks Miene sich verschloss, ärgerte sich Vivien über sich selbst. »Warum hast du uns vorher nichts gesagt?«

Angriff war manchmal die beste Verteidigung.

»David hält sich gern bedeckt, wenn es Konflikte gibt«, sagte Irene in spitzem Ton. »Clark wird erst morgen anreisen. Er wollte nicht mit David in einem Flugzeug sitzen.«

Oha, da hatte Vivien wohl einiges verpasst. In den vergangenen Wochen hatte sie sich darauf konzentriert, eine neue

Rolle zu bekommen und sich mit Larry in ihrem gemeinsamen Haus einzurichten. Daher war der Hollywood-Klatsch völlig neu für sie. Ein Blickwechsel mit ihrem Liebsten zeigte ihr, dass anscheinend auch er nichts über den Konflikt des Produzenten mit seinem Star wusste. Wie konnte das sein, die Dreharbeiten zu *Rebecca* liefen doch bereits?

»Nehmt Platz und genießt den Champagner.« Selznick machte deutlich, wie gering seine Gesprächsbereitschaft war. Daher setzte sich Vivien neben Larry, nahm seine Hand und lehnte sich an seine Schulter. Das brachte ihr einen bösen Blick des Produzenten ein.

»Gönn es uns, bis wir in Atlanta ankommen«, neckte ihn Larry. »Dort halten wir uns an das Protokoll.«

Das also war die Stadt, in der ihre Geschichte spielte. Wie schade, dass sie keine Außenaufnahmen hier gedreht hatten. Vivien stieg aus dem Flieger und blinzelte, als die Sonne ihr ins Gesicht schien. Am Ende der Treppe erwartete sie eine Reportermeute, die es kaum erwarten konnte, ihre Fragen auf sie abzuschießen wie Pfeile. Auf dem Rollfeld stand eine Marschkapelle und schmetterte ein Lied, das sie kannte. Vorsichtig kletterte Vivien die Gangway hinab. Lächelnd wandte sie sich zu Larry um: »Sie spielen das Lied aus unserem Film.«

»Miss Leigh«, zischte ihr Howard Dietz zu. Er schüttelte den Kopf, als hätte sie etwas äußerst Dummes von sich gegeben.

»Wer hat das gesagt?«, rief einer der Reporter.

Gerade als Vivien sich melden wollte, mischte sich Dietz ein: »Es war Olivia de Havilland.«

Die Schauspielerin sah ihn verwirrt an, aber korrigierte ihn nicht. Vivien allerdings wollte wissen, was hier gespielt wurde.

»Warum haben Sie das behauptet?«, zischte sie dem PR-Mann aus dem Mundwinkel zu.

»Weil Sie sich fast um Kopf und Kragen geredet haben«, fauchte er zurück. »Die Kapelle intoniert nicht ›das Stück aus unserem Film‹, sondern ›Dixie‹, eines der bekanntesten Lieder der Südstaaten.«

»Oh.« Verlegen zog sie sich hinter Larry zurück und flüsterte ihm zu. »Was mache ich jetzt nur?«

»Am besten benimmst du dich wie Melanie und nicht wie Scarlett«, säuselte Larry ihr ins Ohr. »Lächele freundlich und sage wenig.«

Sie konnte nicht anders, sie musste lachen. Ihm gelang es doch immer wieder, ihre Stimmung zu heben. Am liebsten hätte sie sich eng an ihn geschmiegt, um sich in seinem Schutz der unglaublichen Menge zu stellen. Stattdessen warf sie ihm einen letzten Blick zu, bevor sie sich neben Selznick und Olivia stellte, um die Magnolien dankend entgegenzunehmen, die ihr der Bürgermeister Atlantas überreichte.

Vivien hielt sich an Larrys Rat, lächelte, dankte und überließ Selznick und dem Bürgermeister das Wort. Nach endlos langen Reden durften sie endlich zu den wartenden Wagen, die sie ins Hotel bringen sollten. Vivien konnte es kaum erwarten, ihre Schuhe auszuziehen und sich frischmachen zu können. Obwohl das Wetter milde war, blieb das Verdeck des Autos geschlossen.

»Könnten Sie das Verdeck öffnen, bitte?«, wandte Vivien sich an den Fahrer. »Ein bisschen Luft täte mir gut.«

»Tut mir leid, das darf ich nicht«, entgegnete er. »Der Bürgermeister möchte die Menschen neugierig auf Sie machen.

Erst wenn Mr. Gable, Mr. Rhett Butler, angekommen ist, fahren wir in einem Autokorso.«

»Oh, schade.« Vivien beugte sich nach vorne, um aus dem Fenster blicken zu können. Sie verglich das Atlanta des Films mit der realen Stadt und entdeckte Ähnlichkeiten. Langsam stieg Aufregung in ihr auf, sie begann, sich auf die Premiere zu freuen, auch wenn sie Menschenmassen nicht sehr schätzte. »Ist das hier die Peachtree Street?«

Es fühlte sich beinahe an wie Nach-Hause-Kommen, als sie die flaggengeschmückte Straße entlangfuhren, in der Vivien im vergangenen Jahr so viel Zeit verbracht hatte – jedenfalls in der Selznick-Version davon.

»Ja. Wir freuen uns sehr, dass Sie hier sind«, plauderte der Fahrer. »Unser Gouverneur hat Ihretwegen einen Staatsfeiertag angeordnet.«

»Für die Premiere?«, platzte Vivien heraus. Das war nun wirklich übertrieben, schließlich handelte es sich nur um einen Film. »Das ist beeindruckend«, fuhr sie fort, eingedenk Larrys Rat. Leider hatte Selznick es geschafft, ihren Liebsten in ein anders Auto zu bugsieren.

Ihr Weg führte sie durch einen ärmlichen Vorort, in dem sie die ersten farbigen Bürger Atlantas entdeckte. Sie saßen auf den Verandas vor ihren Häusern oder standen winkend am Straßenrand, als der Autokorso an ihnen vorbeifuhr. Vivien fand es unvorstellbar, dass es diesen Menschen nur aufgrund ihrer Hautfarbe verwehrt war, an der Premiere teilzunehmen. Sicher, sie war nur Schauspielerin und die sogenannte Segregation war eine Sache der US-amerikanischen Politik, aber richtig war es dennoch nicht. Falls David recht hatte, dass sie die Südstaaten brauchten, damit *Vom Winde verweht* ein Erfolg wurde, war der Preis dafür nicht zu hoch? Selbst mit viel

Phantasie vermochte Vivien es sich nicht vorzustellen, was es für Hattie und Butterfly bedeutete, der Premiere fernbleiben zu müssen.

Heute Abend würde sie Margaret Mitchell kennenlernen. Sollte Vivien die Autorin fragen, was sie davon hielt, die Darstellerinnen von Hattie und Prissy sowie die von Pork und Big Sam nicht treffen zu dürfen? Obwohl, was konnte Margaret Mitchell schon antworten? Sie war eine Tochter der Südstaaten, hatte den Klan positiv gezeichnet und würde Viviens Frage wohl gar nicht verstehen.

»Wir sind da.« Der Fahrer bremste ab und lenkte den großen Wagen geschickt an den Straßenrand. Hier kreuzte sich die Peachtree Street mit der Ponce de Leon Avenue. Auf beiden Straßen warteten Hunderte, nein, Tausende von Menschen, etliche von ihnen in Kostüme gekleidet, die aus dem Filmfundus stammen könnten. »Ich fürchte, Sie müssen zuerst Ihre Fans begrüßen.«

Vivien wurde etwas mulmig bei dem Gedanken, sich dieser gewaltigen Menge zu stellen, doch dann erspähte sie Polizisten und Soldaten, die für eine Gasse sorgten. David O. Selznick, ganz Mann von Welt, öffnete ihr die Tür und bot ihr seinen Arm. Zu Viviens Überraschung führte er sie nicht ins Hotel, sondern schlug einen anderen Weg ein. Sie zögerte.

»Es dauert nicht lange, versprochen.« Der Produzent deutete auf eine Plattform, die neugebaut aussah. »Hier sollen wir, gemeinsam mit dem Bürgermeister, ein paar Minuten winken, und dann können wir uns frischmachen.«

Vivien warf einen sehnsüchtigen Blick auf das honigfarbene Hotel mit den roten Markisen. Es wirkte ein wenig wie eine Festung – und deren Sicherheit könnte sie jetzt wirklich brauchen.

Nachdem sie den Fans gewunken und ein paar Worte gesagt hatte, war Vivien froh, dass heute nur noch wenig auf dem Programm stand. Der Flug hatte sie ermüdet, ebenso wie die geballte Aufmerksamkeit. Außerdem konnte sie es kaum erwarten, endlich mit Larry allein zu sein. Um Selznicks Scharade Genüge zu tun, hatten sie beide Einzelzimmer reserviert und schon besprochen, dass sie sich bei Vivien treffen würden. Sie verspürte ein wohliges Gefühl bei dem Gedanken daran, ihn endlich in ihre Arme schließen zu können. Das Gespräch mit der Autorin würde Vivien kurzhalten, obwohl sie sich darauf freute, Margaret Mitchell zu sagen, wie sehr Vivien die Scarlett O'Hara geliebt hatte und wie viel ihr der Roman bedeutete.

―――◆―――

Wie gut, dass sie gestern früh ins Bett gegangen war. Vivien gähnte verstohlen. Heute begannen die offiziellen Feierlichkeiten, denn der »König von Hollywood«, Mr. Clark Gable, gab sich die Ehre. Das Team war zum Flughafen gefahren, um Carole und ihn zu begrüßen. Es folgte der obligatorische Autokorso über die Peachtree Street, diesmal mit offenem Verdeck.

Viviens Hände schmerzten vom Winken. Aber damit war es noch nicht vorbei. Erneut gab es Reden und weiteres Winken. Inzwischen hielt der fünfte Südstaatengouverneur eine Ansprache, in der er – ebenso wie seine vier Vorredner – betonte, was für eine Ehre es wäre, dass *Vom Winde verweht* in Atlanta seine Weltpremiere feierte. Carole Lombard, den Arm eng um Clark Gable gelegt, zwinkerte Vivien zu und verkniff sich ein Gähnen. Den Reden würde ein offizielles Dinner folgen und dann schließlich ein Ball.

»Sollen heute Abend wirklich 6.000 Menschen kommen?«, flüsterte Olivia Vivien zu. »Da würde es gar nicht auffallen, wenn wir wegblieben.«

»Wir sind leider die Ehrengäste«, wisperte Vivien. »Aber ich habe mit David gesprochen, wir müssen nicht bis zum bitteren Ende bleiben.«

»Hast du gesehen, in den Läden gibt es Scarlett- und Rhett-Puppen zu kaufen.« Olivia schmunzelte.

»Nicht nur das.« Vivien erwiderte das Lächeln. »Ich habe Rhett-Karamellen, Melanie-Melasse-Ketten und Tara-Pekannüsse für meine Familie in England gekauft. Aber das war noch längst nicht alles.«

Der Applaus zeigte an, dass die Rede endlich vorbei war. Olivia griff nach Viviens Arm. »Komm, lass uns schnell ins Hotel gehen, damit wir ein wenig Ruhe vor dem Sturm bekommen.«

»Vivling.« Larry starrte sie an. »Verdammt, siehst du großartig aus!«

»Du machst die schönsten Komplimente.« Lächelnd drehte sie sich vor dem großen Spiegel. Ja, sie musste Larry zustimmen. In dem Ballkleid aus schwarzem Samt, das Walter Plunkett für sie entworfen hatte, wirkte sie wie eine Ballkönigin. Wenn sie sich drehte, wirbelte der weite Rock auf. Das Oberteil war mit weißem Hermelinpelz besetzt, ebenso wie die Ärmel. Hoffentlich, überlegte sie praktisch denkend, war ihr Kleid nicht zu warm für den Ball.

Sie reichte Larry ihren Arm und gemeinsam begaben sie sich auf den Weg zur Taft Hall.

»Himmel!« Vivien mochte ihren Augen kaum trauen. Die

Veranstalter des Balls hatten wirklich und wahrhaftig eine Nachbildung des Atlanta Basars aus *Vom Winde verweht* aufgebaut. »Was für ein Aufwand für einen Film.«

Kaum hatte sie das ausgesprochen, blickte sie sich erschrocken um. Glücklicherweise schien niemand außer Larry, der breit grinste, sie gehört zu haben. Zusammen gingen sie in die Loge, die für die Stars reserviert war. Von hier aus hatte Vivien einen guten Blick auf die Menschenmenge, die sich in eleganter Abendgarderobe und Bürgerkriegszeitkostümen auf der Tanzfläche drehte.

»Darf ich bitten?« Larry verbeugte sich formvollendet. David schoss ihm einen zornigen Blick zu. »Nur ein Tanz.«

Es war mehr als ein Tanz geworden und Vivien wünschte sich, am nächsten Morgen den Tag zur Erholung nutzen zu können. Doch David und Atlanta hatten andere Pläne. Eben hatte ihr ein livrierter Page den aktualisierten Tagesplan übergeben. Sie überflog das Papier und seufzte.

»Was ist, Viv?« Larry räkelte sich im Bett und gähnte. »Gibt es kurzfristige Änderungen?«

»Ganz Atlanta scheint Zeit mit uns verbringen zu wollen.« Erneut stieß sie einen Seufzer aus. »Ich werde im Kino einschlafen, wenn ich das Marathonprogramm absolviert habe.«

»Zeig her.« Larry streckte die Hand aus, sie gab ihm das Blatt und nutzte die Gelegenheit, wieder ins Bett zu schlüpfen und sich an ihn zu schmiegen. »Lass mal sehen. Ach du je, ein Lunch mit Gouverneuren, ein Tee in der Residenz, eine Cocktailparty, die Verleihung der Ehrencolonel-Würde – ach nein, das ist ja nur für die Männer. Und ein Besuch im *Battle of Atlanta Cyclorama*. Was ist das?«

»Wenn ich es richtig verstanden habe, ist es ein Museum mit einem Panoramagemälde des Bürgerkriegs.«

»Stell dir vor, für jede Theaterpremiere würde so ein Aufwand betrieben.« Ein wenig Neid schwang schon in Larrys Stimme mit. »Wir können froh sein, wenn ein paar Pressevertreter kommen. Und auch *No Time for Comedy* wurde erst ein Erfolg, nachdem *Stürmische Höhen* anlief.«

»Aber das Theater ist die Kunst, das Wahre, das wissen wir beide.« Sie gab ihm einen Kuss und hüpfte aus dem Bett. »Ich muss dich leider verlassen. Premierentermine.«

Kapitel 38

Atlanta, New York, Hollywood, Dezember 1939

»Bist du bereit, Vivling?« Larry war überaus gut aussehend in seinem schwarzen Smoking, dem weißen Hemd und der weißen Fliege. »Heute ist dein großer Tag.«

Sie seufzte und drehte sich noch einmal vor dem Spiegel. War das goldene Kleid, das Walter Plunkett speziell für die Premiere entworfen hatte, nicht doch zu auffallend? Ließ die Farbe ihre Haare nicht zu rot schimmern? Sie wandte dem Spiegel den Rücken zu und warf einen Blick über ihre Schulter.

»Vivling, du siehst einfach perfekt aus.« Larry stellte sich neben sie. »Wir sind ein auffallend attraktives Paar.«

»Danke, Liebster.« Nun war es ohnehin zu spät, die Kleidung zu wechseln. Sie griff nach ihrem Pelz, denn es war überraschend kalt in den Südstaaten. Auf dem Tisch lag eine Zeitung, die musste wohl das Zimmermädchen dort hingelegt haben. Vivien blieb stehen, um die Schlagzeile zu lesen: »300.000 Fans jubelten Clark Gable im wildesten Willkommen zu.«

Clark, immer wieder Clark. Dabei war er nur 71 Tage am Set gewesen, während sie 125 Tage an *Vom Winde verweht* gearbeitet hatte, und das für ein Fünftel von Clarks Gage. Aber so war es eben, ein Star erhielt eine Stargage. Sollte *Vom*

Winde verweht der Erfolg werden, den sie alle erhofften, würde auch Vivien demnächst mehr aushandeln können.

Larry reichte ihr seinen Arm und gemeinsam schritten sie durch die Hotelhalle zur wartenden Limousine. Erneut konnte Vivien nur staunen, wie viele Menschen die Straßen säumten, um einen Blick auf die Stars zu erhaschen. Im Schritttempo näherte sich der Wagen dem Loew's Grand Theatre, dessen Fassade so umgebaut war, dass sie Twelve Oaks ähnelte. Vivien lief ein Schauer über den Rücken, als die gewaltigen Jupiterlampen das riesige Medaillon anstrahlten, auf dem Scarlett und Rhett sich küssten. Das Kino war mit Wimpeln in Rot, Weiß und Blau übersät.

»Ich dachte, ich hätte gestern schon alles gesehen.« Larry schüttelte den Kopf. »Wo kommen nur alle diese Menschen her?«

»Ja, Larry, es ist übertrieben, aber es ist irgendwie auch beeindruckend.«

»Und ein wenig besorgniserregend. So viele Menschen auf einem Haufen.« Er beugte sich nach vorn, um aus dem Fenster zu schauen. »Selbst die Nationalgarde und diese Boyscouts sind hier, um für Ordnung zu sorgen.«

Noch gelang es Larry und ihr, relativ unbehelligt zum Eingang des Kinos zu gelangen. Zwar wussten die Menschen, dass sie die Scarlett O'Hara spielte, aber Vivien war für die meisten bisher eine Unbekannte und daher nicht so interessant wie Clark. Als Carole und er ankamen, stürmte die Menge nach vorn; der Lärmpegel stieg ins Infernalische. Vor allem die hellen Stimmen jubelnder Frauen waren nicht zu überhören. Täuschte Vivien sich oder war da vorne wirklich eine Frau in Ohnmacht gefallen und wurde von ihren Begleitern davongeschleppt?

Clark badete in der Aufmerksamkeit der Menge und trat dann an das Radiomikrophon. »Ich bin nur ein Zuschauer wie Sie. Die Nacht gehört Margaret Mitchell und den Menschen von Atlanta.«

Der Jubel wurde noch frenetischer, selbst Vivien und Larry klatschten zu den wohlgesetzten Worten. Dann endlich durften sie im Saal Platz nehmen. Viviens Herz schlug schneller. David nickte ihr zu, seine Augen glänzten verdächtig. Heute würde sich entscheiden, ob sein Traum wahr würde.

Obwohl sie den Film bereits gesehen hatte, rutschte Vivien unruhig auf ihrem Sitz hin und her. Wie würde das Publikum wohl auf das immens lange Epos reagieren? Würde ihr Akzent wirklich als der der Südstaaten akzeptiert werden? Hilfesuchend sah sie sich nach Larry um. David hatte dafür gesorgt, dass sie nicht nebeneinandersaßen, damit ja keiner einen Verdacht über sie schöpfte. Larry nickte ihr zu.

Endlich gingen die Lichter aus und der Saal verdunkelte sich. Eine erwartungsvolle Stimmung kehrte ein.

»Entschuldigung. Darf ich?«, hörte sie Larry, der die Dunkelheit nutzte, um den Platz zu tauschen. Er legte seine warme Hand auf ihre. »Egal, wie der Abend endet, ich liebe dich.«

»Ich dich auch«, flüsterte sie, aber ihre Worte gingen in der Ouvertüre unter, die durch das Kino brauste. Hinter sich hörte Vivien Menschen, die vor Begeisterung nach Luft schnappten.

Es war ein unglaubliches Erlebnis, *Vom Winde verweht* mitten im Publikum zu erleben, vor allem in einem Filmtheater in den Südstaaten. Vivien konnte sich nicht vorstellen, dass die New Yorker Zuschauer so mitfiebern würden. Die Menschen applaudierten, als Melanie den Yankee-Deserteur erschoss, und stießen wilde Rufe aus, den *Rebel Yell*, wie Vivien gelernt hatte. Schluchzer erklangen, als Scarlett an den vielen verwundeten Soldaten vorbeieilte, um Dr. Meade für Melanie zu holen. Als der Namenszug »Sherman!« auf der Leinwand erschien, ertönten laute Flüche und ein wildes Zischen. Bonnie Blues Tod und der von Melanie wurden von Tränen begleitet, Taschentücher wurden an viele Augen gehoben. Selbst Vivien, die an der Entstehung der Geschichte beteiligt gewesen war und wusste, dass es nur ein Film war, kamen die Tränen.

Nachdem die Vorhänge sich geschlossen hatten, sprang das Publikum auf und spendete stehende Ovationen.

Vivien drückte Larrys Hand. Diesen Tag würde sie niemals vergessen. Sie konnte sich nicht vorstellen, je wieder so etwas zu erleben. Wie wunderbar, dass der Mensch, der ihr am meisten auf der Welt bedeutete, dieses Glück mit ihr teilte.

Aber es war noch nicht vorbei. Als wäre es nicht genug, dass der Film vier Stunden lang war, folgten nun die obligatorischen Reden – vom Bürgermeister und auch von der öffentlichkeitsscheuen Margaret Mitchell, die Selznick und den Schauspielern dafür dankte, wie wunderbar sie ihre Geschichte auf die Leinwand gebracht hatten.

Vivien wusste nicht zu sagen, wie sie den weiteren Abend verbracht hatte. Nach dem unglaublichen Echo des Publikums von Atlanta hatte sie sich wie berauscht gefühlt und den Rest der Nacht flirtend und lächelnd genossen, Larry immer an ihrer Seite.

Durch die halbgeöffneten Vorhänge fiel das milde Licht der Wintersonne. Vivien streckte sich, gähnte und drehte sich zu ihrem Liebsten. Ihn störte das Licht nicht, er schlief einfach weiter. Sie genoss diese morgendlichen Minuten, wenn sie ihn für sich hatte und sein wunderbares Profil studieren konnte. Doch leider bemerkte er es jedes Mal und erwachte, bevor sie sich sattgesehen hatte.

»Guten Morgen, Scarlett O'Hara.«

»Guten Morgen.« Vivien küsste ihn und ließ sich dann wieder in die Kissen sinken. »Warum nur habe ich mich darauf eingelassen? Heute hätte ich so gern frei.«

»Sieh es positiv. Wir müssen nicht nach New York fliegen.« Larry küsste sie. »Wie mag es sich anfühlen, wenn man so reich ist, dass man sich einen Sonderzug leisten kann?«

»Mein Vorstellungsvermögen reicht nicht weit genug«, musste Vivien zugeben. Sie wusste es zu schätzen, dass sie mit Jock Whitneys luxuriösem Zug die Strecke von Atlanta nach New York zurücklegen konnten. An der Ostküste erwarteten sie weitere Premieren, im Astor und im Capitol, genauso wie weitere Partys. Vivien fühlte sich wie ein Zirkuspferd, das von Vorstellung zu Vorstellung hastete, ohne nur einmal verschnaufen zu können.

Nur Weihnachten würde sie frei haben, um dann am 28. Dezember zur Premiere in Los Angeles anzutreten.

»Das ist hoffentlich die letzte Premiere.« Vivien stöhnte auf. »Ist es überhaupt noch eine Uraufführung, nach den Feiern in Atlanta und New York?«

Es war Davids Idee gewesen, *Vom Winde verweht* noch im selben Jahr in Los Angeles zu zeigen, damit sein Film bereits bei den Academy Awards von 1939 miteinbezogen wurde.

Ebenso war es seine Idee gewesen, alle Schauspieler dazu zu verpflichten, an dem Tag dabei zu sein.

Also machten Vivien und Larry sich schick und ließen sich von einem Chauffeur zum Carthay Circle im Wilshire Distrikt fahren. Als sie sich dem Kino näherten, ging Vivien auf, wie klug David diesen Termin gewählt hatte. Die Premiere war nicht nur das letzte bedeutende Filmereignis dieses Jahres, sondern auch des Jahrzehnts. Den ganzen San Vicente Boulevard entlang standen Scheinwerfer, deren Licht die Nacht taghell erleuchtete. Tausende, nein, gewiss Zehntausende Kinofans säumten den Boulevard und die Seitenstraßen. Ihr Jubel schallte ohrenbetäubend durch die Nacht.

Als der Wagen anhielt, sprang Larry heraus und lief um das Heck des Autos, um Vivien die Tür zu öffnen. Waren die Rufe der Fans bereits ohrenbetäubend vorher, so erreichten sie nun eine neue Stufe.

»Miss Leigh!«, »Scarlett ist hier!«, »Ein Foto, bitte!« – einen Moment lang fürchtete sie, die Menschenmenge würde aufbranden und die viel zu kleine Absperrung überrennen. Vivien warf Larry einen panischen Blick zu, er nickte ihr beruhigend zu. Also blieb sie stehen, unterschrieb mit zitternden Fingern ein paar Autogrammkarten, lächelte, winkte und marschierte über den roten Teppich, bis sie endlich die Sicherheit des Kinos erreicht hatten. Hier war es zwar ebenfalls voll, aber niemand schien ein Autogramm von ihnen zu wollen.

Vivien und Larry bahnten sich ihren Weg in den Vorführsaal und nahmen die Plätze in der Nähe von David und Irene ein.

David wirkte vollkommen aufgelöst. Er begrüßte sie nur kurz, immer wieder irrlichterte sein Blick in die Mitte des

Saals. Dort saß niemand, was Vivien wunderte, denn alle anderen Reihen waren gefüllt. Schlussendlich hielt David es nicht mehr aus und sprang auf. Gespannt wartete Vivien auf seine Rückkehr. Was mochte es mit der Lücke auf sich haben?

Nach kurzer Zeit kehrte David zurück, mit hochrotem Kopf, und flüsterte Irene etwas zu. Vivien spitzte die Ohren. Trotz der aufgeregten Stimmen um sich herum konnte sie dem kurzen Gespräch folgen.

»Bird behauptet, es wäre meine Schuld.« David nagte an seiner Unterlippe. »Ich habe die Plätze für besondere Gäste reservieren lassen.«

»Und?« Täuschte Vivien sich oder klang Irene gelangweilt?

»Ich hatte so viel zu tun ...«

»Wo sind die Karten?«

»In meinem Büro.«

»Und nun?«

Vivien rückte ein wenig näher, gespannt darauf, wie David das Problem angegangen war.

»Ich habe mit dem Kinobesitzer geredet und werde fünfzig Anwohner sehr glücklich machen.« Er verzog den Mund zu einem schiefen Grinsen. »Unsere Leute klopfen an alle Türen, und wer will, ist mein Gast.«

»Das wird sicher interessant.« Vivien stimmte Irene zu.

Kurz vor Beginn der Vorstellung huschten fünfzig Männer und Frauen in Sportsakkos, schlichten Pullovern, dunklen Kleidern oder in Rock und Bluse ins Kino. Sie fielen zwischen den Smokings, glitzernden Juwelen und eleganten Kleidern auf wie Spatzen unter Papageien.

Vivien lächelte, lehnte sich zurück und griff im Dunkeln nach Larrys Hand. Da sie den Film nun bereits zum vierten Mal sah, ließ sie ihre Gedanken wandern. Sie erinnerte sich an die anstrengende und herausfordernde Zeit der Dreharbeiten, dachte an die jubelnden Kritiken, die vor allem ihre Interpretation der Scarlett gelobt hatten. Vor etwas mehr als einem Jahr war sie als unbekannte aufstrebende Jungschauspielerin in Hollywood eingetroffen und nun war sie auf dem Weg zum Star. Sie würde die ganze Welt erobern!

Selbst wenn sie es sich manchmal wünschte, sie war nicht mehr die naive Vivien vom vergangenen Jahr. Der Film, der Ruhm, der Erfolg – all das hatte sie verändert. Es wäre sinnlos, das zu leugnen. Eines jedoch war gleich geblieben und würde immer gleich bleiben, das wusste sie: Nichts und niemand würde ihre Liebe zu Larry ändern. Ohne ihn, ohne den Wunsch, die Vorstellung ihres Lebens zu geben, hätte sie die Dreharbeiten niemals durchgestanden. Er war ihr Ein und Alles – jetzt und für immer: Larry.

Was danach geschah

Nach *Vom Winde verweht* drehte **Vivien Leigh** nie wieder einen Film mit David O. Selznick, aber sie blieb noch einige Jahre in Hollywood, bis sie gemeinsam mit Larry nach England zurückkehrte. Am 31. August 1940 erfüllte sich Viviens größter Wunsch: Larry und sie heirateten und gingen gemeinsam mit *Romeo und Julia* auf Theatertournee.

Vivien litt unter einer manisch-depressiven Erkrankung und Tuberkulose. Die psychische Erkrankung wurde mit Elektroschocks behandelt, was ihr Gedächtnis beeinträchtigte, so dass es ihr schwerfiel, ihre Rollen zu lernen. Nichtsdestotrotz erhielt sie 1952 erneut einen Oscar – wieder für die Rolle einer Südstaatenschönheit: Blanche DuBois in *Endstation Sehnsucht*.

Leider ging die Ehe 1960 in die Brüche, aber sie und Larry blieben sich verbunden und schrieben einander weiterhin Briefe bis zu ihrem Tod 1967.

Sir Laurence Olivier wurde 1947 zum Ritter geschlagen. Durch eine Vielzahl an Filmen und Theaterstücken galt er als einer der größten Charakterdarsteller. Den Oscar gewann er 1948 für seine Verfilmung von *Hamlet*, in der er die Hauptrolle spielte. 1978 erhielt er darüber hinaus den Ehren-Oscar. In dritter Ehe war er mit der Schauspielerin Joan Plowright verheiratet. Seine letzte Rolle spielte er 1988, ein Jahr vor seinem Tod.

David O. Selznick fürchtete, dass er nur als der Produzent von *Vom Winde verweht* gesehen werden würde. Vor dem Monumentalwerk hatte er mehr als fünfzig Filme produziert, danach nur neun. Keiner war je so erfolgreich wie *Vom Winde verweht*.

Beim Dreh zu *Als du Abschied nahmst* verliebte er sich in die Jungschauspielerin Jennifer Jones. Das war eine Affäre zu viel für **Irene**, die ihn 1945 verließ und sich 1949 von ihm scheiden ließ. David starb im Jahr 1964 an Herzversagen.

Clark Gable musste 1942 den Tod von **Carole Lombard** ertragen. Die Schauspielerin starb auf dem Rückflug von einer Kriegsanleihen-Tour, als das Flugzeug gegen einen Berg prallte. Gable war am Boden zerstört und meldete sich zur Airforce und flog Einsätze. Nach dem Krieg kehrte er zu MGM zurück und drehte noch einige Filme, aber nicht mehr so erfolgreich. Er heiratete noch zweimal, aber wurde – auf eigenen Wunsch – nach seinem Tod 1960 neben Carole Lombard beerdigt.

Wer mehr über diese spannenden Menschen erfahren möchte, wird hier fündig:
- Anne Edwards: *Das Leben von Vivien Leigh. Die Scarlett O'Hara aus Vom Winde verweht.* Edition Sven Erik Bergh in der Europabuch AG, 1979.
- René Jordan: *Clark Gable. Seine Filme – sein Leben.* Heyne Filmbibliothek 32/85, 1986.
- Jesse Lasky Jr.: *Love Scene. The Story of Laurence Olivier und Vivien Leigh.* Angus & Robertson. Sussex 1978.
- Laurence Olivier: *Bekenntnisse eines Schauspielers.* C. Bertelsmann, München, 1985.

- *Memo from David O. Selznick,* selected and edited by Rudy Behlmer. New York, Viking, 1972.
- David Thomson: *Showman. The Life of David O. Selznick.* André Deutsch, 1993.
- Hugo Vickers: *Vivien Leigh.* Hamish Hamilton, 1988.
- Alexander Walker: Vivien. The Life of Vivien Leigh. Methuen London, 1988.

Besonders ans Herz legen möchte ich allen Leserinnen und Lesern dieses Buch: Ronald Haver: *David O. Selznick's Hollywood.* Rogner & Bernhard, 2. Auflage 1983. Es ist einfach schön und ein Muss für Fans des alten Hollywoods.

Das Buch und der Film

Vom Winde verweht ist die Geschichte einer Frau, die ihre Herkunft, ihre Lebensweise, zwei Ehemänner und alle Illusionen überlebt – so fasst es die Dokumentation zum *Making Of Vom Winde verweht* zusammen. Besser lässt sich der Kern der Geschichte nicht beschreiben.

Ja, Roman und Film sind kritisch zu betrachten und glorifizieren »den alten Süden« mit seinen eleganten Belles und edlen Gentlemen, während sie das Sklavensystem der Südstaaten als gegeben hinnehmen, mehr noch, die Versklavten als glückliche Menschen zeigen, die mit der Freiheit nur schwer zurechtkommen.

Aus heutiger Sicht ist *Vom Winde verweht* rassistisch, altmodisch und verharmlost eine Vergewaltigung in der Ehe. Selbst zu der Zeit der Dreharbeiten war der Film nicht unumstritten – und das zu Recht. Auch Ende der 1930er wäre es möglich gewesen, kritischer mit Margaret Mitchells Roman umzugehen, was David O. Selznick in einigen Punkten auch tat. Weder der Produzent noch die eher liberalen Drehbuchautoren wollten in ihrem Film dem Ku-Klux-Klan eine Bühne geben, im Unterschied zum Roman und auch zu dem wirklich gruseligen Film *The Birth of A Nation*.

Dass Selznick nicht weitergegangen ist und sich auch bei der Premiere dem offenen Rassismus der Südstaaten unterwarf und die farbigen Schauspieler nicht nach Atlanta einlud, war ökonomisches Kalkül. Ohne die Südstaaten, so meinte er, würde der Film ein Flop. Und während das liberale Hollywood Hattie McDaniel zwar einen Oscar gewährte, durfte sie auch bei der Verleihung nicht mit im Saal sitzen.

Warum habe ich vor diesem Hintergrund einen Roman über die Verfilmung von *Vom Winde verweht* geschrieben? Weil die Geschichte von Scarlett O'Hara eine unglaubliche ist – die Heldin widersetzt sich allen Rollenvorgaben und Zwängen ihrer Gesellschaft und verfolgt ihr Ziel mit aller Kraft und kämpft auch im Angesicht von scheinbar unüberwindbaren Hindernissen. Gleichzeitig ist sie liebeskrank und typisch »weiblich«, was sie zu einer interessanten Figur macht, auch heute noch.

Scarlett und ihr Kampf ums Überleben bewegten nicht nur die US-Amerikaner, sondern das Publikum auf der ganzen Welt. Sicher liegt das auch an der Entstehungszeit: *Vom Winde verweht* kam in den Nachwehen der Depressionszeit in den USA und im Zweiten Weltkrieg in die Kinos Europas. Hier berührte Scarletts Mut, ihr unbedingter Überlebenswille, der Zusammenhalt von Familie und Freunden in schweren Zeiten die Herzen der Zuschauer. So lief der Film im Ritz Theatre in London – mit kurzer Unterbrechung – während des gesamten Krieges. Die Nationalsozialisten verboten *Vom Winde verweht* in allen von ihnen besetzten Ländern – daher wurde der Film nach der Befreiung von den Deutschen für viele Menschen ein Symbol für Überleben und Neuanfang.

Die eigensinnige, biestige Scarlett ist für uns alle die Heldin des Films, obwohl sie wenig heldische Qualitäten zeigt. Margaret Mitchell jedoch beharrte darauf, für sie wäre Scarlett eine Überlebenskünstlerin und eine Figur, die ihre dunklen Seiten zeigt. Für die Autorin war Melanie die Heldin der Geschichte, denn sie ist eine Magnolie, eine klassische Südstaatenschönheit: freundlich, demütig, vergebend und gut, während Scarlett kämpft, beißt und kratzt, um ihren Willen durchzusetzen.

Darüber hinaus bieten die Dreharbeiten mehr als genug Drama für einen Roman: Die Suche nach Scarlett – der ultimative amerikanische Traum, den eine Britin lebt. Ein Liebespaar, das sich verstecken muss und um seine Liebe gegen alle Hindernisse kämpft. Ein manischer Produzent, der sich in alles einmischt, stets nur das Beste will, aber nur Chaos schafft. Nervenzusammenbrüche, Entlassungen, Intrigen. Kosten, die vollkommen aus dem Ruder laufen, und schließlich die Besten einer Branche, die gegen alle Hindernisse und Erwartungen wirklich den größten Film ihrer Zeit drehten. Wie konnte ich als Liebhaberin des *Golden Age* von Hollywood so einer Geschichte widerstehen?

Ich hoffe, der Roman hat Ihnen nicht nur gefallen, sondern Sie auf das Buch von Margaret Mitchell und die Verfilmung durch David O. Selznick neugierig gemacht. Ich habe mir den Film während der eineinhalb Jahre der Arbeit am Buch sechsmal angesehen und entdeckte immer wieder Neues.

Für die Recherche über die Dreharbeiten und den Hintergrund zur Verfilmung konnte ich mich auf viele wundervolle Sachbücher stützen:

- Roland Flamini: *Vom Winde verweht. Der berühmteste Film der Welt und seine Geschichte.* Heyne Filmbibliothek 32/40. 5. Auflage, 1982.
- Pauline Bartel: *The Complete »Gone with the Wind« Trivia Book: The Movie and More.* Taylor Publishing Company, 1989.
- Herb Bridges / Terryl C. Boodman: *Gone with the*

Wind: *The Definitive Illustrated History of the Book, the Movie and the Legend.* Simon and Schuster, 1989.
- Ellen F. Brown / John Wiley Jr.: *Margaret Mitchell's Gone with the Wind. A Bestseller's Odyssey from Atlanta to Hollywood.* Taylor Trade Publishing, 2011.
- Judy Cameron / Paul J. Christman: *The Art of »Gone with the Wind«: The Making of a Legend.* Prentice Hall Press, 1989
- Gerald Gardner und Harriet Modell Gardner: *Pictorial History of Gone with the Wind.* Wings Books, 1996.
- *Gone With The Wind: Trivia, Secrets, and Behind-the-Scenes Stories of America's Greatest Epic.* Fox Chapel Publishing, 2014.
- Gavin Lambert: *GWTW. The Making of GONE WITH THE WIND.* Little Brown and Company, 1973.
- The Editors of Life: *LIFE Gone with the Wind: The Great American Movie 75 Years Later.* Life Books, 2014.

Zu der Zeit, als *Vom Winde verweht* produziert wurde, gingen Menschen in den USA im Schnitt sechsunddreißigmal im Jahr ins Kino. Zumeist spielten die Filmtheater Doppelfeatures, ein Film dauerte selten länger als 90 Minuten. Und dann kam *Vom Winde verweht* und veränderte alles. Noch heute zählt der Film zu den größten Blockbustern, ist einer der längsten und teuersten Filme, die je gedreht wurden, und hielt lange Zeit die Spitze der Oscar-Nominierungen.

Und er ist ein Lehrstück in Sachen Marketing, denn vor Beginn der Dreharbeiten gab es bereits unglaublich viele Berichte über den Film. Hätte man sie zu einem Buch zusammengefasst, wäre es umfangreicher als der Roman von Margaret Mitchell.

Insgesamt wurden 137.011 Meter Filmmaterial gedreht, davon 48.768 Meter entwickelt und 6.187 Meter Film stellen die Endversion von *Vom Winde verweht*, was zu einer Laufzeit von 220 Minuten (mit Ouvertüre 238 Minuten) führt.

Während der Suche nach Scarlett wurden 1.400 Bewerberinnen interviewt und 90 von ihnen getestet. Immerhin drei von ihnen erlangten Nebenrollen: Marcela Martin aus Louisiana bekam die Rolle der Cathleen Calvert, Mary Anderson aus Birmingham spielte Maybelle Merriwether, und Alicia Rhett aus Charleston wurde India Wilkes.

Mehr über Hollywood erfahren Sie in:
- Anthony Slide: *The American Film Industry.* Greenwood Press, 1986.
- Michael Webb (Herausgeber): *Hollywood. Legend and Reality.* Little, Brown and Company, Smithsonian Institute, 1986
- *The Wiley-Blackwell History of American Film.* Volume II: 1929–1945. Hrsg. Von Cynthia Lucia, Roy Grundmann und Art Simon. Blackwell Publishing, 2012.

Fakten und Fiktion

Die Geschichte ist ein biographischer Roman und orientiert sich an Tatsachen. Allerdings nennen unterschiedliche Biographien unterschiedliche Theorien, wann und wo sich Vivien und Larry kennen- und lieben lernten. Daher fühlte ich mich frei, die Variante zu wählen, die mir am romantischsten erschien.

Alle Ereignisse in diesem Roman sind tatsächlich so vorgefallen, wie die Suche nach Scarlett, die Drehvorbereitungen und die Dramen am Set. Ich habe mir die Freiheit genommen, sie manchmal zu raffen und zeitlich etwas zu verschieben, damit es zur Dramaturgie passte. So schrieb F. Scott Fitzgerald früher am Drehbuch, als ich es zeitlich verortet habe, aber als Fan von *Der große Gatsby* wollte ich ihn gern unterbringen, auch wenn er im Film nicht einmal als Autor genannt wurde.

Es ist nicht belegt, wie Vivien Leigh über Segregation und Rassentrennung in den Südstaaten dachte. Da sie in Indien aufgewachsen ist, habe ich ihr eine größere Offenheit gegeben, als sie die meisten Amerikaner Ende der 1930er Jahre besaßen. Dass Clark Gable sich gegen Rassentrennung am Set ausgesprochen hat und mit Hattie McDaniel befreundet war, ist belegt.

Laurence Olivier und Vivien Leigh adoptierten tatsächlich eine schwarze Streuner-Katze namens Tissy, die ihnen zugelaufen war, allerdings erst im Jahr 1940, nachdem sie geheiratet hatten und offiziell, mit Hollywoods Zustimmung, zusammenleben durften.

Fakt ist, dass die vornehm wirkende Vivien Leigh einen großen Wortschatz an Schimpfwörtern besaß, die sie gern und häufig einsetzte, was die prüden Amerikanerinnen und Amerikaner schockierte.

Tatsache ist ebenso, dass David O. Selznick Amphetamine nahm, die 1932 unter dem Namen Benzedrine auf den US-amerikanischen Markt kamen. Benzedrine und andere Amphetamine wurden als Appetitzügler gegen Erkältungen, bei Depressionen, Schwangerschaftsübelkeit und gegen Nebenfolgen von übermäßigem Alkoholkonsum angewandt.

Zum Abschluss noch ein Wort zur Begrifflichkeit. Der Roman nutzt den Begriff »Farbige« für Afroamerikaner*innen, da dies dem Sprachgebrauch der 1930er und 1940er Jahre entspricht. Heutzutage wird dieses Wort nicht mehr genutzt, zu Recht, aber in dem vorliegenden Roman dient er dazu, den Blick für die damaligen Verhältnisse zu schärfen. Es würde den herrschenden Rassismus leugnen, würde man hier heute verwendete, neutralere Begriffe nutzen.

Danke

Ohne den Einsatz und die Unterstützung meiner Agentin Anna Mechler, Literaturagentur Lesen und Hören, hätte es die Idee nie bis zum Buch geschafft. Herzlichen Dank!

Meiner Lektorin Christina Weiser bin ich sehr dankbar für ihren Blick für Figuren, für ihre konstruktiven Anmerkungen und die Fähigkeit, genau das auszudrücken, was ich sagen wollte, aber wofür mir die passenden Worte nicht einfallen wollten. Es ist großartig, wie viel Frau Weiser aus dem Text herausgeholt hat.

Inka Ihmels vom Aufbau Verlag bin ich sehr, sehr dankbar dafür, dass sie meine Geschichten in andere Sprachen vermittelt. Ich freue mich sehr über jede Nachricht von ihr.

Selbstverständlich danke ich den Katern und der Katze, die auch dieses Buch begleitet haben und dafür sorgten, dass ich ein Leben neben dem Schreiben habe.

Den Bloggerinnen, die meine Geschichten unterstützen und sie rezensieren, kann ich gar nicht genug danken. Glaubt mir, ich weiß eure Arbeit und eure Liebe zu Büchern sehr zu schätzen.

Ihnen, den Leserinnen und Lesern, sage ich Danke, denn eine Geschichte lebt erst dann, wenn sie gelesen wird.

Ganz zum Schluss danke ich meinem Ehemann Matthias, der die Hoffnung nicht aufgibt, dass ich in der Schlussphase eines Buches gelassen bleibe. Vielleicht beim nächsten.